한국남북문학100선

수난이대

하근찬/지음

▨ 작품 해설
하근찬의 문학세계
신동한

일신서적출판사

책머리에

언어는 인간만이 유일무이하게 구사할 수 있는 사상의 전달매체이다. 말은 시간적인 의미의 매체이며 글은 시간을 초월하는 공간적인 의미의 매체이다. 문자가 발명되어 기록으로 전해짐으로써 비로소 사상은 고금을 잇는 연결고리를 갖게 되었다. 이렇게 문자를 통해 선조의 사상과 지혜가 후세에 전달됨으로써 인류문명은 비약적으로 발전하게 되었던 것이다.

우리 나라도 세종대왕께서 세계에서 가장 훌륭한 문자인 한글을 창제하시어 우리만의 문자를 갖게 되었다. 그러나 안타깝게도 한자문화의 영향권에 오랫동안 머물러 있었던 것이 개화기를 맞아 우리 글에 대한 새로운 시각에 눈을 뜨게 되자, 비로소 우리 글로 씌어진 문학작품이 물밀듯이 쏟아져 나오게 되었다. 그러나 이처럼 많은 작품들을 여러분이 모두 읽을 수는 없는 실정이다. 따라서 한국문학사에 길이 남을 훌륭한 작품들을 신중히 선택하여 수록함과 더불어 여러분에게 실질적인 도움을 주고자 교과서에 나오는 작품들을 위주로 하여 《한국남북문학 100선》이라는 표제를 붙여 발간하고자 한다. 여기에는 납북작가들의 작품까지도 자료가 보충되는 대로 수록하여 여러분에게 편중된 작가의 작품만 읽는 우를 범하지 않도록 배려하였다.

이 《한국남북문학 100선》이 학생들뿐만 아니라 일반인에게도 널리 읽혀 우리 문학작품의 흐름과 이해에 많은 도움이 되었으면 하는 마음 간절하다.

하근찬 단편집

차례

하근찬(河瑾燦 : 1931~)

경북 영천에서 출생하였다. 1955년 신태양사 주최 전국 학생 문예작품 모집에 소설 《혈육》이 당선되었고, 이듬해에는 교육주보사 주최 교육소설 모집에 《메뚜기》가 당선되었다. 그리고 1957년에는 한국일보 신춘문예에 단편 《수난이대》가 당선되어 문단에 데뷔하였다.

그는 10여 년간 교육 분야를 전문으로 하는 신문사나 잡지사에서 근무하다가 그만두고 글 쓰는 생활로 들어가 현재에 이르고 있다.

단편집으로는 《수난이대》《흰종이 수염》《산울림》 외에 수종을 간행했고, 장편으로는 《야호》《산에 들에》《작은 용》 외에 수종을 펴냈다. 그리고 단편 《족제비》로 제7회 한국문학상을 수상하였고, 장편 《산에 들에》는 제2회 조연현문학상을, 역시 장편 《작은 용》으로 제6회 유주현문학상을, 그리고 단편 《수난이대》《왕릉과 주둔군》《삼각의 집》으로 제1회 요산문학상을 수상하였다. 1998년에는 보관 문화훈장을 받기도 했다.

1999년에는 그의 중편소설 《여제자》가 《내 마음의 풍금》이라는 제목으로 영화화되기도 했다. 그리고 단편 《수난이대》는 고등학교 국어 교과서에 수록되었고, 역시 단편 《흰종이 수염》은 중학교 교과서에 실렸다.

그의 문학의 특징은 6·25와 태평양전쟁이라는 역사의 소용돌이 속에서 몸부림치는 무고한 시골 사람들의 고통을 소박한 경상도 사투리로 구사하여 형상화한 데 있다고 하겠다. 작품에 아동들이 많이 등장하는 것도 또 다른 특징이라고 할 수 있다.

그는 미의식이 결여되어서는 안 되지만, 역사의식과 현실인식이 없어서는 좋은 작품을 빚어낼 수 없다는 그런 문학관을 가지고 있는 작가의 한 사람이다.

수난이대(受難二代)

진수가 돌아온다. 진수가 살아서 돌아온다. 아무개는 전사했다는 통지가 왔고, 아무개는 죽었는지 살았는지 통 소식이 없는데, 우리 진수는 살아서 오늘 돌아오는 것이다. 생각할수록 어깻바람이 날 일이다. 그래 그런지 몰라도 박만도는 여느때 같으면 아무래도 한두 군데 앉아 쉬어야 넘어설 수 있는 용머리재를 단숨에 올라채고 만 것이다. 가슴이 펄럭거리고 허벅지가 뻐근했다. 그러나 그는 고갯마루에서도 쉴 생각을 하지 않았다. 들 건너 멀리 바라보이는 정거장에서 연기가 몰씬몰씬 피어오르며, 삐익 ── 기적 소리가 들려왔기 때문이다. 아들이 타고 내려올 기차는 점심때가 가까워야 도착한다는 것을 모르는 바 아니다. 해가 이제 겨우 산등성이 위로 한 뼘 가량 떠올랐으니, 오정이 되려면 아직 차례 멀은 것이다. 그러나 그는 공연히 마음이 바빴다. 까짓것 잠시 앉아 쉬면 뭘할끼고. 손가락으로 한쪽 콧구멍을 찍 누르면서 팽! 마른 코를 풀어 던졌다. 그리고 휘청휘청 고갯길을 내려가는 것이다.

내리막은 오리막에 비하면 아무것도 아니었다. 대구 팔을 흔들라치면 절로 굴러 내려가는 것이다. 만도는 오른쪽 팔만을 앞뒤로 흔들고 있었다. 왼쪽 팔은 조끼 주머니에 아무렇게나 쑤셔 넣고 있는 것이다. 삼대 독자가 죽다니 말이 되나. 살아서 돌아와야 일이 옳고 말고. 그런데 병원에서 나온다 하니 어디를 좀 다치기는 다친 모양이지만, 설마 나같이 이렇게사 되지 않았겠지. 만도는 왼쪽 조끼주머니에 꽂힌 소맷자락을 내려다보았다. 그 소맷자락 속에는 아무것도 들은 것이 없었다. 그저 소맷자

락만이 어깨 밑으로 덜렁 처져 있는 것이다. 그래서 노상 그쪽은 조끼 주
머니 속에 꽂혀 있는 것이다. 볼기짝이나 장딴지 같은 데를 총알이 약간
스쳐갔을 따름이겠지. 나처럼 팔뚝 하나가 몽땅 달아날 지경이었다면 그
엄살스런 놈이 견뎌냈을 턱이 없고말고. 슬며시 걱정이 되기도 하는 듯
그는 속으로 이런 소리를 주워섬겼다.

내리막길은 빨랐다. 벌써 고갯마루가 저만큼 높이 쳐다보이는 것이다.
산모퉁이를 돌아서면 이제 들판이다. 내리막길을 쏘아 내려온 기운 그대
로 만도는 들길을 잰 걸음 쳐 나가다가 개천둑에 이르러서야 걸음을 멈
추었다. 외나무다리가 놓여 있는 조그마한 시냇물이었다. 한여름 장마철
에는 들어설라치면 배꼽이 묻히는 수도 있었지마는, 요즈막엔 무릎이 잠
길 듯 말 듯한 물인 것이다. 가을이 깊어지면서부터 물은 밑바닥이 환히
들여다보일 만큼 맑아져갔다. 소리도 없이 미끄러져 내려가는 물을 가만
히 내려다보고 있으면 절로 이뿌리가 시려온다.

만도는 물 기슭에 내려가서 쭈그리고 앉아 한 손으로 고의춤을 풀어
헤쳤다. 오줌을 찌익 —— 깔기는 것이다. 거울면처럼 맑은 물 위에 오줌
이 가서 부글부글 끓어오르며 뿌우연 거품을 이루자, 여기저기서 물고기
떼가 모여든다. 제법 엄지 손가락만큼씩한 피라미도 여러 마리다. 한 바
가지 잡아서 회쳐놓고 한 잔 쭈욱 들이켰으면……군침이 목구멍에서 꿀
꺽했다. 고기떼를 향해서 마른 코를 팽팽 풀어 던지고, 그는 외나무다리
를 조심히 디뎠다.

길이가 얼마 되지 않는 다리였으나, 아래로 물을 내려다보면 제법 어
찔했다. 그는 이 외나무다리를 퍽 조심한다. 언젠가 한 번 읍에서 술이
꽤 되어가지고 흥청거리며 돌아오다가 물에 굴러 떨어진 일이 있었던 것
이다. 지나치는 사람이 없었기에 망정이지, 누가 보았더라면 큰 웃음거
리가 될 뻔했었다. 발목 하나를 약간 접쳤을 뿐 크게 다친 데는 없었다.
이른 가을철이었기 때문에 옷을 벗어 둑에 늘어놓고 말릴 수는 있었으
나, 여간 창피스러운 것이 아니었다. 옷이 말짱 젖었다거나, 옷이 마를
때까지 발가벗고 기다려야 한다거나 해서가 아니었다. 팔뚝 하나가 몽땅
잘라져나간 흉측한 몸뚱어리를 하늘 앞에 드러내놓고 있어야 했기 때문

이었다. 지나치는 사람이 있을라치면 하는 수 없이 물 속으로 뛰어 들어가서 얼굴만 내놓고 앉아 있었다. 물이 선뜻해서 아래턱이 덜덜거렸으나, 오그라 붙는 사타구니께를 한 손으로 꽉 움켜쥐고 버티는 수밖에 없었다.

"흐흐흐……."

그때 일을 생각하면 지금도 곧 웃음이 터져 나오는 것이다. 하늘로 쳐들린 콧구멍이 연신 벌름거렸다.

개천을 건너서 논두렁 길을 한참 부지런히 걸어가노라면 읍으로 들어가는 한길이 나선다. 도로변에 먼지를 부옇게 덮어 쓰고 도사리고 앉아 있는 초가집은 주막이다. 만도가 읍에 나올 때마다 꼭 한 번씩 들르곤 하는 단골집인 것이다. 이 집 눈썹이 짙은 여편네와는 예사로 농을 주고 받는 사이다.

술방 문턱을 넘어서며 만도가,

"서방님 들어가신다."

하면, 여편네는,

"아이 문둥아, 어서 오느라."

하는 것이 인사처럼 되어 있다. 만도는 여간 언짢은 일이 있어도 이 여편네의 궁둥이 곁에 가서 앉으면 속이 저절로 쑥 내려가는 것이다.

주막 앞을 지나치면서 만도는 술방 문을 열어볼까 했으나, 방문 앞에 신이 여러 켤레 널려 있고, 방 안에서 웃음소리가 요란하기 때문에 돌아오는 길에 들르기로 했다. 신작로에 나서면 금시 읍이었다. 만도는 읍 들머리에서 잠시 망설이다가 정거장 쪽과는 반대되는 방향으로 걸음을 옮겼다. 장거리를 찾아가는 것이었다. 진수가 돌아오는데 고등어나 한 손 사가지고 가야 될 거 아니가 싶어서였다. 장날은 아니었으나, 고깃전에는 없는 고기가 없었다. 이것을 살까 하면 저것이 좋아 보이고, 그것을 사러 가면 또 그 옆의 것이 먹음직해 보이고. 한참 이리저리 서성거리다가 결국은 고등어 한 손을 샀다. 그것을 달랑달랑 들고 정거장을 향해가는데, 겨드랑 밑이 간질간질해왔다. 그러나 한쪽밖에 없는 손에 고등어를 들었으니 참 딱했다. 어깻죽지를 연신 위아래로 움직거리는 수밖에 없었다.

정거장 대합실에 들어선 만도는 먼저 걸린 시계부터 바라보았다. 두시 이십분이었다. 벌써 두시 이십분이라니, 내가 잘못 보았나? 아무리 두 눈을 씻고 보아도 시계는 틀림없는 두시 이십분이다. 한쪽 걸상에 가서 궁둥이를 붙이면서 곧장 미심쩍어했다. 두시 이십분이라니, 그럼 벌써 점심때가 지났단 말인가? 말도 아닌 것이다. 자세히 보니 시계는 유리가 깨어졌고, 먼지가 꺼멓게 앉아 있었다. 그러면 그렇지, 엉터리였다. 벌써 그렇게 되었을 리가 없는 것이다.

"여보이소, 지금 몇 싱교?"

맞은편에 앉은 양복쟁이한테 물어보았다.

"열시 사십분이요."

"예, 그렁교."

만도는 고개를 굽신하고는 두 눈을 연신 껌벅거렸다. 열시 사십분이라, 보자, 그럼 아직도 한 시간이나 넘어 남았구나. 그는 안심이 되는 듯 후유 숨을 내쉬었다. 궐련을 한 개 빼물고 불을 댕겼다. 정거장 대합실에 와서 이렇게 도사리고 앉아 있노라면, 만도는 곧잘 생각하는 일이 한 가지 있었다. 그 일이 머리에 떠오르면 등골을 찬 기운이 쫙 스쳐 내려가는 것이었다. 다섯 개의 손가락이 시퍼렇게 굳어진, 이끼 낀 나무토막 같은 팔뚝이 지금도 저만큼 눈앞에 보이는 듯했다.

바로 이 정거장 마당에 백 명 남짓한 사람들이 모여 웅성거리고 있었다. 그 중에는 만도도 섞여 있었다. 기차를 기다리고 있는 것이었으나, 그들은 모두 자기네들이 어디로 가는지 알지를 못했다. 그저 차를 타라면 탈 사람들이었다. 징용에 끌려 나가는 사람들이었다. 그러니까 지금 으로부터 십이삼 년 옛날의 이야기인 것이다.

북해도 탄광으로 갈 것이라는 사람도 있었고, 틀림없이 남양군도로 간다는 사람도 있었다. 더러는 만주로 갔으면 좋겠다고 하기도 했다. 만도는 북해도가 아니면 남양군도일 것이고, 거기도 아니면 만주겠지. 설마 저희들이 하늘 밖으로사 끌고 가겠느냐고, 아무렇지도 않은 듯이 그 들창코로 담배 연기를 푹푹 내뿜고 있었다. 그러나 마음이 좀 덜 좋은 것은 마누라가 저쪽 변소 모퉁이 벚나무 밑에 우두커니 서서 한눈도 안 팔고 이쪽만을 바라보고 있는 때문이었다. 그래서 그는 주머니 속에 성냥을 두고도 옆 사람에게 불을 빌리자고 하며 슬며시 돌아서버리곤 했다. 홈으로 나가면서 뒤를 돌아보니 마누라는 울 밖에 서서 수건으로 코를 눌러대고 있었다. 만도는 코허리가 쩡했다. 기차가 꽥꽥 소리를 지르면서 덜커덩! 하고 움직이기 시작했을 때는 정말 기분이 덜 좋았다. 눈앞이 뿌옇게 흐려지는 것을 어쩌지 못했다. 그러나 정거장이 가맣게 멀어져가고, 차창 밖으로 새로운 풍경이 획획 날아들자 그만 아무렇지도 않아지는 것이다. 오히려 기분이 유쾌해지는 것 같기도 했다.

바다를 본 것도 처음이었고, 그처럼 큰 배에 몸을 실어본 것은 더구나 처음이었다. 배 밑창에 엎드려서 꽥꽥 게워내는 사람들이 많았으나, 만도는 그저 골이 좀 띵했을 뿐 아무렇지도 않았다. 더러는 하루에 두 개씩 주는 주먹밥을 남기기도 했으나, 그는 한꺼번에 하루 것을 뚝딱해도 시원찮았다. 모두들 내릴 준비를 하라는 명령이 떨어진 것은 사흘째 되는 날 황혼 때였다. 제각기 봇짐을 챙기기에 바빴다. 만도도 호박덩이만한 보따리를 옆구리에 덜렁 찼다. 갑판 위에 올라가보니 하늘은 활활 타오르고 있고, 바닷물은 불에 녹은 쇠처럼 벌겋게 출렁거리고 있었다. 지금막 태양이 물 위로 뚝 떨어져가는 중이었다. 햇덩어리가 어쩌면 그렇게 크고 붉은지 정말 처음이었다. 그리고 바다 위에 주황빛으로 번쩍거리는 커다란 산이 둥둥 떠 있는 것이었다. 무시무시하도록 황홀한 광경에 모두들 딱 벌어진 입을 다물 줄 몰랐다. 만도는 양 어깨를 버쩍 들어 올리면서 히야 —— 고함을 질렀다. 그러나 섬에서 그들을 기다리고 있는 것은 숨막히는 더위와 강제 노동과, 그리고 잠자리만큼씩이나 한 모기떼……그런 것뿐이었다.

섬에다가 비행장을 닦는 것이었다. 모기에게 물려 혹이 된 자리를 벅벅 긁으며, 비오듯 쏟아지는 땀을 무릅쓰고 아침부터 해가 떨어질 때까지 산을 허물어내고, 흙을 나르고 하기란 고향에서 농사일에 뼈가 굳어진 몸에도 이만저만한 고역이 아니었다. 물도 입에 맞지 않았고, 음식도 이내 변하곤 해서, 도저히 견디어낼 것 같지가 않았다. 게다가 병까지 돌았다. 일을 하다가도 벌떡 자빠지기가 예사였다. 그러나 만도는 아침 저녁으로 약간씩 설사를 했을 뿐 넘어지지는 않았다. 물도 차츰 입에 맞아갔고, 고된 일도 날이 감에 따라 몸에 배어드는 것이었다. 밤에 날개를 치며 몰려드는 모기떼만 아니면 그냥저냥 배겨내겠는데, 정말 그놈의 모기들만은 질색이었다.

사람의 힘이란 무서운 것이었다. 그처럼 험난하던 산과 산 틈바구니에 비행장을 다듬어내고야 말았던 것이다. 그러나 일은 그것으로 끝나는 것이 아니고, 오히려 더 벅찬 일이 닥치는 것이었다. 연합군의 비행기가 날아들면서부터 일은 밤중까지 계속되었다. 산허리에 굴을 파 들어가는 작업이었다. 비행기를 집어 넣을 굴이었고, 그리고 모든 시설을 다 굴 속으로 옮겨야 하는 것이었다.

여기저기서 다이너마이트 튀는 소리가 산을 흔들어댔다. 앵앵앵──하고 공습경보가 나면 일을 하던 손을 놓고 모두 굴 바닥에 납작납작 엎드려 있어야 했다. 비행기가 돌아갈 때까지 그러고 있는 것이었다. 어떤 때는 근 한 시간 가까이나 엎드려 있어야 하는 때도 있었는데, 차라리 그것이 얼마나 편한지 몰랐다. 그래서 더러는 공습이 있기를 은근히 기다리기도 했다. 때로는 공습경보의 사이렌을 듣지 못하고 그냥 일을 계속하는 수도 있었다. 그럴 때는 모두 큰 손해를 보았다고 야단들이었다. 어떻게 된 셈인지 사이렌이 미처 울리기도 전에 비행기가 산등성이를 넘어 달려드는 수도 있었다. 그럴 때는 정말 질겁을 하는 것이었다. 가장 많은 손해를 입는 것도 그런 경우였다. 만도가 한쪽 팔을 잃어버린 것도 바로 그런 때의 일이었다.

여느 날과 다름 없이 굴 속에서 바위를 허물어내고 있었다. 바위 틈서리에 구멍을 뚫어서 다이너마이트장치를 하는 판이었다. 장치가 다 되면 모두 바깥으로 나가고, 한 사람만 남아서 불을 댕기는 것이다. 그리고 그것이 터지기 전에 얼른 밖으로 뛰어 나와야 한다. 만도가 불을 댕길 차례였다. 모두들 바깥으로 나가버린 다음 그는 성냥을 꺼냈다. 그런데 웬 영문인지 기분이 꺼림칙했다. 모기에게 물린 자리가 자꾸 쑥쑥 쑤시는 것이었다. 긁적긁적 긁어댔으나 도무지 시원한 맛이 없었다. 그는 이맛살을 찌푸리면서 성냥을 득! 그었다. 그래 그런지 몰라도 불은 이내 픽 하고 꺼져버렸다. 성냥 알맹이 네 개째에사 겨우 심지에 불이 댕겨졌다. 심지에 불이 붙는 것을 보자, 그는 얼른 몸을 굴 밖으로 날렸다. 바깥으로 막 나서려는 때였다. 산이 무너지는 듯한 소리와 함께 사나운 바람이 귓전을 후려갈기는 것이었다. 만도는 정신이 아찔했다. 공습이었던 것이다. 산등성이를 넘어 달려온 비행기가 머리 위로 아슬아슬하게 지나가는 것이었다. 미처 정신을 차리기도 전에 또 한 대가 뒤따라 날아드는 것이 아닌가. 만도는 그만 넋을 잃고 굴 안으로 도로 달려 들어갔다. 달려 들어가서 굴바닥에 아무렇게나 팍 엎드리고 말았다. 그 순간이었다. 쾅! 굴 안이 미어지는 듯하면서 다이너마이트가 터졌다. 만도의 두 눈에서 불이 번쩍했다.

만도가 어렴풋이 눈을 떠보니, 바로 거기 눈앞에 누구의 것인지 모를 팔뚝이 하나 아무렇게나 떨어져 있었다. 손가락이 시퍼렇게 굳어져서 마치 이끼 낀 나무토막처럼 보이는 팔뚝이었다. 만도는 그것이 자기의 어깨에 붙어 있던 것인 줄을 알자, 그만 으악! 정신을 잃어버렸다.

재차 눈을 떴을 때는 그는 푹신한 담요 위에 누워 있었고, 한쪽 어깻죽지가 못 견디게 쿡쿡 쑤셔댔다. 절단(絶斷)수술은 이미 끝난 뒤였다.

꽤액 —— 기차 소리였다. 멀리 산모퉁이를 돌아오는가 보다. 만도는 자리를 털고 벌떡 일어서며 옆에 놓아둔 고등어를 집어 들었다. 기적 소리가 가까워질수록 가슴이 울렁거렸다. 대합실 밖으로 뛰어나가 홈이 잘 보이는 울타리 쪽으로 가서 발돋움을 했다. 땡땡땡……종이 울리고, 잠시 후 차는 소리를 지르면서 달려들었다. 기관차의 옆구리에서는 김이 픽픽 풍겨나왔다. 만도의 얼굴은 바짝 긴장이 되었다. 시커먼 열차 속에서 꾸역꾸역 사람들이 쏟아져나왔다. 꽤 많은 손님이 내리는 것이었다. 만도의 두 눈은 곧장 이리저리 굴렀다. 그러나 아들의 모습은 쉽사리 눈에 띄지 않았다. 저쪽 출찰구로 밀려가는 사람의 물결 속에 두 개의 지팡이를 짚고 절룩거리면서 걸어 나가는 상이군인이 있었으나, 만도는 그 사람에게 주의가 가지는 않았다. 기차에서 내릴 사람은 모두 내렸는가 보다. 이제 미처 차에 오르지 못한 사람들이 홈을 이리저리 서성거리고 있을 뿐인 것이다. 그놈이 거짓으로 편지를 띄웠을 리는 없을 터인데. 만도는 자꾸 가슴이 떨렸다. 이상한 일이다, 하고 있을 때였다. 분명히 뒤에서,

"아부지!"

부르는 소리가 들렸다. 만도는 깜짝 놀라며 얼른 뒤를 돌아보았다. 그 순간 만도의 두 눈은 무섭도록 크게 떠지고, 입은 딱 벌어졌다. 틀림없는 아들이었으나, 옛날과 같은 진수는 아니었다. 양쪽 겨드랑이에 지팡이를 끼고 서 있는데, 스쳐가는 바람결에 한쪽 바지가랑이가 펄럭거리는 것이 아닌가. 만도는 눈앞이 노오래지는 것을 어쩌지 못했다. 한참 동안 그저 멍멍하기만 하다가, 코허리가 쩡해지면서 두 눈에 뜨거운 것이 핑 도는 것이었다.

"애라이 이놈아!"

만도의 입술에서 모지게 튀어 나온 첫마디였다. 떨리는 목소리였다. 고등어를 든 손이 불끈 주먹을 쥐고 있었다.

"이기 무슨 꼴이고, 이기!"

"아부지!"

"이놈아, 이놈아 ── ."

만도의 들창코가 크게 벌름거리다가 훌쩍 물코를 들이마셨다. 진수의 두 눈에서는 어느 결에 눈물이 지르르 흘러내리고 있었다. 만도는 모든 게 진수의 잘못이기나 한 듯 험한 얼굴로,

"가자, 어서!"

무뚝뚝한 한 마디를 던지고는 성큼성큼 앞장을 서는 것이었다. 진수는 입술에 내려와 묻는 짭짤한 것을 혀끝으로 날름 핥아버리고 절름절름 아버지의 뒤를 따랐다. 앞장서가는 만도는 뒤따라오는 진수를 한 번도 돌아보지 않았다. 한눈을 파는 법도 없었다. 무겁디무거운 짐을 진 사람처럼 땅바닥만 내려다보며, 이따금 끙끙거리면서 부지런히 걸어만 가는 것이다. 지팡이에 몸을 의지하고 걷는 진수가 성한 사람의, 게다가 부지런

히 걷는 걸음을 당해낼 수는 도저히 없었다. 한 걸음 두 걸음씩 뒤지기 시작한 것이 그만 작은 소리로 불러서는 들리지 않을 만큼 떨어져버리고 말았다. 진수는 목구멍으로 왈칵 넘어오려는 뜨거운 기운을 참느라고 어금니를 야물게 깨물어보기도 했다. 그리고 두 개의 지팡이와 한 개의 다리를 열심히 움직여댔다.

앞서가던 만도는 주막집 앞에 이르자 비로소 한 번 뒤를 돌아보았다. 진수는 오다가 나무 밑에 서서 오줌을 누고 있었다. 지팡이는 땅바닥에 던져놓고, 한쪽 손으로는 볼일을 보고, 한쪽 손으로는 나무둥치를 안고 있는 꼬락서니가 을씨년스럽기 이를 데 없다. 만도는 눈살을 찌푸리며, 으음 ── 신음 소리 비슷한 무거운 소리를 도했다. 그리고 술방 앞으로 가서 방문을 왈칵 잡아당겼다.

기역자 판 안쪽에 도사리고 앉아서 속옷을 뒤집어 이를 잡고 있던 여편네가 킥! 웃으며 후다닥 옷섶을 여민다. 그러나 만도는 웃지를 않았다. 방 문턱을 넘어서면서도 서방님 들어가신다는 소리를 지르지도 않았다. 이처럼 뚝뚝한 얼굴을 하고 이 술방에 들어서기란 아마 처음 일일 것이다. 여편네가 멋도 모르고,

"오늘은 서방님 아닌가베."

하고 킬룩 웃었으나, 만도는 으음 ── 또 무거운 신음 소리를 토하고는 기역자 판 앞에 가서 쭈그리고 앉기가 바쁘게,

"빨리, 빨리."

"핫다나, 어지간이도 바쁜가베."

"빨리 곱배기로 한 사발 달라니까구마."

"오늘은 와 이카노?"

여편네가 건네주는 술사발을 받아 들며 만도는 후유 ── 한숨을 크게 내쉬었다. 그리고 입을 얼른 사발로 가져갔다. 꿀꿀꿀 잘도 넘어간다. 그 큰 사발을 단숨에 비워버리고는 도로 여편네 앞으로 불쑥 내민다. 그렇게 거들빼기로 석 잔을 해치우고서야 으으윽 게트림을 했다. 여편네가 눈을 휘둥그래 가지고 혀를 내둘렀다. 빈 속에 술을 그처럼 때려마시고 보니 금세 눈두덩이 확확 달아오르고, 귀뿌리가 발갛게 익어갔다. 술기

가 얼근하게 돌자 이제 좀 속이 풀리는 듯 방문을 열고 바깥을 내다보았다. 진수는 이마에 땀을 척척 흘리면서 절름절름 저만큼 오고 있었다.

"진수야!"

버럭 소리를 질렀다.

"좀 쉬었다 가자."

"……."

진수는 아무런 대꾸도 없이 어기적어기적 다가왔다.

다가와서 방문턱에 걸터앉으니까, 여편네가 보고,

"방으로 좀 들어오이소."

한다.

"여기 좋심더."

그는 수세미 같은 손수건으로 이마와 코 언저리를 아무렇게나 훔친다.

"마, 아무 데서나 묵어라. 저, 국수 한 그릇 말아주소."

"야."

"곱배기로 잘 좀. 참기름도 치소, 잉?"

"야아."

여편네는 코로 히죽 웃으면서 만도의 옆구리를 살짝 꼬집고는, 소쿠리에서 삶은 국수 두 뭉텅이를 집어 든다.

진수가 국수를 훌훌 끌어 넣고 있을 때, 여편네는 만도의 귓전으로 얼굴을 살짝 갖다 댄다.

"아들이가?"

만도는 고개를 약간 앞뒤로 끄덕거렸을 뿐 좋은 기색을 하지 않았다. 진수가 국물을 훌쩍 들이마시고 나자 만도는,

"한 그릇 더 묵을래?"

한다.

"아니예."

"한 그릇 더 묵지 와?"

"그만 묵을랍니더."

진수는 입을 썩 닦으며 부스스 자리에서 일어났다.

주막을 나선 그들 부자는 논두렁 길로 접어들었다. 아까와 같이 만도가 앞장을 서는 것이 아니라, 이번에는 진수를 앞세웠다. 지팡이를 짚고 기우뚱기우뚱 앞서가는 아들의 뒷모습을 바라보며, 팔뚝이 하나밖에 없는 아버지가 느릿느릿 따라가는 것이다. 손에 매달린 고등어가 자꾸 달랑달랑 춤을 춘다.

너무 급하게 들이부어서 그런지 만도의 뱃속에서는 우글우글 술이 끓고, 다리가 휘청거린다. 콧구멍으로 더운 숨을 훅훅 내뿜어본다. 정신이 아른하다. 좋다.

"진수야!"

"예?"

"니 우짜다가 그래 댔노?"

"전쟁하다가 이래 안댔십니꼬. 수류탄 쪼가리에 맞았심더."

"수류탄 쪼가리에?"

"예."

"음 — ."

"얼른 낫지 않고 막 썩어 들어가기 때문에 군의관이 짤라버립디더. 병원에서예."

"……."

"아부지!"

"와?"

"이래 가지고 나 우째 살까 싶습니더."

"우째 살긴 뭘 우째 살아. 목숨만 붙어 있으면 다 사는기다. 그런 소리 하지 말아."

"……."

"나 봐라, 팔뚝이 하나 없어도 잘만 안 사나. 남 보기에 좀 덜 좋아서 그렇지, 살기사 와 못 살아."

"차라리 아부지같이 팔이 하나 없는 편이 낫겠어예. 다리가 없어놓니 첫째 걸어댕기기에 불편해서 똑 죽겠심더."

"야야, 안 그렇다. 걸어댕기기만 하면 뭐하노. 손을 지대로 놀려야 일이 뜻대로 되지."

"그럴까예?"

"그렇다니까. 그러니까 집에 앉아서 할 일은 니가 하고, 나댕기메 할 일은 내가 하고, 그라면 안 되겠나, 그제?"

"예."

진수는 가벼운 한숨을 내쉬며 아버지를 돌아보았다. 만도는 돌아보는 아들의 얼굴을 향해서 지그시 웃어주었다. 술을 마시고 나면 이내 오줌이 마려워진다. 만도는 길가에 아무렇게나 쭈그리고 앉아서 고등어 묶음을 입에 물려고 한다. 그것을 본 진수가,

"아부지 그 고등어 이리 주이소."

한다.

팔이 하나밖에 없는 몸으로 물건을 손에 든 채 소변을 볼 수는 없는 것이다. 아버지가 볼일을 마칠 때까지 진수는 저만큼 떨어져 서서, 지팡이를 한쪽 손에 모아 쥐고 다른 손으로는 고등어를 들고 있었다. 볼일을 다 본 만도는 얼른 가서 아들의 손에서 고등어를 다시 받아 든다.

개천 둑에 이르렀다. 외나무다리가 놓여 있는 그 시냇물이다. 진수는 슬그머니 걱정이 되었다. 물은 그렇게 깊은 것 같지 않지만, 밑바닥이 모래흙이어서 지팡이를 짚고 건너가기가 만만할 것 같지 않기 때문이다. 외나무다리 위로는 도저히 건너갈 재주가 없고…….

진수는 하는 수 없이 둑에 퍼지고 앉아서 바지가랑이를 걷어 올리기 시작했다. 만도는 잠시 멀뚱히 서서 아들의 하는 수작을 내려다보고 있다가,

"진수야, 그만두고, 자아, 업자."

했다.

"업고 건너면 일이 다 되는 거 앙이가. 자아, 이거 받아라."

고등어 묶음을 진수 앞으로 내민다.

"……."

진수는 퍽 난처해 하면서, 못 이기는 듯이 그것을 받아 들었다. 만도는 등을 아들 앞에 갖다 대고, 하나밖에 없는 팔을 뒤로 번쩍 내밀며,

"자아, 어서!"

했다.

진수는 지팡이와 고등어를 각각 한 손에 쥐고, 아버지의 등으로 가서 슬그머니 업혔다. 만도는 팔뚝을 뒤로 돌려서 아들의 하나뿐인 다리를 꼭 안았다. 그리고,

"팔로 내 목을 감아야 될 끼다."

했다.

진수는 무척 황송한 듯 한쪽 눈을 찍 감으면서, 고등어와 지팡이를 든 두 팔로 아버지의 굵은 목줄기를 부둥켜안았다. 만도는 아랫배에 힘을 주며 끙! 하고 일어났다. 아랫도리가 야간 후들거렸으나 걸어간만은 했다.

외나무다리 위로 조심조심 발을 내디디며 만도는 속으로, 이제 새파랗게 젊은 놈이 벌써 이게 무슨 꼴이고, 세상을 잘못 만나서 진수 니 신세도 참 똥이다 똥, 이런 소리를 주워섬겼고, 아버지의 등에 엎힌 진수는 곧장 미안스러운 얼굴을 하며, 나꺼정 이렇게 되다니 아부지도 참 복도 더럽게 없지, 차라리 내가 죽어버렸더라면 나았을 낀데……하고 중얼거렸다.

만도는 아직 술기가 약간 있었으나 용케 몸을 가누며 아들을 업고 외나무다리를 조심조심 건너가는 것이었다.

눈앞에 우뚝 솟은 용머리재가 이 광경을 가만히 내려다보고 있었다.

— 1957년

흰 종이 수염

1

아버지가 돌아오던 날 동길(東吉)이는 학교에서 공부를 하지 못하고 교실을 쫓겨났다. 다른 다섯 명의 아이와 함께였다.

아이들은 모두 풀이 죽어 있었다. 어떤 아이는 시퍼런 코가 입으로 흘러드는 것도 아랑곳없이 눈만 대고 깜작거렸고, 입술이 파랗게 질린 아이도 있었다. 여생도 둘은 찔끔찔끔 눈물을 짜내고 있었다. 축 처진 조그마한 어깨들이 볼수록 측은했다.

그러나 동길이만은 그렇지가 않았다. 그는 두 주먹을 발끈 쥐고 있었다. 양쪽 볼에는 발칵 불만을 빼물고 있었고, 수박씨만한 두 눈은 차갑게 반짝거렸다.

'치! 울엄마 일하는데 어떻게 학교에 오는공. 울아부지 인제 돈 많이 벌어갖고 돌아오면 다 줄긴데 자꾸 지랄같이……'

동길이는 담임선생의 처사가 도무지 못마땅하여 속으로 또 한 번 눈을 흘겼다.

쫓겨나온 교실이 마음에 있다거나 선생님의 교탁 안으로 들어간 책보가 걱정이 된다거나 해서가 아니었다. 그런 알량한 몇 권의 헌책 나부랭이, 혹은 사친회비를 못 내고 덤으로 앉아서 얻어 배우는 치사스러운 공부 같은 것, 차라리 시원했다. 집으로 돌아가서 돈을 가져오라는 호령 따위도 이미 면역이 된 지 오래여서 시들했다. 그러나 돈을 못 가지고 오겠

거든 아버지나 어머니를 학교에 데려오라는 데는 딱 질색이었다. 전에
없던 일이었다.

"사람이면 염치가 좀 있어야지. 한두 달도 아니고. 이놈아! 너는 사,
오, 육, 칠, 넉 달치나 밀렸잖아. 이학년 올라와서 어디 한 번이나 낸 일
있나? 지금 당장 가서 가져오든지 그러잖음 아버질 데려와!"

냅다 고함을 지르는 바람에 간이 덜렁했으나 동길이는 또렷한 목소리
로,

"아부지 집에 없심더."

했다.

"이디 기고 없노?"

"노무자(勞務者) 나갔심더."

"······."

징용(徵用)에 나갔다는 말을 듣자 선생은 잠시 말이 없다가,

"그럼 어머니라도 데려와."

했다. 목소리가 꽤 누그러졌으나, 매정스럽기는 매양 한가지였다.

"안 데려옴 넌 여름방학 없다. 알겠나?"

"······."

동길이는 대꾸를 하지 않았다. 입을 꼭 다물고 양쪽 볼에 발칵 힘을
주었다. 그리하여 다른 다섯 아이와 함께 책보는, 말하자면 차압(差押)
을 당하고 교실을 쫓겨났던 것이다.

아이들은 땅바닥을 내려다보며 힘없이 운동장을 걸어나갔다. 여생도
둘은 유난히 단발머리를 떨어뜨리고 걸었다. 목덜미가 따갑도록 햇볕이
쏟아져내렸다. 맨 앞장을 서서 가던 동길이는 발끝에 돌멩이 하나가 부
딪히자 그만 그것을 사정없이 걷어차버렸다. 마치 무슨 분풀이라도 하는
듯이······발가락 끝에 불이 화끈 했으나 그는 어금니를 꽉 지레 물고 아
무렇지도 않은 체했다.

킥! 하고 한 아이가 웃음을 터뜨리자 다른 아이들도 따라서 낄낄 웃었
다. 어쩐지 모두 속이 시원했던 것이다.

그러나 누가 먼저 뒤를 돌아보았는지 모른다. 웃음은 일제히 뚝 그치

고 말았다. 그들을 쫓아낸 얼굴이 창문 밖으로 이쪽을 내다보고 있었던 것이다. 여섯 개의 가느다란 모가지가 도로 움츠러들지 않을 수 없었다.

교문을 나서자 아이들은 움츠렸던 목을 쑥 뽑아들고 다시 교실 쪽을 돌아보았다. 이제 선생님의 얼굴은 보이지 않고, 장단을 맞추어 구구(九九)를 외는 소리만이 우렁우렁 창 밖으로 울려나왔다.

사ー이는 팔, 사ー삼 십이, 사ー사 십육…….

동길이는 별안간 무슨 생각이 났는지 오른쪽 주먹을 왼쪽 손아귀로 가져 가더니 그만 힘껏 안으로 밀어내며,

"요놈 먹어라!"

하는 것이었다. 감자를 한 개 내질러 준 것이다. 그리고 후다닥 몸을 날렸다. 뺑소니를 치면서도 냅다,

"사오 이십, 사륙은 이십사. 사칠은 이십팔……."

하고, 고함을 질러댔다.

다른 아이들도 와아 환호성을 올리며 덩달아 사방으로 흩어져갔다. 군용 트럭이 한 대 뿌연 먼지를 날리며 달려오고 있었다.

2

"오ー이는 십, 오ー삼 십오, 오ー사 이십……."

동길이는 중얼중얼 구구를 외면서 신작로를 걸었다. 이마에 맺힌 땀이 뺨을 타고 까만 목줄기로 흘러내렸다.

"아아 덥다."

동길이는 손등으로 아무렇게나 땀줄기를 훔쳤다.

읍 들머리에 냇물이 흐르고 있었다. 물 밑에 깔린 자갈들이 손에 잡힐 듯 귀물스럽게 떠올라 보이는 맑은 시내였다. 그 위로 인도교와 철교가 나란히 지나가고 있었다.

다리에 이르자 동길이는 아래를 내려다보았다.

"히야, 용돌(用乭)이 짜식, 벌써 멱감고 있대이. 학교는 그만두고 짜식 참 좋겠다."

그리고 쪼르르 강둑을 굴러 내려갔다.

동길이를 보자 용돌이는 물 속에서 배꼽을 내밀며,

"동길아! 임마 니 핵교는 안 가고, 히히히……."

웃어댄다.

"갔다 왔어. 짜식아."

"무슨 놈의 핵교를 그렇게 빨리 갔다 오노?"

"돈 안 가져왔다고 안 쫓아내나."

"뭐 돈?"

"그래, 사친회비 안 냈다고 집에 가서 어무이를 데려오라 안카나."

"지랄이다 시랄. 그린 놈의 핵교 뭐 할리꼬 댕기노. 나같이 때려 챠버리라구마."

"그렇지만 임마 학교 안 댕기면 높은 사람 못 된다. 아나?"

"개똥이다 캐라. 흐흐흐……."

그리고 용돌이는 개구리처럼 가볍게 물 속으로 잠겨버린다. 동길이는 물 기슭에 서서 때에 절은 러닝 셔츠와 삼베 바지를 홀랑 벗어 던졌다.

이때,

"쾌애액!"

기적 소리도 요란하게 철교 위로 기차가 달려들었다. 북쪽에서 내려오는 기차였다. 동길이는 까만 고추를 달랑거리며 후다닥 철교 쪽으로 뛰었다. 용돌이란 놈도 물에서 뿔뿔 기어 나왔다.

커더덩커더덩……철교가 요란하게 울리고, 그 위로 시커먼 기차가 바람을 일으키며 신나게 달려간다. 차창마다 사람들이 이쪽을 내려다보고 있다. 어떤 창구에는 철모를 쓴 국군 아저씨가 담배 연기를 푸우 내뿜고 있는 것이 보인다. 동길이는 저도 모르게 두 손을 번쩍 쳐들었다.

"만세이!"

그리고 용돌이를 돌아보았다. 용돌이란 놈은 까닭도 없이 대고 주먹으로 감자를 내지르고 있다. 고약한 놈이다.

동길이는 웬일인지 기차만 보면 좋았다.

'울아부지도 저런 차를 타고 척 돌아올끼라. 울아부지 빨리 돌아왔으

면 좋겠다.'

사라져가는 기차 꽁무니를 바라보며 동길이는 잠시 노무자로 나간 아버지 생각에 가슴이 뻐근했다. 그러나 얼른,

"용돌아 임마, 내기할래?"

고함을 지르면서 후다닥 몸을 날렸다. 풍덩! 물소리와 함께 까만 몸뚱어리가 미끄러이 물 속으로 자맥질해 들어갔다. 용돌이도 뒤따라 풍덩! 물 밑으로 잠긴다.

물고기들 부럽잖게 얼마를 놀았는지 모른다. 뚜우 하고 정오를 알리는 사이렌 소리가 울려왔을 때에야 동길이는 물에서 나왔다. 배가 훌쭉했다. 주섬주섬 옷가지를 주워 걸치며,

"짜식아, 그만 안 갈래?"

용돌이를 돌아보았다. 용돌이란 놈은 무슨 물고기 삼신인 듯 아직도 나올 생각을 않고 풍덩거리며 벌쭉벌쭉 웃고만 있다.

"배 안 고프나?"

"배사 고프다. 그렇지만 임마, 집에 가야 밥이 있어야지. 너거 집엔 오늘 점심 있나?"

"몰라. 있을 끼다."

"정말이가?"

"짜식아, 있으면 니 줄까봐."

그리고 동길이는 타박타박 자갈밭을 걸었다.

다리를 지날 때 후끈한 바람결에 난데없이 노랫소리가 흘러왔다. 극장에서 울려 나오는 스피커 소리였다. 이 무더운 대낮에 누가 극장엘 가는지 모르지만 그래도 사람을 끌어 모으려고, 아리랑 시리랑……하고 악을 써쌌는다.

그러나 동길이는 배가 고파서 그런 건 도무지 흥이 나질 않았다. 오늘따라 왜 이렇게 시장기가 치미는지 알 수 없었다. 너무 오래 멱을 감은 탓일까? 타박타박 옮기는 걸음이 자꾸 무거워만 갔다.

3

집 사립문 앞에 이르자 동길이는 흠칫 그 자리에 멈추어 섰다. 마루에 벌렁 드러누워 있는 사람이 있었던 것이다.

어머니도 아니었다. 남자였다.

동길이는 조심조심 사립 안으로 걸어 들어갔다. 어머니는 부엌문 앞에서 무엇을 북북 치대고 있었다. 인기척에 후딱 뒤를 돌아본 어머니는 마루에 누워 있는 사람을 눈으로 가리켰다. 어머니의 두 눈에는 슬픈 빛이 서려 있다. 동길이는 이찌된 영문인지 알 수가 없었다. 그러나 마루에 누워 있는 사람이 누구라는 것을 알아챘다.

"아부지!"

동길이는 얼른 누워 있는 아버지 곁으로 가까이 갔다. 아버지는 자고 있었다. 그러나 동길이는 아버지를 향해 꾸뻑 절을 했다.

'아까 그 기차를 타고 오신 모양이지. 헤 참, 그런 줄 알았으면 얼른 집에 올걸 가따가야…….'

꼬빡 2년 만에 돌아온 아버지……동길이는 조심히 아버지의 얼굴을 들여다보았다. 꺼멓게 탄 얼굴에 움푹 꺼져들어간 두 눈자위, 그리고 코밑이랑 턱에는 수염이 지저분했다. 목덜미로 식은땀이 흐르고 있었고, 입 언저리에는 파리떼가 바글바글 엉켜 붙어 있었다. 그러나 아버지는 그런 줄도 모르고 푸푸 코를 불면서 자고만 있다. 동길이는 파리란 놈들을 쫓았다.

어머니가 조심스러운 눈길로 동길이를 힐끗 돌아본다. 집에 와서 갈아입었는지 아버지의 입성은 깨끗했다. 징용에 나가기 전, 목공소에 다닐 때 입던 누런 작업복 하의에 삼베 셔츠……그런데,

"에!"

이게 웬일까?

동길이는 눈이 휘둥그레지고, 입이 딱 벌어졌다. 그러나 어머니는 동길이의 놀라는 모습을 돌아보지 않고 후유 한숨을 쉴 따름이었다. 동길

26

이는 떨리는 손으로 한쪽 소맷부리를 들추어보았다.

없다. 분명히 없다.

동길이는 어머니를 향해 소리쳤다.

"어무이, 아부지 팔 하나 없다."

"……."

"팔 하나 없어. 팔!"

"……."

"잉?"

"……."

말없이 돌아보는 어머니의 두 눈에는 눈물이 홍건히 괴어 있었다.

동길이는 아버지가 슬그머니 무서워지는 것이었다.

어머니 곁으로 가서 부엌문에 붙어 서서도 곧장 아버지의 한쪽 소맷자
락을 힐끗힐끗 건너다보았다.

어머니는 또 한 번 후유 한숨을 쉬면서 함지박을 들고 부엌으로 들어
갔다. 밀가루 수제비를 뜨는 것이었다. 어머니의 손 끝에서 똑똑 떨어져
서 부글부글 끓어오르는 물 속으로 들어가는 수제비를 바라보자 동길이
는 배에서 꼬르르 소리가 났다. 꿀컥 침을 삼켰다. 아버지의 팔뚝 생각
같은 것은 이미 없었다.

수제비를 떠서 두 그릇 상에 받쳐 들고 어머니가 부엌을 나오자 동길
이는 앞질러 마루로 올라갔다. 아버지는 아직 쿨쿨 자고 있었다. 아버지
의 한쪽 소맷자락이 눈에 띄자 동길이는 다시 흠칫했다.

"보이소 예! 그만 일어나이소. 점심 가져왔구마."

어머니가 흔들어 깨우는 바람에 아버지는,

"으으윽."

한 개밖에 없는 팔을 내뻗어 기지개를 켜며 부스스 일어났다. 동길이
는 저도 모르게 뒤로 한걸음 물러섰다. 그리고 얼른 아버지를 향해 절을
하기는 했으나, 겁을 집어먹은 듯이 눈이 둥그레졌다. 아버지는 동길이
를 보더니,

"으으……핵교 잘 댕깄나? 어무이 말 잘 듣고?"

그리고 아아윽! 커다랗게 하품이었다.

점심상을 가운데 놓고 아버지와 동길이가 마주 앉았다. 그 곁에 어머니는 뚝배기를 마룻바닥에 놓고 앉았다.

몰씬몰씬 김이 오르는 수제비죽……동길이는 목젖이 튀어나오는 것 같았다. 후딱 숟가락을 들었다. 그리고 그 뜨끈뜨끈한 놈을 푹 한 숟갈 떠올리기가 무섭게 아가리를 짝 벌렸다. 아버지도 숟가락을 들었다. 왼쪽 손이었다. 없어진 팔이 하필이면 오른쪽이었던 것이다. 어머니는 그것을 보자 이마에 슬픈 주름을 잡으며 얼른 외면을 했다. 그러나 동길이는 수제비를 퍼 올리기에 바빠서 아버지의 남은 손이 왼손인지 오른손인지 그런 덴 도무지 관심이 없는 듯했다.

돼지 새끼처럼 한참을 그렇게 퍼 먹고 나서야 좀 숨이 돌리는 듯 동길이는 힐끗 아버지를 거들떠보았다. 아버지의 숟가락질은 도무지 서툴기만 했다.

'아버지 팔이 하나 없어져서 참 큰일났제. 저런! 오른쪽 팔이 없어졌구나. 우짜다가 저랬는고이?'

그리고 동길이는 남은 국물을 훌훌 마저 들이마셨다. 콧등에 맺힌 땀방울이 또르르 굴러내린다.

"아아."

이제 좀 살겠다는 것이다.

4

이튿날 아침,

"동길아 학교 가자아!"

사립문 밖에서 부르는 소리가 났다. 이웃에 사는 창식(昌植)이었다.

"동길아, 학교 안 갈래?"

동길이는 가만히 마루로 나와 신을 찾았다.

이때 뒷간에서 나온 동길이 아버지가 한 손으로 을씨년스럽게 고의춤을 여미면서,

28

“누구냐! 이리 들어와서 같이 가거라.”

했다.

창식이가 들어섰다. 창식이는 동길이 아버지를 보자 냉큼 허리를 꺾었다. 그리고 동길이 아버지의 팔뚝이 없는 소맷자락으로 눈이 가자 희한한 것이라도 발견한 듯 두 눈이 번쩍 빛났다.

동길이는 신을 신고 조심조심 마당으로 내려섰다. 아버지는 동길이를 보고,

“길아! 니 책보 우쨌노?”

“…….”

동길이는 얼른 대답이 나오질 않았다. 마치 저에게 무슨 잘못이라도 있는 것처럼…….

“응? 책보 우쨌어?”

그러자 옆에서 창식이란 놈이 가벼운 조동아리를 내밀었다.

“빼앗깃심더.”

“빼앗기다니 누구한테?”

“선생님한테예.”

“뭐 선생님한테?”

“예.”

“와?”

“사친회비 안 낸 아이들은 다 빼앗고 집에 쫓았심더. 사친회비 안 가져온 사람은 방학도 없답니더.”

“…….”

동길이 아버지는 입술이 파랗게 굳어져갔다.

“아부지!”

동길이가 입을 떼었다.

“아부지, 나 학교 안 댕길랍니더.”

“뭐?”

“때리챠버릴랍니더.”

“음 —.”

　아버지의 입에서는 무거운 신음 소리가 새어 나왔다. 그리고 왈칵 성이 복받치는 듯,
　"까불지 말고 빨리 갓!"
하고, 고함을 질렀다. 부엌에서 설거지를 하고 있던 어머니가 눈을 휘둥그래가지고 바라본다.
　동길이와 창식이는 어깨를 나란히 하고 걸었다. 다리를 건너면서 창식이가,
　"동길아, 느그 아부지 팔 하나 없어졌제?"
했다.
　"……."
　"노무자로 나가서 그랬제?"
　"……."
　"팔이 하나 없어져서 어떻게 목수질 하노? 인제 못 하제, 그제?"
　"몰라! 이 짜식아."
　동길이는 발끈해졌다. 눈꺼풀이 파르르 떨렸다. 곧 한대 올려붙일 기세였다.
　창식이는 겁을 집어먹고 한 걸음 떨어져 섰다. 그리고 두 눈을 대고 껌벅거렸다.
　창식이는 내빼듯이 똑바로 학교로 갔으나, 동길이는 다리를 건너자 강둑을 굴러 내려갔다.
　용돌이가 아직 보이지 않았으나, 그런대로 동길이는 옷을 벗었다.
　대낮이 가까워졌을 무렵, 동길이는 아이들이 떠들어대는 소리를 듣고, 다리 위를 쳐다보았다.
　"외팔뚝이 ── ."
　"하나, 둘, 셋!"
　"외팔뚝이 ── ."
　다리 난간에 붙어서서 이쪽을 내려다보며 소리를 모아 고함을 질러대는 아이들은 틀림없는 자기 학급 아이들이었다. 동길이는 귀뿌리를 한대 얻어맞은 듯했다. 동길이가 쳐다보자 이번엔 한 놈씩 차례차례 고함

을 질러 나간다.

"뚱길이 즈그 아부지 외팔뚝이 —— ."

"외팔뚝이 새끼 모욕하네 —— ."

"학교는 안 오고 모욕만 하네 —— ."

맨 마지막으로,

"외팔뚝이 오늘 학교 왔더라 —— ."

하는 소리는 어딘지 모르게 속으로 기어들어가는 소리였다. 그리고 살금 아이들 뒤로 숨어버리는 것이 아닌가. 창식이란 놈이 틀림없었다.

동길이는 온몸에 쥐가 나는 듯했다. 치가 떨렸다. 부리나케 밖으로 헤엄쳐 나온 그는 후닥닥 돌멩이를 집어들었다. 돌멩이는 다리 난간을 향해서 핑핑 날았다. 그러나 한 개도 거기까지 가서 닿지는 않았다.

다리 위에서는 와아 환호성을 올리며 좋아라 하고 웃어댄다. 그리고 어떤 놈이 뱉었는지 침이 날아왔다.

약이 오를대로 오른 동길이는 두 손에 돌멩이를 발끈 쥐고 그냥 막 자갈밭을 내달았다. 강둑을 뛰어올라 다리를 향해 마구 달리는 것이었다. 빨간 알몸뚱이가 마치 다람쥐 같았다.

욕지거리를 퍼부어쌌던 아이들은 큰소리로 웃어대면서 우르르 도망들을 친다. 도저히 따를 만한 거리가 아니었다. 팔매가 가서 닿을 만한 거리도 아니었다. 그러나 동길이는 손에 쥔 돌멩이를 힘껏 내던졌다.

분해서 견딜 수가 없었다.

"짜식들 어디 두고 보자. 창식이 요놈 새끼, 죽여버릴 끼다. 요놈 새끼 ……."

5

그날 저녁 동길이는 아버지에게 꾸지람을 들었다.

아버지는 어디에서 술을 마셨는지 얼굴이 벌겋게 익어가지고 비칠비칠 사립문을 들어서더니 대뜸,

"길이 이놈 어디 갔노, 응?"

하고, 소리를 질렀다. 손에 웬 책보 하나와 흰 종이를 포개 쥐고 있었다.

마루에서 저녁을 먹고 있던 동길이와 어머니는 눈이 둥그래졌다.

"아, 이놈 여깃구나. 니 오늘 어딜 갔더노? 핵교 안 가고, 어딜 싸돌아 댕깃노? 응?"

마루에 올라와 덜커덩 엉덩방아를 찧으며 눈알을 부라렸다.

"아이구 어디서 저렇게 술을……."

어머니는 혼잣말처럼 중얼거리며 밥상을 가지러 일어선다.

"아, 오늘 김 주사가 한턱 내더라. 우리 목공소 주인 김 주사가 말이지, 징용 나가서 고생많이 했다고 한턱 내더라니까. 고생 많이 했다고……팔뚝을 하나 나라에 바쳤다고……으ㅎㅎㅎㅎ……."

그리고는 또,

"이놈! 너 오늘 와 핵교 안 갔노? 응? 돈이 없어서 안 갔나? 응? 응? 이 못난 자식아! 뭐 핵교를 안 댕기겠다고?"

하고 마구 퍼부어댄다.

"이놈아, 오늘 내가 핵교에 갔다. 핵교에 갔어. 너거 선생 만나서 다 얘기했다. 이 봐라, 이놈아! 내 팔이 하나 안 없어졌다. 이것을 내보이면서 다 얘기하니까 너거 선생 오히려 미안해서 죽을라 카더라. 죽을라 캐. 봐라 이렇게 책보도 안 받아왔는강."

아버지는 책보를 동길이 앞에 불쑥 내밀었다. 동길이는 책보와 흰 종이를 한꺼번에 받아 안으며 모가지를 움츠렸다.

"이놈아 아버지가 징용에 나갔다고 선생님한테 와 말을 못 하노. 아부지가 돌아오면 다 갖다 바치겠다고 와 말을 못 하노 말이다. 입은 뒀다가 뭐 할라카는 입이고?"

"아부지 노무자 나갔다고 캤심더."

동길이는 약간 보로통해졌다.

"뭐, 이놈아? 니가 똑똑하게 말을 못 했으니까 그렇지. 병신 자식 같으니……."

어머니가 밥상을 들고 와서 아버지 앞에 놓으며,

"자아 그만하고 어서 저녁이나 드이소."

했다. 아버지는 숟가락을 들었다. 그러나 밥을 떠올릴 생각은 않고 연방 떠들어댄다.

"내가 비록 이렇게 팔이 하나 없어지긴 했지만, 이놈아 니 사친회비 하나를 못 댈 줄 아나? 지금까지 밀린 것 모두 며칠 안으로 장만해준다. 방학할 때까진 어떠한 일이 있어도 장만해준단 말이다. 오늘 너거 선생한테도 그렇게 약속했다. 문제없단 말이다. 애비의 이 맘을 알고 니가 더 열심히 핵교에 댕겨야지, 나 학교 때리챠버릴랍니더가 다 뭐고? 이눔으 자식, 그게 말이라구 하는기가?"

동길이는 그만 울먹울먹해졌다. 그러나 한사코 눈물을 흘리지는 않았다.

아버지는 밥을 몇 숟갈 입에 떠넣다가 별안간 또 무슨 생각이 났는지 이번에는 어머니에게,

"이봐, 나 오늘 취직했어. 취직. 손이 하나 없으니까 목수질은 못 하지만 그래도 다 써먹을 데가 있단 말이여. 써먹을 데가……."

정말인지 거짓부렁인지 알 수 없는 소리를 대고 주워섬긴다.

"아니, 참말로 카능교? 부로 카능교?"

"허, 부로 카긴 와 부로 캐. 내가 언제 거짓말하더나?"

"……."

"극장에 취직이 됐어. 극장에……."

"뭐 극장에요?"

"그래 와, 나는 극장에 취직하면 안 될 사람인가? 그것도 다 김 주사, 우리 오야붕 덕택이란 말이여. 팔뚝을 한 개 나라에 바친 그 덕택이란 말이여. 으흐흐흐……내일 나갈 적에 종이로 쉬염을 만들어갖고 가야 돼. 바로 이 종이가 쉬염 만들 종이 앙이가."

동길이가 책보와 함께 받아 가지고 있는 흰 종이를 숟가락으로 가리켰다.

때마침 저녁 손님을 부르는 극장의 스피커 소리가 우렁우렁 울려왔다.

"을씨구, 저 봐라, 우리 극장 선전이다. 이래봬도 나도 내일부턴 극장 직원이란 말이여. 직원. 으흐흐……."

그러고는 벌떡 일어서서 흘러오는 스피커의 노랫소리에 맞추어 우쭐우쭐 춤을 추기 시작했다. 하나밖에 없는 팔을 대고 내저으며 제법 궁둥이까지 흔들어댄다. 꼴불견이다. 동길이는 낄낄낄 웃었다. 그러나 어머니는 이맛살을 찌푸리며,

"아이구, 무슨 놈의 술을 저렇게도 마셨노. 쯧쯧쯧……."

혀를 찼다.

아리아리랑 시리시리랑……하고 돌아쌌던 아버지는 그만 방 아랫목에 가서 벌떡 드러누우며,

"아으흐 —— ."

하고 괴로운 소리를 질렀다.

"밥 그만 잡숫능교?"

어머니가 묻자,

"안 먹을란다."

했다.

그리고 잠시 후 아버지는 훌쩍훌쩍 느끼기 시작하는 것이었다. 두 눈에서 솟구친 눈물이 양쪽 귓전으로 추적추적 걷잡을 수없이 흘러내렸다. 동길이는 도무지 어찌된 영문인지 알 수가 없었다. 그러면서도 덩달아 코 끝이 매워왔다.

6

부엌에서 달그락거리는 소리에 동길이는 눈을 떴다. 어느새 아버지는 일어나서 윗목에 쭈그리고 앉아 뭣을 열심히 만지작거리고 있었다.

동길이는 발딱 몸을 일으켰다. 모기에 물려 부르튼 자리를 득득 긁으면서 아버지 곁으로 다가갔다.

아버지는 가위질을 하고 있었다. 두 발로 종이를 밟고, 왼쪽 손에 든 가위로 을씨년스럽게 그것을 오리고 있는 것이었다.

"아부지, 그거 뭐 합니꺼?"

"쉬염 만든다 안 카더나. 어젯밤에 안 카더나."

34

"쉬염 만들어서 뭐하는데예?"

"넌 알끼 아니다."

"……."

"요렇게 좀 삐져나 도고."

동길이는 아버지한테서 가위를 받아 쥐고 종이를 국수처럼 가닥가닥 오려 나갔다. 그리고 아버지가 시키는 대로 그것을 실로 꿰매기 시작했다.

어머니가 밥상을 들고 들어왔을 때는 한 다발의 흰 종이 수염이 제법 그럴 듯하게 만들어졌다. 어머니는 밥상을 놓으며,

"그걸로 대체 머하는게? 광대놀음 하는게?"

했다.

"광대놀음? 흐흐흐……."

아버지는 서글피 웃었다.

창식이란 놈이 부르러 올 리 없었다. 그러나 동길이는 밥숟가락을 놓기가 바쁘게 책보를 들고 일어섰다. 아버지도 방구석에 걸린 낡은 보릿짚 모자를 벗겨서 입으로 푸푸 먼지를 부는 것이었다. 책보를 옆구리에 낀 동길이가 앞서고, 종이로 만든 수염을 손에 든 아버지가 뒤따라 집을 나섰다.

아버지와 동길이는 삼거리에서 헤어졌다. 헤어질 때, 아버지는 동길이에게,

"걱정 말고 꼭 핵교에 가거래이. 응?"

다짐을 했고 동길이는,

"예!"

또렷한 목소리로 대답을 했다.

동길이는 선생님을 대하기가 매우 거북스러웠다. 그러나 선생님은 별로 못마땅해 하는 기색이 없이,

"결석하면 안 된다. 알겠나?"

예사로 한 마디 던질 뿐이었다.

학급 아이들이야 뭐라건 그건 조금도 두려울 게 없었다. 감히 동길이

앞에서 뭐라고 빈정거릴 만한 아이도 없기는 했지만……. 그만큼 동길이의 수박씨만한 두 눈은 반짝거렸고, 주먹은 야무졌던 것이다.

동길이가 등교를 하자 창식이는 고양이를 피하는 쥐새끼처럼 곧장 눈치를 살피며 아이들 뒤로 살금살금 돌아가는 것이었다. 어제 일을 생각하면 창식이란 놈을 당장 족쳐버렸으면 싶었으나, 동길이는 웬일인지 오늘은 얼른 그런 용기가 나지 않았다. 사친회비를 못 가져와서 아무래도 선생님의 눈치가 보이는 탓인지, 혹은 어제 팔 하나 없는 아버지가 학교에 왔었다는 그 때문인지, 아무튼 어깨가 벌어지지 않았다.

동길이는 얌전히 앉아서 네 시간을 마쳤다. 동길이네 분단이 청소 당번이었다. 시간이 끝나자 창식이들은 우르르 집으로 돌아갔고, 동길이네는 빗자루를 들었다.

청소가 끝나자 동길이는 책보를 옆구리에 끼고 교실을 뛰쳐나왔다. 운동장에는 뙤약볕이 혹혹 쏟아지고 있었다. 찌는 듯 무더웠다.

'시원한 아이스케이크라도 한 개 먹었으면…….'

동길이는 이런 생각을 하며 침을 꿀꺽 삼켰다. 배도 고팠다. 이마에 맺히는 땀을 씻으며 타박타박 신작로를 걸었다. 냇물로 내려갈까 했으나, 아침에 먹다 남겨놓은 밥사발이 눈앞에 어른거려 그냥 똑바로 다리를 건넜다.

7

삼거리에 이르렀을 때였다. 동길이는 눈이 번쩍 뜨였다. 참 희한한 것을 보았기 때문이다.

저만큼 먼 거리였으나 얼른 보아 그것이 무슨 광고판이라는 것을 알 수 있었다. 가마니 한 장만이나 한 크기일까? 그런 광고판이 길 한가운데를 이쪽으로 걸어오고 있는 것이었다. 그 움직이는 광고판을 따라 우르르 아이들이 떠들어대며 몰려오고 있었다.

동길이는 저도 모르게 뛰고 있었다. 차츰 가까워지면서 보니 그것은 틀림없는 광고판이었다. 그러나 그 광고판에는 다리가 두 개 달려 있고,

머리도 하나 붙어 있었다.

사람이었다. 사람이 가슴 앞에 큼직한 광고판을 매달고 걸어오고 있는 것이었다. 등에도 똑같은 광고판을 짊어지고 있는 듯했다. 머리에는 알롱달롱하고 쭈뼛한 고깔을 쓰고 있었고, 얼굴에는 밀가룬지 뭔지 모를 뿌연 분이 덕지덕지 칠해져 있었다. 그리고 턱에는 수염이 허옇게 나부끼고 있었다. 아주 늙은 노인인 것 같기도 했고, 어찌 보면 그렇지 않은 듯도 했다.

이 희한한 사람이 간간이 또 메가폰을 입에다 갖다 대고, 뭐라고 빽빽 소리를 질러대는 것이 아닌가. 재미있는 구경거리가 아닐 수 없었다.

"아아 오늘 밤의 아아 오늘 밤의 활동사진은 쌍권총을 든 사나이. 아아 쌍권총을 든 사나이. 많이 구경하러 오이소! 많이많이 구경하러 오이소!"

그러고는 쑥스러운 듯 얼른 메가폰을 입에서 떼어버리는 것이었다. 그럴라치면 이번에는 아이들이 제가끔 목소리를 돋우어,

"아아 오늘 밤에는 쌍권총을 든 사나이."

"아아 쌍권총을 든 사나이, 구경하러 오이소."

"아아 오늘 밤에 많이많이 구경하러 오이소."

하고 떠들어댔다.

동길이는 공연히 즐거웠고, 가슴이 울렁거렸다. 우뚝 멈추어 서서 우선 광고판의 그림부터 바라보았다.

시커먼 안경을 낀 코쟁이가 큼직한 권총을 두 자루 양쪽 손에 쥐고 있는 그림이었다. 노란 머리카락과 새파란 눈깔을 가진 여자도 하나 웃도리를 거의 벗은 것처럼 하고 권총을 든 사나이 뒤에 납작 붙어 있었다. 괴상한 그림이었다.

"아아 쌍권총을 든 사나이. 아아 오늘 밤의 활동사진은 쌍권총을 든 사나이. 많이 구경 오이소! 많이많이 구경 오이소!"

그리고 메가폰을 입에서 뗀 그 희한한 사람의 시선이 동길이의 시선과 마주쳤다.

순간 동길이는 가슴이 철렁 내려앉고 말았다. 뒤통수를 야물게 한 대

얻어맞은 것 같았다. 그리고 눈물이 핑 돌았다. 어처구니가 없었다.

그 희한한 사람이 바로 아버지였던 것이다.

아버지는 동길이와 눈이 마주치자 약간 멋쩍은 듯했다. 그러고는 얼른 시선을 돌려버리는 것이었다. 동길이는 코 끝이 매워오며 뿌옇게 눈앞이 흐려져갔다.

아이들은 더욱 신명이 나서 떠들어댄다.

"아아 오늘 밤에는 쌍권총입니다."

"아아 쌍권총을 든 사나이 재미가 있습니다."

이런 소리에 섞여 분명히,

"동길아! 느그 아부지다. 느그 아부지 참 멋쟁이다."

하는 소리가 동길이의 귓전을 때렸다. 용돌이란 놈의 목소리에 틀림없었다.

동길이는 온몸의 피가 얼굴로 치솟는 듯했다. 주먹으로 아무렇게나 눈물을 뿌리쳤다. 뿌옇던 눈앞이 확 트이며 얼른 눈에 들어온 것은 소리를 지른 용돌이가 아닌 창식이란 놈이었다. 요놈이 나무꼬챙이를 가지고 아버지의 수염을 곧장 건드리면서,

"진짜 앙이다야. 종이로 만든 기다. 종이로."

하고, 켈켈 웃어쌌는 것이 아닌가.

동길이는 가슴속에 불이 확 붙는 것 같았다. 순간 동길이의 눈은 매섭게 빛났다. 이미 물불을 가릴 계제가 아니었다.

살쾡이처럼 내달을 따름이었다.

"으악!"

비명 소리와 함께 길바닥에 나가떨어진 것은 물론 창식이었다. 개구리처럼 뻗었다. 그러나 동길이는 그 위에 덮쳐서 사정없이 마구 깔고 문댔다.

"아이크, 아야야야……캥!"

창식이의 얼굴은 떡이 되는 판이었다.

아이들은 덩달아서 와아와아 소리를 지르며 떠들어댔다.

동길이 아버지는 두 눈이 휘둥그래지며 손에서 메가폰을 떨어뜨렸다.

어찌된 영문인지 알 수가 없었다.

창식이는 이제 소리도 제대로 지르지 못하고 윽! 윽! 넘어가고 있었다.

"와 이카노? 와 이카노? 잉 와 이캐?"

동길이 아버지는 후닥닥 광고판을 벗어 던졌다. 그리고 하나 남은 손을 대고 내저으며 어쩔 줄을 몰라 했다. 턱에 붙였던 수염의 실밥이 떨어져서 흰 종이 수염이 가슴 앞에 매달려 너풀너풀 춤을 춘다.

"이눔으 자식이 미쳤나, 와 이카노, 와 이캐 잉?"

—— 1959년

족 제 비

처음으로 휘파람 소리가 후익 —— 두 입술 사이로 흘러나왔을 때, 윤길이는 좋아서 어쩔 줄을 몰랐다. 해방되기 한 해 전의 가을이었다. 국민학교 5학년이었다.

윤길이는 곧 학섭이네 집을 향해 달렸다.

학섭이는 같은 학급으로 이웃에 살기 때문에 남달리 친했다. 나이는 두 살 위였다. 그래 그런지 몰라도, 그는 벌써 오래 전부터 휘파람을 아주 멋있게 잘 불었다. 그가 입을 동그랗게 오므려가지고, 휙—휙— 가볍게 휘파람을 날릴 때마다 윤길이는 부러워서 못 견디었다. 더구나 고개까지 까닥거리며 신명을 낼 것 같으면 완전히 야코가 죽기도 했다.

학섭이가 가장 신명을 내는 곡은 군대에서 취침 신호로 부는 나팔 소리의 곡조였다. 그때의 군대란 말할 것도 없이 일본 군대였다. 일본 군대에서 취침 신호로 부는 나팔 소리의 곡에다가 가사를 붙인 것을 그들은 곧잘 노래처럼 불렀던 것이다. "신페이상(新兵님)은 불쌍하고나 —— 오늘 밤도 누워 울겠지 —— ." 이런 것이었다. 물론 그들이 만들어 붙인 가사는 아니었다. 어디서 누가 맨 먼저 지어서 퍼뜨린 것인지는 몰라도, 그들이 사는 시골 구석까지 그 가사는 퍼져와 있었던 것이다. 신페이상은 불쌍하고나 —— 오늘밤도 누워 울겠지 —— 곡이 경쾌하면서 어딘지 모르게 애수 같은 것을 띠고 있었기 때문에 언제 들어도 싫증이 나지 않았다. 학섭이가 이 곡을 휘파람으로 곧잘 신명을 낼 때마다 윤길이는 저도 한 번 그렇게 멋있게 불어보았으면 해서, 입술을 동그랗게 오므려가지고 후―후―열심히 숨을 불어내보았으나, 번번히 헛바람만 새나올 뿐 좀처럼 휘파람 소리는 나와주질 않았다. 그러던 것이 우연히 어떻게 후익―고운 소리가 되어 나왔으니, 정말 대견하고 기분좋은 노릇이 아닐 수 없었다. 신페이상은 불쌍하고나 ―― 를 휘파람으로 학섭이처럼 멋있게 뽑을 날도 이제 머지 않았으니 말이다.

학섭이네 집을 향해 고샅을 달리면서도 윤길이는 곧장 휙휙 휘파람을 불어댔다. 아직 처음이어서 곡조 같은 것을 맞추어볼 수는 없었으나, 어쨌든 이제 휙―소리만은 곧잘 흘러나왔다. 어쩌다가 소리가 나지 않고, 그냥 헛바람만 새나올 것 같으면 윤길이는 얼른 그 자리에 멈추어 서서 조심스럽게 후익 ―― 소리를 내보곤 다시 달렸다.

학섭이는 저녁을 먹고 있었다. 아침 저녁으론 날씨가 제법 선득해졌는데도 방문을 열어놓고 앉아서 저녁을 먹고 있었다. 몇 달만에 한 번씩 한 애국반(그때는 반을 이렇게 불렀다.)에 비룻병 하나만큼의 석유가 배급되어 나오더니, 이젠 그것마저 숫제 끊어져버리고 만 것이다. 불 같은 건 아예 켤 생각도 안 하던 시절이었다. 불뿐이 아니었다. 먹는 것도 마찬가지였다. 공출량(供出量)이 어찌나 겁나게 때리매겨지는지, 아무리 풍년이 들어도 헛일이었다. 시래기죽이나마 거르지 않고 끓이게 되면 다행이었다.

"학섭아."

윤길이의 부르는 소리에 잠시 후,

"응, 밥 묵었나?"

한 것은 학섭이가 아니라, 학섭이 아버지 고 생원이었다.

학섭이는 힐끗 한 번 이쪽을 돌아보곤 그대로 훌짝훌짝 숟가락질이었다. 별로 씹는 일도 없이 훌짝거리고 있는 것을 보니 오늘 저녁도 죽인 모양이었다. 고 생원은 숟가락을 놓고, 그래도 잘 먹었다는 듯이 그르르―크게 트림을 하고는,

"다 묵었다. 들어온나."

빙긋 웃었다.

고 생원은 웃으면 어찌 된 셈인지, 두 개의 콧구멍이 벌름벌름 움직였

다. 우선 코의 생김새부터가 유별났다. 무엇에 밟히기라도 한 듯 허리는 푹 꺼져 들어가고, 끝만 뭉툭 위로 쳐들려 있었다. 그리고 그 끝대가리는 노상 뻘겋게 물들어 있었다. 주독(酒毒)이 올라서 그렇다는 것이었다. 그러나 요즘은 좀처럼 술맛을 얻어볼 수가 없기 때문에 그런지, 꼭 고드라진 대추처럼 되어 있었다. 그 밑에 구멍 두 개가 겁나게 크게 뚫려 있는데, 그것이 웃을 때면 벌름벌름 움직이는 판이니, 보는 사람들이 가만히 있을 도리가 없었다. 고 생원이 아니라 '코 생원'이라는 것이었다. '콧구멍 생원', 혹은 그냥 '구멍 생원'이라고도 했다.

학섭이도 숟가락을 놓았다. 숟가락을 놓고 자리에서 일어나는 학섭이를 향해 윤길이는 후이익 —— 길게 휘파람을 보냈다. 힉섭이는 아, 이것봐라 싶은 듯 힐끗 윤길이를 바라보았다. 윤길이는 우쭐해지며 씩 웃었다. 그러나 학섭이는 그까짓 것 가지고 어디서 감히 까부느냐는 듯이 싹 묵살한 표정으로 걸어 나갔다.

사립을 나서자, 학섭이는 앞장을 서며 냅다, 신페이상은 불쌍하고나—를 여느때보다 훨씬 빠른 속도로 불어대기 시작했다. 학섭이의 그 경쾌하고 거침없는 휘파람 소리에 윤길이는 팍 야코가 죽었다. 그러나 그도 이제 가만히 죽고만 있진 않았다. 휙! 휙! 휙! 고저도 장단도 없는 짤막짤막한 휘파람을 곤장 내지르며 뒤따랐다.

두 휘파람 소리는 고샅을 돌아, 마을 앞 들녘으로 빠져 나갔다.

추수가 끝난 들은 한없이 넓었다. 그 넓은 들 여기저기에 볏가리가 조그만 산봉우리들처럼 마련되어 있었다. 저녁이 되면 마을 아이들은 들로 쏟아져 나왔다. 숨바꼭질도 하고, 진뺏기도 하고, 때로는 '센소곡코'(전쟁놀이)를 한다고 막대기들을 들고 야 —— 야 —— 소리를 질러대기도 했다. 여기저기 마련되어 있는 볏가리가 그들의 놀이에 없어서는 안 될 물건이었다. 그 뒤에 숨기도 했고, 그것을 진지(陳地)로 삼기도 했고, 때로는 그 한 무더기 한 무더기가 일본, 독일, 이태리, 그리고 미국, 영국, 지나(支那)가 되기도 했다. 그래서 세계 대전이 벌어지기도 하는 것이었다.

놀이에 열중되면 아이들은 밤이 깊어가는 줄을 몰랐다. 으레 누군가 마을 어른이 나와서 자기 집에 애 이름을 부르며 고래고래 고함을 질러야만 끝이 났다.

이 저녁 들녘의 대장은 학섭이었다. 키가 제일 크기도 했고, 힘이 제일 세기도 했기 때문이다. 그가 숨바꼭질이다 하면 그날 밤의 놀이는 숨바꼭질이었고, 센소곡코다 하면 센소곡코였다. 아무도 감히 다른 것을 하자고 이의를 내세울 수가 없었다.

6학년생이 하나 있었다. 일웅이었다. 눈이 유달리 크고, 목이 가늘고 길었다. 그래 그런지 몰라도 한 학년 아래인 학섭이에게 꼼짝 못 했다. 매사에 순종할 뿐 아니라, 곧잘 비위까지 맞추려들었다. 찐 고구마 같은 것을 가지고 와서는 슬그머니 손에 쥐어주기도 했다.

편이 갈라지고, 놀이가 시작되면 학섭이는 으레 휘파람을 날렸다. 신페이상은 불쌍하고나 ── 를 마치 놀이가 시작되는 신호인 듯 내뽑았다. 그러면 아이들은 절로 신이 나서 와 ── 소리를 지르기도 했고, 훌쩍훌쩍 뛰기도 했다. 휘파람 소리를 낼 줄 아는 아이는 제각기 덩달아서 휙휙거렸다.

아이들은 거의 모두가 맨발이었다. 맨발로 예사로 벼 밑동을 밟으며 달리는 것이었다. 마을에서 뿐 아니었다. 학교에 갈 때도 맨발이었다. 간혹 신었다고 해야 짚신이 아니면 게다짝 나부랭이였다. 운동화나 고무신 같은 것은 약에 쓸래도 구할 수 없는 시절이었다. 학교를 통해서 드문드문 몇 켤레씩 배급되어 나오던 검정 운동화도 어느덧 자취를 감추고 만 뒤였다.

그런데 오직 한 사람 일웅이만은 발에 운동화를 꿰고 있었다. 그의 아버지가 하시모도 농장(橋本農場)에 서기로 다니고 있는 것이었다.

하시모도 농장은 마을에서 조금 떨어진 곳에 자리잡고 있었다. 물론 일본 사람의 농장이었다. 농장이라고 하면 흔히 넓은 밭이 있어서 채소나 가꾸고, 과수나 기르고, 닭이나 치는 정도로 생각하기 쉬우나, 이건 그게 아니었다. 철망이 둘러 쳐진 넓은 터전에 큼직큼직한 창고가 들어서 있고, 사무실이 있고, 그리고 그 안쪽 깊숙한 곳에 저택이 있었다. 말

하자면 농사를 짓는 농장이 아니라, 지은 농사를 거두어 들이는 농장이
었다.

저택 뒤는 조그만 등산이었고, 대나무 숲이 우거져 있었다. 그 깊숙한
저택에 하시모도라는 일인이 살고 있는 것이었다.

그 하시모도라는 일인이 어떻게 생겼는지, 똑똑히 본 사람은 아무도
없었다. 마을 사람들은 그저 막연히 머리가 허옇게 센 노인이라는 정도
로만 알고 있었다. 무엇을 하는지, 깊숙한 저택에 들어박혀서 일체 바깥
엘 나오지 않았다. 간혹 출타를 할 때도 읍에서 일부러 다쿠시(택시)를
불러서 차 안에 엇비슷이 누워 있기 때문에 아무도 그 생김새를 볼 수가
없었다. 농장의 직원들마저 가까이 대할 기회가 선혀 없었다. 대리인이
모든 일을 관장하고 있기 때문이었다. 대리인이 하시모도의 사위라는 말
도 있었고, 처남이라는 설도 있었다. 이 대리인 역시 종잡을 수가 없었
다. 그리고 하시모도네 가족이 몇 사람인지도 분명치 않았다. 실은 진짜
하시모도는 이 저택에 있는 것이 아니라, 일본 동경에 살고 있다는 얘기
도 있었다. 여기 있는 하시모도는 진짜 하시모도의 동생이라는 것이었
다. 알쏭달쏭한 얘기였다. 말하자면 이 농장 주인인 하시모도는 안개에
싸인 것 같은 존재였다.

또 한 가지 알 수 없는 것이 있었다. 그것은 족제비였다. 저택 뒤에 있
는 대나무 숲은 대낮에도 그 속을 분간할 수 없을 정도로 우거져 있었다.
그 대나무 숲속에 삼십 년 묵은 족제비가 살고 있다는 것이었다. 그 족제
비 역시 똑똑히 본 사람은 없었다. 막연한 얘기였다. 그러나 마을 사람들
은 그 말을 믿고 있었다. 그렇지 않으면 어째서 때때로 마을의 닭이 감쪽
같이 자취를 감추며, 논밭의 곡식이 흩어지기 일쑤냐는 것이었다. 뱀을
물고 대숲으로 쏜살같이 사라지는, 개만한 족제비를 보았다고 떠들어대
는 사람도 있었다.

그런데 두 가지 설이 있었다. 족제비 굴이 대나무 숲속에 있다는 설
과, 그렇지 않고 창고 밑에 있다는 설이었다. 대체로 대나무 숲속에 있다
는 설을 사람들은 지지하는 편이었으나, 창고 밑에 있다는 설도 묵살될
아무런 까닭이 없었다. 그럴지도 모르지, 이렇게들 생각했다.

족제비에 대해서는 어른들보다도 아이들이 더 열심이었다. 아이들은 족제비 굴이 대나무 숲속에 있다는 설을 절대로 좋아했다. 대낮에도 어두컴컴한 대나무 숲속에 두 눈을 반질거리며 도사리고 있어야 그럴 듯하지, 그렇지 않고, 삼십 년이나 묵은 족제비가 창고 밑 같은 데 엎드려 있대서야 말씀이 아니었다.

이렇게 하시모도와 족제비에 관해서 뿐 아니라, 그 큼직큼직한 창고 속도 마을 사람들은 궁금했다. 그 속에 벼가 들어 있다는 것은 누구나 아는 일이었다. 그러나 얼마나 되는 벼가 들어 있는 것인지 알 수 없었다. 창고 하나에 천 가마니는 들어 있을 것이라는 사람도 있었고, 족히 오천 가마니는 들어간다는 주장도 있었다. 그런가 하면 천 가마니의 절반을 주장하는 사람도 있었다. 허망한 얘기들이었다.

아무튼 이런 거창한 농장에 일웅이의 아버지가 서기로 다니고 있는 것이었다. 그러니 다른 아이들이 모두 맨발 아니면 짚신이나 게다짝 같은 것을 끌고 다닐 때 일웅이만은 운동화를 신고 다닐 법도 한 일이었다.

신페이상은 불쌍하고나 —— 학섭이의 휘파람 소리가 저녁들에 퍼졌다. 윤길이도 휙! 휙! 휙! 냅다 불어댔다. 윤길이의 휘파람 소리에 눈이 휘둥그래지는 아이도 있었다. 오늘 저녁은 센소곡코였다. 추축국(樞軸國), 연합국 두 편으로 갈라진 아이들은 제각기 막대기를 한 개씩 들고 와 —— 기세를 올리며 진을 쳤다. 논 바닥의 세계 대전이 또 벌어지는 것이다.

맨 처음 양편에서 졸때기가 하나씩 나와 막대기를 휘두르며 칼싸움을 시작한다. 지면 전사자가 되어 물러나고, 이기면 다음 사람을 상대한다. 그러다가 나중에는 두 사람 세 사람씩 한몫 나가 싸우게 되고, 마침내는 무더기로 백병전이 전개된다. 결국 이긴 편도 진 편도 없는 것이다. 서로 만세를 불러대는 것이다. 이런 전쟁을 두어 차례 치르고 나면 모두 지쳐서 나가 떨어진다. 더러는 한두 군데 혹이 생겨서 끙끙거리기도 한다.

오늘 저녁도 이런 전쟁을 두 차례 치르고 모두 늘어져 있을 때,

"저 불 봐라!"

누군가가 소리를 질렀다. 모두 그쪽으로 시선을 돌렸다.

파아란 불이 옆으로 흩어지고 있었다. 반짝반짝 빛나면서 옆으로 점점 이 흩어진 불이 도로 한데 커다랗게 모여들어 서글서글 타다가, 이번에 는 무슨 재주를 부리는 것처럼 위로 쭈욱 뻗어 올라가는 것이 아닌가.

"도깨비불이다!"

학섭이가 외치며 자리에서 벌떡 일어났다. 다른 아이들도 덩달아,

"도깨비불이야 —— ."

"도깨비불 봐라 —— ."

"도깨비불! 도깨비불!"

떠들어대며 뛰어 일어났나.

달이 있었다. 그러나 달빛 아래서도 그 파아란 불들은 선명하게 움직 이고 있었다. 하시모도 농장 쪽이었다.

위로 쭈욱 뻗어 올라가던 불이 순식간에 좌르르 무너지며 픽픽 꺼져버리 리는가 싶더니, 번쩍 다시 한 덩어리로 살아나서 빙글빙글 맴을 도는 것 이었다. 잠시 맴을 돌다가는 다시 옆으로 가볍게 흩어지자, 누군가가 그 만 킬 웃으며,

"도깨비가 서커스한다!"

소리를 질렀다.

아닌게 아니라 꼭 곡예(曲藝)를 하는 것 같았다. 숨을 죽이고 바라보 고 있던 아이들은 그만 긴장이 풀리며 좋아서 웃기도 하고, 된 소리 안 된 소리 지껄여대기도 했다.

"서커스 참 잘한다. 그지?"

"도깨비니까 잘 하지."

"도깨비 한 마리가 저카나?"

"도깨빈 한 마리가 두 마리도 됐다가 세 마리도 됐다가 그런다. 아 나?"

"누가 카더노?"

"울아부지가……."

"너거 아부지 도깨비 대장이가? 우예 아노?"

"뭐, 이 자식!"

"헤헤……."

불은 여전히 재주를 부리고 있었다. 이번에는 두 덩어리로 갈라져서 나불나불 춤을 추었다.

우뚝 서서 바라보고 있던 학섭이가,

"지랄하네!"

한 마디 뱉았다.

그러자, 일웅이가 얼른 받았다.

"참말로 지랄한대이. 저놈의 도깨비……."

윤길이는 일웅이의 맞장구에 킥 웃음이 나왔으나 삼키고, 그 대신 획— 휘파람을 날렸다.

잠시 후, 학섭이가 아이들을 휘둘러보며,

"어떻노? 저놈의 도깨비, 오늘 밤에 안 잡아뻐릴래구나!"

했다.

너무나 뜻 밖의 말에 아무도 입이 떨어지지 않는 모양이었다.

"응? 안 잡아뻐릴래? 그렇게 모두 유키(용기)가 죽었나?"

윤길이는 겁이 안 나는 것은 아니었으나,

"가자!"

거머쥔 막대기에 힘을 주었다.

한 사람이 나서자, 너도 나도 뒤따랐다.

"가자!"

"가자!"

"도깨비 잡자 — ."

"잡자 — ."

"잡자 — ."

덩달아서 졸때기들이 더 신이 났다.

일웅이도 하는 수 없는 듯, 커다란 두 눈을 끔벅거리며,

"그러자 — ."

했다.

학섭이는 막대기 칼을 번쩍 쳐들었다.

"도쓰케키(돌격) —— 도깨비를 향해서 도쓰케키 —— ."

그리고 냅다, 신페이상은 불쌍하다고나 —— 휘파람을 불어댔다.

와 —— 함성이 저녁 들에 울려 퍼졌다. 추축군과 연합군이 그만 한 덩어리가 되어 도깨비를 잡으러 달리는 것이었다. 막대기 칼들이 달빛 아래 춤을 추었다.

참 이상한 일이었다. 그처럼 선명하게 곡예를 부려쌌던 불이 어느 결에 말끔히 사라지고 들에는 달빛만 횅하게 깔려 있었다. 도쓰케키는 맥이 풀리고 말았다. 도깨비가 겁이 나서 뺑소니를 친 것이라고, 모두 좋아서 떠들어대며 걸어서 계속 전진하고 있었다.

그런데 누군가가,

"저기 뭐고!"

소리를 질렀다. 아이들은 모두 우뚝 걸음을 멈추었다.

"도깨비다 —— ."

"어매 —— ."

질겁을 하는 아이도 있었다. 학섭이도 이마에 식은땀이 흘렀다.

하시모도 농장의 창고가 논바닥에 그늘을 던지고 있었다. 그늘 속은 어두웠다. 그런데 그 어두운 그늘 속에서 휘청휘청 걸어 나오는 희끔한 것이 있었던 것이다. 그 희끔한 것은 잠시 멈추어 서는 듯하더니, 계속 이쪽으로 걸어오고 있었다.

"사람이제?"

"맞다. 사람이다."

"도깨비도 꼭 사람같이 생겼다 카더라."

"아이 무서라!"

비실비실 뒷걸음질을 치는 아이도 있었다.

가만히 바라보고 있던 윤길이는 그만 웃음을 터뜨렸다.

"학섭아, 너거 아부지다."

"뭐라?"

"보래, 너거 아부지지."

"……."

"기제?"

"……."

고 생원이었던 것이다. 아이들은 모두 어리둥절했다.

고 생원이 무슨 일로 이 밤중에 하시모도 농장 근처를 서성거리고 있었는지, 이상했다. 그 근처에 논이 있긴 했지만, 추수가 끝난 지금, 더구나 밤중에 무슨 일이 있을까 까닭이 없는데, 알 수 없는 노릇이었다. 그리고 그것보다도, 그렇게 도깨비불이 설쳐쌌던 바로 그 근처에서 어떻게 서성거리고 있었는지, 참 별일이었다.

고 생원은 두 손을 뒷짐지고 빙글빙글 웃으면서 다가왔다. 달빛 아래서도 두 개의 콧구멍이 벌름벌름 선명하게 움직였다.

"아저씨, 거기서 뭐 했어예?"

윤길이가 물었다.

"응, 그저……."

"밤에 일했어예?"

"응."

"나락도 다 빴는데, 무슨 일 합니꾜? 밤에……."

"그저……."

고생원은 건성으로 대꾸를 하며, 어색하게 웃기만 했다.

"도깨비 못 봤어예?"

"도깨비?"

"예."

"우짠 도깨비는……."

그러자 아이들은 제각기 한 마디씩 떠들어댔다.

"도깨비불이 막 서커스하던데예."

"바로 저기서예."

"새파란 불이 막 우로 올라갔다 옆으로 흩어졌다 하던데, 못 봤습니꾜?"

고 생원은 한쪽 콧구멍을 눌러 찍! 코를 풀었다.

"몰라. 난 못 봤대이."

"정말이예?"

"정말이다. 그럼 너거들은 도깨빌 봤담서 뭐하로 여기까지 왔노?"

"도깨비 잡을라고예."

"뭐? 도깨빌 잡아? 헛헛헛허…….."

고 생원은 어이가 없는 듯 껄껄 웃었다. 그리고 코를 찍 풀어 던지며,

"도깨비가 얼매나 무서운지 너거들 아나? 너거들 같은 거 백 명이라 도 소용없다. 도깨비한테 홀리면 냇물도 행길같이 보이고, 시궁창도 안 방같이 보인단다. 겁나지?"

하고는, 무슨 생각이 떠올랐는지, 갑자기 목소리를 약간 높여가지고,

"너거들 놀더라도 이런 데까지 오면 안 된다. 저 하시모도 농장 근방 에는 정말로 도깨비가 있다 카더라. 저 근방에는 낮에도 가면 안 된대 이! 알겠제?"

으름장을 놓는 것이었다.

아이들은 '낮에도 가면 안 된다'는 말을 조금도 이상하게 생각하지 않 았다. 그저 무서운 도깨비를 조심해야 된다는 말로만 알아들었다.

그날 밤, 집에 돌아간 아이들은 저마다 도깨비불 이야기로 꽃을 피웠 다. 자연히 고 생원 이야기도 나왔다. 어떤 아이는 고 생원이 바로 도깨 비가 아닌지 모르겠다고 해서 어른들을 웃기기도 했다.

일웅이도 예외는 아니었다. 오히려 딴 아이들보다 더 나불거렸다.

고 생원은 도깨비가 무섭지도 않은지, 밤중에 무슨 일로 농장 근처에 서 나타나더라는 얘기를 듣자, 일웅이 아버지 최 서기는,

"그래? 정말이가?"

웬일인지 귀가 번쩍하는 모양이었다.

"정말이예."

"흠—."

최 서기는 잠시 생각에 잠기는 듯하더니, 두 눈을 가늘게 뜨며 웃었 다. 그리고 무슨 짐작이 가는 일이라도 있는 듯, 고개를 끄덕거리더니,

"농장 어디쯤이더노?"

하고 남달리 조그마한 코를 일웅이 얼굴 앞으로 바싹 가져가는 것이었다.

까마귀떼가 뜨기 시작했다. 어디서 몰려왔는지, 수없이 많은 까마귀들이 까맣게 하늘에 묻어서 휘―휘―바람을 일으켰다. 그러다가는 우수수 논바닥에 내려앉아 까옥까옥까옥 울어대기도 했다. 밤이면 까마귀들은 하시모도 농장의 뒷동산으로 몰렸다. 그리고 이른 아침부터 또 날아올랐다. 하얗게 서리가 내린 아침이면 까마귀들은 논바닥에 깔려서 유난히 까욱거렸다. 이 들녘의 추위는 이렇게 까마귀들의 울음소리로부터 시작되는 것 같았다.

그런 어느 날, 군(郡)에서 공출 독려반(督勵班)이 나왔다. 하늘이 찌뿌듯하게 흐리고, 으슬으슬 추운 날이었다. 공출 독려가 이것이 처음은 물론 아니었다. 가을 들면서부터 시작해서 벌써 얼마나 그 소리를 들어왔는지 몰랐다. 애국반장의 입을 통해서, 구장의 입을 통해서, 그리고 직접 면서기들한테서 귀가 아프도록 들어왔다. 그러나 군에서 독려반이 나오기는 처음이었다.

그렇게 귀가 아프도록 들어왔지만, 할당된 책임량을 완수하다가는 굶어 죽기 십상인 사정들이었다. 개중에는 공출을 대고도 볏가리가 봄까지 남아 있는 집도 더러 있긴 했으나, 그런 집은 자기 논을 꽤 가진 집이었고, 대개는 그게 아니었다. 대개는 남의 논을 얻어 짓고 있는 형편이었다. 남이란 주로 하시모도였다. 그러니 하라는 대로 고분고분 좇다가는 곱다시 앉아서 굶는 도리밖에 없었다. 어떻게 하면 조금이라도 덜 뜯길 것인가, 어떻게 해서 조금이라도 더 남길 것인가 하는 것이 가을 들면서부터의 대부분 농가의 궁리였다.

상대적으로 공출 독려도 그냥 말로만 끝날 수는 없는 모양이었다.

군에서 공출 독려반이 나왔다는 것은 마지막 수단이 동원되었다는 것을 뜻한다. 아무래도 성적이 오르지 않는 그런 면, 그런 부락을 사정없이 마구 덮치는 것이다. 독려란 말뿐 이제 본색을 드러내는 셈이었다.

군에서 독려반이 나오면 면직원은 물론 구장, 반장까지 동원이 된다.

주재소의 순사까지 나선다. 그리고 어찌된 영문인지 아무런 상관도 없을
터인데, 하시모도 농장의 직원들까지 동원되는 것이다.

"군에서 나온다매?"

"벌써 안 나와 있나. 면소에……."

"일찍도 왔대이. 자식들."

"쑥대밭을 만들 모양이지."

"내사 쑥대밭을 만들어도 할 수 없다. 털어봤자 불알밖에 나올 게 없으
이."

"헛헛허, 불알은 남아 있구만."

"불알은 남아 있시."

고 생원도 콧구멍을 벌룸거리며 히들히들 웃었다. 그러나 고들고들한
대추 같은 코 끝은 오늘따라 거무죽죽하기까지 했다.

그날 오후, 윤길이는 하시모도 농장의 뒷동산에서 놀고 있었다. 학섭
이, 일웅이도 함께였다. 토요일이어서 학교가 일찍 파했던 것이다.

날씨가 쌀쌀해지면서부터 아이들은 곧잘 하시모도 농장의 뒷동산에서
놀았다. 남향인데다가 동산 한가운데가 오목하게 파여 있어서 여간한 날
씨에도 별로 추운 줄을 몰랐다. 그리고 거기에는 나무는 한 그루도 없고,
잔디만 잘 깔려 있었다. 그래서 아이들은 거기서 구슬치기, 자치기, 혹은
제기차기 같은 것을 하기도 했고, 비탈을 이용해서 미끄럼을 타기도 했
다. 말하자면 그곳은 아이들의 겨울철 놀이터인 셈이었다.

미끄럼타기는 꽤 위험한 장난이었다. 경사가 급한데다가 잔디가 돋아
나 있다고는 하지만, 미끄럼틀처럼 잘 다듬어진 것이 아니기 때문에 자
칫하면 넘어지거나 앞으로 곤두박질하게 마련이었다. 그래서 무르팍이
나 팔꿈치, 혹은 이마빼기 같은 데를 깎이기가 십상이었다. 그러나 아이
들은 구슬치기, 제기차기 같은 얌전한 놀이에 싫증이 나면 곧잘 미끄럼
타기를 감행하는 것이었다. 한 아이가 시작하면 너도 나도 뒤따랐다.

학섭이는 송판 쪼가리 같은 것을 깔고 앉아서 미끄러져 내렸다. 그것
은 무서운 속도였다. 보통 간덩어리로는 엄두를 낼 수가 없었다. 윤길이
는 발바닥과 손바닥으로 조심조심 미끄러져 내리는 축이었다. 일웅이는

그것도 잘 안 되고 겁이 나서, 아예 궁둥이를 땅에 편안히 붙이고 앉아서
두 다리를 쭉 뻗은 채 미끄러져 내리는 것이었다. 양복 궁둥이야 어떻게
되든 아랑곳 없었다.

오늘도 그렇게 궁둥이를 떡 붙이고 앉아서 줄줄줄 미끄러져 내려가던
일웅이가,

"저기 저 사람들 뭐 하고 있노?"

소리를 질렀다.

"어디?"

"저기."

"글씨, 뭐 하는고."

"땅 파는 모양이다. 그제?"

"순사도 있대이."

"맞다. 순사도 있다."

하시모도 농장의 철망 바깥쪽이었다. 대여섯 사람이 둘러 서서 지켜
보는 가운데 누군가가 쭈그리고 앉아서 괭이질을 하고 있는 게 보였다.
철망 둑 밑을 파고 있는 것이었다. 창고가 있는 근처였다. 얼마 전 고 생
원이 밤중에 서성거리던 바로 그 자리였다.

윤길이와 일웅이는 약속이라도 한 듯 학섭이를 돌아보았다. 학섭이는
새파랗게 질리고 있었다.

"가보자!"

"그러자!"

윤길이와 일웅이가 냅다 뛰기 시작했으나, 학섭이는 움직이지 않았다.
그냥 그 자리에 서서 떨리는 손으로 곧장 조끼 단추를 만지작거리기만
했다.

쭈그리고 앉아서 괭이질을 한 것은 고 생원이었고, 둘러 선 사람들은
말할 것도 없이 공출 독려반들이었다. 그리고 둑 밑에서 나온 것은 벼 세
가마니였다.

볏가마니가 불거져 나오자, 둘러섰던 사람들은,

"야 —— 땅 속에서 쌀이 나오네."

"그것 참 신기한 노릇인데……."

"기적이지, 기적."

어쩌고 하며, 모두 비뚤어진 웃음을 웃어댔다. 그리고 그 가운데 검정 제복을 입은 순사가,

게토르(각반)에 지카다비(일종의 농구화)를 신은 다리를 번쩍 들어,

"코노야로(이 새끼야)!"

하고, 냅다 고 생원의 엉덩이를 걷어찼다.

고 생원은 땅에서 꺼낸 볏가마니 위에 고꾸라졌다. 그러자 고꾸라진 고 생원의 뒷덜미를 가서 불끈 잡아 일으키며,

"이코(가자)!"

순사는 두 눈을 부라렸다.

주재소는 마을 앞 한길 가에 있었다. 빨간 벽돌로 나지막한 담을 두르고 있었다.

정문을 들어서면 한쪽에는 국기 게양대가 비뚜름하게 서 있고, 한쪽에는 종대(鐘臺)가 서 있었다. 종대는 전봇대 같은 굵은 통나무 꼭대기에 종을 매달아놓은 것이었다. 제법 동이만한 종이 매달려 있었다. 그런데 재미있는 것은, 밑에서 잡아 당기면 종이 울리도록 되어 있는 것이 아니라, 그때 그때 사다리를 놓고 올라가서 망치로 두들기는 것이었다. 말하자면 별로 요긴한 물건이 아니었다. 마을에 불이 나거나, 아니면 경계 경보, 공습 경보 때나 두들기게 되는데, 화제가 그렇게 흔히 발생하는 것도 아니고, 또 일본 본토는 매일같이 폭탄 세례를 받고 있었으나, 이곳에는 경계 경보를 내릴 만한 사태도 별로 일어나지 않았다.

한 번, 경계 경보를 거쳐 공습 경보까지 일어난 일이 있었다. 그때 이 주재소의 종은 오래간만에 제구실을 하느라고 신나게 울렸었다. B29가 지나갔던 것이다. 맑은 하늘에 하얀 비행운을 그리며 두 대의 B29가 고공(高空)을 지나 멀리 자취를 감출 때까지 깡깡깡깡깡깡깡깡……끝없이 달렸었다. 주재소 순사부장은 그때 종대 밑에 두 다리를 떡 버티고, 주먹을 쥐고 서서 이 여덟 팔자를 주름잡으며 B29를 노려보고 있었다. 순사

부장의 코 밑에는 언제나 까만 나비가 한 마리 앉아 있는 것 같았다. 수염이었다. 수염을 코 바로 밑에만 까맣게 남겨놓고 있는 것이었다. 그 까만 나비 같은 수염이 파르르 떨리고 있었다. 순사부장의 그 나비 수염은 화가 나거나 긴장이 되면 곧장 파르르 떨렸다.

오늘도 순사부장의 나비 수염은 파르르 떨리고 있었다. 공출 독려반에 적발되어 끌려오는 자가 한두 사람이 아니었던 것이다.

"고노야로모카(이 새끼돈가)?"

"하이(예)."

고 생원이었다. 고 생원은 팔을 앞으로 축 늘어뜨리고 겁먹은 소처럼 두 눈을 끔벅거리기만 했다.

순사부장의 시선이 고 생원의 얼굴 한가운데 멎었다.

"난다, 고노 하나와(뭐야, 이 코는)?"

"……."

"오모시로이 하나다나(재미있는 코로군)."

"핫핫하……."

"헛헛허……."

그리고 부장은,

"새키닝칸노 나이 로야다치(책임감이 없는 새끼들)!"

하고, 싹 웃음을 거두더니, 이런 히고쿠밍(非國民)은 실컷 좀 본때를 보여주어야 된다고 호통을 치는 것이었다.

고 생원은 한쪽 구석으로 콱 처박히고 말았다.

밤이 되어도 고 생원은 놓여 나오지 않았다. 고 생원뿐 아니라, 여러 사람이 그대로 주재소에 발이 묶여 있었다.

밤이 깊어가고 있었다. 주재소의 어두운 담 그늘에서 조그만 그림자가 움직였다. 윤길이었다. 윤길이는 담에서 한 걸음 뒤로 물러서더니 고추를 끄집어냈다. 찍—— 오줌을 깔기는 것이었다. 오줌 줄기는 담벼락을 가서 들이받고 부서져 줄줄줄 흘렀다. 곁에 섰던 일웅이가 킥 웃었다. 그리고 저도 얼른 뒤로 한 걸음 물러서며 재빨리 고추를 끄집어냈다.

두 오줌 줄기가 담벼락을 기분좋게 갈기고 있었으나, 학섭이는 힐끗

한 번 돌아보았을 뿐 웃지도 않고 담에 딱 붙어 서서 계속 발돋움을 하고 있었다. 담이 야트막해서 발돋움을 하면 곧잘 안이 넘어다보였다. 희미한 남폿불이 켜져 있는 사무실 유리 창문을 가만히 바라보며 귀를 기울이고 있었다.

아이고 아이고 —— 또 곧 넘어가는 소리가 흘러 나왔다. 아이크 흐흐흐 —— 오지게 얼어걸린 모양이었다. 윤길이와 일웅이의 오줌 줄기도 뚝 그치고, 세 개의 까만 그림자는 담벼락에 딱 얼어 붙은 것 같았다.

아이크 아이크 흐흐흐 —— 신음 소리는 계속되고 있었다.

어둠 속에서 일웅이가 학섭이를 빤히 쳐다보았다.

"너거 아무지제?"

"……."

학섭이는 아무 대꾸를 하지 않았다.

"너거 아부지제. 그제?"

"……."

이번에도 못 들은 척했다. 그러자 일웅이는 기어이 학섭이의 옆구리를 집적거리기까지 하며,

"그제, 너 아부지 맞제?"

했다.

순간, 학섭이는 일웅이를 향해 돌아서기가 무섭게 냅다 따귀를 한 대 후려 갈겼다. 꼭 발작을 한 것 같았다.

눈에 불이 번쩍하자, 일웅이는 어찌된 영문인지 모르고 비슬거리다가 생각이 난듯이,

"와 때리노? 와 때려? 앙! 앙!"

악을 썼다.

학섭이는 다짜고짜로 이번에는 일웅이의 멱살을 움켜쥐었다. 일웅이도 가만히 있진 않았다. 저도 겁없이 학섭이의 멱살을 쥐었다.

놀란 것은 윤길이었다.

"와 이카노. 와 이캐!"

주재소 담모퉁이에서 난데없는 드잡이가 벌어지는 것이었다.

잠시 후,

"난다, 고노야로다치(뭐야, 이 새끼들)!"

고함 소리가 버럭 담을 넘어왔다.

그러나 일웅이의 울부짖는 소리는 쉬 누그러질 줄을 몰랐다.

"코노 쿠소매(이 똥강아지들)!"

저벅저벅 걸어나오는 기척이 들렸다.

"순사 나온다!"

윤길이가 소리를 지르자, 일웅이도 학섭이도 서로 멱살을 놓기가 바쁘게 어둠 속으로 줄행랑을 쳤다. 윤길이도 뒤따라 마구 뛰었다.

마을 골목으로 깊숙이 들어서자, 학섭이는 뒤를 돌아보며 걸음을 멈추었다. 윤길이도 멈추었다. 그러나 일웅이는 그길로 사뭇 저의 집 쪽으로 사라져버리는 것이었다. 윤길이도 이제 집으로 돌아갈까 하는데, 학섭이는 말없이 달려온 골목 쪽을 바라보고 있더니, 윤길이를 한 번 힐끗 돌아보았다. 그리고 달려온 쪽으로 도로 천천히 걸음을 떼놓는 것이었다. 윤길이는 잠시 망설이다가 하는 수 없는 듯 저도 뒤따라 걸음을 떼놓았다.

고샅을 빠져나가, 주재소의 불빛이 저만큼 가까워지자, 학섭이는 걸음을 멈추었다. 자연히 윤길이도 걸음을 멈추었다. 더 가까이 갈 생각을 않고, 학섭이는 그 자리에 꼿꼿하게 서서 언제까지나 주재소의 불빛을 바라보고만 있었다. 윤길이도 학섭이 곁에 서서 이따금 학섭이 얼굴을 힐끗힐끗 훔쳐보며 언제까지나 말이 없었다.

얼마나 지났을까. 학섭이는 무슨 생각이 떠올랐는지 두 손을 얼른 양쪽 조끼 주머니에 찌르고는 주둥이를 쑥 앞으로 내밀었다. 느닷없이 휘파람을 내뿝는 것이었다.

휘이익 —— 휘이익 —— .

날카로운 휘파람 소리였다.

윤길이는 처음엔 얼떨떨했으나, 곧 웃음이 나오며, 이거 재미있다 싶었다. 그래서 저도 덩달아 휘익 —— 휘익 —— 냅다 합세를 했다.

휘이익 —— 휘이익 —— .

휘익 —— 휘휘익 —— 휘휘익 —— .

두 휘파람 소리는 어둠 속으로 주재소를 향해 열심히 날았다. 그리고 숨이 차자 휘파람을 멈추었다.

잠시 조용히 서 있다가, 이번에는 또 학섭이가, 신페이상은 불쌍하고나 — 를 불기 시작했다.

신페이상은 불쌍하고나 — 오늘 밤도 누워 울겠지 — 신페이상은 불쌍하고나 — 오늘 밤도 누워 울겠지 — 신페이상은 불쌍하고나 — .

똑같은 곡을 되풀이 불어대는 것이었다. 경쾌하면서도 어딘지 모르게 애수 같은 것을 띠고 있는 그 곡이 차츰 이상하게 덜덜덜 떨렸다.

윤길이는 학섭이를 가만히 돌아보았다. 울고 있는 것이었다. 학섭이는 조끼 주머니에 두 손을 씨른 채 꼿꼿이 시서 울고 있었다. 신페이상은 불쌍하고나 — 를 계속하면서 울고 있었다. 눈물과 콧물이 뒤범벅이 되어 흐르고 있었다.

이튿날 고 생원은 놓여 나왔다. 한쪽 다리를 절름절름 절고 있었다. 그러나 고 생원은 주재소에 대해서는 이렇다 한 마디 말도 없었다. 하룻밤으로 놓여 나온 것을 오히려 다행하게 여기는 그런 눈치였다. 다만 그곳에 볏가마니를 묻은 것을 누가 어떻게 알았을까, 그것만이 궁금한 모양이었다. 누가 냄새를 맡고 고자질을 했을까, 도대체 어떤 놈이 그랬을까……아무리 생각해도 집히는 게 없었다.

하시모도 농장의 철망은 제법 두두룩한 둑 위에 마련되어 있었다. 그래서 고 생원은 그 둑 밑을 비스듬히 파들어갔던 것이다. 그리고 감쪽같이 덮어버렸던 것이다. 아무리 샅샅이 뒤진다고 하지만, 설마 거기까지야 눈을 돌리겠느냐, 더구나 하시모도 농장의 둑인데, 생각했던 것이다.

혹시나 아이들이 눈치를 챈 것이나 아닐까 싶기도 했다. 그러나 그날 밤, 아이들은 현장까지 접근하진 않았고, 그때 구덩이는 다 되어 뻐끔하게 아가리를 벌리고 있었으나, 창고 그늘에 묻혀서 보일 까닭이 만무했다. 아이들이 오고 있는 것을 발견하자, 얼른 삽을 구덩이에 던져 넣고 손을 털었으며, 아이들에게 도깨비가 살고 있으니 낮에도 이 근처에 오면 안 된다고 다짐까지 하지 않았던가.

　그리고 아무의 눈에도 띄지 않기 위해서 볏가마니를 져다가 묻은 것은 첫 닭이 울 무렵이었다. 힘에 겨웠으나 벼 세 가마니와 구덩이에 깔고 덮을 짚 스무남은 단을 두 지게로 날랐던 것이다. 그렇게 쥐도 새도 모르게 해치운 일인데, 어떻게 들통이 나고 말았는지 참 기가 찰 노릇이었다.

　고 생원은 아랫목에 누워서 이따금 끙끙 앓는 소리를 하며, 천장에 앙상하게 불거져 있는 서까래를 이것 저것 바라보고만 있었다. 그러다가 언뜻 머리에 무슨 와 닿는 게 있는지, 벌떡 일어나 앉으며,

　"옳다! 고놈이다!"

　소리를 질렀다.

　"고놈 아니고 누가 있겠노. 고놈이 보았을 끼라. 고놈이……."

　이제 알았다는 듯이 싱그레 웃기까지 했다.

　족제비라는 것이었다. 족제비가 보았다는 것이다. 어둠 속에서도 곧잘 앞을 내다보는 놈이니, 창고 밑에 웅크리고 앉아서 보았을 게 틀림없다는 것이다. 그래서 심술궂게 고 늙은 것이 그 자리를 파헤쳤을 게 분명하다는 것이다.

　족제비 굴이 대나무 숲속에 있느냐, 창고 밑에 있느냐 하는 두 가지 설 가운데서 고 생원은 이제 단연 창고 밑 설을 지지하게 되었다. 그리고 삼십 년 묵었다는 늙은 족제비를 잡아야지, 잡아서 껍데기를 벗겨야지, 마음먹는 것이었다.

　몸이 좀 풀린 어느 날 오후, 고 생원은 양지바른 뜰에 앉아서 새끼로 막대기를 얽어 매어 궤짝 같은 것을 만들고 있었다. 족제비 틀인 것이었다.

　학교에서 돌아온 학섭이가,

　"아부지, 뭐 하십니꺼?"

　물었다.

　"쪽쩨비 잡는다."

　"예? 이기 쪽쩨비 잡는 깁니꺼?"

　"그래 쪽쩨비 틀 앙이가."

　학섭이는 족제비라는 게 뭐 이렇게 어설프노, 싶었다.

"이거 갖고 우예 잡습니꼬?"

"그것도 모르나?"

"…….."

"바보야. 여기다 쥐나 참새나 멩태 대가리 같은 걸 끼놓는기라. 그럼 쪽쩨비란 놈이 와서 차 갈라 칼 끼 앙이가. 이걸 건드리기만 하면 이기 탁 닫기는 기라. 그러면 지가 어디로 가겠노."

고 생원은 기분이 좋은 듯 슬그머니 코를 들어 멀리 찍 풀었다.

윤길이가 집에 책보를 갖다 놓고, 제법 신페이상은 불쌍하고나 ── 를 불며 사립으로 들어섰다. 이제 윤길이도 곧잘 휘파람으로 곡조를 맞추었다.

"이기 뭐고?"

윤길이는 두 눈을 반짝거리며, 완성되어가고 있는 족제비 틀 앞에 쪼그리고 앉았다.

"쪽쩨비 틀 앙이가. 첨 봤제?"

학섭이가 이번에는 우쭐했다.

"쪽쩨비 틀?"

"그래, 쪽쩨비 잡는 거 앙이가."

"이 안에 쪽쩨비가 들어오는강?"

"그래, 여기다 묵을 걸 끼놓면 와서 탁 잡아 땡긴다 말이다. 그럼 이 문이 탁 닫긴다, 아나?"

"정말이가?"

"그래."

"아저씨, 정말인교?"

"정말이다. 고놈의 삼십 년 묵은 쪽쩨빌 잡아서 껍띠길 홀랑 빗낄 끼다."

그러자 윤길이는,

"야, 신난다!"

소리를 질렀다.

학섭이도 좋아서 킬킬킬 웃었다. 고 생원도 콧구멍을 벌름거리며 소처럼 소리없이 웃었다.

그러나 족제비는 잡히지 않았다. 볏가마니를 묻었던 바로 그 둑 위 철 망 가에 족제비 틀을 놓고, 아침 저녁으로 나가보았으나 족제비는 걸려 있지 않았다. 미끼를 갈아보기도 했으나 헛일이었다.

아침 저녁으로 고 생원을 따라 열심히 족제비 틀을 찾아가곤 하던 학 섭이와 윤길이는 차츰 흥미를 잃고 말았다. 뭐 이러노, 싶었다. 학섭이가 먼저 떨어져 나갔다. 윤길이는 족제비가 도대체 어떻게 생겼는지 궁금해 서 혹시나 혹시나 하고 따라 나서는 것이었다. 그러나 한 번 거르고 두 번 거르더니, 결국 윤길이도 풀어져버렸다.

나중에는 고 생원도 식전으로 한 번만 나가보는 것이었다. 간밤의 꿈 을 되새겨보기도 하면서 혹시 오늘은, 혹시 오늘은 했으나, 끝내 족제비 는 걸려주질 않았다.

"헤, 그것 참, 고놈을 잡아서 껍떼길 빗기면 돈도 몇 푼 생기는긴데⋯ ⋯헤 참."

고 생원은 싸늘한 새벽 바람 속에서 쿨룩쿨룩 기침을 하기도 했다.

늦은 기러기떼가 끼르륵끼르륵 날아들면서 첫눈이 내렸다. 그 해는 눈 이 많은 해였다. 첫눈이 벌써 함박눈이었다. 온 들녘은 하얗게 덮여버리 고 말았다. 족제비 틀도 눈에 소복이 묻히고 말았다.

이듬해 여름, 더위도 고비를 치닫고 있을 무렵, 아이들의 휘파람 곡조 는 바뀌었다. 이제 신페이상은 불쌍하고나 ── 오늘 밤도 누워 울겠지─ 가 아니었다. 그것은 하루 아침에 옛날의 딴 세상 노래가 되고 말았다. 듣기만 해도 신기하고, 신나는 노래가 어디선지 자꾸자꾸 밀어닥치고 있 었다. 동해물과 백두산이⋯⋯가 울려오고, 백두산 뻗어나려⋯⋯가 울려 오고, 어둡고 괴로워라⋯⋯가, 아리랑 아리랑⋯⋯이, 도라지 도라지⋯ ⋯가, 또 무엇이, 무엇이⋯⋯끝없이 밀어닥치는 파도 같은 음률 속에서 아이들은 제 세상을 만난 것 같았다. 노래로 부르고, 휘파람으로 부르고, 또 몸으로 우쭐우쭐 박자를 맞추기도 했다.

아이들뿐이 아니었다. 어른들도 마찬가지였다. 어디서 쏟아져 나왔는

지, 집집마다 술이 철철철 넘쳤다. 먹는 사람도 못 먹는 사람도 모두 벌
겋게 취해서 너울거렸다. 꽹과리가 나오고, 징이 나오고, 장구가 나오고,
벅구가 나오고……유기(鍮器) 공출도 심했는데, 어디서 나왔는지 깨갱
깨갱 징징 깨갱깨갱 둥더궁……밤도 없고 낮도 없이 뚱땅거렸다.

고들어진 대추처럼 오그라들던 고 생원의 코가 피둥피둥 살아난 것은
물론이다. 참으로 오래간만에 실컷 주기(酒氣)가 배어들고 보니, 그것은
마치 잘 익은 자두처럼 보였다. 그 피둥피둥 살아난 코를 흔들고, 콧구멍
을 벌름거리며 고 생원은 누구 못지않게 들떠서 우쭐거렸다. 꽹과리도
남 못지않게 많이 쳤고, 소리도 남 못지않게 높이 질렀다. 어깨춤도 누구
못지않게 구성지게 추었다.

이렇게 온 마을, 온 고을이 들떠서 풍성풍성 돌아가고 있는데, 일웅이
아버지 최 서기는 처음엔 어디로 피신이라도 했는지 도무지 볼 수가 없
었다. 그러다가는 어디서 슬금슬금 나타나서, 마을 사람들이 모여 뚱땅
거리는 자리에 조심조심 얼굴을 내밀었다. 나타난 최 서기를 보고 반기
는 사람은 없었으나, 그렇다고 굳이 시비를 걸려고 드는 사람도 없었다.
그런 줄을 알자, 최 서기는 그 뒤부턴 곧잘 나타나서 한몫 휩쓸리려고 애
를 쓰는 것이었다.

그런 어느 날, 마을에 큰 구경거리가 생겼다. 하시모도가 일본으로 돌
아가기 위해서 오늘 떠난다는 것이었다. 하시모도뿐 아니라, 이 근방에
사는 일인들은 모두 오늘 한데 모여서 떠난다는 것이다.

일인들이 간다. 특히 하시모도가 간다 —— 이 넓은 들녘을 거의 다 차
지하다시피 하고 있던 하시모도가 떠난다는 것은 정말 감격적인 일이었
다. 비로소 해방을 실감하는 것 같았다. 그러나 마을 사람들은 그런 감격
보다도 우선 하시모도가 어떻게 생긴 사람인가, 구경 좀 하는데 더 흥미
가 있는 모양이었다. 얼마나 늙은 영감이며, 어떻게 생긴 얼굴일까? 지
금까지의 궁금증을 좀 풀어보자는 듯이 마을 사람들은 희희낙락 떼를 지
어서 하시모도 농장 쪽으로 몰려가기도 했다.

물론 고 생원도 나섰고, 윤길이, 학섭이, 일웅이도 앞장을 섰다. 고 생
원은 벌써 몇 잔 좋게 들이켠 듯 얼굴이 불그레 물들어 있었다.

농장 정문 앞에는 어느새 많은 사람들이 모여 있었다. 모여서 안을 기웃거리며 수근거리고 있을 뿐, 아무도 안으로 들어가볼 생각은 않고 있었다. 고 생원은 두 손을 뒷짐진 채,

"좀 들어가보자구마."

하고, 어정어정 정문 안으로 걸음을 들여놓았다.

고 생원이 어정어정 걸어 들어가자, 킥킥 웃으며 아이들이 얼른 뒤를 따랐고, 이어서 어른들도 슬금슬금 몰려 들어갔다.

농장 사무실을 지나 그 안쪽 저택이 있는 근처까지 접근했을 때, 저택 문 안에서 총을 멘 병정이 한 사람 내다보았다. 물론 일본 병정이었다. 계급장 같은 것은 다 떼버리고, 그저 군복에 총만 메고 있었다. 오늘 혹시 무슨 변이나 일어날까 해서 읍에서 나온 병정인 모양이었다. 마을 사람들은 주춤하고 두어 걸음씩 물러서기도 했다. 그러나 아무 변도 일어나지는 않았다.

하시모도가 모습을 나타낸 것은 한참 뒤의 일이었다. 총을 멘 병정 두 사람이 앞뒤로 호위를 한 가운데 하시모도는 가족들에게 부축을 받으며 걸어 나왔다. 유가다(여름에 입는 두루마기 같은 홑옷)에 게다를 신고, 어린애 걸음마처럼 짜박짜박 걷고 있었다. 키도 여느 사람의 어깨까지밖에 안 왔다. 혹 불면 넘어질 것 같은 늙은이었다. 듣던 말과 같이 머리는 하얗게 세었고, 얼굴은 쪼그라들어서 얼른 보니 꼭 주먹만했다. 주먹만한 얼굴에 두 눈썹은 붓으로 답싹 먹을 묻혀놓은 듯 새까맸다. 턱 수염은 밀어버렸는지, 처음부터 돋아나지 않았는지 맨숭맨숭했고, 입술 위에만 하얀 수염이 양쪽으로 가느다랗게 흐르고 있었다.

이 넓은 들녘을 온통 다 차지하다시피 한 사람이면 신수도 그만큼 훤한 줄 알았는데, 그게 아니라, 풍신이라는 것이 꼭 이 모양이니, 마을 사람들은 무엇에 속은 것 같은 묘한 기분이었다. 그래서 모두 기침 소리 하나 없이 바라보고 있는데, 난데없이 웃음소리가 터졌다.

"왓핫핫핫하……."

고 생원이었다. 무엇이 그렇게 우스운지, 커다란 콧구멍을 사정없이 벌룸거리며,

"우앗핫핫하……."

벌겋게 핏대가 돋아나도록 웃어젖뜨리는 것이었다.

난데없는 유난한 웃음소리에 모두 어리둥절했다. 고 생원은 웃음을 뚝 그치더니 이번에는,

"쪽쩨비다! 쪽쩨비!"

냅다 고함을 질렀다.

"우짜먼 저렇게도 꼭 쪽쩨비 같노! 우짜먼……. 왓핫핫하……."

그러자, 모두 와 ── 크게 웃음을 터뜨렸다. 아이들은 좋아서 못 견디었다. 윤길이와 학섭이는 휘휙 ── 휘휙 ── 휘파람을 불어대기도 했다.

"삼십 년 묵은 쪽쩨비가 아니라, 백 년 묵은 쪽쩨비세."

"대밭 속이 아니었네그려."

"창고 밑도 아니었구마는."

"글씨 말이지. 핫핫핫……."

"헛헛헛……."

웃음은 그칠 줄을 몰랐다.

두 병정이 잠시 긴장한 빛을 띠었으나, 별일은 없었다. 하시모도는 가족들에게 부축을 받으면서 짜박짜박 걸음을 옮기기에만 여념이 없었다.

주재소 앞 한길에 도라쿠(트럭)가 한 대 와 있었다. 이 근방의 일인들을 실어가기 위해서 읍에서 나온 군용 도라쿠였다. 울긋불긋한 봇짐 나부랭이와 함께 남녀노소 할 것 없이 모두 도라쿠 위에 오르고 있었다. 교장네 가족도 오르고 있었고, 선생네도 오르고 있었고, 우편국장네도, 눈깔사탕을 팔던 잡화상네도 오르고 있었다. 주재소 순사부장네 가족도 오르고 있었다. 그러나 코 밑에 까만 나비 같은 수염을 달고 있던 순사부장은 보이지 않았다. 그는 일본이 항복을 하자, 재빨리 어디론지 자취를 감추고 말았던 것이다. 모두 도라쿠 위에 올랐으나, 하시모도만은 운전대 안에 실렸다.

부르릉 부르릉……도라쿠가 발동을 걸자, 둘러서서 구경을 하고 있던 마을 사람들은 조용해졌다. 그리고 길을 비켰다. 도라쿠는 구경꾼들 사이를 서서히 빠져나가 차츰 속력을 놓기 시작했다. 그러자 아이들은 도

라쿠를 쫓아 마구 달리기도 했다. 도라쿠가 먼지를 일으키며 달려가고 있을 때, 별안간 주재소의 종이 울렸다.

깡깡깡 깡깡깡 깡깡깡…….

고 생원이었다. 고 생원이 종대에 올라가서 망치로 종을 두들겨대는 것이었다. 온통 자기 세상인 듯이 벌죽벌죽 웃으며, 우쭐우쭐 어깨춤까지 추기 시작했다. 벌겋게 술이 오른 얼굴 한가운데서 잘 익은 자두 같은 코가 벌룸벌룸 벌룸거렸고, 삼베 중의 속에서 배꼽도 불거져나와 꿈틀거렸다.

"핫핫하……. 저 코 생원 좀 보소."

"과연 콧구멍 생원이 다르구마는."

"저 배꾸무 좀 보라니까."

"핫핫핫……."

"헛헛허……."

모두 기분좋게 웃었다.

사람들 속에 섞여 서서 최 서기도 두 눈을 가늘게 뜨고 고 생원을 쳐다보며, 헤헤헤……노오랗게 웃고 있었다. 남달리 조그마한 코가 오늘따라 더욱 잔망스러워 보였다.

어른들보다도 아이들이 더 좋아서 날뛰었다. 어떤 아이는 그만 만세를 불러대기도 했다.

윤길이는 실컷 웃고 나서 학섭이에게,

"너거 아부지 최고다! 최고!"

장난스럽게 말했다.

그러나 학섭이는 화를 내지 않았다. 멋쩍은 듯,

"술이 취해서 안 그러나. 아부지도 주책이지."

하고는, 저도 그만 씩 웃었다.

윤길이는 더욱 기분이 나서 냅다 휘파람을 불어대기 시작했다. 새로 쏟아져 나온 노래를 닥치는 대로 마구 불렀다. 학섭이도 부르기 시작했다. 이제 윤길이의 휘파람도 학섭이 못지않게 가볍고 부드러웠다.

깡깡깡 깡깡깡 깡깡깡……

종은 여전히 울리고 있었고, 신작로 멀리 뽀얀 먼지와 함께 도라쿠는
사라져가고 있었다.

— 1970년

66

일본도(日本刀)

제1화

가다오카(片岡) 교장 집에 커다란 일본도가 있다는 이야기는 아이들 사이에 여간 구미가 당기는 일이 아니었다. 일본도란 실지로 어떻게 생긴 물건이며, 얼마나 큰 것인지, 꼭 한 번 보았으면 싶었다. 그림이나 이야기로는 많이 보고, 많이 들었지만 말이다. 그럴수록 호기심은 더한 것이었다.

얼마나 크고 얼마나 잘 드는 칼이기에 단번에 사람의 모가지를 휙 날리고, 사람의 몸뚱어리를 보기 좋게 두 동강으로 만들어버리는 것인지, 정말 신나는 일이 아닐 수 없었다. 그런 그림을 수없이 보았고, 이야기를 많이 들었던 것이다. 짱꼴라(되놈)의 모가지를 그렇게 날려버린다는 것이며, 기치쿠베이에이(鬼畜米英)의 몸뚱어리를 그렇게 두 동강으로 내버린다는 것이었다.

그런 놀라운 일본도가 바로 교장 선생 집에도 있다니 아이들은 어쩐지 무시무시하면서도 몹시 구미가 당기지 않을 수 없었다.

교장 선생 집에 있는 일본도 역시 겁나게 잘 든다는 것이었다. 단번에 매화나무가 싹둑 잘라지더라는 것이다.

그런 이야기는 주로 급사 아이의 입에서 나왔다. 급사 아이는 하루에도 여러 차례 교장 관사를 출입하는 터이니까, 그럴 만도 했다. 맨 처음, 교장 집에 일본도가 있다는 이야기도 물론 그의 입에서 나왔다.

한번은 급사 아이가 집에 돌아갈 시간이 되어 교무실을 잠그고, 그 열쇠를 교장 관사에 갖다 놓으려고 관사의 대문을 막 들어서는 참인데, 안에서 교장의 고함 소리가 고래고래 들려왔다. 누구를 몹시 욱박질러대는 소리였다. 급사 아이는 움찔 놀라며 걸음을 멈추었다. 그러자 이번에는 여자의 앙칼진 목소리가 일어났다. 부부 싸움인 모양이었다.

급사 아이는 재미있다는 듯이 코로 싱글 웃으며 안으로 들어갈까 말까 잠시 망설이고 있었다. 그런데 우당탕 하는 소리와 함께,

"다수케데에(사람 살려)!"

비명을 지르며 뛰어나온 것은 교장 부인이었다. 온통 겁에 질려 얼굴이 새파랬다.

그리고 뒤따라 교장이 뛰어나왔다. 유가다(浴衣)를 입은 교장의 한 손에는 뜻밖에도 일본도가 번쩍이고 있는 것이 아닌가.

순간, 급사 아이는 온몸이 얼어붙는 듯한 느낌이었다.

도코노마(床間)에 안치되어 있는, 칼집에 든 일본도는 여러 차례 보았지만, 이렇게 칼집에서 뺀 시퍼런 칼날을 보기는 처음이었다. 정말 섬뜩하도록 서슬이 퍼렇고 기다란 칼이었다.

그 번쩍이는 칼을 가지고, 자기 부인의 목을 짱꼴라처럼 날려버릴 셈인지, 아니면 몸뚱어리를 기치쿠베이에이처럼 두 동강으로 만들어놓을 작정인지, 교장의 두 눈은 무섭게 곤두서 있었다.

질겁을 한 부인이,

"가내야마 사앙!"

소리를 지르면서 냅다 대문으로 뛰어나오자, 급사 아이도 얼결에 겁을 집어먹고 후다닥 몸을 날렸다. 가내야마(金山)는 급사 아이의 창씨(創氏)였다.

그러자 교장은 차마 급사 아이도 있는데, 대문 밖까지 칼을 들고 뛰어나갈 수는 없었는지 닭 쫓던 개 울타리 쳐다보는 격으로 멈추어 서서 곧장 식식거리더니, 그만 칼을 휘둘러,

"칙쇼(개 같은 년)!"

하고 곁에 있는 애꿎은 매화나무 가지 하나를 싹둑 잘라버리는 것이었

다.

고약한 성미였다. 이만저만 단기(短氣)가 아니었다.

우선 얼굴 생김새부터가 그래 보였다. 어찌된 셈인지, 가다오카 교장은 뾰족한 턱에 수염이 전혀 없었다. 면도로 밀어서 그런 것이 아니라, 애초부터 수염이라곤 한 오라기도 돋아나지가 않았다. 턱뿐이 아니라, 코 밑도 그렇고, 양쪽 볼도 마찬가지였다. 온통 민숭했다.

오십이 넘은 터에 그런 민숭한 얼굴은 아무래도 말이 아니었다. 게다가 머리까지 빡빡 깎았으니, 영락없는 중이었다. 중이라도 고승(高僧)으로 보이는 게 아니라, 어쩐지 땡땡이중 같았다. 얼굴이 도리납작하고 턱이 뾰족한데다가, 이마까지 낮고 좁기 때문에 그런 모양이었다.

그런 얼굴에 두 눈썹만은 유난히 짙었다. 새까만 먹물을 붓으로 답삭 묻혀놓은 듯했다. 그런 새까맣고 답삭한 눈썹은 어쩐지 사람됨을 더 작아 보이게 했고, 소가지가 말라 보이게 했다.

애꿎은 매화나무 가지를 싹둑 잘라버리고 나서 가다오카 교장은 그 새까맣고 답삭한 눈썹을 바르르 떨었던 것이다.

교장 선생이 부부 싸움 끝에 일본도를 빼들고 부인을 뒤쫓다가 매화나무를 잘랐다는 소문은 곧 아이들 사이에 퍼졌다. 교장 선생이 다 싸움을 하다니, 그리고 일본도를 빼들고 부인을 뒤쫓다니, 참 신나는 일이 아닐 수 없었다. 짱꼴라처럼 부인을 날려버리려고 그랬는지 기치쿠베이에이처럼 몸뚱어리를 두 동강으로 만들어버리려고 그랬는지 모르지만, 좌우간 몹시 재미가 좋은 일이었다. 한번 실지로 그래 봤더라면 더 신났을 텐데 싶기도 했다. 그러나 매화나무를 자른 것만으로도 당분간 재미있는 이야깃거리는 되는 듯, 아이들은 그저 즐겁기만 했다.

처음 급사 아이의 입에서는 매화나무 '가지'가 대번에 썽뚱 잘리더라고 사실대로 나왔으나, 그 말이 이리저리 굴러감에 따라 가지는 어느새 줄기로, 그리고 '밑동'으로 바뀌어 있었다. 교장 선생의 일본도에 매화나무 줄기가, 혹은 밑동이 단번에 무처럼 싹둑 잘려버리더라는 것이다.

매화나무 줄기가, 혹은 밑동이 단번에 잘려버리다니, 아이들은 입이 딱 벌어지지 않을 수 없었다. 짱꼴라의 모가지보다도, 기치쿠베이에이의 몸뚱어리보다도 훨씬 매화나무가 단단할 텐데 말이다. 일본도란 그렇게 겁나는 것일까 싶으니, 아이들은 바짝 더 입에 침이 도는 것이었다.

원길이도 그 이야기를 듣자,

"햐—— 매화나무가 단번에……? 한번 봤으면야. 니폰도(日本刀)가 그렇게 잘 드는강?"

이렇게 바짝 구미가 당겼다.

원길이는 그때 6학년이었다. 해방되기 한 해 전의 일이었다.

바짝 호기심이 동한 원길이는 일본도에 잘린 매화나무나마 한 번 보았으면 싶었다. 교장 관사의 앞뜰에 매화나무가 세 그루 서 있는데, 어느 것이 잘려버렸는지 궁금했다. 몇 차례 심부름으로 관사에 들어가본 일이 있어서 원길이도 매화나무가 세 그루라는 것은 알고 있었다.

그러나 아무 볼일도 없이 교장 관사에 함부로 들어갈 수는 없는 노릇이었다. 바깥에서 울타리 사이로 안을 들여다보는 도리밖에 없었다.

방과 후였다. 원길이는 책보를 끼고 하교를 하면서 교장 관사의 탱자나무 울타리 사이로 안을 들여다보았다. 그렇게 바깥에서 살짝 안을 들여다보는 것도 여간 켕기지가 않았다. 혹시 교장 선생의 눈에 띄기라도 하면 틀림없이,

"난다, 코노야롯(뭐야, 이 새끼)!"

매서운 호통을 들을 것이며, 누군지 얼굴이라도 알려지는 날엔 이튿날을 단단히 각오해야 되는 것이다.

가다오카 교장은 성미가 말라서, 아이들의 조그마한 잘못도 결코 그냥 넘겨버리는 일이 없었다.

"난다, 코노야롯!"을 비롯해서,

"난다, 키사마(뭐야, 너)!"

"고노 바카야롯(이 바보 같은 새끼)!"

"고노 쿠소매(이 똥강아지)!"

"칙쇼(개 같은 것)!"

이런 욕지거리를 마치 전용어처럼 내뱉으며, 아이들의 뺨을 찰싹찰싹 갈기기가 일쑤였다. 화가 많이 났을 경우에는 신고 있던 슬리퍼를 벗어

들고 그것으로 냅다 갈기기도 했다. 훈계를 하는 법은 거의 없고, 노상 체벌(體罰)이었다.

그런 교장의 눈에 띌까 봐 몹시 켕겼지만, 딴 선생들이 보아도 그냥 지나치지 않을 것이었다.

"나니 시도룬다(뭐하고 있는 거야)?"

이런 말 한 마디는 으레 던질 것이었다.

그러나 다행히 원길이는 아무의 눈에도 띄지 않고 한참 동안 울타리 안을 들여다볼 수가 있었다. 그런데 매화나무는 그대로 세 그루가 분명히 서 있는 게 아닌가. 어찌된 셈일까. 아무리 살펴보아도 싹둑 잘린 매화나무 가지나 밑동은 눈에 띄지가 않았다.

"순 거짓말이로구나!"

원길이는 참 시시했다.

잘려나간 가지는 무성한 잎들에 가려서 눈에 띄지가 않았던 것이다.

"그러면 그렇지. 헤헤헤……."

원길이는 어쩐지 맥이 빠졌으나, 웃음이 나왔다. 아무리 일본도가 잘 든다고 하지만, 단번에 매화나무 줄기가 잘릴 턱이 없는 것이다.

원길이는 탱자나무에 열린, 아직 푸룻푸룻한 열매를 공연히 손에 닿는 대로 따서 내던져버렸다. 그리고 후닥닥 책보를 끼고 내달았다.

그렇게 궁금증을 돋우기만 하던 교장 선생의 일본도를 아이들이 직접 눈으로 보게 된 것은 그 해 가을의 일이었다.

초가을의 어느 날, 점심시간이었다. 원길이는 교실에서 도시락을 먹고 있었다.

도시락을 가져온 아이는 불과 몇밖에 되지가 않았다. 그것도 꽁보리밥이 아니면 콩깨묵이나 옥수수밥이었다. 대부분의 아이들은 점심 같은 것은 숫제 먹을 생각도 안 하는 것이었다. 그런 시절이었다.

옥수수밥을 열심히 끌어 넣고 있던 원길이는 난데없는 사이렌 소리에 고개를 들어 창 밖을 내다보았다.

오우오우오우오우 —— 멀리 주재소의 망루(望樓)에서 울려오는 소리였다.

그러자 곧 학교의 종도 요란하게 울리기 시작했다.

땡땡땡땡……

끝없이 울리는 사이렌 소리와 종소리.

원길이는 냅다,

"공습이다!"

소리를 질렀다.

그것은 틀림없는 공습 경보였다. 경계 경보도 없이 별안간 공습 경보가 발해진 것이다.

학교 안은 발칵 뒤집혔다. 운동장에서 놀고 있던 아이들은 모두 방공호 속으로 뛰어들어가느라고 야단 법석이었다. 운동장 기에 방공호가 수없이 마련되어 있었다. 그러나 말이 방공호지, 그것은 덮개도 없이 그냥 땅을 기다랗게 파놓은 구덩이 같은 것에 불과했다. 그 구덩이 속으로 평소에 훈련받은 대로 너도나도 뛰어드는 것이었다.

교실에서 점심을 먹던 아이들도 도시락을 내버리고 밖으로 뛰어나가느라고 정신들이 없었다. 원길이도 입 안에 든 옥수수 알들을 불컥불컥 씹으면서 마구 달려나갔다. 어느새 방공호는 대만원이었다. 방공호는 각 학년별로 지정되어 있었고, 평소의 훈련 때는 그것이 잘 지켜졌으나, 실지로 공습 경보를 당하고 보니 엉망이었다. 학년의 구별없이 마구 뒤죽박죽이 되었을 뿐 아니라, 남생도 여생도의 구별도 없었다. 4학년 이상은 남생도와 여생도의 방공호가 따로 마련되어 있는 것이었다.

원길이는 지정된 6학년 남생도들의 방공호 쪽으로 뛰어갔으나 이미 대만원이어서, 아무데나 좀 덜 만원인 곳에 뛰어들어버렸다. 그런데 그 곳이 마침 여생도들의 방공호였던지 거의가 단발머리들이었다. 그래도 여생도들은 대부분 자기네 방공호를 찾아들었던 것이다. 그러나 원길이는 하는 수 없었다. 곧 어디서 폭탄이 떨어지는 듯, 오우오우오우……사이렌이 울려오고 땡땡땡땡땡……종이 울려대고 있는 판인데, 딴 방공호로 옮기고 어쩌고 할 수는 없는 노릇이었다. 자리가 남은 방공호가 있는 것도 아니었다. 원길이는 아무렇게나 여생도들 속에 푹 묻혀 앉아버렸다.

그런데 어찌된 셈인지 도무지 폭탄이 떨어지지가 않는 것이었다. 공습경보가 나면 곧 폭탄이 떨어지는 줄 알았는데 말이다. 폭탄은 고사하고, 비행기도 나타나지가 않았다. 공연히 사이렌과 종만 지랄같이 자꾸 울려대고 있었다.

공습이 뭐 이렇게 시시해, 싶은 참인데,

"어머나! 저것 보래!"

여생도 하나가 하늘을 가리키며 소리를 질렀다.

모두 하늘을 쳐다보았다.

"어머나!"

"저기 뭐고?"

"햐—."

"햐—."

아이들은 절로 입이 딱 벌어졌다. 정말 희한한 광경이 아닐 수 없었다.

초가을 하늘은 높고 맑았다. 그 씻은 듯한 푸른 하늘에 구름인지 뭔지 하얗고 가느다란 줄기가 두 개 나란히 뻗어 있는 것이 아닌가. 마치 붓으로 곱게 그려놓은 것 같았다. 그런데 가만히 보니, 그 두 줄기 구름 같은 것이 조금씩 자꾸 그어져 나가고 있었다. 그리고 그 맨 앞쪽에 은빛으로 반짝거리는 조그마한 물체가 보였다. 한 줄기에 하나씩 두 개였다.

"비행기다!"

"맞다, 맞다!"

"야— 비행기대이."

"두 개다, 두 개!"

"야—."

자세히 보니 그것은 틀림없는 비행기였다.

B29 두 대가 하얀 비행운을 그리며, 고공(高空)을 지나가고 있었던 것이다.

그림으로나 이야기로만 수없이 보고 들은 B29였다. 그 B29가 지금 눈앞을 지나가고 있는 것이다. 그런데 그렇게 무섭고 가증스럽게 여겨지던 B29를 막상 눈으로 보니 무섭기는 고사하고 가증스러운 생각도 조금도 일지가 않았다. 오히려 무슨 진귀한 물건이나 되는 듯 오래오래 바라보고 있고만 싶었다. 은빛으로 반짝이는 비행기도 비행기지만, 그 꼬리에서 자꾸 내뿜어지는 듯한 기다랗고 하얀 구름 같은 것이 한없이 신기하고 곱게만 보였다.

아이들은 모두 그 희한한 광경에 넋을 잃고 있었다. 이런 것이 공습이라면 매일 좀 공습이 있었으면 좋겠는 것이었다. B29가 서서히 하늘을 가로질러 사라져가는 것이 몹시 안타깝기만 했다.

그때였다.

"어머나, 교장 선생님 보래!"

여생도 하나가 또 소리를 질렀다.

하늘을 바라보고 있던 아이들의 시선이 이번에는 교장 선생 쪽으로 쏠렸다.

교장 선생은 관사에서 막 운동장 쪽으로 걸어 나오고 있었다. 그런데 교장 선생의 한 손에 무엇인지 기다란 물건이 번쩍이고 있는 게 아닌가.

"니폰도다!"

"맞다, 맞다!"

"어머나아."

"우야꼬오."

여생도들은 비명에 가까운 소리를 질렀다.

"햐 — 니폰도구나!"

원길이는 눈이 번쩍 띄는 듯했다.

그렇게도 구미가 당기고 궁금하던 일본도였다. 그 일본도가 뜻밖에도 불쑥 눈앞에 나타난 것이다. 더구나 칼집에서 뽑혀 시퍼런 알몸을 번쩍이며 말이다. 꽤 떨어진 거리였으나 으시시하도록 칼날은 서슬이 퍼랬다.

그 서슬이 퍼런 일본도를 들고 운동장으로 걸어나온 교장 선생은 그 자리에 우뚝 버티고 서서는 B29를 무섭게 노려보는 것이었다. 그렇게 한참 노려보고 있더니만, 그만 분통이 터져 못 견디겠는 듯,

"칙쇼!"

소리를 지르면서 일본도를 번쩍 쳐드는 것이 아닌가. 마치 그것으로 B29를 싹둑 잘라버리기라도 할 듯이 말이다.

"헷헷헷헷……."

원길이는 그만 웃음이 터져나왔다.

텅 빈 운동장에 혼자 버티고 서서 B29를 향해 일본도를 번쩍 쳐든, 땡땡이중 같은 교장 선생. 그 까만 눈썹이 먼 데서도 바르르 떨리고 있는 것처럼 느껴졌다.

"헷헷헷헷……."

원길이는 자꾸 터져나오는 웃음을 견딜 수가 없었다.

여생도들도 킥킥 웃고 있었다.

B29는 하얀 비행운과 함께 유유히 사라져가고 있었다.

제 2 화

이듬해 4월, 원길이는 중학생이 되었다.

중학생 모자를 쓰고, 중학생 가방을 메었으며, 다리에는 각반을 쳤다. 그러나 옷은 국민학교 때 입던 양복 그대로였다. 그러니까 바지는 무릎까지 오는 짧은 것이었으며, 그 바지 밑으로 드러난 맨다리에 각반을 감았던 것이다.

원길이만 그랬던 것이 아니라, 신입생은 모두 마찬가지였다. 교복은 배급이 나오지 않았던 것이다. 신발 역시 배급이 없었다. 그래서 신은 국민학교 때 신던 운동화를 꿰맬 수 있는 데까지 꿰매어 신거나, 아니면 게다를 신었다. 그것도 없으면 숫제 맨발로 다녔다. 중학생이 맨발로 다녀도 조금도 창피하지가 않은 그런 때였다.

그러니 중학생이 되었다고는 하지만 어설프기 짝이 없었다. 몸차림만 그런 것이 아니라 모든 것이 그러했다.

우선 기숙사 생활부터가 그러했다. 시내에 자택이 있는 사람 외에는

모조리 기숙사에 집어 넣는 것이었다. 신입생에게는 하숙이라는 것이 허
락되지가 않았다. 원길이가 들어간 학교는 그런 점이 딴 학교보다 훨씬
엄격했다.

　기숙사 생활은 우선 배가 고파 견딜 수가 없었고, 상급생들의 성화에
정신을 차릴 수가 없었다. 마치 무슨 잘못이라도 저지른 사람처럼 노상
눈치를 보아야 했고, 굽신거려야 했다. 그렇지 않으면 툭하면 기합이었
다.

　그리고 처음으로 부모 슬하를 떠나, 낯선 곳에서 시달리며 지내자니
못 견디게 고향 집이 그리웠다. 그래서 원길이는 남몰래 변소 속에 들어
가 울기도 했다. 우는 것도 아무 네서나 울다가는 큰일인 것이었다.

　"난다, 고노 아호메(뭐야, 이 머저리 같은 새끼)!"하고 기합을 당하
기 꼭 알맞았다.

　기숙사 생활뿐 아니라, 학교 생활도 마찬가지였다. 학교라는 곳에서
공부는 거의 하는 일이 없고, 늘 일뜸질이었다. 비가 오는 날 외에는 노
상 근로 봉사였다.

　처음 얼마 동안은 주로 산에 가서 장작을 운반해 내려오는 일이었다.
그것도 하루 한두 번이 아니라, 세 번이고 네 번이고 일과가 끝나는 시간
까지 계속이었다.

　장작 운반이 끝나면, 다음은 소나무 뿌리 캐기였다. 학교에서 십 리
가량이나 떨어진 곳에 수없이 많은 소나무가 잘려 나가고, 뿌리만 그대
로 남아 있는 언덕이 있었다. 그 언덕에 가서, 그 수없이 많은 뿌리들을
캐내는 것이었다.

　여간 힘드는 작업이 아니었다. 몇 사람씩 조(組)로 나누어 하루의 책
임량을 할당하는 것이었다. 작은 것은 하루에 서너 뿌리까지 캘 수가 있
었으나, 큰 것은 한 개도 제대로 정복하기가 어려웠다. 그러나 기어이 그
책임량을 완수해야만 일과가 끝났다. 삽이나 괭이로 흙을 파내고, 뻗어
나간 뿌리들을 하나하나 잘라낸 다음, 그 거창한 놈을 땅 위로 들어올린
다는 것은 이만저만한 중노동이 아니었다. 캐낸 뿌리를 그대로 그 자리
에 놓아둔다면 또 모르겠는데, 그것을 다시 큰길 근처까지 운반해내야

되는 것이었다. 큰길 근처에 갖다 쌓아놓으면 수레가 와서 어디론지 싣고 가는 것이었다.

그런 중노동이지만, 배만 고프지 않으면 그래도 당해 낼 수가 있을 것 같았다. 그런데 그놈의 허기 때문에 견딜 수가 없었다. 곧장 헉헉 헛심이 씌어져 일이 제대로 되지가 않았고, 땀만 자꾸 흘렀다.

그런 작업이 열흘 가까이 계속되자, 학생들의 얼굴은 눈에 띨 정도로 초췌해졌다. 원길이도 눈이 기어들어가고, 얼굴빛이 노오랬다. 일과가 끝나고 기숙사로 돌아올 때는, 눈앞이 어질어질하기도 했다.

언덕의 소나무 뿌리를 모조리 캐낸 다음, 이번에는 그곳을 밭으로 일구는 것이었다.

밭 만드는 일 역시 수월하지가 않았다. 소나무 뿌리 캐내는 일에 비하면 좀 나은 편인진 모르지만 말이다. 풀이랑 돌멩이, 작은 나무뿌리 같은 것을 모조리 거둬내고, 흙을 파 일구고, 고르고, 이랑을 지우고……마침내 야산은 밭으로 변모하고 말았다.

원길이가 고향집에 다니러 간 것은 밭 개간이 끝난 그 주의 토요일이었다. 학교에서 귀성(歸省) 허가를 내주었던 것이다.

원길이 혼자만이 아니라, 농촌이 고향인 신입생 가운데 희망하는 사람은 전원이었다. 귀성이라 해야 고작 토요일에 갔다가 다음 일요일에 돌아오는 것이었다. 허가를 할 것도 뭐할 것도 없는 토요일이었다. 그러나 그때는 아무리 토요일 일요일이라 해도 학교의 허가없이는 집으로 갈 수가 없었다. 우선 학교 증명서가 없으면 기차표를 살 수가 없는 것이었다. 귀성은 고사하고 기숙사에서 잠시 외출을 하는 데도 사감(舍監)의 허가를 맡아야 하고, 시간 안에 돌아와서 반드시 사감에게 돌아왔다는 보고까지 해야 하는 판국이었다. 군대 생활과 조금도 다를 바가 없었다.

실지로 그 무렵은 학교 편성도 군대 편제(編制)와 마찬가지로 되어 있었다. 학교가 하나의 연대(聯隊)인 것이었다. 학년은 중대, 학급은 소대였다. 그러니까 교장은 연대장이라 불렸고, 학년 주임(學年主任)은 중대장, 학급 담임은 소대장이라 했다. 대대만 없는 것이었다.

신입생들은 비록 각반을 짧은 바지 밑의 맨다리에 감고 있긴 했지만,

어엿한 1중대 각 소대의 병사인 셈이었다. 그리고 운동장도 연병장(練兵場)이라고 불렀다.

아무튼 원길이는 하룻밤 자고 돌아오는 귀성이지만 좋아서 어쩔 줄을 몰랐다. 곧 날을 듯한 기분이었다.

그러나 밭을 개간하느라고 수고가 많았으니, 일박이일(一泊一日)이지만 집에 가서 좀 쉬고 오라는 그런 호의에서 나온 귀성 허가는 아니었다. 집에 가서 씨앗을 가져오라 이것이었다. 개간한 밭에 뿌릴 씨앗을 마련하기 위한 방편인 것이었다. 콩이나 팥이나 메밀, 조, 수수 같은 것을 한 되 이상 가지고 온다는 조건부였다.

씨앗이 아니라, 송아지를 한 마리씩 가져오리 헤도 가고 싶은 판국이니, 농촌 출신으로 희망하지 않는 학생은 한 사람도 없었다. 씨앗이야 집에 있거나 말거나 우선 가놓고 보자고, 집에 가면 설마 그런 것 한 되쯤이야 못 구하겠느냐고, 농촌 출신 아닌 학생들도 너도 나도 희망해 나섰다.

토요일 오후, 귀성하는 학생들은 모두 한자리에 모여 학년 주임, 그러니까 중대장의 훈시를 들었다. 오늘 갔다가 내일 돌아오는 귀성인데, 어지간히 야단이었다. 요는 반드시 한 되 이상의 씨앗을 가져와야 된다는 것과, 내일 어떠한 일이 있어도 돌아와야 된다는 것이었다. 만일 씨앗을 가져오지 않거나, 내일 돌아오지 않는 사람이 있으면 용서하지 않는다고 중대장은 눈을 부릅떠 보이기도 했다.

중대장은 아라키(荒木)라는 검도(劍刀)선생이었다. 그래 그런지 얼굴 생김새부터가 어쩐지 사무라이(무사)를 연상시켰다. 훌렁 까져 올라간 이마의 가장자리가 선명했고, 두 눈썹의 꼬리가 위로 솟아 있었으며 입은 활처럼 양쪽이 아래로 휘어져 있었다. 언제나 화를 내고 있는 사람 같았다. 목소리도 그냥 굵은 것이 아니라, 성대(聲帶)에 몇 줄기 금이라도 간 듯한 저음이었다. 마치 찢어진 풀무 소리 비슷했다.

그런 얼굴로 눈을 부릅떠 보이며, 그런 목소리로,

"와캇다카(알았나)!"

냅다 고함을 지르는 데에는 모두 질리지 않을 수 없어,

"하이(예)!"

힘껏 대답들을 했다.

그러나 이튿날 돌아오지 않은 아이가 몇 되었다. 그 중에 원길이도 끼어 있었다. 원길이는 설사 때문에 돌아오지 못한 것이었다.

사십 여일 만의 귀성이었으나, 마치 몇 해 만에 고향에 돌아간 듯한 기분이었다. 원길이는 감개가 무량하기까지 했다. 무엇보다도 밥그릇에 수북이 올라오도록 담아주는 밥이 감개 무량한 것이었다. 비록 꽁보리밥이기는 하지만 말이다. 학교고 뭐고 집어치워버리고 집에서 농사를 짓더라도, 이런 고봉으로 담아주는 밥이나 실컷 먹었으면 싶었다. 집에 있으면 그렇게 고봉으로 담아줄 턱도 없지만.

"얼마나 배를 곯았길래 그새 이렇게 예빗노. 다 묵으래이."

어머니의 말에 원길이는 핑 눈물이 돌기도 했다. 그리고 그 많은 꽁보리밥을 다 먹어치웠던 것이다. 곯았던 배에 갑자기 그렇게 꽁보리밥이 들어가놓았으니 제대로 소화가 될 턱이 없었다.

설사를 만난 원길이는 이튿날 도저히 집을 나설 수가 없었다. 아라키 중대장의 찢어진 풀무 같은 목소리가 귀에 쟁쟁했으나, 할 수 없었다. 그리고 설사가 나서 하루라도 더 집에 머물게 된 것이 오히려 다행이라는 생각이 슬그머니 들기도 했다. 까짓놈의 것 나중에사 학교에 가서 기합을 받거나 말거나 싶었다. 생각 같아서는 이대로 내내 설사가 계속되어 학교에 영영 돌아가지 못했으면 좋겠는 것이었다. 그렇게 학교 생활, 기숙사 생활이 진절머리가 났다.

그러나 아버지 어머니는 학교에 얼른 못 돌아가면 큰일이라고 부랴부랴 한약을 지어와서 달여주는 것이었다. 근심스런 얼굴을 하면서, 남의 속도 모르고 말이다. 결국 안타깝게도 설사는 멎고 말았다.

그래서 월요일 아침 일찌감치 원길이는 집을 떠났다. 학교에 도착한 것은 오후였다.

하루 늦게 돌아온 것이었으나, 정문의 위병소(衛兵所)에서부터 벌써 호통이었다. 그 무렵은 수위실도 위병소라고 불렀다. 수위가 지키고 있는 것이 아니라, 학생들이 목총(木銃)을 들고 지키고 있는 것이었다.

원길이는 위병소의 지시에 따라 가방을 메고 짐꾸러미를 든 채 바로 교관실(敎官室)로 중대장을 찾아갔다. 교무실도 교관실이라고 했다. 짐꾸러미에는 씨앗과 함께 떡이니 미싯가루 같은 것이 들어 있었다. 어머니가 배고픈데 기숙사에 가지고 가서 먹으라고, 밤을 새워가며 만들어 준 것이었다.

원길이를 보자, 아라키 중대장은 대뜸,

"난다, 코노야롯(뭐야 이 새끼)!"

소리를 질렀다. 그리고 위로 치솟은 눈썹을 꿈틀거리며,

"코노 후츠고나 야롯(이 고얀 놈의 새끼)!"

하면서 원길이를 교관실 옆에 붙어있는 조그마한 방으로 데리고 들어갔다.

훈육실이었다. 한쪽 구석에 책상이 하나 놓여 있고, 목검(木劍)과 시나이(竹刀)가 여기저기 벽에 세워져 있었다. 얼른 보아도 덜컥 겁이 먹어지는 방 안 분위기였다.

원길이도 여기가 훈육실이라는 것을 바로 짐작할 수가 있었다. '훈육실에 불려가면 반 죽는다'는 말을 들었던 것이다. 원길이는 대뜸 울상이 되었다.

원길이를 꿇어 앉히더니, 아라끼 중대장은 '시나이' 하나를 집어 들고 다짜고짜 마구 두들기는 것이었다. 머리, 어깨, 팔, 옆구리, 닥치는 대로였다. 한 손으로 가볍게 '시나이'를 들고 별로 힘도 안 들이고 치는 것 같았으나, 눈에서 불꽃이 번쩍번쩍 튀었다. 검도 선생이라 솜씨가 달랐다. 곧 원길이는 비명을 지르면서 나가 뒹굴었다.

원길이가 다시 일어나 앉자, 그제야 아라키는 왜 늦게 왔느냐고 눈을 부릅떴다. 설사 때문에 그랬다고 하니까,

"나니(뭐)? 게리(설사)?"

코 언저리에 경멸에 찬 웃음을 띠었다. 그리고 돼지처럼 처먹어서 그렇다면서,

"다네와(씨앗은)?"

하였다.

"못데기마시다(가져왔습니다). 니쇼 못데기마시다(두 되 가져왔습니다)."

"닛쇼(두 되)?"

"하이(예)."

그러자 아라키는 어디 내보라는 것이었다.

원길이는 짐꾸러미를 끌러 콩자루를 꺼내 보였다. 그리고 아버지가 하루 늦어서 미안하니, 콩이나 많이 가져가라고, 두 되를 주더라 했다.

자루 안의 것을 들여다보며 아라키는 묘한 웃음을 지었다. 재미있는 듯한, 그러면서도 역시 경멸이 서린 듯한 그런 웃음이었다.

그런 웃음이거나 말거나 원길이는 아, 이제 살았구나, 싶었다.

아닌게 아니라, 아라키는 자루 안의 콩이 두 되가 된다는 것을 확인하자,

"공고와 주이세요(다음부턴 주의해)!"

하고,

"이케(가)!"

하였다.

콩을 두 되 가져오길 잘했다 싶었다. 훈육실을 나와 기숙사로 가면서 원길이는 역시 고마운 아버지라고 생각했다. 그러자 눈물이 핑 도는 것이었다.

이튿날 우천(雨天)이어서 근로봉사하러 나가지 않고, 수업이었다. 넷째 시간은 검도였다. 1학년 전원 합동이었다.

비가 오기 때문인지, 5월 중순인데도 강당 안은 우중충하고 썰렁하기까지 했다. 모두 목검을 하나씩 들고 강당에 집합해서, 아라키 교관이 나타나기를 기다리며 떠들어대고 있었다. 집에 다녀온 다음이라, 학생들의 이야기는 거의 이번 귀성에 관한 것이다. 아직 고향에 갔던 기분이 가시지 않은 듯 어쩐지 모두 여느때와는 달리 들떠 있는 것 같았다.

아라키 교관이 강당으로 들어와 단상(壇上)에 올라섰을 때까지 모르고, 여전히 떠들어대고 있는 학생들이 많았다.

아라키 교관은 손에 일본도를 들고 있었다. 전번의 첫 검도 시간 때는

시나이를 가지고 나오더니, 이번에는 진짜 일본도를 가지고 나온 것이었다.

아라키는 일본도를 든 손에 불끈 힘을 주며, 대번에 일갈(一喝)이었다. "키사마라 민나 우데다데후세(이 자식들 모두 엎드려 뻗쳐)!"

그제서야 강당 안은 조용해지며 모두 그 자리에 엎드려 뻗쳤다.

아라키는 눈을 부릅뜨고, 강당 가득히 엎드려 뻗친 학생들을 노려보고 있었다. 눈썹은 더욱 위로 치올라가고, 입은 무섭게 아래로 휘어져 있었다.

원길이는 어제 얻어맞은 데가 아파서 엎드려 뻗쳐를 하고 있는 게 어간 고역이 아니었다. 그래서 살짝 두 무릎을 바닥에 갖다 댔다.

그때였다.

"다래카(누구야)!"

호통 소리가 날아왔다.

원길이는 이크 뜨거라, 하고 얼른 다시 무릎을 들어올렸다. 그리고 힐끗 교관을 바라보았다.

아라키는 냅다 일본도를 쑥 잡아뽑는 것이었다. 그리고 그 서슬이 뚝뚝 듣는 듯한 칼을 들고 단 아래로 뚜벅뚜벅 걸어 내려오면서, 이 새끼들 집에 갔다 오더니 정신 상태가 글러버렸다는 것이었다.

원길이는 이제 죽었구나 싶었다. 틀림없이 자기가 무릎을 내리는 것을 보고 그러는 것이라 생각했다. 목이 움츠러들고, 불알이 오그라붙으며, 사지가 발발 떨리지 않을 수 없었다.

그러나 힐끗 보니, 단 아래로 내려온 시퍼런 일본도는 이쪽으로 향하는 것이 아니라, 저쪽으로 가는 것이었다. 그쪽에도 무릎을 바닥에 붙인 사람이 있었던 모양이라고, 원길이는 안도의 숨을 내쉬었다.

가만히 보니, 일본도는 어느 일정한 학생에게 다가가는 것이 아니라, 무릎을 바닥에 붙이거나, 궁둥이를 위로 불쑥 쳐들지 못하도록, 엎드려 뻗친 사이를 이리저리 누비고 다니는 것이었다. 이 새끼들 정신 상태를 뜯어고쳐준다고 을러대면서.

원길이는 온몸이 부서지는 듯했다. 울고 싶었다. 그러나 울다니, 큰일 날 일이었다. 죽으나 사나 이를 악물고 견디는 수밖에 없었다.

원길이는 속으로,

'아이고 나 죽네. 아이고 나 죽어. 아이고 저놈의 아라키. 저놈의 니폰도. 아이고 아이고…….'

이렇게 신음 소리를 내뱉고 있었다.

제 3 화

3·1운동 기념 학생 축구대회가 시내 K중학교 운동장에서 개최되었다. 해방된 이듬해 3월 1일이었다. 그러니까 처음으로 맞이하는 3·1운동 기념일인 것이었다. 일제 시대에는 그런 것이 있을 수 없었으니까.

시내에 남자 중학교가 네 개 있었다. 그 네 학교 선수가 다 참가해서 우승을 겨루는 것이었다.

오전에는 예선이었고, 오후에는 결선이었다. 오전의 예선에서 이긴 두 팀이 오후에 붙는 것이었다.

오전의 예선에서 이긴 것은 원길이네 학교팀과 K중학교 팀이었다. 그러니까 오후의 결승전에서 이 두 학교 팀이 자웅(雌雄)을 다투게 되었다.

원길이네 학교와 K중학교가 자웅을 결(決)하게 된 것은 결코 우연한 일이 아니었다. 처음부터 누구나 예측했던 일이었다. 예선에서 떨어져나간 두 학교는 학생수부터가 이 두 학교에 비하면 절반도 못 되었다. 물론 역사도 얕았다. 그 가운데 하나는 해방 후에 생긴 학교였다. 그러니 문제가 될 턱이 없었다.

우선 선수들의 유니폼부터가 그러했다. 원길이네 학교팀과 K중학교 팀은 제대로 통일된 유니폼을 갖추고 있었으나, 그 두 학교 선수들은 일정한 유니폼도 없이 제멋대로였다. 심지어 어떤 선수는 긴 교복 바지를 그대로 입고 경기에 임하기도 했다. 꼴불견이 아닐 수 없었다. 그러니 실력이야 보나마나 뻔한 것이었다.

겨도 2대 1이니, 3대 2니, 그런 정도의 스코어로 진 것이 아니라, 한 학교는 K중학교에 6대 1로 물러났고, 한 학교는 원길이네 학교에 5대 0으로 납짝해졌다.

그러니 두 학교 팀에 대해서는 논할 것도 없고, 문제는 원길이네 학교 팀과 K중학교 팀에 있었다.

원길이네 학교와 K중학교는 비단 운동경기에서만 맞서는 것이 아니라, 원래부터 모든 면에서 서로 은연 중 어깨를 겨루는 그런 형편이었다. 두 학교는 역사도 비슷했고, 학생수도 비슷했으며, 따라서 학교 시설도 거의 비슷했다. 하나는 공립이고, 하나는 사립이라는 차이뿐이었다. 그러니 절로 경쟁이 될 수밖에 없었다. 원길이네 학교가 공립이고 K중학교가 사립이었다. 그러니까 일제 말엽에는 자연히 공립인 원길이네 학교가 득세를 하는 형편이었고, 해방이 되자, 어쩐지 이번에는 사립인 K중학교가 활발해지는 느낌이었다.

우선 이번 두 학교팀의 유니폼부터가 그런 느낌을 주었다. K중학교팀의 유니폼이 얼른 눈에 띄고, 비용도 훨씬 더 먹힌 것 같았다.

원길이네 학교팀 유니폼은 상하가 그저 흰 것이었다. 광목통을 그저 썽뚱썽뚱 잘라서 만든 것이라 깨끗한 흰빛도 아니었다. 누르스름하다고 할 수 있었다. 그런 것이나마 선수들의 몸에 차 들어맞기라도 했으면 좋겠는데, 그것도 아니고, 대개가 벙벙해 보였다. 각자의 몸에 맞추어 만든 것이 아니라, 그저 적당히 일률적으로 만든 모양이었다. 그러니 날씬한 맛이 날 턱이 없었다. 운동 선수들이라는 것이 촌닭처럼 꺼벙해 보이기만 했다.

K중학교팀 선수들은 그렇지가 않았다. 모두가 몸에 착 맞는 유니폼을 입고 있어서 날씬하고 경쾌해 보이기만 했다. 위는 오렌지 빛깔이었고, 밑은 흰 팬츠에 자줏빛 선이 양쪽에 두 줄씩 선명했다. 팬츠는 광목인 듯했으나, 윗도리는 메리야스였다. 흰 메리야스에 오렌지빛 물을 들인 모양이었다. 처음부터 빛깔이 있는 메리야스는 만들어져 나오는 것이 없는 시절이었으니까. 그것 한 가지만 보아도 K중학교 쪽의 열성을 알 수가

있었다.

이렇게 유니폼부터가 어쩐지 기를 누르는 듯했고 신도 마찬가지였다.

K중학교 팀은 전원이 축구화를 신고 있었다. 그러나 원길이네 학교팀은 축구화를 신은 사람은 불과 서너 사람밖에 되지가 않고, 대개가 운동화 아니면 군화였다. 군화란 일본 군인들이 신던 것이었다. 그 무렵, 일본 군인들이 버리고 간 군화가 시장에 수없이 나돌고 있었다. 그것을 사서 검정 약칠을 해가지고 신는 것이 학생들 사이에도 유행이었다. 고급화(高級靴)에 속하는 셈이었다. 고급화에 속하거나 말거나, 그런 것을 신고 경기에 임하다니 말이 아니었다.

응원단 역시 원길이네 학교가 뒤지는 편이었다.

K중학교 쪽은 응원기가 온통 울긋불긋했고, 응원단장의 분장(扮裝)도 색달랐다. 춘향이 같은 옷차림에, 고깔모자를 쓰고 있었다. 그런 차림으로 마구 너울너울 춤까지 추어대는 것이었다.

그러나 원길이네 학교 응원단은 응원기도 몇 자루 되지 않았고, 단장도 학생복 그대로였다. 그저 모자를 벗어 거머쥐고, 착착착……몸짓을 해댈 뿐이었다. 그렇다고 학생들이 질러대는 고함 소리나 불러대는 응원가 소리까지 뒤지는 것은 아니었다.

"자아, 힘차게! 힘찬 기백으로!"

단장의 지휘에 따라,

"이겨라! 이겨라! 우리 학교 이겨라!"

"빅토리! 빅토리! 부이아이시티오아루와이!"

학생들은 목이 터져라 소리를 질러댔다.

착착착! 착착착! 착착착착착착착…….

힘껏 손뼉을 쳐댔다.

그리고 고래고래 응원가를 불러댔다.

북도 둥둥둥! 둥둥둥!……울려댔다.

원길이도 단장 말마따나 그야말로 '힘찬 기백'을 다해서 고함을 질러댔다. 원길이는 '부이아이시티오아루와이'가 제일 신이 나고 재미가 있었다. '빅토리, 빅토리, 부이아이시티오아루와이'가 3, 3, 7에 딱 들어맞다니, 그것 참 묘하고 재미가 나지 않을 수 없었다. 그래서 '부이아이시 티오아루와이'를 할 때는 온통 온몸을 우쭐거렸다. 정말 신나는 응원이 었다.

생각하면 과연 해방이 좋은 것이었다. 해방이 되지 않았더라면 '빅토리'가 뭔지 알지도 못했을 것이며, 이런 신나는 응원 같은 것이 있을 턱도 만무했다. 중학교에 입학한 지 불과 4개월 만에 해방이 되었지만, 그 4개월 동안의 학교 생활을 생각하면 지금도 머리가 절레절레 내둘리었다. 해방 전과 후의 학교 생활을 비교해볼 때, 천당과 지옥의 차이가 그런 것이 아닐까 싶었다. 해방과 자유 —— 정말 이렇게 좋은 것이 있는 줄은 미처 몰랐던 것이다.

경기는 처음부터 열전이었다. 시내의 여학생들까지 구경을 하러 떼를 지어 몰려와서 경기장은 더욱 성황을 이루었다. 여학생들이 보고 있는 앞에서 지면 큰일이라는 듯이 양쪽 팀 다 처음부터 결사적으로 덤비는 것이었다. 응원단 역시 마찬가지였다.

먼저 K중학교 팀이 한 골을 넣었다. 그러자 원길이네 학교팀은 눈이 뒤집혀가지고 결사적인 반공(反攻)을 감행했다. 그래서 결국 원길이네 학교팀도 한 점을 얻어, 전반전(前半戰)은 1대 1로 끝났다.

양 팀의 실력이 비슷한 것이었다. 원길이네 학교팀은 유니폼이 그래서 꺼벙해 보이기는 했지만, 날씬한 K중학교 선수들 못지않게 잘 뛰고, 잘 찼다.

후반전으로 들어서자, 경기장은 떠나갈 듯한 응원 소리와 함께 팽팽한 긴장감이 감돌기까지 했다.

그런 긴장감이 감도는 가운데 한창 백열전(白熱戰)이 전개되고 있는데, 난데없이 K중학교 응원단 쪽에서 나팔 소리가 일어났다. 트럼펫이었다. 트럼펫으로 빠앙빵 빠앙빵……하고 응원가를 불러대기 시작하는 것이었다. 자기네 학교 운동장에서 경기가 진행되고 있기 때문에 얼른 가서 나팔을 가지고 나왔던 것이다.

원길이네 학교 학생들은 어이가 없었다. 아무리 그렇지만 트럼펫까지 동원하다니 너무한 것이었다. 이럴 줄 알았더라면 자기들도 나팔을 가지고 올 것인데 잘못했다 싶었다. 하는 수 없이 자기들은 가지고 온 북을 찢어져라 하고 마구 두들겨대는 수밖에 없었다.

후반전에서도 역시 K중학교가 먼저 한 골을 넣었다. 그러자 그만 트럼펫은 응원가가 아니라, 천안 삼거리 흥!을 냅다 불어대는 것이 아닌가. 그 가락에 맞추어 덩실덩실 춤까지 추면서 말이다.

그러자 여학생들은 덩달아 좋아서 깔깔 웃으며 손뼉을 쳐댔다. 여학생들은 어느 편이든 이기는 편이 좋은 것이었다.

원길이네 학교 학생들은 분통이 터져 견딜 수가 없었다.

"집어쳐라!"

"나팔 걸어쳐라!"

"이 새끼들!"

"천안 삼거리가 너거 교가(校歌)가?"

이렇게 소리를 질러대기도 했다.

스코어가 2대 1이 되자, 원길이네 학교팀은 정신이 아찔한 모양이었다. 그러나 사기를 잃지 않고, 다시 전의(戰意)를 가다듬어 맹공격으로 나아갔다.

불상사가 일어난 것은 그로부터 잠시 후의 일이었다.

원길이네 학교팀 선수 한 사람이 드리블을 하면서 마구 적진을 향해 돌진해가고 있는데, 상대방 선수 하나가 그만 다리를 걸어버렸던 것이다. 돌진해가던 선수는 대번에 공중으로 훌떡 솟구치더니 사정없이 땅바닥에 나가떨어져버리고 말았다. 고의로 그렇게 다리를 건 게 분명했다.

심판의 호각이 요란하게 울렸다.

그러나 나가떨어진 선수는 일어나질 못하고 꿈틀꿈틀하다가, 그만 그자리에 쭉 뻗어버리는 것이었다.

경기장은 난장판이 되고 말았다. 숨막히도록 긴장된 판에 그런 사고가 일어났으니 그럴 수밖에 없었다. 원길이네 학교 학생들이 우루루 마구 경기장 안으로 뛰어들고 있었다. 심판이고 뭐고 아랑곳이 없었다. 가뜩이나 천안 삼거리 흥! 때문에 분통이 터지고 있는 판인데, 일부러 남의 선수 다리를 걸어 넘기다니, 더구나 골을 향해 드리블을 해가는 선수를 말이다. 전반에서 한 골을 넣은 바로 그 선수인데, 다리를 걸어 넘기지 않았더라면 이번에도 분명히 골인이 되었을 것인데 말이다.

"밟아라!"

"조져라!"

"저 새끼 도망간다!"

"잡아라! 잡아!"

"삼번이다! 삼번!"

사태는 별안간 이렇게 험악해지고 말았다.

발을 걸었던 K중학교 팀 선수는 3번이었다. 3번은 상대교 학생들이 우루루 몰려오자 그만 저희 학교 학생들 쪽으로 뺑소니를 쳐버렸다.

그런 점으로 보아서도 고의로 저지른 반칙(反則)이 분명했다.

"저 새끼 헌병 동생이다!"

누군가가 이런 소리를 지르기도 했다. 3번을 잘 아는 학생인 모양이었다.

"뭐, 헌병 동생?"

"응, 저 새끼 형이 일본 헌병이었어."

"그래?"

"악질이었대."

"헌병 동생놈 잡아라!"

"잡아라!"

"잡아 조져라!"

사태는 걷잡을 수 없이 되고 말았다. 일본 헌병 동생이라는 말에 학생들은 더욱 피가 치솟는 모양이었다.

원길이도 정신없이,

"잡아라! 밟아라!"

핏대를 세우면서 몰려가고 있었다.

K중학교 학생들도 자기네 선수가 잘못했지만, 그렇다고 그냥 가만히 있진 않았다. 우루루 들고 일어나는 것이었다. 오히려 먼저 돌멩이를 핑! 날리는 것이었다.

마침내 축구 시합은 투석전(投石戰)으로 변하고 말았다. 3·1운동 기념 축구 시합은 3·1운동 기념 투석전이 되고 만 것이었다.

심판이 시합 중지를 선언한 것은 말할 것도 없다.

그 날 해질 무렵 원길이네 학교 학생 백여 명이 K중학교 팀 3번 선수 집으로 떼를 지어 몰려갔다. 원길이도 그 속에 끼어 있었다.

원길이는 어쩐지 신이 나고 재미가 있었다. 흥분된 백여 명의 무리 속에 섞여 떠들어대며 시비를 하러 남의 집을 찾아간다는 것은 여간 신나는 노릇이 아니었다. 이게 다 해방된 덕택인 것 같아 새삼 해방과 자유가 고맙게 여겨지기까지 했다.

3번 선수네 집 대문은 굳게 닫혀 있었다. 꽤 큰 기와집이었다. 아직 해도 지지 않았는데 벌써 대문을 안으로 굳게 걸어버린 것을 보니 이렇게 몰려올 줄을 미리 짐작한 모양이었다. 그리고 어쩌면 3번 녀석이 집에 있을지도 몰랐다.

"문 열어!"

"문 열어!"

"문 열라니까!"

"안 열 끼가?"

"안 열 끼가?"

냅다 대문을 발로 쾅쾅 내지르기 시작했다. 그러나 안에서는 아무런 기척이 없었다. 대문은 더욱 부서져 나가는 듯했다.

잠시 후, 쨍그랑! 하고, 안에서 유리 깨지는 소리가 났다. 누군가가 그만 돌을 던졌던 것이다.

그러자,

"이 죽일 놈 자식들! 이 자식들."

고함을 지르면서 누군가가 우루루 뛰어나오는 것이었다.

학생들은 잠시 조용해졌다.

"어떤 놈의 자식들이!"

큼직한 대문짝이 와당탕 열렸다. 그리고 불쑥 나타난 것은 어른이었다. 물론 남자였다. 그런데 천만 뜻밖에도 그 남자의 손에 커다란 칼이

번쩍이고 있는 게 아닌가. 일본도인 것이었다.

그 커다란 일본도를 번쩍 쳐들며,

"이 자식들! 맛 좀 볼래?"

버럭 소리를 질렀다.

일본 헌병질을 했다는 3번의 형인 것이었다.

학생들은 질겁을 하고 우루루 마구 뺑소니를 쳤다. 원길이도 질겁을
하고 마구 내달았다.

그러나 잠시 후, 학생들은 도로 뒤돌아섰다. 돌멩이를 하나씩 주워 들
고 말이다. 누가 그러자고 입을 뗀 것도 아니었으나, 절로 의사가 그렇게
돌아간 것이었다.

물론 원길이도 돌멩이를 주워 들었다. 원길이는 온몸이 떨리고 있었
다. 참 이상한 것이었다. 해방이 되어 온통 세상이 우리 세상이 되었는
데, 아직도 일본도를 집에 감추어둔 사람이 있다니, 정말 알 수 없는 일
이었다. 겁나는 일이었다.

"덤비라!"

"덤빌 테면 덤비라!"

"이 헌병 새끼!"

"왜놈 앞잽이!"

"쪽발이 앞잽이!"

다른 학생들이 냅다 고함을 지르면서 돌을 던지자, 원길이도,

"야, 이 앞잽이야!"

하면서 돌을 던졌다.

처음으로 남에게 돌을 던진 원길이는 걷잡을 수 없이 가슴이 뛰었다.
그리고 조금 얼떨떨하기도 했다.

—— 1971년

조 랑 말

　용식이네 말을 아이들은 곧잘 '빌빌이'이라고 놀렸다. 몸집이 작은 재래종인데, 어디 시원찮은 데라도 있는 듯 몰골이 말이 아니었다. 갈빗대가 드러나 보일 뿐 아니라, 온몸의 털이 부스스 일어서 있어서, 노상 추위를 타고 있는 것처럼 보였다. 눈에는 눈곱이 끼어 있기가 일쑤였고, 힘없이 벌어진 입에서는 걸핏하면 지르르 침이 흘렀다.

　먼 데서 얼른 보면 말이 갈색으로 보이는 것이 아니라, 어쩐지 회색으로 보였다.

　윤기가 조금도 없고, 버석하게 찌들기만 해서 그런 모양이었다.

　그러나 영 쓸모없이 되어버린 것은 아니었다. 그런 주제에도 채찍을 휘두르기만 하면 곧잘 짐을 끌었다. 헐떡거리면서도 꺾어져 주저앉는 일 없이 끝까지 일을 해내는 것이었다.

　때로는 앙상한 갈빗대 사이로 물 같은 땀이 흘러내렸다. 보기에 딱할 지경이었다.

　그러나 아이들은 그런 측은한 꼴이 재미있기만 했다.

　"야, 땀 흘린대이."

　"말도 다 땀 흘리나?"

　"말도 덥우면 땀 안 흘리까봐."

　"히히히……곧 쓰러질라 칸대이."

　"참 빌빌이다, 빌빌이라……헹편없다."

　빌빌이라는 이름이 붙게 된 것도 그래서였다.

아이들이 말을 빌빌이라고 부르는 게 용식이는 여간 못마땅하지가 않았다. 꽉 기분이 상하는 것이었다. 그런 소릴 들을 것 같으면 용식이는 결코 그냥 가만히 있질 않았다.

"빌빌이면 우짜란 말이고?"

발칵 화를 내며 주먹을 쥐고 대들었다.

그래서 아이들은 용식이 있는 데서는 빌빌이라는 말을 조심했다.

아이들이 깔보는 것만이 기분 나쁜 게 아니라, 사실 빌빌이 소리를 듣고도 남을 그런 말을 팔아버리지 않고, 그대로 놓아두고 있는 아버지의 처사 역시 못마땅했다. 그렇다고 자주 부리는 것도 아니었다. 집 앞의 숲에 내다가 매어두기 일쑤였다.

나무에 매여 곧잘 졸고 있는 꼬락서니가 비위에 거슬려서, 용식이는 어떤 때는 사방을 살펴보고는 아무도 보는 사람이 없을 것 같으면 그만 다가가서 냅다 발길로 배때기를 걷어차기도 했다.

"뒈져라! 뒈져! 이눔으 빌빌이야!" 하고.

그래야 좀 속이 시원했다. 다른 아이들이 빌빌이라고 놀리는 것은 질색이지만, 제 입으로 내뱉는 것은 오히려 기분이 좋았다.

마을에 다케오(竹雄)라는 아이가 있었다.

그 아이를 용식이들은 '가분수(假分數)'라고 불렀다. 머리통이 남달리 크기 때문이었다. 이마가 튀어나오고, 뒤통수가 불거진 것이 마치 어설프게 생겨먹은 모과덩어리 같았다. 그러나 누우런 모과덩어리가 아니라, 허연 모과덩어리였다. 모과덩어리 같은 주제에 살결은 여간 희지가 않았다. 게다가 혈색이 좋아 양쪽 볼은 언제나 알맞게 불그스레했고, 입술도 노상 선명한 빛깔이었다. 입성도 마찬가지였다. 노상 양복이었고, 신은 운동화였다. 그리고 란도셀을 메고 학교에 다녔다.

용식이들이 그를 '가분수, 가분수' 하고 놀리는 것은 어쩌면 그 란도셀 때문인지도 몰랐다. 용식이들은 책보였다. 란도셀 같은 것은 어디서 파는지도 알 수가 없었다. 면내에 그런 것을 파는 점방은 없었다. 면내뿐 아니라, 군청 소재지인 읍내에 나가도 란도셀 같은 것을 파는 곳은 눈에 띄지가 않았다. 그런 것은 아마 큰 도회지나, 아니면 일본 같은 데서나 파는 것이려니 생각했다. 그런 란도셀을 가분수 녀석이 마치 자랑이라도 하듯이 매일 메고 다니는 판이니, 공연히 밸이 꼴리고 못마땅하지 않을 수 없었다.

못마땅한 것은 란도셀뿐 아니라, 양복과 운동화도 마찬가지였다. 용식이들은 바지저고리였다. 그러나 간혹 양복을 안 입는 것은 아니었다. 그들의 양복은 대개가 낡아서 궁둥이를 호박전만한 헝겊대기로 깁거나, 팔뒤꿈치를 꿰맨 그런 것이었다. 단추도 다섯 개 붙어 있기는 했지만, 다섯 개가 다 똑같은 애초의 양복 단추는 아니고, 두어 개는 으레 크기도 다르고, 색깔도 달랐다. 운동화 역시 명색이 운동화일 뿐, 베 조각과 가죽 부스러기로 누덕누덕 땜질을 한 그런 몰골 사나운 것이었다. 그런 것이나마 노상 발에 꿸 수 있었으면 그래도 괜찮을 것인데, 그런 것도 없어서 짚신 아니면 조오리(왜짚신), 혹은 나막신이나 게다짝 같은 것을 끌고 다녔다. 그것도 추울 때나 그럴 뿐, 그렇지 않을 때는 숫제 맨발이었다. 그런 판국인데 가분수만은 늘 해어지지 않은 양복에 땜질을 하지 않은 운동화를 신고 다니는 것이었다.

그러나 용식이들이 가분수를 못마땅하게 여기는 것은 란도셀이나 양복, 운동화 같은 것 때문이기도 했지만, 그것보다도 그가 자기들과 한 학교엘 다니지 않는다는 데에 보다 큰 까닭이 있었다.

마을에 국민학교가 두 개 있었다. 하나는 남(南)국민학교였고, 하나는 동(東)국민학교였다. 남국민학교는 마을의 남쪽 들 가운데에 있었고, 동국민학교는 마을의 동쪽, 바로 신작로가에 있었다. 그리고 학교 옆은 숲이었다. 용식이네 집 앞 숲, 그러니까 빌빌이가 노상 매여 있는 그 숲이었다.

남국민학교는 교실이 열 몇 개나 되었고, 운동장도 꽤 넓었다. 그러나 동국민학교는 교실이라고 달랑 두 칸뿐이었다. 그러니 운동장이라는 것도 뻔했다. 손바닥 만하다고 표현할 수밖에 없었다.

교실이 많은 남국민학교는 조선 아이들이 다니는 학교였고, 교실이 달랑 두 개뿐인 동국민학교는 일본 아이들이 다니는 학교였다. 그러니까 말할 것도 없이 용식이들은 남국민학교에 다니고 있었다. 그런데 가분수는 동국민학교엘 다니는 것이었다. 일본 아이들이 다니는 학교엘 말이다. 이름은 다케오지만, 분명히 조선 아이면서.

일본서 살다가 고향으로 소개(疎開)를 나온 것이었다. 그래서 조선 아이면서 일본 아이들 학교에 전학을 한 모양이었다.

알 수 없는 일이었다. 일본 아이들 속에 섞여 들어가 있는 유일한 조선 아이. 일본 아이들과 마찬가지로 노상 양복과 운동화에 란도셀을 메고 다니는 조선 아이. 이마가 튀어 나오고, 뒤통수가 불거진 것이 마치 어설프게 생겨먹은 모과덩어리 같긴 하지만, 그러나 누우런 모과덩어리가 아니라, 허연 보과덩어리인 기분수. 용식이들이 공연히 밸이 꼴리고 못마땅한 생각이 드는 것도 무리가 아니었다.

용식이들은 일본 아이들이 양복을 입고, 운동화를 신고 그리고 란도셀을 메고 학교에 다니는 것은 별로 이상한 눈으로 보질 않았다. 그들은 일본 아이들이니까 으레 그러려니 싶었다. 약간 부러운 생각과 어쩐지 좀 아니꼽다는 생각이 없는 것은 아니었지만.

그러나 자기들과 똑같은 조선 아이가 어째서 일본 아이들처럼 해어지지 않은 양복에 땜질을 하지 않은 운동화를 신고, 란도셀을 메고, 일본 아이들의 학교에 다니는지, 도무지 알 수가 없는 일이었다. 일본서 살다가 왔으면 왔지 말이다.

그래서 용식이들은 그 가분수를 만나기만 하면 공연히 어디가 근질근질해지는 듯,

"야 임마, 까불지 마." "쪽발이 학교 댕기면 젤인 줄 아나?" "니 임마, 쪽발이 사촌이가?"

이런 식이었다.

어느 날, 학교에서 돌아온 용식이는 책보를 아무렇게나 마루에 내던졌다. 팔뚝이 뻐근하고 기분이 몹시 언짢은 것이었다. 학교에서 주번 선생에게 벌을 받았던 것이다.

공부가 끝나고, 소제 시간이었다. 혼자 낭하를 쓸어 나가고 있는데,

이웃 교실 여생도 둘이 바케스에 물을 길어가지고 오고 있었다. 공연히 장난기가 동한 용식이는 그 앞을 가로막았다. 그리고 짓궂게 빗자루로 쓰레기를 마구 여생도 치마 밑으로 날려댔다. 먼지가 부옇게 일었다.

"아이고 —— ."

"엄마 —— ."

두 여생도가 비명을 지르자, 용식이는 재미가 좋아서 더욱 빗자루를 재게 놀렸다.

"고노 바가야로(이 나쁜 자식아)!"

용식이는 히죽 웃으며,

"뭐, 일러? 일러봐, 가만 두능강!"

했다.

"유우요, 유우요."

"고노야로, 기미와 센세이니 분나구라레루요(이 자식, 너 선생님한테 두들겨 맞을끼다)."

그러자 용식이는 그만 빗자루를 바케스 물 속에 텀벙 집어넣어 냅다 휘저으며,

"이눔으 가시나들아! 와 조선 밥 묵고 일본 똥 뀌노!"

하고 내뱉았다.

"아이고 —— ."

"센세이 —— ."

그때 마침 팔에 완장을 두른 선생이 교무실 문을 열고 낭하로 나왔던 것이다.

그래서 결국 용식이는 교무실로 끌려가 호된 벌을 받았다.

여생도가 물 길어오는 것을 훼방한 것도 잘못이 크지만, 그보다도 '조선 밥 먹고 일본 똥 뀐다.'는 말은 도저히 용서할 수가 없다는 것이었다. 매일 귀가 아프도록 고쿠고조오요오(國語 常用, 그러니까 그 당시는 일본어)를 강조하는 판국이니, 그럴 수밖에 없었다. 그런 판국이 아니라 하더라도 그 무렵 그런 말은 용납될 수 없는 것이었다.

주번 선생은 이마에 여덟팔자를 꿈틀거리면서,

"난토? 니혼노 헤오 후쿠? 코노야로 ── (뭐라? 일본 똥을 뀌어? 이 새끼 ──)."

하면서, 마구 빰을 갈겨댔다. 일인 교사였다.

빰을 수없이 얻어맞고, 또 꿇어앉아 두 손으로 걸상을 쳐들고 있어야 했다. 용식이는 빰이나 종아리를 맞아본 일은 더러 있지만, 꿇어앉아 걸 상을 쳐들고 있는 벌은 처음이었다. 조그마한 풍금 걸상이긴 했지만, 꿇 어앉아 그것을 쳐들고 있다는 것은 이만저만한 고통이 아니었다. 팔이 이내 발발 떨렸다.

눈물을 빠뜨릴 대로 쑥 빠뜨리고 놓여난 용식이는 그러나 이를 뽀도독 물었다. 이놈의 가시나들 어디 두고 보자 하고.

그렇게 벌을 받고 집에 돌아온 터이라, 책보 같은 것 귀찮을 수밖에 없었다.

책보를 아무렇게나 마루에 내던진 용식이는 마당에 멍석을 깔고 말려 놓은 올목화를 흙 묻은 맨발로 저벅저벅 밟으며 사립을 나섰다. 어디 가 서 만만한 놈을 아무나 한 놈 잡아 시비를 걸어서 드잡이라도 한 번 할 참이었다. 그래야 좀 속이 누그러질 것 같았다.

그래서 사립을 나서는데, 마침 숲에 아이들이 보였다. 얼른 보아도 동 국민학교 아이들이라는 것을 알 수 있었다. 모두 란도셀이었다. 여생도 몇과 남생도 하나인 듯했다.

그런데 그것들이 말 주위에 모여 있는 것이 아닌가. 말을 놀리고 있는 게 분명했다.

용식이는 옳지 됐구나 싶었다. 코로 한 번 히죽 웃고, 뛰기 시작했다.

용식이가 뛰어오고 있는 줄을 모르고 아이들은 와 ── 웃음을 터뜨리 고 있었다. 빌빌이의 사타구니에서 늘어진 시꺼먼 물건을 보고 웃는 것 이었다. 다케오가 막대기를 가지고 그것을 건드리고 있는 중이었다.

막대기로 탁 때리면 그 시꺼먼 물건이 찔끔 움츠러들었다가 다시 밀룩 하게 늘어져 나오는 것이었다. 슬슬 긁어주듯이 하면 그것이 훨씬 더 길 게 늘어지면서 빌빌이는 묘한 콧소리를 질렀다. 그리고 온몸을 버르르 떨기도 했다. 두 눈은 번들번들 빛나고 있었고, 어쩐지 여느때와는 달리 생기가 돌아보였다.

그런 빌빌이가 재미있어서 여생도들은 곧잘 까르르 웃어댔다.

"마 ── 오키이, 오키이(어마 ── 크다, 크다)."

"곤도와 나구리나사이(이번엔 때려봐)."

"다케오짱 못토 식카리(다께오야, 더좀 세게)……."

"힛힛히……."

"헷헷헤……."

일본 계집아이들은 이런 때도 도무지 부끄러움이라는 것을 모르는 모양이었다.

여생도들이 킬킬거리면서 좋아하는 바람에 다케오는 신나서 곧장 짓궂게 남의 물건을 지분거렸다.

달려와 이 광경을 본 용식이는 대뜸,

"가분수, 이눔으 자식아 ── ."

소리를 질렀다.

"너 임마! 죽고 싶으나?"

그러면서 냅다 달려들어 가분수의 머리를 거머쥐었다.

한창 재미가 좋은 판인데, 난데없이 용식이가 나타나 다짜고짜 멱살을 거머쥐는 바람에 다케오는 어쩔 줄을 몰라 눈만 대고 디룩거렸다.

여생도들은 눈이 휘둥그래가지고 비명을 지르며 흩어졌다.

"와 남의 말을……임마! 임마!"

"……."

"죽고 싶어? 임마! 임마!"

마구 멱살을 흔들어대자, 가분수의 가뜩이나 모과덩어리 같은 머리가 앞뒤로 건들건들 흔들렸다. 짊어지고 있는 란도셀 속에서는 필통 흔들리는 소리가 딸강딸강 요란했다.

"고래 오케(이것 놔)!"

멱살을 흔들리는 바람에 얼굴이 빨개진 다케오가 한 마디 내뱉았다.

"뭐라? 고래 오케?"

"오케!"

"이 짜식!"

그만 주먹을 한 개 먹였다.

볼때기를 한대 얻어맞은 다케오는 곧 울상이 되며,

"나제 나구루카? 나제 나구루카(왜 때려? 왜 때려)?"

하고, 악을 써댔다.

용식이는 피식 웃었다. 가분수쯤 만만한 것이었다.

"이 짜식, 조선 밥 묵고 와 일본 똥 뀌노? 일본 학교 댕기면 젤인 줄 아나?"

그러면서 발끈 멱살을 조였다.

"아——."

숨도 제대로 못 쉬는 놈을 이번에는 냅다 다리를 걸어차버렸다.

가분수는 휘청 간단하게 넘어졌다. 넘어진 가분수 위로 용식이는 얼른 올라탔다. 그리고 마구 짓눌러댔다. 마치 가분수의 란도셀을 납작하게 만들어놓으려는 듯이.

"아응——."

울음을 터뜨리면서도 다께오는 한사코 버둥거렸다. 그리고 소리를 질러댔다.

'살려주—— 살려주—— 삼촌—— 삼촌——.'

삼촌이 어디 있는지, 곧장 삼촌을 불러대는 것이었다. 흩어졌던 여생도들이 저만큼 모여서서 안타깝게 발들을 구르고 있었다.

"고노야로——(이 새끼야——)."

"바가야로——(개새끼야——)."

"나구루나——(때리지 말아——)."

"고로수소——(죽인다——)."

하고, 주먹질을 해대기도 했다.

여생도 까짓것들이야 떠들어대거나 말거나, 실컷 짓이겨놓고, 용식이는 일어났다. 그리고

"이 자식아, 일어나!"

발로 툭 찼다.

다케오는 축 늘어져서 곧장 울고 있을 뿐, 일어나질 않았다.

"이 자식, 한 번만 더 우리 말 건드리봐라……."

하면서, 용식이가 슬슬 자리를 뜨자, 잠시 후, 다케오는 부스스 몸을 일으켰다. 그리고 손등으로 눈물을 닦으며 용식이를 향해 곧 죽어도 냅다 소리를 지르는 것이었다.

"보쿠노 오지상 기다라 미요! 보쿠노 오지상 겜페이다소, 겜페이! 와카다카? 기사마 고로수요(우리 삼촌 오거든 보자! 우리 삼촌 헌병이다, 헌병! 알았나? 너 이 자식 죽인다)!"

그리고 얼른 여생도 쪽으로 뛰었다. 란도셀이 보기좋게 찌그러져 있었다.

토요일 오후였다. 용식이는 논에서 새를 보고 있었다.

그러나 새보다는 메뚜기 잡기에 여념이 없었다. 메뚜기를 잡아서는 날갯죽지만 떼고, 생으로 그냥 와작와작 씹어먹는 것이었다. 비릿하면서도 고소한 맛이 나는 모양이었다. 메뚜기물이 묻어서 입술이 까무잡잡했다. 그러다가 이따금 허리를 펴고 서서 막대기를 휘둘러대며,

"후여 딱딱 후여 ─ ."

소리를 질렀다.

"아랫녘 새는 아랫녘으로, 후여 딱딱 후여 ─ ."

그리고 있는데 멀리 신작로를 말이 한 마리 뛰어오는 게 보였다. 읍으로부터 오는 신작로였다.

용식이는 논두렁에 서서 멀뚱이 그쪽을 바라보았다. 차츰 가까워지는데 보니, 헤이타이상(병정)이 탄 말이었다.

용식이는 얼른 신작로로 뛰어 나갔다.

빠까깍 빠까깍 빠까깍 빠까깍……뛰어오던 말은 속도를 늦추더니, 빠깍 빠깍 빠깍 빠깍……걷기 시작했다. 마을이 가까워져서 그러는 모양이었다.

여기저기서 새를 보던 아이들이 우르르 모여들었다.

훤칠하게 큰 말이었다. 목도 길고, 다리도 길고, 심지어 꼬리까지 치

렁치렁 길었다. 그리고 온몸이 짙은 갈색으로 번들거렸다. 머리의 이마
부분만 흰빛이었다. 한 마디로 미끈했다. 미끈할 뿐 아니라, 온통 생기가
넘쳐 흘렀다. 히힝! 히히힝! 코를 부는 소리도 여간 힘차지가 않았다.

용식이는 절로 입이 벌어지는 것이었다. 자기네 말과 비교해보면 정말
천지 차이였다. 같은 말인데도 이렇게 다를 수가 있을까 싶었다. 말은 같
은 말이지만, 종자가 다른 것이었다. 빌빌이는 토종(土種)인 조랑말인
데, 이것은 양종(洋種)인 것이다. 게다가 빌빌이는 몸까지 시원찮은 판
이니, 비교가 될 턱이 만무했다. 몸이 성하다 치더라도 이런 양마(洋馬)
에게 갖다 댈 게 아닌데 말이다.

그런 미끈한 말에 헤이타이상이 올라타고 있었다. 그래 그런지 헤이따
이상 역시 그럴 듯해 보였다. 아닌 게 아니라, 여느 헤이타이상들과는 차
림새가 달랐다. 우선 눈에 띄는 것은 허리에 차고 있는 일본도와 권총이
었다. 한쪽에는 커다란 일본도를 차고, 한쪽에는 권총을 차고 있었다. 그
리고 무릎까지 오는 장화를 신고 있었다. 붉은 갈색의 가죽 장화였다. 한
쪽 손에는 채찍을 쥐고 있었고, 팔에는 완장을 두르고 있었다. 흰 바탕에
붉은 글씨로 '憲兵'이라고 쓴 완장이었다.

그러나 용식이는 완장에 씌어 있는 글자가 무슨 말인지 알 수가 없었
다. '兵'자는 알겠는데, '憲'자를 모르겠는 것이었다.

일본도를 차고, 권총을 차고, 채찍까지 들고 있었으나, 헤이타이상의
얼굴에는 미소가 감돌고 있었다. 새를 보다가 모여드는 아이들을 보고
빙그레 웃고 있는 것이었다.

"햐 — 니폰도다!"

"크다 그제?"

"저건 피수토루제?"

"맞다."

"장화도 참 억시기 길다."

"가죽 장화다. 아나?"

"멋있다."

모여든 아이들은 곧장 떠들어대며 헤이타이상의 뒤를 따랐다. 용식이

도 물론 그 속에 섞여 있었다. 논에 새야 앉거나 말거나 아랑곳 없는 모양이었다. 빠깍 빠깍 빠깍 빠깍……말은 유유히 마을을 향해갔다.

마을 앞 삼거리에 이르렀을 때였다.

"오지상 ── ."

하면서, 뛰어오는 아이가 있었다.

다케오였다.

"오지상! 오지상!"

반가워서 못 견디는 것이었다.

말 위의 헤이타이상 역시 채찍을 번쩍 쳐들며,

"다케오!"

하고, 벙글벙글 웃었다.

용식이는 그만 오금이 얼어붙는 듯한 느낌이었다. 공연히 즐겁기만 하던 지금까지의 기분은 순간 어디론지 사라지고, 속에서 무엇이 덜컥 내려앉는 것 같았다. 이 헤이타이상이 바로 가분수의 삼촌이라니, 겁나는 노릇이 아닐 수 없었다.

용식이는 슬금슬금 옆으로 빠져서 재빨리 골목으로 몸을 날렸다. 냅다 뺑소니를 치는 것이었다.

"왔구나! 왔어, 왔어."

하면서,

"보쿠노 오지상 겜페이다소. 겜페이! 와캇다카? 기사마 고로수요! ──."

얼마 전 그 날의 가분수의 목소리가 마치 뒷덜미를 잡으려고 쫓아오고 있는 듯한 느낌이었다.

그날 밤, 용식이는 이슥토록 잠을 이루지 못했다. 자꾸 걱정이 되는 것이었다. 가분수의 삼촌이 왔으니, 필경 무슨 일이 있을 것만 같았다. 그놈의 가분수가 자기 삼촌한테 그날 일을 말하지 않을 턱이 만무한 것이다. 가분수의 삼촌이 '겜페이'인 줄 알았더라면, 그리고 이렇게 쉬 올 줄 알았더라면, 그처럼 사정없이 짓뭉개주는 것이 아니었는데……싶기도 했다.

그리고 자꾸 일본도와 권총, 채찍 같은 것이 눈앞에 어른거렸다. 평소에 그림에서 볼 때는 멋있고 가슴 두근거리게도 하던 것들이 도무지 으시시하게만 느껴졌다.

그렇게 걱정이 되면서도 용식이는 완장에 씌어 있던 글자가 "겜페이"라는 글자였구나 하고, 고개를 끄덕거리기도 했다. 걱정했던 것과는 달리, 아무 일도 없었다. 이튿날 해질 무렵, 가분수의 삼촌은 빠까깍 빠까깍……말을 달려 어제 왔던 신작로로로 해서 읍내로 돌아갔다.

논에서 새를 보고 있던 용식이는 처음에는 말이 나타나자, 겁이 나서 논 속으로 기어들어가 숨었다. 그러나 말이 빠까깍 빠까깍……신작로를 달려 지나가자, 그제야 안심을 하고 논두렁으로 기어나와 허리를 쭉 폈다. 그리고 달려가는 말을 향해 냅다,

"후여 따딱 후여 ── 후여 후여 후여 ── ." 소리를 질렀다.

가분수의 삼촌인 겜페이가 다녀가고 난 다음, 마을 아이들 사이에는 놀라운 소문이 돌았다. 겜페이가 면장을 때렸다는 것이었다. 때려도 이만저만 때린 게 아니라, 아주 골병이 들도록 두들겨팼다는 것이다. 그 붉은 갈색의 가죽 장화로 마구 차면서. 그렇게 두들겨맞으면서도 면장은 한 마디 대거리도 못 하고 그저 쩔쩔매기만 했다는 것이다. 술집에서 술을 마시다가 그런 일이 생겼다 한다. 겜페이가 온 그날 저녁에. 그래서 면장은 면사무소에 나오질 못하고, 집에 앓아 누워 있다는 것이다.

도무지 믿어지지가 않는 이야기였다. 그러나 아니 땐 굴뚝에 연기가 날 리 만무했다. 소문의 얼마만큼이 사실인진 몰라도, 불상사가 있긴 있었는 모양이었다. 그렇지 않으면 그런 엉뚱한 소문을 만들어서 퍼뜨릴 까닭이 없었다.

겜페이가 면장을 두들겨팼다 ── 참으로 놀라운 일이 아닐 수 없었다. 아이들은 무슨 신나는 일이라도 생긴 듯이 곧잘 그 이야기로 떠들어댔다.

아이들 사이에 한 번은 면장이 높으냐, 교장이 높으냐, 주재소 순사부장이 높으냐 하는 문제로 논쟁이 벌어진 일이 있었다. 어떤 아이는 면장이 제일 높다고 했고, 어떤 아이는 교장이 제일 높다고 했다. 순사부

장이 제일 높으다는 아이도 있었다. 제각기 그럴 듯한 주장이 있었다. 순사부장이 제일 높으다는 아이는 칼을 차고 있기 때문이라는 것이었다. 면장이랑 교장은 칼이 없는데, 순사부장은 칼을 차고 있으니 제일이 아니냐는 것이었다. 교장이 제일이라는 아이는 제법 교장 선생님은 학식이 많을 뿐 아니라, 면장, 순사부장 같은 사람들도 모두 그 제자라 했다. 면장이랑 순사부장을 가르쳤으니 제일 높으시지 않느냐는 것이었다.

면장이 제일이라는 아이는, 왜 '면장'이라고 하는지 아느냐, 이것이었다. '면'의 '장'이니까 면장이라고 한다. 아느냐. 면의 장이 면내에서 제일 높으지, 어떻게 해서 교장이나 순사부장이 높으냐는 것이었다.

면내에서 제일 높으니까 면장이라는 주장이 가장 그럴 듯해서, 결국 논쟁은 그렇게 낙착이 되었었다.

면내에서 제일 높은 어른, 면장 —— 그런데 그 면장을 겜페이가 마구 두들겨팼다니, 게다가 두들겨 맞으면서도 면장은 한 마디 대거리도 못하고 쩔쩔 매기만 했다니 정말 놀라운 사실이 아닐 수 없었다. 그렇다면 겜페이가 면장보다 몇 배나 더 높은지 모르는 것이다. 면장보다 몇 배나 높으면 교장이나 순사부장 따위는 문제가 아닌 것이다.

아이들이 그 이야기로 떠들어대는 것도 무리가 아니었다. 그처럼 높으고 겁나는 겜페이가 가분수의 삼촌이라니, 아이들은 어쩐지 가분수까지도 지금까지와는 달리 두려운 존재처럼 느껴졌다. 지금까지처럼 함부로 할 수가 없다는 생각이 들기도 했다.

용식이는 사라졌던 공포감이 다시 고개를 쳐드는 듯 으스스했다.

겜페이는 토요일마다 왔다. 부대가 읍내로 주둔해온 모양이었다. 그러니 자연 다케오의 콧대는 높아질 수밖에 없었고, 반대로 용식이랑 아이들은 슬그머니 켕기지 않을 수 없었다.

동국민학교에서는 가을 운동회 연습이 시작되었다.

그러나 남국민학교는 잠잠했다. 남국민학교는 금년에 운동회가 없는 것이었다. 운동회를 개최할래야 개최할 운동장이 없었다. 운동장을 삼분의 일 가량만 남겨놓고, 모조리 일구어 밭으로 만들어버린 것이다. 그래서 거기에 고구마를 심었다. 운동장이 시퍼런 고구마밭이 되고 만 것이다. 한쪽에 남아 있는 운동장도 동국민학교의 운동장보다는 넓었으나, 그러나 그것 가지고는 생도수가 많아서 도저히 운동회를 개최할 수가 없었다.

가을 운동회는 아이들에게 이만저만 즐거운 행사가 아니었다. 일 년 동안의 학교행사 가운데서 가장 즐거운 행사였다. 그러나 그 즐거운 행사가 금년부터는 조선 아이들이 다니는 남국민학교에서는 사라져버리고 만 것이다. 일본 아이들이 다니는 동국민학교에는 여전히 남아 있는데 말이다. 남국민학교 생도들은 운동장을 뒤덮고 있는 시퍼런 고구마 잎사귀가 원망스러웠다. 그리고 동국민학교의 일본 아이들이 부러웠다. 그래서 학교가 끝나 집으로 돌아갈 때면 곧잘 동국민학교로 몰려가서 운동회 연습하는 광경을 구경했다. 운동회 연습이라는 것이 마치 장난하는 것처럼 보였다. 전교생이래야 고작 남국민학교의 한 학급 정도밖에 안 되는 판이니, 그럴 수밖에 없었다. 그러나 남 보기에는 시시해 보여도, 자기들 딴은 재미가 여간 아닌 모양이었다.

누구보다도 신이 나 보이는 것은 다케오였다. 모과덩어리 같은 머리에 빨간 운동모자를 쓰고, 끄떡끄떡 흔들어대며 열심히 달리고, 열심히 설쳤다.

다케오의 그런 모습을 볼 때면 아이들은 공연히 아니꼬운 듯 빈정거렸다.

"야 ── 신나는구나!"

"대가리가 커서 보기 좋대이."

"끄떡끄떡 까딱까딱……."

"야 ── 날린대이."

어떤 아이는 그만 못 참겠다는 듯이,

"쪽발이 사촌 ── 가분수 ── ."

냅다 소리를 지르고는 뺑소니를 치기도 했다.

숲에 매여 있는 빌빌이도 멀뚱이 동국민학교 운동장을 바라보기가 일쑤였다. 만날 달리고, 뛰고, 소리를 지르고……뭘 하는가 싶은 모양이었다. 가을 들면서 빌빌이도 좀 생기가 도는 듯, 눈에 눈곱도 끼지 않았고, 갈빗대도 약간 묻혀들어가 보였다.

동국민학교의 운동회날은 하늘이 씻은 듯 맑고 높았다. 산들산들 적당히 바람도 불어서, 만국기가 살랑살랑 나부끼고 있었다. 토요일이었다.

오전 중에는 구경군이 별로 많지 않아서 운동회는 한산한 느낌이었다. 주로 달리기나 체조 같은 프로였다.

오후로 접어들면서 여러가지 재미있는 경기도 벌어졌고, 구경꾼도 불기 시작했다. 공부를 마친 남국민학교 생도들이 모여들었고, 마을 사람들도 슬금슬금 구경을 나왔다. 용식이도 집에 가서 책보를 내던지기가 바쁘게 달려왔다. 그리고 그는 아예 원숭이처럼 운동장가의 벚나무 가지에 올라가서 자리를 잡는 것이었다.

나무에 오른다는 것은 언제나 즐거운 일이었다. 더구나 혼잡을 이루고 있는 운동회날 나무 위에서 한눈으로 수월하게 운동장을 내려다본다는 것은 여간 기분좋은 일이 아니었다. 재미있는 경기가 벌어질 것 같으면 나뭇가지를 흔들어대며 환성을 지르기도 했다.

가장 재미있고 우스운 경기는 베이에이 게키메쓰(米英擊滅)이라는 경기였다. 홍백 두 조로 나뉘어서, '아메리카'와 '이기리수'를 어느 쪽이 먼저 쳐부수는가 하는 망측한 경기인데, 아메리카는 루즈벨트의 모형을 눈사람처럼 만들어놓았고, 이기리수는 처어칠의 모형을 만들어놓았다. 그리고 홍백 양쪽 다 수건으로 두 눈을 가리고, 막대기로 더듬어가서 그것을 때리고 오는 경기였다.

그런데 방향 감각이 부족해서 곧잘 빗나가기 일쑤였다. 어떤 아이는 목표물과는 아주 동떨어진 곳에서 더듬더듬 찾느라고 야단이었다. 절로 폭소가 터지지 않을 수 없었다.

다케오 역시 마찬가지였다. 머리통이 그렇게 모과덩어리같이 생겼는데, 별수 있을 턱이 만무했다. 엉뚱한 곳으로 자꾸 더듬어 나가자, 용식이는 기분이 좋아서,

"야 — 잘한다 — . 가분수 잘한다 — ."

냅다 소리를 지르고는 킬킬거렸다.

다른 구경꾼들 역시 폭소를 터뜨려댔다.

그런데 어찌된 셈인지 빌빌이가 학교 운동장으로 들어와 구경꾼들 뒤를 서성거리고 있었다. 어느 날과 다름없이 숲에 매여 있던 빌빌이가 말이다. 끈이 풀렸던 모양이다. 끈이 풀리자, 와 —— 와 —— 고함 소리가 나고, 탕! 탕! 피스톨 소리가 나쌌는 운동장으로 어슬렁어슬렁 찾아온 모양이다.

그렇게 말이 들어와 서성거리고 있어도 구경에 정신들이 팔려서 아무도 상관하는 사람이 없었다.

그래서 빌빌이는 마치 저도 구경꾼이기나 한 듯이 경기하는 것을 멀뚱히 바라보기도 하며, 운동장 가를 이리저리 서성거리고 다녔다.

빠깍 빠깍 빠깍 빠깍…… 말을 탄 겜페이가 운동장으로 들어선 것은 얼마 후의 일이었다.

겜페이가 나타나자, 구경꾼들의 시선이 그쪽으로 쏠렸다. 용식이도 나무 위에서 약간 목을 움츠리며 가분수의 삼촌을 바라보았다. 여전히 일본도에 권총을 찬 겜페이는 말 위에서 유유히 운동장을 휘둘러보며, 본부석인 천막 쪽으로 가는 것이었다. 본부석에서는 사람들이 자리에서 일어나고 있었다.

용식이는 공연히 휙 —— 휙 —— 휘파람을 불어댔다.

삼촌이 와서 본부석에 자리를 잡는 것을 보자, 다케오는 더욱 기운이 나는 모양이었다. 일어서서 빨간 운동모자를 벗어쥐고 냅다 주먹을 흔들어대며 응원에 신을 올리는 것이었다. 얼마 후의 일이었다. 운동장 복판에 적당한 간격을 두고 뜀틀이 두 개 갖다 놓여졌다.

그리고 본부석에 앉아 구경을 하고 있던 겜페이가 다시 말에 몸을 싣고 운동장으로 나왔다. 무슨 일인가 하고 구경꾼들은 바짝 호기심이 동했다. 나뭇가지에 앉아 있던 용식이도 무슨 영문인가 싶어서 얼른 일어섰다.

빠깍 빠깍…… 걸어나온 말은 곧 빠까깍 빠까깍…… 달리기 시작했다. 겜페이가 채찍을 휘둘렀던 것이다.

빠까깍 빠까깍 빠까깍 빠까깍……말은 운동장을 두어 바퀴 돌고 나더니, 뜀틀 쪽으로 달려가 그것을 껑충 뛰어넘는 것이었다. 꼬리가 멋있게 뒤로 나부꼈다. 그렇게 두 개의 뜀틀을 뛰어넘고 나서 다시 운동장을 도는 것이었다. 말하자면 기마 헌병의 막간(幕間) 찬조 출연인 셈이었다.

뜀틀 뛰어넘기를 한 다음, 이번에는 묘기(妙技)를 부리기 시작했다. 뛰어가는 말의 한쪽 옆으로 미끄러지듯 몸을 바짝 갖다가 붙이는 것이었다. 한쪽에서 보면 사람이 보이지 않을 지경이었다. 그렇게 해서 한참을 달리는 것이 아닌가. 마상재(馬上才)인 셈이었다.

"야 — ."

"잘한다 — ."

"재주 좋대이 — ."

구경군들은 환성을 질러댔다.

몸을 말의 옆구리로 갖다 붙이는 묘기를 좌우 번갈아가며 한참 보인 다음, 이번에는 달리는 말 위에 벌떡 일어서는 것이 아닌가. 한쪽 손으로 고삐를 잡고, 붉은 갈색의 장화로 말의 안장을 딛고 우뚝 일어서는 것이었다.

마치 곡마단의 곡예 같았다.

"야 — ."

"멋있다 — ."

"신난다! 신난다 — ."

"날린다! 날린다 — ."

"햐 — ."

"햐 — ."

구경꾼들의 환호성으로 온통 운동장이 떠나가려 하자 겜페이는 매우 기분이 좋은 듯 달리는 말 위에 서서 빙그레 웃었다. 그리고 마치 열광적인 환호성에 답하기라도 하는 듯 옆구리에 찬 일본도를 쑥 빼드는 것이 아닌가.

"이야 — 도스케키 — . (이야 — 돌격 —)."

번쩍 일본도를 쳐들며 냅다 고함을 지르는 것이었다.

바까깍 빠까깍……말은 더욱 신나게 달렸고, 일본도는 번쩍번쩍 햇빛에 빛났다. 번쩍거리는 일본도를 보자, 와 —— 환호성은 절정에 달했다.

그때였다. 참으로 뜻밖의 일이 일어났다.

빌빌이가 쏜살같이 운동장 복판으로 뛰어든 것이다.

난데없이 뛰어들어 마치 놀란 듯이, 혹은 갑자기 어디서 못 견디게 힘이 솟아나는 듯이 마구 달리는 것이었다.

겜페이의 말을 향해 사정없이 달려가는 것이었다.

빌빌이가 돌진해오자, 그만 겜페이의 말은 겁을 집어먹은 듯, 히히힝! 콧소리도 요란하게 우뚝 멈추어 서며 대가리를 훌쩍 하늘로 쳐들었다. 그리고 훌쩍 쳐든 앞발로 허공을 허우적거렸다. 순간, 밀 위에 섰던 겜페이는 일본도를 든 채 보기 좋게 땅바닥으로 나가 떨어졌다. 와 —— 구경꾼들은 놀람과 긴장감으로 어쩔 줄을 몰랐다. 본부석에서는 사람들이 일어나 뛰어나왔다.

용식이도 몹시 놀랐다. 그러나 그는 곧 어깨춤이라도 추듯이 우쭐우쭐 나뭇가지를 흔들어댔다. 휙 —— 휘파람을 날리면서.

빌빌이는 제멋대로 운동장을 달리고 있었다.

—— 1973년

전차 구경

　지하철이 개통되었다는 신문 기사를 읽은 조 주사는 이튿날 아침 손자인 기윤이와 함께 집을 나섰다. 물론 지하철을 구경하러 가는 것이다.

　한 손에는 도시락 보자기를 들었다. 그러니까 그저 지하철만 타보러 가는 것이 아니라, 하루 소풍을 가는 셈이다. 조손(祖孫)이 말이다.

　기윤이는 이렇게 할아버지와 둘이 도시락을 싸들고 놀러가기는 처음이어서 여간 재미 좋지가 않은 모양이다. 곧장 폴짝폴짝 뛴다.

　조 주사 역시 일부러 하루를 내어 아침부터 손자를 데리고 놀러나가기는 처음 있는 일이다. 더구나 일요일도 아닌데 일자리까지 비워놓고서.

　부동산 소개 영업소, 즉 복덕방이 일자리니 뭐 일요일이 아니라고 해서 자리를 비워놓고 놀러 못 갈 것은 없지만, 좌우간 좀 수다스럽다면 수다스럽고, 별난 성미라 하겠다.

　그러나 그게 아니다. 수다스럽거나 별난 성미여서 그러는 게 아니라, 조 주사에게는 남달리 지하철에 대한 호기심이 있는 것이다. 지하철, 즉 땅 밑을 달리는 전차란 도대체 어떻게 생겼을까, 속도는 얼마나 되며 내부 시설은 어떻게 되어 있을까, 운전은 어떻게 하는 것일까……. 이런 구체적인 호기심, 그러니까 호기심이라기보다도 관심이라고 하는 편이 옳겠다. 남다른 관심을 가지고 있는 것이다.

　그럴 수밖에 없는 것이 그는 옛날 전차의 운전사였던 것이다.

　"저 양반 오늘은 도시락을 싸들고 어디 놀이를 가는 모양이네. 손자 녀석하고."

"웬일이지?"

"아마 큰 놈을 한 건(件) 한 것 같은데……기분이 좋으니까 놀이를 가지."

"어느 집이 계약됐을까?"

이웃 복덕방의 동업자들이 지나가는 조 주사와 기윤이를 보고 하는 말이다.

"조 주사! 큰 놈 한 건 했나 보지. 어디로 놀이 가는 거요?"

큰소리로 묻는다.

그러나 조 주사는 그저 싱글 웃어 보일 뿐이다.

"지하철 타러요."

대신 기윤이가 대답한다.

"뭐? 지하철 타러? 허허허……아침부터 밥 싸들고 지하철 타러가다니……."

"허허허……지하철 속에서 점심 먹을 모양이지."

"어제 개통했는데, 성급도 하시네."

"잘 타보고 오시오."

"우리 몫까지 타보고 오시오. 허허허……."

조 주사는 좀 쑥스러웠으나,

"염려 마시오. 당신들 몫까지 실컷 타보고 올 테니……."

하고 웃는다.

버스에 나란히 자리를 잡고 앉은 할아버지와 손자는 마냥 유쾌하기만 하다. 모처럼 도시락을 싸들고, 버스를 타고, 더구나 새로 개통된 지하철 구경을 가는 길이니 그럴 수밖에.

차창 쪽에 앉은 기윤이는 창 밖을 내다보며,

"야, 저 오토바이 봐라! 참 빠르다아."

공연히 좋아서 야단이다.

"할아버지."

"응?"

"오토바이하고 버스하고 시합하면 누가 이겨요?"

"글쎄……."

"오토바이가 이기잖아요. 저 오토바이 봐요. 벌써 저만큼 앞서가잖아요."

제법 귀엽고 영리한 국민학교 2학년짜리다.

"야, 육교다. 육교 밑을 지난다. 경찰 백차다아."

그저 모든 게 신기하고 재미가 좋은 모양이다. 처음 봐서 그런 게 아니다. 할아버지와 함께 도시락을 싸들고 모처럼 놀러가면서 버스 차창으로 내다보니까 그런 것이다. 조 주사는 기분좋게 담배 연기를 내뿜는다. '금연'이라고 써져 있는데도 말이다.

청량리에서 버스를 내린 그들은 지하철 입구를 찾아갔다.

일요일도 아닌데 사람들이 어찌나 붐비는지 정신을 차릴 수가 없다. 거의 모두가 새로 개통된 지하철을 구경하러 몰려든 사람들이다. 방학 중이라 국민학교 꼬마들을 데리고 나온 어머니, 누나들, 할머니들, 그리고 조 주사 같은 늙은이들이 대부분이다. 중학생, 고등학생들도 보이고, 휴가를 나온 듯한 군인들의 모습도 더러 보인다. 개중에는 멀쩡한 젊은 신사가 할 일도 어지간히 없는 듯 혼자 어슬렁어슬렁 지하철을 타보러 나오기도 했다. 서양 사람들의 모습도 간혹 보인다.

사람의 물결에 밀리듯이 계단을 내려가자 지하철 역이 나타났다. 꽤 넓은 홀이다. 넓은 홀 전체가 번질번질 빛난다. 깨끗하다.

"할아버지, 여기가 지하철 역이에요?"

"응."

"야, 좋다. 번쩍번쩍한다."

기윤이는 곧장 사방을 두리번거린다.

조 주사 역시 마찬가지다. 이처럼 넓고 깨끗한 정거장이 땅 밑에 마련되었다니 놀라운 모양이다. 입을 약간 벌리고 있다.

"할아버지."

"응?"

"여기가 땅 밑이지요?"

"그래."

"땅 밑인데 굉장히 환하다. 야아."

"허허허……."

서울역까지 승차권을 산 조 주사는 기윤이의 손을 잡고 사람의 물결에 섞여 개찰구를 빠져나갔다. 개찰구를 나가 직각으로 꺾어져 돌자, 이번에는 어찌 된 구조인지 계단을 오르게 되어 있다.

조 주사는 고개를 기울인다. 묘하게 되어 있구나 싶은 것이다.

계단을 오르자, 플랫폼이다. 양쪽에 철로가 있다. 그런데 철로가 플랫폼에서 꽤 깊어서 어쩐지 위험하게 느껴지고 으스스한 분위기를 자아내기도 한다.

조 주사는 머리에 얼른 옛 전차의 레일이 떠오른다. 지면과 거의 똑같은 평면을 이루고 있던 레일. 그래서 거의 위험하다거나 으스스한 것이 느껴지지 않던 옛 레일. 사람들이 예사로 밟고 지나던 레일…….

"술 취한 사람 조심해야겠는데……잘못하면 큰일나겠는걸."

움푹한 철로를 내려다보며 조 주사는 중얼거린다.

그러나 기윤이는 그게 아니다.

"야! 철길이구나. 멋있다. 이쪽에도 있고, 저쪽에도 있네. 야아."

감탄을 한다.

기윤이의 호기심에 빛나는 두 눈은 곧 철로에서 딴 곳으로 옮겨진다. 벽과 천장을 두리번거린다. 일정한 간격으로 늘어선 굵은 기둥들을 바라본다. 여기저기 붙어 있는 반질반질한 안내판과 광고판들을 눈여겨본다. 모든 게 신기하고 희한하기만 하다.

조 주사 역시 절로 고개가 끄덕거려진다. 땅 밑에다가 이렇게 넓은 공간을 청량리에서 서울역까지 만들었다니 놀라운 일이다. 더구나 순전히 우리 나라 사람들의 기술만으로 만들었다는 것이니, 이제 우리 나라도 보통 나라가 아니구나 하는 생각이 들기도 한다.

플랫폼에서 차를 기다리는 모든 사람들의 얼굴에 그런 생각이 내비치고 있는 것 같다. 모든 얼굴이 밝다. 어떤 축제 분위기 같은 것을 느끼게 한다.

빵 —— 차가 들어온다.

플랫폼은 술렁거린다.

스피커에서 안내말이 흘러나온다.

—— 인천행 전동차가 들어옵니다. 차가 들어올 때는 위험하오니 주의해주시기 바랍니다. 전동차의 출입문은 자동입니다. 문에 손을 대는 일이 없도록 해주세요. 문이 열리면 줄을 서서 차례차례 타주시기 바랍니다.

곱게 채색된 전동차가 미끄러져 들어온다.

차가 들어오자, 조 주사는 바짝 긴장이 된다. 앞을 지나가는 전동차의 운전사와 운전석을 발돋움을 하고 눈여겨본다. 무엇보다도 관심이 거기에 있는 모양이다.

얼른 보아도 운전사의 제복 제모가 옛날 것과 다르다. 훨씬 나아 보인다. 뭐라고 할까, 더 높은 사람의 차림인 것 같다. 그리고 운전석도 조그마한 별실로 되어 있다. 앉아서 운전하도록 되어 있는 것 같다. 얼른 지나가는 바람에 자세히는 볼 수가 없었지만.

스르르 차가 멎는다. 차 안이 온통 번쩍번쩍 휘황하다. 저절로 출입문이 열린다. 차에 들어가 자리를 잡고 앉은 조 주사와 기윤이는 곧장 차 안을 두리번거린다. 천장에 선풍기가 즐비하게 매달려 빙글빙글 돌면서 바람을 내뿜고 있다. 시원하다. 한여름인데도 도무지 여름 같지가 않다.

그리고 형광등 불빛을 받아 깨끗하게 반질거리는 광고물이 수없이 차내를 장식하고 있다. 별의별 광고가 다 있다. 약 광고를 비롯해서 화장품 광고, 의류 광고, 신발 광고, 텔레비전·냉장고·세탁기 광고, 선풍기·에어콘 광고, 과자·빵·음료수 광고, 술 광고, 보험·적금 광고, 심지어 복덕방 광고까지 붙어 있다. 조 주사의 시선은 복덕방 광고에 가서 멎는다. 종로 2가에 있는 무슨 복덕방이다. 처음엔 친밀감 같은 것이 느껴지다가, 복덕방도 저 정도 되면 수지가 거창하겠지 싶으며 슬그머니 주눅이 들어버린다.

다시 차 안을 두리번거린다. 반짝거리는 쇠로 된 선반, 가지런히 대롱거리고 있는 동그란 손잡이들, 큼직큼직한 창문, 부드럽고 폭신한 앉을 자리……

모든 게 너무 깨끗하고 눈부시다.

조 주사는 그저 얼떨떨한 느낌이다. 그러나 기윤이는 신기하고 좋기만 하다.

"할아버지, 꼭 우리 나라 차 안 같다. 그죠?"

"응."

"아주 멋있다."

기윤이는 두 다리를 간들간들 흔든다. 차 안에 승객이 가득 차자, 차 내의 스피커에서 안내 말이 흘러나온다.

── 출입문을 닫습니다. 전동차의 출입문은 자동입니다. 문에 손을 대거나, 기대지 말아주세요. 문이 닫히면 곧 출발입니다.

스르르 문이 절로 닫힌다. 그리고 차가 미끄러진다. 창 밖의 플랫폼이 뒤로 뒤로 사라진다. 조금도 진동을 느낄 수가 없다. 희한하다.

"흠."

조 주사는 지그시 눈을 감는다. 커덩커덩······소리를 내며 달리던 옛 전차 생각이 난다. 차내가 거의 나무로 되어 있던 옛 전차. 문을 열고 닫는 데 꽤 힘이 들고, 줄을 잡아당겨서 땡땡! 하고 출발 신호를 보내던 전차. 일일이 육성으로 안내를 하던 옛 전차······. 조 주사는 어쩐지 좀 입맛이 떨떠름하다. 눈을 뜨고, 담배를 한 개비 꺼낸다.

── 승객 여러분께 안내 말씀드리겠습니다. 차내에서는 금연입니다. 담배를 피우는 일이 없도록 해주세요.

마치 어디서 보고 있는 것 같다. 조 주사는 비식 웃으며 입에 물려던 담배 개비를 도로 각 속에 넣어버린다. 좀 무안하다.

── 그리고 차내에 과자를 쌌던 종이나 휴지 같은 것을 버리는 일이 없도록 부탁드립니다. 항상 깨끗한 전동차는 시민 모두의 자랑입니다. 차내에서 소란을 피워서 다른 승객들에게 불쾌감을 주는 일도 없도록 유의해주시면 고맙겠습니다.

"할아버지."

"응?"

"창 밖에 아무것도 안 보이네요. 왜 그렇죠?"

"땅 밑이니까 그렇지."

"꼭 밤 같다."

기윤이는 약간 실망이 되는 모양이다. 차를 타는 재미란 창 밖의 광경을 내다보는 재미이니 그럴 수밖에. 그러면서도 여전히 얼굴을 바싹 유리창에 대고 있다.

다시 안내말이 흘러나온다.

—— 다음 역은 제기동, 제기동 역입니다. 내리실 문은 좌측입니다. 문은 자동으로 열리니, 손을 대는 일이 없도록 해주세요.

속도가 줄어든다. 곧 제기동 플랫폼이 나타난다. 스르르 멎는다.

청량리에서 제기동까지 불과 1, 2분이다. 정말 빠르다. 옛 전차 같으면 아무리 빨리 달려도 4, 5분은 족히 걸릴 것이다.

조 주사는 절로 고개가 끄덕거려진다. 청량리에서 제기동까지의 옛 전차 길이 머릿속에 훤하다.

제기동 역을 출발한 차는 잠시 후 신설동 역에 멎는다. 그리고 동대문 역이다. 다음은 종로 5가, 그리고 3가……이렇게 해서 불과 20분도 안 걸려 서울 본역에 도착했다.

"다 왔다. 내리자."

조 주사의 말에 기윤이는,

"벌써 다 왔어요?"

몹시 안타까운 표정이다. 차가 가는 데까지 끝까지 타고 가고 싶은 모양이다. 차에 나와 플랫폼을 걸으면서 기윤이는,

"할아버지, 갈 때도 지하철 타요, 예?"

한다.

"한 번 타봤으면 됐지 뭐."

"아니에요. 한 번 더 타보고 싶어요."

"창 밖에 아무것도 안 보여서 밤 같다면서?"

"그래도 좋아요."

너무 잠깐 동안이어서 아무래도 서운한 것이다. 맛있는 음식을 조금 맛보다가 만 것처럼. 사람의 물결에 섞여 플랫폼을 걸어가고 있는데, 차

가 출발한다. 스르르 차가 미끄러지기 시작하자, 조 주사는 걸음을 멈춘다. 기윤이도 따라 멈춘다.

조 주사는 앞을 지나가는 전동차의 맨 뒤쪽을 바라본다. 맨 꽁무니의 운전실을 기다리는 것이다. 좀더 운전실 내부를 자세히 보고 싶은 것이다.

창 밖을 내다보며 운전사가 다가오자 조 주사는,

"수고하십니다."

하고 싱글 웃음을 보낸다. 친밀감의 표시인 것이다. 사라진 옛 전차의 운전 선배가 새로 등장한 전동차의 후배에게 보내는……

그러나 운전사는 고개를 약간 까딱할 뿐, 거의 무표정이나. 멋내가리 없는 후배다. 조 주사는 발돋움을 한다. 그러나 역시 운전실 내부를 자세히 볼 겨를이 없다. 그저 버튼 몇 개와 동그란 계기(計器) 몇 개가 눈에 들어왔을 뿐이다.

조 주사의 시선이 전동차의 뒤를 따라간다. 금세 전동차의 꽁무니가 저만큼 멀어진다. 약간 밖으로 내다보이던 운전사의 머리 뒷부분이 안으로 사라져버린다.

별안간 조 주사는 기분이 약간 허전해진다. 어쩐지 푸대접을 받은 것 같은 느낌이기도 하다. 우선 차가 너무 빨리 자기에게서 멀어져가는 것이다. 그 보고 싶은 운전실 내부도 좀 보여주지 않고 말이다. 그리고 운전사 역시 너무 인정머리가 없다. 친밀감에서 보낸 인사말과 웃음에 대해서 고개만 한 번 까딱하다니……. 선배를 몰라보고서……. 입맛을 쩝쩝 다시며 걷기 시작하는 조 주사는 쓸쓸하다. 눈부신 세상의 한쪽 가로 밀려나버린 것 같은 그런 쓸쓸함이다.

바깥으로 나오자, 한여름의 뙤약볕이 쏟아지고 있다. 해가 어느덧 중천으로 기어오르고 있는 것이다.

"아, 덥다. 할아버지, 이제 어디로 가요?"

기윤이가 쳐다보며 묻는다.

"남산에 가자."

"남산에? 아이 좋아."

"진짜 전차 구경하러 가자."

"예? 진짜 전차요?"

"그래, 옛날 진짜 전차 말이다."

"옛날 진짜 전차가 남산에 있어요?"

"그래, 있고 말고."

조 주사는 싱그레 웃는다.

"남산에 무슨 전차가 있을까? 이상하다……."

기윤이는 미심쩍다.

"이상하지?"

조 주사는 재미있다.

"할아버지, 공갈 아니에요?"

"공갈은……할아버지가 무슨 공갈을 하니."

"이상하다……전차가 어떻게 산에 있을까? 케이블카 말이에요?"

"아니야. 옛날 진짜 전차라니까. 가보면 알지."

"옛날 할아버지가 운전하던 전차 말이에요?"

"그렇지, 그렇지."

오늘도 보통 더위가 아니다. 곧 이마에 땀이 내밴다. 남대문 쪽으로 걸음을 옮기며 조 주사는 바지 주머니에서 부채를 꺼낸다. 접선(摺扇)이다. 그것을 펴서 부채질을 하면서 걷는다.

이렇게 뙤약볕이 쏟아지는데도 거리에 사람들이 물결을 이루고 있다. 과연 서울은 사람이 많은 곳이구나 하는 생각이 새삼스럽게 든다.

남대문이 가까워지자, 조 주사가 묻는다.

"기윤아, 저게 무슨 문인지 아니?"

"남대문이에요."

"아는군."

"엄마하고 작년에 버스 타고 지나가다 봤어요. 책에서도 보고……."

"좋지?"

"예."

그러나 남대문을 바라보는 기윤이의 표정은 좋은 것을 바라보는 표정이라기보다도, 기묘한 것을 바라보는 듯한 그런 표정이다.

"정말, 언제 봐도 좋단 말이야."

조 주사는 과연 좋다는 듯이 고개를 끄덕끄덕한다.

"그런데 곰팡이 냄새가 나는 것 같아요."

"뭐? 곰팡이 냄새가 나?"

"예."

"허, 그놈……."

조 주사는 좀 못마땅하다.

"할아버지, 저거 봐요. 야아, 굉장히 높다."

기윤이는 남대문 옆에 우뚝 하늘 높이 솟아 있는 빌딩을 쳐다본다. 조 주사도 쳐다본다.

"한 층, 두 층, 세 층, 네 층……."

기윤이는 걸음을 멈추고 서서 몇 층인가 세기 시작한다.

"덥다, 어서 가자."

"아홉 층, 열한 층, 아이고 못 세겠다."

아물아물해서 잘 셀 수가 없는 모양이다.

남대문 옆을 지나, 남산 쪽으로 꺾어져 올라가면서도 기윤이는 곧장 빌딩을 쳐다보곤 한다. 그저 놀랍고 희한하기만 한 듯. 조 주사가 남대문을 과연 좋다고 감탄하듯이 말이다.

구름다리를 지나자,

"아, 덥다."

기윤이는 약간 헐떡거린다. 그리고 조금 가다가 또,

"아아 덥다."

큰소리로 말하며 할아버지를 쳐다본다.

"다 와간다."

조 주사는 기윤이가 왜 자꾸 덥다고 그러는지 그 뜻을 모르고, 얼굴에 활활 몇 번 부채질을 해준다.

"할아버지."

불쑥 부른다.

"부라보콘 하나만 사줘요."

"부라보콘이라니?"

"부라보콘도 몰라요?"

"부라부콘이 뭐야?"

"아이스크림 말이에요."

"아이스크림? 아이스크림을 뭐 부라보콘?"

"예, 테레비서 선전하잖아요. 아주 맛있는 아이스크림이오."

"아이스크림이면 아이스크림이지, 부라보콘이 뭐야."

조 주사는 공연히 좀 못마땅한 모양이다. 그러나 호주머니에서 돈을 꺼낸다.

부라보콘을 손에 든 기윤이는 무슨 대단한 소원성취라도 한 듯 좋아서 어쩔 줄을 모른다. 늘 10원짜리, 20원짜리만 먹다가 모처럼 100원 하는 놈을 손에 들었으니 그럴 수밖에. 껍질을 벗겨서 살살 소중스레 핥는다.

길을 건너 계단을 오르자, 어린이 놀이터다. 뙤약볕 아래서도 몇몇 아이들이 다람쥐들처럼 미끄럼틀을 오르내리고, 그네에 흔들리고 있다.

"야아."

기윤이의 입에서는 절로 환성이 나온다. 그러나 조 주사의 시선은 얼른 저쪽 놀이터 가로 간다. 부채를 든 손으로 그쪽을 가리키며,

"저기 있지, 봐라."

한다. 기윤이도 그쪽을 바라본다.

"있지?"

"예, 하하하……."

기윤이는 쪼르르 그쪽으로 달려간다. 조 주사도 걸음을 빨리 한다.

놀이터 한쪽 가에 전차가 놓여 있는 것이다. 물론 옛 전차다. 지하철 바람에 자취를 감추어버린 옛 전차가 한 대, 마치 박물관에 안치되어 있는 것처럼 놓여 있다. 놀이터에 오는 어린이들에게 옛날 전차는 이렇게 생겼었다는 것을 보여주기 위해서 일부러 마련해놓은 것이다. 말하자면 견학용이라고 할 수 있다.

321호 차다. '321'이라는 숫자가 앞쪽에 붙어 있다. 문은 세 개다. 앞

쪽과 뒤쪽의 작은 문은 타는 문이고, 가운데의 큰 문은 내리는 문이다. 그러니까 옛 전차 중에서는 신형(新型)인 큰 놈이다. 창문에 유리는 붙어 있지가 않다. 형해(形骸)만 안치해놓은 것이다.

전차 주위를 두르고 있는 철책(鐵柵) 앞에 와 선 조 주사는 코허리가 약간 시큰해지는 느낌이다. 어쩐지 기분이 좀 묘하다. 옛날 정다웠던 친구의 퇴락(頹落)한 모습을 보는 듯한 기분이라고나 할까. 반가우면서도 약간 민망스럽기도 하고, 쓸쓸하기도 하고…….

물론 조 주사가 이곳에 있는 이 전차를 처음 보는 게 아니다. 두 번째다. 작년인가 재작년 가을에 한 번 남산 야외 음악당에서 무슨 시민 위안 행사가 있어서 구경하러 왔다가 이 전차를 발견했던 것이다. 그때는 지금보다 한결 더 기분이 묘했다. 전차가 눈에 띄자,

"아니 이거…….."

두 눈이 번쩍 했다. 그리고 절로 허허허……웃음이 나왔다. 이거 참 희한하구나 싶었다. 그러나 곧 전차는 뿌우옇게 흐려졌다. 두 눈에 핑 뜨거운 것이 어리는 것이었다. 조 주사는 잠시 뭉클한 상태로 말없이 서 있었다. 착잡하고 야릇한 심정이었다.

그럴 수밖에 없는 것이 그는 30여 년이라는 세월을 전차와 함께 살아왔던 것이다. 그런데 몇 해 전에 지하철 건설 바람에 그만 전차와 함께 자기의 인생도 밀려나버리고 말았던 것이다. 그래서 이제 다시는 볼 수 없으리라고 생각했던 전차가 비록 형해나마 보존되어 이렇게 불쑥 눈앞에 나타났으니 말이다.

한참 만에야 평정을 되찾은 조 주사는,

"이제 구경거리가 됐구나. 구경거리가……."

하고 중얼거렸다.

그러니까 오늘은 그때보다는 감회가 좀 엷은 것이지만, 역시 예사롭지가 않다. 30여 년이라는 자기 인생의 가운데 도막을 고스란히 바쳐 고락을 같이해온 전차이니 그럴 수밖에 없다.

"하하하, 일, 이, 삼이다. 할아버지, 거꾸로 읽으면 일, 이, 삼이에요."

기윤이는 무슨 신기한 것이라도 발견한 듯 전차 앞쪽에 붙어 있는 숫

자를 가리키며 좋아서 야단이다.

"그렇군."

"할아버지."

"응?"

"이 전차 할아버지가 운전하던 거예요?"

"바로 이 전차는 아니지만, 좌우간 이런 전차였지. 좋지?"

"헤헤헤……."

기윤이는 힐끗 할아버지를 쳐다보며 묘하게 웃는다.

"웃기는, 그 녀석……."

"이게 진짜 전차란 말이에요?"

"그렇지. 진짜 전차지."

"그럼 지하철은 가짜예요?"

"가짜라기보다도 지하철은……트기지, 트기."

"트기가 뭔데요?"

"트기라는 것은 말이야, 저……서양 사람하고 우리 나라 사람하고 결혼해서 아이를 낳으면 그게 트긴 거야. 혼혈아란 말이야."

"아, 혼혈아. 나도 알아요. 작년에 우리 학교에 혼혈아가 하나 있었는데, 즈그 아버지가 깜둥이래요. 그 애도 꼭 깜둥이같이 생겼었어요. 그런데 전학가버렸어요."

"그래그래, 그게 트기야. 지하철은 전차도 아니고, 기차도 아니고, 그 중간쯤이지. 그러니까 트기란 말이야."

"그럼 전차하고 기차하고 결혼해서 낳았겠네요."

"허허허……그렇다고 볼 수가 있지."

"헤헤헤……전차하고 기차하고 어떻게 결혼을 해요? 할아버지 순 엉터리다."

"좌우간 지하철이 진짜가 아니라, 바로 이게 진짜 전차란 말이야. 알겠니?"

"진짜 전차가 뭐 이래."

"왜 어떤데?"

"강냉이 장수한테 주면 강냉이는 많이 주겠다."

"뭣이 어째?"

"헤헤헤……."

"허, 그놈 참……."

"이런 고물 전차가 진짜란 말이에요? 유리도 한 장 없는데……."

"그야 간수를 잘 안 하고 내버려뒀으니까 그렇지. 옛날 새것 때는 아주 멋있었어."

"지하철보다 더 멋있었어요?"

"멋있었지."

"헤, 거짓말."

기윤이는 빨간 혀 끝을 날름 내보인다.

"그 녀석……좌우간 전차라는 것은 말이야, 땡땡땡 하고 신호를 울리면서 달리는 거야. 지하철은 어디 땡땡땡 신호를 울리던?"

"……."

"땡땡땡 하고 신호를 울리며 달리면 길을 가던 사람들이 다 쳐다보고 전차가 지나가는구나 하고 웃지. 그러면 전차에 탄 사람들도 바깥을 내다보며 웃고……얼마나 좋아. 그런데 지하철은 어디 바깥에 무엇이 내다보이던? 깜깜한 땅 속을 달리니까 아무것도 안 보이지. 지하철은 두더지야, 두더지."

"헤헤헤 헤헤헤……."

기윤이는 끝내 승복을 못 하겠다는 듯이 웃고는 후닥닥 놀이터 쪽으로 달려간다.

조 주사는 한쪽 나무 그늘에 자리를 잡고 앉는다. 도시락을 곁에 놓고, 훨훨 부채질을 하면서 주위를 두리번거린다. 목이 좀 마른 것이다.

그러자 저쪽에서 재빨리 행상 할멈이 달려온다.

사이다를 한 병 사서 마시려다가 소주와 오징어 다리 한 가닥을 샀다. 종이컵도 한 개 사고. 서너 모금 목을 축이면 그만인 사이다보다 소주 쪽이 낫겠다 싶었던 것이다. 기분도 어쩐지 예사롭지가 않고 하니 말이다.

자작 자음(自酌自飮)도 재미가 괜찮다. 종이컵에 소주를 절반 가량 채

워가지고 홀짝홀짝 조금씩 목구멍으로 넘기고는 오징어 다리를 뜯어 씹는다. 소주가 목구멍을 타고 내려갈 때는 약간 이마가 찡그려지면서도 뱃속으로 자르르 퍼지면서 후끈해지는 기분은 그만이다.

그러니까 조 주사도 꽤나 술꾼인 셈이다. 지하철 건설 바람에 일자리를 잃고 변두리 복덕방으로 밀려난 뒤로는 술이 부쩍 심해졌다. 처음 얼마 동안은 노상 술로 울화를 가라앉히는 형편이었다. 그러나 역시 젊을 때와는 달리 몸이 잘 말을 들어주질 않아 요 근래에 와서는 현저히 주량을 줄이고 있는 것이다.

그리고 전차를 운전하고 있을 무렵에는 자작 자음하는 일은 거의 없었다. 술 그 자체보다도 친구들과 어울리는 맛에 마시게 마련이었다. 그러던 것이 복덕방으로 밀려나면서부터는 곧잘 자작 자음을 하게 되었다. 술 그 자체의 맛을 즐기게 된 셈이다. 다시 말하면 무척 허전해진 것이다.

그런 변화와 함께 또 술이 거나해지면 혀가 곧잘 헛미끄러지듯 했다. 혀의 탄력이 현저히 감소된 것이다. 그러니까 술이 오르면 된소리 안 된소리 마구 지껄여댄다. 물론 전에도 취하면 절로 말이 많아지고 목소리가 높아지기 마련이었지만, 그러나 그때는 그래도 돌아가는 혓바닥에 힘이 있고 말에 조리가 있었는데, 이제 그게 아니라 했던 말을 또 하고 또 하는 것이다. 발음도 분명치 않은 말을 말이다.

그리고 술기가 오르면 눈앞의 사물도 쉬 흐늘흐늘해져버린다. 마치 눈에 아지랑이가 낀 것처럼. 눈의 근기(根氣)도 많이 풀어진 것이다. 어쩌면 변두리 복덕방이란 이렇게 사람을 대번에 한물 가도록 하는 곳인지도 모른다. 일자리를 가지고, 새벽 출근이다, 야근이다 하고 도시락을 들고 시간을 맞추어 출퇴근을 할 때는 힘에 겹도록 고되었는데도 사람이 빳빳했었는데, 일단 일자리를 잃고 변두리로 밀려나자 금세 그만 이렇게 시들시들해져버린 것이다.

2홉들이 소주병이 3분의 1가량밖에 줄지 않았는데, 벌써 눈앞이 아른해진다. 햇빛이 한결 더 눈부신 듯하고, 눈앞의 풍경이 선명하고 고운 색채로 변하는 것만 같다. 퍼석퍼석하고 따분하기만 하던 세상이 유정(有

情)한 세상으로 바뀌는 듯한 느낌이라고나 할까. 혼혼하게 온몸에 번지는 주기 —— 마치 메마른 나무에 단물이 오르는 격이니 그럴 수밖에.

이 정도에서 그만 하는 게 몸에도 좋고 상책인데, 그게 잘 안 된다. 한 잔만 더……혼혼하고 아른한 기분을 조금 더 짙게……그래서 더 좀 세상이 유정하게 느껴지도록……쪼르르 반 컵 가량을 더 따른다. 그리고 소중스레 입으로 가져간다.

"카아."

25도짜리니 뭐 별로 카아 할 것까지는 없는데, 조 주사는 일부러 그런 소리를 낸다. 기분이 좋다는 뜻이다.

오징어 다리를 잘근잘근 씹으면서 전차를 바라본다. 전차 역시 아까와는 달리 고운 빛깔로 눈에 들어온다. 유리도 한 장 없고, 여기저기 녹이 슬어 어설프기만 하던 전차가 마치 수채화 속에 곱게 등장한 것 같다. 아까는 어쩐지 옛 친구의 퇴락한 모습을 보는 듯 반갑기는 하면서도 민망스럽고 씁쓸하게 느껴졌는데, 이제 조금도 그렇지가 않다. 그냥 반갑고 다정스럽기만 하다. 정말 친하던 옛 친구가 눈앞에 나타난 것만 같다.

그런데 그 전차가 일렁일렁 조금씩 흔들리는 것 같다. 눈에 서서히 아지랑이가 끼기 시작하는 모양이다.

"할아버지이, 나도 좀 줘요오."

기윤이가 달려온다.

"오징어 나도 먹고 싶어요. 나 좀 줘요."

기윤이는 할아버지 앞에 쪼그리고 앉으며 꼴칵 침을 삼킨다.

"술안주야. 너도 소주 한 잔 마실래?"

조 주사가 빙그레 웃으며 말한다.

"난 콜라 한 병 마실래요."

"콜라보다 사이다가 시원하고 좋지."

"싫어요. 사이다는 맛없어요. 콜라 마실래요."

그리고 기윤이는 일어서서 주위를 두리번거린다. 저쪽에서 행상아낙네 두 사람이 앞을 다투어 달려온다.

"할아버지, 넘버원도 하나 사줘요. 예?"

콜라 한 병을 손에 들고 기윤이는 할아버지를 향해 애교있는 표정을 짓는다. 평소에 군침이 돌던 것을 오늘 죄다 해결해볼 생각인 모양이다.

"콜라 마시면 됐지, 또 뭐야?"

"넘버원 아주 맛있어요. 한 개만 사줘요."

"넘버원이 뭔데?"

"초콜릿이에요."

"초콜릿?"

"예, 아주 맛있어요."

"초콜릿이면 초콜릿이지, 넘버원이 또 뭐야?"

"초콜릿 이름이잖아요. 테레비에서 선전하는 거 못 보셨어요?"

"넘버원인가 뭔가 그런 거보다 박하사탕이 맛있지. 박하사탕 없소?"

아낙네에게 묻는다.

"박하사탕은 없는데요."

그러자 기윤이는,

"박하사탕은 싫어요. 맛없어요. 넘버원 한 개만 사줘요."

하면서 그만 아낙네의 물건 바구니에서 초콜릿 하나를 집어든다.

"그래그래, 그렇게 먹고 싶거든 먹어라."

그러자 몇 걸음 늦어서 손님을 빼앗긴 아낙네가 자기의 바구니를 내밀며,

"깨엿도 좀 사이소."

한다. 경상도 아낙네다.

바구니에 가득 깨엿이 담겼다. 이 아낙네는 깨엿 한 가지로 장사를 하는 모양이다.

"안 사요."

조 주사는 거의 반사적으로 말한다.

"아주 고시하고 답니더, 좀 사이소."

약간 비굴한 웃음까지 띤다.

"고소하고 달긴……요새 엿이 뭣이 고소하고 달단 말이오."

"잡사보이소. 안 고시한가……안 고시하고, 안 달면 돈 안 받심더."

그러자 조 주사는,

"돈 안 받는 거 좋아하시네."

주기가 오른 코 언저리에 비시그레 웃음을 띤다. 그리고 빈정거리듯이 말한다.

"요새는 엿도 옛날 엿 같지 않단 말이야. 도무지 엿이라는 것이 옛 같은 맛이 나야 말이지."

"옛날 엿이사 살(쌀)로 안 만들었능교. 요새야 어디 살로 만들게 하능교. 그러니까 그렇지예."

"그건 그렇다 치더라도, 깨엿이라는 것이 깨 맛까지 옛날과 다르단 말이외다."

"깨 맛이 와 달라예?"

"옛날 깨처럼 진짜 고소한 맛이 나질 않고, 어쩐지 싱겁거든. 비릿하기도 하고……."

그러자 기윤이가 힉 웃으며 말한다.

"그럼 깨도 옛날 깨가 진짜고, 요새 깨는 가짜겠네요?"

"그렇다고 할 수 있지."

"헤헤헤……."

"이 녀석 웃기는……."

아낙네도 큭 한번 웃고는,

"아저씨 입맛이 옛날과 다른 모양입니더."

한다.

"입맛이 다르기는……."

"좌우간 잡사보이소. 고시한강 안 고시한강……잡사보시지 않고……."

아낙네는 깨엿 한 가락을 집어서 조 주사 앞으로 내민다.

조 주사는 마지못하는 듯 그것을 받아 쥔다. 그러나 절로 군침이 꿀컥 넘어간다. 그러자 기윤이가,

"나도 한 개……."

조그마한 소리로 말하며 할아버지 눈치를 힐끗 본다. 이제 어린 마음

에도 좀 미안한 생각이 드는 모양이다.

아낙네는 재빨리 또 깨엿 한 개를 집어 기윤이의 손에 쥐어준다. 마치 공짜로 선심이라도 쓰는 것처럼.

조 주사는 깨엿을 절반 가량만 깨물고 나서 나머지는 기윤이에게 넘긴다. 그리고 자기는 다시 종이컵에 소주를 따른다. 술과 단것과는 역시 어울리지 않는 모양이다. 안주가 떨어져서 도시락 반찬을 꺼낸다.

도시락 반찬을 안주해서 조 주사는 기어이 2홉들이 한 병을 다 비울 생각인지 눈 언저리가 게슴츠레한데도 곧장 홀짝거린다. 기윤이는 할아버지 앞에 앉아서 마치 대작이라도 하듯이 콜라를 마시고, 초콜릿이랑 깨엿을 깨문다.

잠시 후 조 주사는 소주 컵을 놓고, 멀뚱히 전차를 바라본다. 전차가 아까보다 더 고운 빛깔을 띠어 보인다. 그리고 그 고운 빛깔의 전차가 이제 일렁일렁 흔들린다. 마치 자기를 반기며 조금씩 이쪽으로 움직여오는 것만 같다. 눈에 아지랑이가 짙어지는 모양이다.

조 주사는 두 눈을 찔끔 감았다가 뜬다. 그리고 불쑥 입을 연다.

"옛날은 좋았어. 좋았고 말고……."

기윤이가 말없이 바라본다.

"기윤아."

"예?"

"옛날 할아버지가 말이야, 전차 운전사 노릇 할 때는 정말 좋았어."

기윤이는 무엇이 좋았다는 것인지 알 수가 없는 듯 그저 멀뚱멀뚱 듣고만 있다.

"기윤아 들어봐. 지금부터 말이야, 할아버지가 전차 운전사 노릇할 때 이야길 할 테니……. 참 좋았지. 좋았고 말고……."

조 주사는 혼자 그저 도취가 된 듯 눈까지 지그시 감으며 곧장 좋았지, 좋았다. 그리고 소주 컵을 들어 또 한 모금 꿀꺽 넘긴다.

"옛날 할아버지가 처음으로 전차 운전사가 됐을 그 무렵에는 말이야, 전차 운전사라고 하면 누구나 우러러봤지. 시험이 얼마나 어려웠다고……. 1차 시험에 붙어도 2차에 신체 건강하고, 얼굴 잘생기고 목소리까지 좋지 않으면 미역국을 먹었으니까."

"미역국을 먹다니요?"

"낙방이란 말이야, 낙방."

"낙방이 뭐예요?"

"낙방도 모르는구나. 불합격이란 말이야, 불합격."

"전차 운전사 되기가 그렇게 어려웠어요?"

"어려웠고 말고. 요즘 비행기 조종사 시험만큼이나 어려웠지."

"제트기 조종사 말이에요?"

"그래."

"하야."

기윤이는 감탄을 한다. 제트기 조종사라고 하면 무엇보다 최고라고 생각하는 터이니 그럴 수밖에. 할아버지가 새삼스럽게 바라보이는 모양이다.

조 주사는 기분이 좋은 듯 또 훌쩍 한 모금 마시고는 약간 혀가 헛미끄러지는 듯한 소리로 곧장 늘어놓는다.

"그래서 그때는 말이야, 전차 운전사라고 하면 선도 안 보고 딸을 주었지. 선 보는 게 뭔지 모르지? 신랑 각시 되려고 서로 얼굴을 보는 게 선이야. 알겠니? 전차 운전사라고 하면 말이야, 누구나 신체 건강하것다, 인물 좋것다, 게다가 월급까지 많으니, 요새 말로 인기가 대단했지. 월급이 면서기 월급 두 배는 됐으니까. 그러니 서로 딸을 주려고 할 수밖에."

"그러면 할아버지도 할머니하고 선을 안 보고 신랑 각시 됐어요?"

"허허허……할아버지가 할머니 선을 봤지. 안 예쁘면 퇴짜를 놓으려고."

"선 보니까 할머니 예뻤어요?"

"예뻤으니까 장가들었지. 허허허……."

"할아버지 장가들 때 꼬꼬재배했지요?"

"꼬꼬재배를 어떻게 알지?"

"그림책에서 봤어요. 옛날엔 장가가고 시집갈 때 모두 꼬꼬재배를 했어요. 그죠?"

"응, 너도 커서 장가갈 때 꼬꼬재배해라."

"싫어요!"

기윤이는 단호히 말한다.

"난 따안딴따따안……피아노에 맞춰서 예식장에서 할래요. 히히히……."

"예식장에서 하는 것보다 꼬꼬재배가 훨씬 멋지고 좋지."

"아니에요. 꼬꼬재배는 곰팡이 냄새가 나요."

"뭐? 곰팡이 냄새가 나? 허, 그 녀석."

조 주사는 고얀 녀석이라는 듯이 한번 흘겨보고는 꿀꺽 또 한 모금 넘긴다. 그리고 다시 화제를 옛 전차 쪽으로 돌린다.

"옛날 전차 운전사들은 말이야, 인정이 많았지. 아낙네들의 보따리 짐을 들어올려주기도 하고……또 전차를 오래 운전하다 보면 소매치기 얼굴을 대개 알 수가 있거든. 그래서 말이야, 소매치기가 전차에 오를 것 같으면 손님들에게 호주머니를 조심하세요, 호주머니를 조심하세요, 알려주기도 했지. 운전사들이 친절히 하니까, 자연히 손님들도 운전사를 좋아했지. 자주 대하는 어떤 아가씨는 말이야, 과자나 땅콩 같은 것을 한 웅큼 슬그머니 호주머니에 넣어주기도 하더라니까. 음력 설이나 추석 같은 때는 떡을 싸다가 주는 손님도 있고……. 요즘 세상에선 볼 수 없는 인정이지."

"……."

"그리고 여름철에 전차가 한강 다리를 지날 때면 얼마나 기분이 좋다고……."

"왜요? 경치가 좋아서요?"

"경치가 좋아서가 아니라, 물론 경치도 좋지만……한강 다리를 지날 때면 아가씨들이 운전사 쪽으로 몰려오거든."

"……?"

"앞에서 시원한 바람이 들어오니까 몰려온단 말이야. 그러면 아가씨들 분 냄새가 시원한 바람과 함께 코를 간질간질하게 해서 얼마나 기분이 좋은지……허허허.”

“헤헤헤…….”

“좌우간 옛날 전차는 좋았고 말고. 기적 소리도 멋있었지. 뚜우 새벽에 울리는 첫 기적 소리도 멋있고 뚜우 자정이 가까워서 울리는 마지막 기적 소리도 멋있었지. 운치가 있었어, 있었고 말고…….”

그러면서 조 주사는 비실비실 자리에서 일어난다. 소변이 마려운 모양이다. 그러나 조 주사는 변소를 찾아가는 것이 아니라, 비실거리며 서서 멀뚱히 전차 쪽을 바라본다. 아지랑이가 담뿍 어린 것 같은 눈으로.

그러다가 별안간,

“헛헛헛허…….”

크게 웃어젖뜨린다. 마치 실성한 사람처럼.

“헛헛헛허……뚜우 자아, 전차가 옵니다, 전차가. 옛날 진짜 전차가……뚜우 자아, 여러분, 전차를 타세요. 진짜 전차를. 옛날 진짜 전차가 떠납니다. 땡땡땡, 땡땡땡, 자아, 어서 타세요. 어서, 어서…….”

손짓 몸짓으로 운전하는 시늉을 해대며 조 주사는 비칠비칠 전차 쪽으로 간다. 구경거리로 안치해놓은 옛 전차의 형해를 정말 운전이라도 하려는 듯이.

“자아, 여러분, 옛날 진짜 전차가 떠납니다. 진짜 전차가…….”

“할아버지! 왜 이래요!”

놀란 기윤이 달려와서 할아버지의 헐렁헐렁한 바지 옆구리를 두 손으로 꽉 붙든다. 사람들이 재미있다는 듯이 히죽히죽 웃으며 보고 있다.

—— 1976년

노은사(老恩師)

30년이 훨씬 지났는데도 나는 진사문(陳思文) 선생을 쉬 알아볼 수가 있었다. 광화문 지하도에서였다.

지하도를 지나가던 나는 복권 판매소 앞에 엉거주춤 서서 복권 한 장을 사고 있는 어떤 중로(中老)에게 무심히 시선이 갔다. 한쪽 손에 낡은 손가방을 든 그 중로는 가만히 복권 상자를 들여다보고 있었다. 아무거나 한 장 집지 않고, 어느 것이 좋을까 망설이고 있는 모양이었다. 말하자면 잠시나마 공을 들이고 있는 중이었다.

나는 절로 미소가 지어졌다. 그러나 다음 순간 나는 걸음이 주춤했다. 어디선지 많이 본 듯한 낯익은 모습이었던 것이다.

"아니!"

나는 곧 그 낯익은 모습이 누구라는 것을 알 수가 있었다. 30년이 훨씬 지난 옛날의 기억이 용케 머리에 퍼뜩 떠올랐다. 틀림없는 듯했다.

나는 그 중로에게 다가갔다.

"저어 진 선생님 아니십니까?"

중로는 얼른 나를 바라보았다.

"진사문 선생님이시죠?"

"그렇소. 누구신지?"

"저 준옵니다. 한준오."

"한준오……?"

기억에 떠오르질 않는 모양이었다.

"치문학교에서 선생님한테 배웠습니다."

"치문학교? 아, 그래, 으음."

진 선생님은 반가운 표정을 지었다. 그러나 역시 나를 기억해내지는 못하는 듯했다.

"그때, 저의 부친도 그 학교에서 교편을 잡으셨죠."

"그래? 부친이 누군데?"

"한재성 씹니다."

"한재성……? 아, 한 선생, 대구에서 왔던……."

"예, 맞습니다."

"아, 그래? 한 선생 아들이구먼. 응, 알겠어, 알겠어. 이름이 준오었던가? 맞아, 맞아. 공부를 썩 잘했었지."

그제야 진 선생은 고개를 끄덕거렸다.

그리고 진 선생은 약간 멋쩍은 표정으로 웃으며,

"복권을 한 장 사보려고……."

하면서 얼른 손에 닿는 대로 아무 거나 한 장 집어드는 것이었다.

복권을 사다가 아는 사람이 보면 으레 쑥스러운 법이다. 그래서 나는 모른 체하고 얼른 또 말을 꺼냈다.

"선생님, 서울에 계십니까?"

"응."

"댁이 어디십니까?"

"미아리에 살고 있지. 자네는?"

"저는 서부 이촌동입니다."

"서부 이촌동이면 한강변이구먼."

"예, 선생님, 어디 가서 점심이라도 하십시다."

그리고 나는 팔뚝 시계를 보았다. 12시 10분 전이었다.

"벌써 무슨 점심을……난 조금 전에 아침을 먹고 나오는 길인걸."

"열두시가 다 됐는데요, 뭐."

"아니야. 정말 조금 전에 아침을 먹었어."

"그럼, 다방에 가서 차라도 한잔 하시죠."

132

"그럴까…….”

이번에는 순순히 응했다.

나란히 지하도를 걸어나오면서 진 선생은 약간 감개가 무량한 듯이 말했다.

"치문학교 시절이면 옛날이지. 보자……삼십오, 삼십육 년 됐을걸? 그런데 용케 나를 알아보았네그려.”

"대뜸 알겠던데요.”

"그래? 흐흠.”

진 선생은 기분이 좋은 듯 빙그레 웃었다.

다방에 가서 앉자, 나는 쌍화탕 두 잔을 시켰다. 커피보다는 쌍화탕 쪽이 그래도 좀 대접이 될 것 같아서였다.

뜨끈뜨끈한 쌍화탕을 조금씩 마시면서 진 선생은 아버지에 관해서 물었다.

"부친은 지금 어디 계시는가?”

"돌아가셨습니다.”

"돌아가셨어? 언제?”

"벌써 십여 년 됐습니다.”

"어디가 아프셨던가?”

"아니오. 교통 사고로…….”

"저런, 어쩌다가……음.”

진 선생은 안됐다는 듯이 꽤나 침통한 표정을 지으며 고개를 끄덕거렸다.

나는 진 선생의 그 침통해 하는 표정을 보자, 묘하게 친밀감 같은 것이 솟았다. 그 표정이 어쩌면 그렇게 옛날과 흡사한지……. 그 표정으로 해서 옛날 치문학교 시절의 진 선생이 그대로 고스란히 떠오르는 듯한 느낌이었다.

미간에 접힌 여덟 팔자 주름, 그리고 비시그레 한쪽으로 휘어진 입, 얼굴 전체에 서리는 그늘……옛날 젊었을 때나 지금이나 변함없는 표정이었다.

나는 잔에 남아 있는 쌍화차를 마저 마시고 나서,

"선생님, 요즘 뭘 하고 계십니까?"

하고 화제를 돌렸다.

"나? 허허허……."

진 선생은 그저 웃기만 했다.

"정년 퇴직을 하셨습니까?"

외모로 보아 아직 정년 퇴직까지는 안 갔을 것 같았으나, 그렇게 물어

보았다.

"정년 퇴직? 허허허……아직 정년 퇴직할 나이는 아니지."

"그럼, 아직 교직에?"

"교직을 그만둔 진 오래 됐어. 지금도 말하자면 교직 비슷한 일을 하

고 있는 셈이지만."

그렇게 말하고는 진 선생은 얼른 말머리를 돌리듯이 물었다.

"자네는 뭘 하나?"

"저는 출판사에 나가고 있습니다."

"출판사에? 어느 출판사?"

"조그만 출판삽니다. 문조사라고……."

"음, 그래……."

진 선생은 잠시 말이 없더니,

"지금 몇 시지?"

하고 물었다.

"열두시 이십분인데요."

"그럼, 가봐야겠는데……약속이 있어서……."

그러면서 진 선생은 자리에서 일어나려 했다.

"선생님."

"응?"

"저……선생님을 찾아뵈려면 어떻게 하면 됩니까?"

"음……."

진 선생은 잠시 망설이더니, 낡은 손가방을 열고 안에서 종이 쪽지와

볼펜을 꺼냈다. 그리고 전화번호를 적으며,

"우리 집을 찾기는 힘들 것이고, 여기 전화를 걸면 만날 수가 있지. 오후 세시에서 다섯시까지 매일 내가 여기에 나가 있으니까."

이렇게 말했다.

"아, 그렇습니까?"

나는 그 쪽지를 받아 잘 넣었다.

다방 밖에서 헤어지면서 나는,

"그럼, 선생님, 또 만나 뵙겠습니다."

했다.

"응, 그래그래. 고마워."

진 선생은 대고 고개를 끄덕이고는 낡은 손가방을 들고 돌아서 갔다.

진사문 선생은 내가 소학교 5학년 때의 담임이었다. 치문학교에서였다.

치문학교는 전라북도에 있는 사립 소학교였다. 그 무렵, 그러니까 해방 되기 5, 6년 전, 벌써 개교한 지가 30년 가까이 되는 우리 나라에서 유수한 농촌의 사설 학당이었다.

학교 곁에 마을이 있고, 그 주위는 온통 논이었다. 물론 학교 앞도 논이었다. 학교 앞의 논은 구획이 굉장히 넓었다. 굉장히 넓은 논이 여러 개 널려 있었는데, 그 논의 임자가 바로 학교 설립자였다. 말하자면 '아는 것은 힘이다. 배움만이 사는 길이다.' 하는 그런 선각과 우국의 염숈)에서 설립한 학당이었다.

개교한 지 벌써 30년 가까이 되어 있었으나, 생도수는 아직 2백 명 선을 넘지 못하고 있었다. 한 학년이 평균 30명 가량밖에 안 되는 셈이었다. 그래서 1, 2학년과 3, 4학년은 각각 복식 학급으로 편성이 되어 있었고, 5학년과 6학년만 제대로 교실을 차지하고 있었다.

네 학급에 교실이 4개, 교무실이 하나, 직원 네 사람에 교장과 소사가 한 사람 있었다. 말하자면 규모는 작았으나, 잘 짜인 학교라고 할 수 있었다.

그 치문학교로 아버지가 부임해간 것은 내가 4학년 때였다. 경북이 고향이고, 그곳 공립학교에서 교편을 잡던 아버지가 전북에 있는 그 사립학교로 부임해간 데에는 그만한 까닭이 있었다.

경북 칠곡군에 있는 동명공립심상소학교라는 데서 이누가이(犬貝)라는 고약한 일인 교장과 싸워서 파면을 당했던 것이다.

일인 교장과 싸워서 파면을 당했으니 공립학교에 다시 복직할 수가 없어, 아버지는 고향인 대구에서 두어 해 빈둥빈둥 고생을 하다가, 어떻게 이야기가 되어 타도에 있는 그 사립학교로 가게 되었던 것이다.

진사문 선생은 그 학교에서 가장 젊은 선생이었다. 아마 스물 서넛이 아니었을까 싶다.

그런데도 진 선생은 나이가 꽤 위인 아버지와 매우 친했다. 지금도 선명히 기억되는데, 진 선생은 곧잘 우리집에 놀러와서 아버지와 단둘이 바둑을 두기도 하고, 술잔을 기울이기도 하고, 책 같은 것을 아버지한테서 빌려가기도 했다. 둘이 은근히 통하는 점이 있었던 것 같다.

내가 5학년이 되자, 진 선생이 우리 학급을 담임하게 되었다. 나는 무척 기뻤다. 다른 선생보다 아버지와 친하고, 우리집에도 자주 놀러오고 하기 때문이기도 했지만, 그것보다도 진 선생이 이야기 잘하는 선생으로 알려져 있었던 것이다.

이야기라면 사족을 못 쓰는 나였다. 나뿐 아니라 다른 생도들도 마찬가지였다.

우리는 진 선생이 처음으로 우리 교실 교단에 서서,

"에에, 오늘부터 내가 너희 담임이다."

했을 때 벌써,

"선생님, 이야기해줘요."

하고 소리를 질렀던 것이다.

말하자면 진 선생을 환영하는 환성인 셈이었다.

진 선생은 틈 있는 대로 이야기를 해주었다. 산술(算術) 시간이나 이과(理科) 시간 같은 때도 곧잘 교재를 구수한 이야기 식으로 풀어나가곤 했다. 지금 생각하니 아주 유능한 수업 방법이었던 것이다.

그리고 진 선생 자신도 생도들에게 이야기해주는 게 무척 즐거웠던 것 같다. 이야기하는 데 스스로 신명이 났던 모양이다.

진 선생이 가장 신명을 내는 시간은 조선어 시간이었다. 그 무렵은 아직 조선어를 한 교과로 취급하고 있었다.

조선어 시간이 되면 우선 진 선생의 두 눈빛부터가 여느 시간 때와는 다른 듯했다. 한결 생기를 띤 두 눈을 반짝거리며 진 선생은 시종 열을 올렸다. 혹 게으름을 부리거나 딴전을 피우는 생도가 있을 것 같으면 호되게 꾸지람을 하곤 했다.

"이 녀석아, 조선놈이 조선어 배우는 게 싫으면 돼져, 돼져."

이렇게 마구 호통을 치기 예사였다. 다른 시간 때보다 엄했다.

시험을 보여서 점수가 나쁜 생도들에겐 으레 매를 댔다. 한 사람 한 사람 종아리를 걷도록 해서 매질을 하면서,

"이 정신 못 차리는 놈아! 답답한 놈아!"

하고 몹시 안타까워하고 침통해 하였다.

그럴 때면 진 선생의 미간에는 굵은 여덟 팔자 주름이 접혔고, 입은 한쪽으로 비시그레 휘어졌으며, 얼굴 전체에 그늘이 서렸다.

다른 과목을 시험 봤을 때는 좀처럼 없는 일이었다. 그리고 조선어 시간이면 으레 옛날 이야기가 나왔다. 짧은 이야기든 긴 이야기든 거의가 우리 조상들에 관한 이야기였다. '옛날 우리 조상들은 말이지……' 이런 식이 아니면, '옛날 옛적 어느 곳에 박 첨지라는 우리 조상이 살고 있었는데……' 이런 식으로 이야기는 시작되었다.

그 무렵엔 그것이 어떤 의미를 띠고 있는지는 잘 몰랐지만, 나중에 생각하니 그게 말하자면 우리의 민족 의식을 은연 중에 불어넣어주는 방법이었던 것이다.

진 선생은 어디서 그렇게 많은 이야기를 끌어모아가지고 있는지 알 수가 없었다. 이야기 보따리가 커도 이만저만 큰 게 아니었다. 쏟아도 쏟아도 끝이 없이 자꾸 쏟아져나오는 것이었다. 무슨 요술보따리처럼 말이다.

그리고 진 선생은 입담도 썩 좋았다. 같은 이야기를 해도 구수하고 아기자기하게 몰아나갔다. 손에 땀을 쥐게 하기도 했고, 배꼽이 튀어나오

도록 웃기기도 잘했다.

조선어 시간은 일 주일에 한 시간뿐이었다. 우리는 그게 안타까웠다. 매일 한 시간씩 들어 있었으면 싶었다.

조선어 시간은 딴 시간보다 선생님의 태도가 엄했고, 열을 띠고 있기 때문에 슬그머니 긴장이 되기도 했지만, 으레 우리 조상들 이야기가 나오는 바람에 우리는 못내 가슴이 부풀고 기대에 넘쳤다.

한번은 이런 일이 있었다.

교과서를 읽고 새로 나온 단어를 해석해 나가다가 어느덧 또 조상들 이야기로 미끄러져들어갔다.

그러자 어떤 생도 하나가,

"야아, 마다 오하나시다(야아, 또 이야기다)."

하고 좋아서 자기도 모르게 소리를 질렀다.

도회지의 공립학교에 다니다가 전학을 온 지 얼마 안 되는 생도였다. 그 아이의 입에서는 노상 일본말이 나왔다. 공립학교에서는 '고쿠고조오요'(國語常用, 즉 일본어 사용)를 촉구하고 있었던 것이다. 그래서 조선말을 상용해야 할 조선어 시간에도 무의식중에 일본말이 튀어나왔던 것이다.

그러자 어떤 아이가 냅다,

"야, 임마! 조선 밥 먹고 왜 일본 똥 뀌냐."

하고 쏘아붙였다.

와아, 교실 안이 웃음바다가 되었다.

그러나 우리는 곧 웃음을 그치고, 선생님의 표정에 시선을 집중했다. 이 돌발사에 대해서 선생님이 어떤 태도로 나오는가 궁금했던 것이다.

선생님은 이렇게 말했다.

"뭐? 조선 밥 먹고 일본 똥을 뀌어?……허허허, 맞다, 맞다. 허허허……."

선생님이 재미있다는 듯이 곧장 웃는 바람에 우리도 다시 좋아서 웃어 댔다.

그런 일이 있은 뒤부터 우리들 사이에는 '조선 밥 먹고 일본 똥 뀐다'

는 말이 유행어처럼 되었다. 걸핏하면,

"야, 조선 밥 먹고 일본 똥 꾸지 마."

혹은,

"너 조선 밥 안 먹었냐? 왜 일본 똥 꾸냐?"

하고 재미삼아 뇌까렸다.

그런데 그렇게 우리를 즐겁게 하고 가슴 부풀게 하던 조선어 시간이 그만 폐지되고 만 것이다. 2학기 때가 아니었던가 기억된다.

하루는 무슨 까닭인지 선생님이 몹시 침통한 표정으로 교실로 들어왔다. 첫째 시간이었던 것 같다. 손에는 조선어 교과서를 들고 있었다. 그 시간은 조선어 시간이 아니었다.

그런데 선생님은,

"모두 조선어 교과서를 꺼내라."

하고 말했다.

우리는 당황하지 않을 수 없었다. 그날은 조선어 시간이 들어 있지 않아서 조선어 교과서를 가지고 오질 않았던 것이다.

"오늘 조선어 안 들었는데요."

"교과서 안 가지고 왔어요."

"이상하다. 조선어 시간이 아닌데……."

우리는 수군거렸다.

그러자 선생님은 벌컥 화를 냈다.

"조용히들 못 하겠나! 조선어 시간이 안 들었으면 조선어 교과서를 학교에 가지고 오면 안 되나?"

우리는 모두 숨을 죽이고 있었다. 그러나 속으로는 여간 불만이 아니었다. 우리의 잘못이라곤 하나도 없는데, 공연히 아침부터 당치도 않는 신경질을 부려대는 것이 아닌가 말이다. 조선어 시간도 아닌데 조선어 교과서를 가지고 들어와서,

"야, 이놈들아! 조선어 시간이 없어졌다, 없어졌어, 이제부터 조선어를 배우고 싶어도 못 배우게 됐단 말이다. 알겠냐? 이놈들아, 이놈들아……."

마치 조선어 시간 폐지된 게 우리의 탓이기라도 한 듯 공연히 자꾸 이놈들아 이놈들아 하고 화를 내대는 것이 아닌가.

그러나 나는 곧 기분이 이상해졌다. 조선어 시간이 없어지다니…… . 긴장이 확 바뀌는 듯했다. 앞으로는 조선어를 배우고 싶어도 못 배운다니…… . 무슨 영문인지 알 수가 없었다. 어쩐지 슬그머니 눈앞이 어두워지는 듯 얼떨떨했다.

다른 아이들도 모두 그런 표정들이었다.

그런 분위기 속에서 누군가가 불쑥 물었다.

"왜 조선어 시간이 없어집니까?"

그러나 선생님은 대답이 없었다. 여전히 화가 난 표정으로 우리들을 바라보고만 있더니, 잠시 후 푹 꺼지는 듯한 한숨을 쉬었다. 그리고 말했다.

"나중에 너희들이 크면 알게 될 거다."

나중에 크면 알게 된다니…… . 뭐 그런 흐리멍덩한 대답이 다 있나 싶었지만, 아무도 더 묻질 않았다.

선생님은 이번에는 약간 가라앉은 듯한, 그러나 침통한 목소리로,

"자, 이 시간은 마지막 조선어 시간이다. 모두 정신을 똑바로 차려."

하고는 교과서를 펴들었다.

그 시간 수업은 참으로 인상적이었다. 여느 조선어 시간 때와는 선생님의 표정부터가 달랐다. 여느때는 생기를 띤 눈을 반짝거리면서 신명을 내는 터였는데, 그 시간은 시종 어둡고 굳어진 얼굴이었다. 그러면서도 이상스럽게 열이 오르는 듯 상기되어가지고 어조를 높이기도 했고, 그러다가는 그만 맥이 빠지는지 힘없이 무너지는 듯한 목소리로 바뀌기도 했다.

수업의 흐름도 여느때와는 달랐다. 여느때는 먼저 책을 읽히고, 대의(大意)를 묻고, 단어 해석 같은 세부로 들어가서 옛날 우리 조상들의 이야기로 미끄러졌다가 다시 그 시간의 마무리를 짓는 것이었는데, 그 시간은 전혀 그게 아니었다.

우선 책을 우리에게 읽도록 하는 게 아니라,

"자, 모두 잘 들어봐. 내가 조선어 교과서를 읽을 테니……."
하고는 선생님 자신이 크게 소리를 내어 읽기 시작하는 것이었다.

우리가 교과서를 가지고 있지 않기 때문이기도 했겠지만, 설사 우리가
모두 교과서를 가지고 있었다 하더라도 그랬을 것 같은 그런 태도였다.

그리고 교과서를 읽어도 지금까지 배운 다음을 읽는 것이 아니라, 첫
장부터 내리읽기 시작하는 것이 아닌가.

우리는 어리둥절했다. 그러나 숨을 죽이고 선생님의 책 읽는 모습을
가만히 지켜보고 있었다. 선생님의 태도가 여느때와 판이하게 달랐고,
따라서 교실 분위기가 매우 이상해서 어쩐지 숨을 크게 쉴 수가 없었다.

선생님은 책을 읽어 내려가다가 어떤 대목에 이르러서는 그곳을 두번
세번 되풀이 읽으면서,

"좋단 말이여, 이런 대목은 정말 좋단 말이여."
하고 혼자 감탄을 하기도 했다.

그런 식으로 곧장 읽어나가다가 지쳤는지,

"자, 선생님이 읽은 다음을 읽을 사람……."
하면서 우리를 둘러보았다.

예! 예! 예! 하고 우리는 이상스럽게 여느때보다 힘차게 손들을 들었
다. 우리도 묘하게 흥분된 상태에 있었던 모양이다.

선생님은 한 생도를 지명해서 교과서를 그 생도에게 주었다. 그 아이
역시 열을 올려 선생님이 읽은 다음을 이어서 읽기 시작했다.

그 아이가 어느 만큼 읽고 나자,

"자, 다음을 읽을 사람……."
선생님은 또 다른 생도를 지명했다.

그런 식으로 교과서는 이 생도에게서 저 생도에게로 넘어가곤 했다.

그런 식의 낭독이 계속되는 동안 선생님의 표정은 시종 침울했다. 미
간에 여덟 팔자가 접히고, 입이 비시그레 한쪽으로 휘어진 것은 물론이
다.

한참 동안 그런 식의 낭독이 계속되자 실내의 분위기가 느슨해지기 시
작했다. 지루한 느낌이 들 무렵 어떤 아이가 불쑥 말했다.

"선생님, 이 시간에는 조상 이야기 안 해주십니까?"

그러자 선생님은 잠시 넋나간 사람처럼 멀뚱히 우리를 바라보더니,

"못난 조상 이야기 자꾸 하면 뭘 하냐."

이렇게 푸념하듯 말했다.

의외의 말이었다. 못난 조상이라니……. 지금까지 선생님은 한 번도 그런 말을 하지 않았던 것이다. 오히려 그와 반대로 조상을 추어올리는 듯한 그런 투로 이야기를 하곤 했던 것이다. 알 수 없는 일이었다.

그러자 어떤 아이가,

"선생님!"

하고 번쩍 손을 들었다.

"왜?"

그 아이는 벌떡 자리에서 일어났다.

"우리 조상이 못났습니까? 선생님."

"그래, 못나도 이만저만 못난 게 아니란 말이다."

"예? 정말입니까? 전에는 그렇게 이야기 안 하시더니요."

"나중에 크면 다 알게 돼."

선생님은 약간 화가 난 듯이 말했다.

그러자 그 아이는 어떻게 돌아가는 영문인지 알 수가 없다는 표정으로 슬그머니 앉아버렸다.

정말 우리는 모두 어떻게 돌아가는 영문인지 얼떨떨하기만 했다.

"자, 그럼 이제부터는 내가 읽을 테니 모두 따라 읽어. 큰소리로……."

그리고 선생님은 도로 생도의 손에서 교과서를 받아들었다.

선생님의 낭독에 이어 우리들의 따라 읽는 소리가 우렁우렁 교실을 울리기 시작했다. 하급 학년에서는 흔히 있는 낭독법이지만, 5학년인 우리에게는 어쩐지 어울리지가 않았다. 유치하게 느껴져서 조금 우스웠다. 그래서 우리는 약간 장난기가 동해서 더욱 큰소리로 외치듯 따라 읽었다. 온통 교실이 떠나갈 듯했다. 이웃 교실에 방해가 될 지경이었다.

여느때 같으면 그런 일이 있어서는 안 된다고 선생님은 얼른 낭독을

그쳤을 것이다. 그러나 그날은 그런 건 아랑곳없이 마구 계속해 나갔다. 마치 선생님이 약간 실성한 사람 같기도 했다.

그렇게 요란한 낭독이 계속되고 있는데, 복도 쪽 유리창에 희뜩 사람의 얼굴이 나타났다. 교장 선생이었다. 머리가 허옇게 센 교장 선생이 유리창 너머로 우리 교실을 들여다보는 것이었다.

교장 선생의 얼굴을 보자, 우리는 약간 당황했다. 고래고래 큰소리로 낭독을 해대도 괜찮은 것인지……선생님의 얼굴과 교장 선생님의 얼굴을 번갈아 힐끗힐끗 바라보곤 했다.

그러나 선생님은 아랑곳없다는 듯이 교과서에 눈을 준 채 열기어린 낭독을 계속해 나갔다. 우리도 따라서 외쳐댈 수밖에 없었다.

교장 선생은 가만히 서서 우리 선생님의 수업하는 모습을 지켜보고 있더니, 잠시 후 슬그머니 유리창에서 얼굴을 거두어갔다.

우리의 낭독은 한결 더 신명이 났다. 온통 교실 전체가 우렁우렁 울릴 지경이었다.

그러나 곧 땡땡땡 땡땡땡 수업 끝을 알리는 종소리가 울렸다. 종소리는 어쩐지 다른 때보다 훨씬 크게 울리는 듯했다. 아마 교장 선생이 종을 치는 모양이었다.

종소리가 울리자 선생님은 힘없이 낭독을 그쳤다. 교과서를 들고 있던 손이 풀썩 아래로 떨어졌다. 마치 팔의 나사가 갑자기 헐렁해지기라도 한 것처럼.

자연히 우리도 낭독을 그치고, 선생님의 표정을 지켜보고 있었다. 선생님의 얼굴에는 핏기가 하나도 없었다. 조금 전과는 달리 별안간 핏기가 싹 가신 듯 백지장 같은 느낌이었다. 그런 얼굴에 굵은 여덟 팔자가 접히고 입은 비시그레 한쪽으로 휘어져 있었다. 침통하기 그지없는 표정이었다.

"다 끝났다, 끝났어."

선생님은 이렇게 말하면서 교과서를 교탁 위에 아무렇게나 던졌다. 그리고 후유 꺼지는 듯한 한숨을 쉬며 그만 그 내던진 교과서 위에 풀썩 무너지듯 얼굴을 묻어버리는 것이었다.

우리는 그저 놀란 표정으로 숨을 죽이고 지켜보고 있었을 따름이다.

교탁 위에 얼굴을 묻고 상체를 엎드린 채 선생님은 움직일 줄을 몰랐다. 그런데 잠시 후 선생님의 두 어깨가 조금씩 들먹거리기 시작하는 것이 아닌가.

우리는 정말 눈이 휘둥그레지지 않을 수 없었다. 울고 있는 게 분명했다. 선생님이 교실에서 어깨를 들먹이며 울다니……교탁 위에 얼굴을 묻고서……생도들 앞에서……너무나 뜻밖의 일에 교실 안 분위기가 별안간 숨이 막힐 듯 숙연해졌다.

그러나 곧 누군가가 그 숙연한 분위기를 휘저었다.

"히히……."

하고 어떤 녀석이 그만 웃음을 터뜨린 것이다.

그러자 여기저기서 마치 연쇄 반응이라도 일으킨 듯 킥킥 웃음소리가 일어났고, 또 그 웃음을 비난하는 소리가 뒤를 따랐다.

"웃지 마라."

"누가 웃지?"

"싸가지없게 왜 웃어."

나는 웃음이 나오려고도 했고, 웃어서는 안 될 것도 같아서 입을 꼭 다물고, 눈을 반짝거리고 있었다.

"조용히들 해!"

마침내 급장이 큰소리로 소연해진 분위기를 꾹 눌렀다.

그러자 선생님은 얼굴을 들었다. 두 눈이 분명히 눈물에 젖어 있었다. 선생님은 슬그머니 얼굴을 돌리며 손수건을 꺼내어 눈 언저리를 닦았다. 그리고 우리를 향해 섰다. 무표정한 얼굴이었다.

곧 급장이,

"기립!"

구령을 질렀다.

그렇게 해서 조선어 공부의 마지막 시간이 끝났는데, 수업을 마치고 교과서 위에 분필통을 얹어들고 힘없이 교실을 나가던 진 선생의 모습을 나는 지금도 눈앞에 선하게 떠올릴 수가 있다. 정말 그날 그 한 시간의 수업은 인상적이었다.

5학년을 마칠 무렵, 아버지는 어떻게 용케 다시 공립학교로 복직이 되어 김제군에 있는 죽산북공립국민학교라는 데로 옮겨갔다. 물론 나도 그 학교로 전학을 했다.

그 후 나는 한 번도 진사문 선생을 만나지 못했고, 소식도 알 길이 없었다.

해방이 되어 우리 한글이 되살아났을 때, 나는 진 선생 생각을 얼마나 했는지 모른다. 중학교에서 다시 우리글을 배우면서 정말 진 선생은 보통 선생이 아니라는 것을 그제야 알았고, 그 인상 깊었던 마지막 조선어 시간을 감격적으로 회상하곤 했다.

그러나 흐르는 세월과 함께 절로 진 선생의 기억도 내 머리에서 희미해져갔다.

그런데 30년이 훨씬 지난 뒤 뜻밖에 광화문 지하도에서 진 선생을 만난 것이다.

30여 년이면 보통 세월이 아니다. 10년이면 강산도 변한다고 하니, 강산이 변해도 세 번이나 변한 셈이다. 그런데도 쉬 진 선생을 알아볼 수 있었던 것은 그만큼 내 뇌리에 진 선생이 인상 깊게 간직되어 있었기 때문일 것이다.

토요일 오후였다.

3시에 회사 일을 마친 나는 책상 위의 전화 다이얼을 돌렸다. 며칠 전 진사문 선생이 적어준 전화번호였다. 오늘은 토요일이니 진사문 선생을 만나 술이나 대접하며 진 선생의 그 동안 살아온 이야기 같은 것을 듣고 싶었던 것이다. 신호가 가자 곧 여자가 받았다.

"여보세요, 거기 진사문 선생님 나와 계시죠?"

"예, 지금, 시간에 들어갔습니다."

"예? 시간에 들어가다뇨?"

나는 무슨 말인지 얼른 알아들을 수가 없어 반문했다.

"수업 중이란 말이에요."

"수업 중이라고요?"

"……."

"아, 예, 알았습니다. 여보세요, 거기가 어딥니까? 뭐하는 뎁니까?"

나는 황급히 이렇게 물어보았다.

"예? 댁은 누군데요?"

여자가 뭐 이런 사람이 다 있는가 싶은 듯 반문해왔다.

"진사문 선생의 옛날 제자 되는 사람입니다. 전화번호는 알았습니다만, 거기가 뭐하는 덴지 몰라서……학교입니까?"

"학원이에요."

"학원요? 아, 예. 무슨 학원인지, 찾아가려고 그러는데, 위치가 어디죠?"

"신설동 로터리에 와서 국제학원을 찾으면 돼요."

그리고 이쪽에서 뭐라고 말할 겨를도 없이 전화는 끊어졌다.

나는 수화기를 놓고, 담배를 꺼내 물었다. 그리고 중얼거렸다.

"신설동 로터리에 있는 국제학원이라……."

그렇다면 진 선생이 그 학원의 강사로 나가고 있는 모양인데, 무엇을 가르치고 있는지 궁금했다. 혹시 한글 맞춤법 같은 것을 가르치고 있는 것일까? 그런 것을 가르치는 학원이 있다는 소리를 들어본 적이 없다. 그럼 한문을 가르치고 있는 것일까? 그런지도 모른다. 어쩐지 나는 진 선생이 한글 맞춤법 같은 것 아니면, 한문을 가르치고 있을 것만 같이 생각되었다.

혹은 알 수가 없다. 영어나 독일어 같은 것을 가르치고 있는지도. 스물 너덧이었을 때의 담임 선생으로서의 진 선생을 알고 있을 뿐, 그 학력도, 그 후 30년이 훨씬 넘는 동안의 이력도 전혀 모르는 터이니 말이다.

나는 담배 연기를 내뿜으면서 팔뚝 시계를 보았다. 3시 10분이었다.

전화번호를 적어주며 3시에서 5시까지 여기에 나가 있다고 했으니, 그렇다면 5시가 되어야 수업이 끝난다는 이야기다. 그냥 복덕방 같은 데 한가로이 그 시간 동안 나가 앉아 있는 것이 아니니, 시간을 맞추어가는 게 옳다.

146

그래서 나는 사무실 한쪽에 있는 응접 소파에 가서 앉아 한 시간 가량 이 신문 저 신문 뒤적이다가 사무실을 나섰다.

버스를 타고 신설동 쪽으로 가면서 나는 문득,

"교직을 그만둔 진 오래 됐어. 지금도 말하자면 교직 비슷한 일을 하고 있는 셈이지만……."

이렇게 말하던 진 선생의 말이 생각났다. 그러니까 교직 비슷한 일이란 바로 학원의 강사 노릇이었던 것이다. 사설학원의 강사도 말하자면 교직은 교직이지 싶으며 나는 어쩐지 조금 미소가 지어졌다. 그리고 웬지 모르게 진 선생의 인생살이가 결코 평탄하지 못하고, 유전(流轉)이 심했을 것만 같이 생각되기도 했다.

신설동 로터리에서 버스를 내려 국제학원이라는 간판을 찾는 데 한참 시간이 걸렸다. 바로 로터리 큰길 가에 있지 않고, 골목으로 좀 들어간 곳에 있었던 것이다.

낡은 이층 집이었다. 아래층에 사무실이 있었다.

사무실 문을 노크하고 들어가니 사무원이 혼자 전화기 앞에 앉아서 주간지를 열심히 읽고 있었다. 물론 아까 전화를 받았던 그 여자일 것이다.

"실례합니다. 진사문 선생을 만나러 왔습니다."

내가 들어서자 그 여사무원은 힐끗 나를 보더니 눈 언저리에 약간 미소를 띠었다. 그리고 벽에 걸린 시계를 보며,

"아직 십오분 남았군요. 앉아서 기다리세요."

하고는 다시 주간지로 눈을 가져갔다.

아까 전화로 이야기할 때보다는 상냥한 편이었다.

나는 한쪽에 놓인 소파에 가서 앉았다. 그리고 담배를 꺼냈다.

15분이란 잠깐 사이에 지나간다. 그러나 그 15분을 가만히 앉아서 기다리고 있으면 꽤 지루하게 느껴진다.

담배 한 대를 피우고 난 나는 소변이 마려워서 자리에서 일어났다.

"화장실이 어디 있나요?"

내 물음에 여사무원은 그저 손으로 문 밖 왼쪽을 가리켜 보였다.

사무실을 나와 그쪽으로 조금 가니 낡은 화장실 문이 있었다. 이층으

로 올라가는 계단 옆이었다.

화장실로 들어선 나는 창문이 열려 있는 쪽으로 가서 변기 앞에 섰다. 창 밖으로 하늘이 조금 내다보였다. 그리고 조금 내다보이는 그 파란 하늘에 마침 오렌지색 애드벌룬이 한 개 멀리 떠 있었다. 곱게 보였다.

그 애드벌룬을 무심히 바라보며 줄줄줄……볼일을 보고 있는데, 이층에서 우렁우렁 글 읽는 소리가 일어났다. 열린 창문을 통해서 우렁우렁 흘러나오는 그 글 읽는 소리를 듣자 나는 귀가 번쩍했다. 야, 이것 봐라, 재미있구나 싶어 그 글 읽는 소리에 가만히 귀를 기울였다.

일본 글을 읽는 소리였던 것이다.

일본어 강습소가 생긴 지는 이미 오래다. 정규 교육에 있어서도 선택 과목으로 일본어가 채택되어 있다. 그러니까 일본 글을 읽는다고 해서 이상할 것은 하나도 없는 세상이다.

그러나 그런 사실을 신문 광고에서나 보아오고, 기사로나 읽어왔을 뿐, 실제로 일본 글을 우렁우렁 소리를 내어 읽어대는 장면을 처음 대하니 어쩐지 좀 기분이 묘했다.

가만히 귀를 기울이고 있던 나는,

"아니."

절로 입에서 약간 놀라는 소리가 흘러나왔다.

그리고 나는 잠시 말문이 막힌 듯한, 혹은 무슨 배신을 당한 것 같은 그런 상태가 되어 멍하니 서 있었다. 이미 소변은 끝나 있었다. 그러나 물건을 챙겨 넣을 생각도 없이 장승처럼 서 있기만 했다.

한 사람이 먼저 읽으면 따라서 여러 사람이 읽는 그런 낭독이었다.

그런데 먼저 읽는 사람의 목소리가 다름 아닌 진 선생의 목소리가 아닌가. 처음에는 긴가민가했으나, 잘 귀를 기울여보니 틀림없이 그것은 진 선생의 목소리였다.

"으음."

잠시 후, 나는 쩝쩝 입맛을 다셨다. 그리고 그제야 생각이 난 듯 물건을 챙겨 넣었다.

물건을 챙겨 넣은 다음에도 여전히 그대로 변기 앞에 서서 이층에서 우렁우렁 들려오는 그 일본 글 읽는 소리를 듣고 있었다.

"시다오 기라레다 수수메와(혀를 잘린 참새는)."

진 선생의 목소리였다.

"시다오 기라레다 수수메와."

물론 따라 읽는 수강생들의 목소리다.

"이타이 이타이토 나키나가라(아이 아파 아이 아파 하고 울면서)."

"이타이 이타이토 나키나가라."

"도오이 모리노 호오니 돈데이키마시다(먼 숲 쪽으로 날아갔습니다)."

"도오이 모리노 호오니 돈데이키마시다."

'시다기리 수수메(혀 잘린 참새)'라는 일본 동화였다. 어린 시절 많이 들었던 이야기라 마치 우리의 전래동화처럼 정답게 느껴지기도 했다.

그러나 나는 절로 코가 비시그레 이지러지는 것을 어쩌지 못했다. 씁쓰레한 웃음이 나왔다. 참 세상은 많이 달라졌구나 싶었다. 세상과 함께 사람도 참 많이 변했구나 하는 생각이 가슴을 멍하게 눌러오기도 했다. 진 선생이 일본어 강사 노릇을 하고 있다니……정말 예기치 못한 일이었다.

"야, 이놈들아! 조선어 시간이 없어졌다, 없어졌어. 이제부터 조선어를 배우고 싶어도 못 배우게 됐단 말이다. 알겠냐? 이놈들아, 이놈들아……."

이렇게 말하던 진 선생이 말이다.

"자, 이 시간은 마지막 조선어 시간이다. 모두 정신을 똑바로 차려."

"자, 모두 잘 들어봐. 내가 우리 조선어 교과서를 읽을 테니……."

"좋단 말이여. 이런 대목은 정말 좋단 말이여."

"자, 그럼 이제부터는 내가 읽을 테니 모두 따라 읽어. 큰소리로."

30여 년 전 그 마지막 조선어 시간의 일이 떠오르자 나는 나도 모르게,

"으음."

신음 소리 같은 것이 흘러나왔다. 착잡하고 무거운 심정이었다. 가슴

밑바닥에 소중히 간직되어 있었던 것이 와르르 무너지는 듯한 느낌이기도 했다.

수업 끝을 알리는 종소리가 울리자,

"다 끝났다, 끝났어."

하고 힘없이 내뱉으면서 조선어 교과서를 교탁 위에 아무렇게나 픽 던지고, 그 위에 풀썩 무너지듯 얼굴을 묻고는 어깨를 들먹이며 흐느껴 울던 진 선생, 조선어 교과서 위에 분필통을 얹어들고 힘없이 교실을 나가던 진 선생의 허탈한 모습, 미간에 접히던 굵은 여덟 팔자 주름, 비시그레 한쪽으로 휘어지던 입, 그늘이 서린 침통한 그 표정……그 값진 영상이 흐늘흐늘 허물어지는 듯했다.

30여 년이면 결코 짧은 세월이 아니다. 그 동안에 역사는 큰 굽이를 돌아 이제 과거의 일 때문에 일본을 원망하고 있을 수만은 없는 시점에 이르러 있다. 물론 과거를 잊을 수가 있고, 또 잊어서도 안 되지만, 그러나 이제는 우방으로서 선린을 도모하고, 여러모로 상호 교류를 아니할 도리가 없는 것이다.

그래서 거리에 넘치는 일본인 관광객이나 상인 같은 부류들을 보아도 나는 이제 크게 저항감이 생기지는 않는다. 처음에는 심정이 매우 착잡했었지만……곳곳에 일본어 강습소가 생기고, 일본어가 정규 교육의 선택 과목으로 채택된 것 역시 시대의 추세로 도리없는 일이라고 생각한다.

그런데도 나는 진사문 선생이 일본어 강사가 되어 있다는 사실 앞에서는 당황하지 않을 수가 없었다. 다른 사람이 일본어를 가르치고 있다면, 우렁우렁 들려오는 저 낭독을 먼저 이끌어가고 있는 목소리가 진 선생의 목소리만 아니었다면 그저 야, 이것 봐라, 재미있구나 하는 정도로 그쳤을 것이다. 다른 사람은 일본어를 가르치고 배우고 하더라도, 진사문 선생만은 옛날 그 자리에 그대로 머물러 있어야 옳을 것 같았다. 적어도 일본어와는 상관이 없는 그런 일에 종사해야만 마땅할 것 같았다. 아무리 시대가 바뀌고 사람이 달라진다 하더라도 진사문 선생만은 그렇지 않아야 될 것 같았다. 그만큼 진 선생은 나의 기억 속에 값진 존재로 소중하게 간직되어왔던 것이다.

그런데 그 소중한 것이 그만 흐늘흐늘 허물어지고 마는 것이 아닌가. 나는 마치 무슨 배신을 당한 것 같아 가벼운 현기증을 느꼈다. 허망하고 우울해서 그저 망연히 창 밖의 파란 하늘을 바라보고 있었다.

그때 삐이걱 하고 변소 문이 열렸다. 여사무원이 들어섰다.

변기 앞에 멀뚱히 섰던 나는 그제야 제정신이 돌아온 듯 얼른 변소를 나왔다.

밖으로 나온 나는 이층으로 올라가는 계단을 보자 걸음을 멈추었다. 이층에서는 여전히 우렁우렁 일본어 읽는 소리가 들려오고 있었다. 나는 문득 일본어를 가르치고 있는 진 선생을 한 번 보았으면 싶었다. 어떤 표정을 하고 일본어를 가르치고 있는지 슬그머니 호기심이 동했다.

그래서 나는 가만가만 계단을 오르기 시작했다.

그러나 몇 계단 오르지 않고서 걸음을 멈추었다. 가슴이 두근두근 뛰면서 이상해졌던 것이다. 약간 짓궂다면 짓궂은 그런 호기심을 가지고 옛 스승의 표정을 살피러 간다는 것은 예(禮)가 아니라는 생각이 들었다.

그리고 동시에 머리에 떠오르는 것이 있었다. 며칠 전 광화문 지하도에서 복권 한 장을 고르느라 한참 동안 복권 상자 앞에 엉거주춤 서 있던 진 선생의 모습이었다.

그 모습이 떠오르자 나는 별안간 조금 전까지의 생각이 뿌리로부터 흔들리는 듯한 느낌이었다. 숙연한 생각이 온몸을 썰렁하게 휘감아왔고, 죄송스럽다는 생각이 뭉클하게 솟았다.

나는 얼른 돌아섰다. 그리고 발소리가 안 나게 조심스레 계단을 걸어 내려왔다.

— 1977년

간이주점(簡易酒店) 주인

일기 예보대로 구름이 산뜩 끼어서 등산을 하기에 시원치 않은 날씨였다. 그러나 '흐리고 한때 비'라는 예보이니 크게 염려할 것은 없을 것 같아 예정대로 집을 나섰다. '한때 비'라고 하니 우비를 갖추어 가지고서.

여중 1학년인 윤희와 국민 학교 1학년짜리 윤구와 함께였다. 친구들과 어울려 등산을 하는 것도 좋지만, 때로는 아이들을 데리고 산을 찾아가는 것도 괜찮다.

우이동에 내리니 집을 나설 때보다 하늘이 더 나직하게 드리워진 것 같고, 공기도 눅눅했다.

"곧 빗방울이 떨어질 것 같애요, 아버지."

윤희가 곧장 하늘을 쳐다보며 불안한 듯이 말했다.

사일구 탑 앞을 지나, 아카데미 하우스 가까이 갔을 때는 아닌게 아니라 빗방울이 한두 개씩 떨어져왔다.

윤희와 윤구는 빗방울이 콧등에 떨어졌느니, 이마에 맞았느니 하고 온통 야단이다.

그러나 도리가 없다.

"우비를 준비해왔으니 걱정없어."

나는 이렇게 말하고 계속 걸음을 떼놓았다. 여기까지 와서 도로 내려갈 수도 없는 노릇이다.

여느때 같으면 나보다 곧잘 앞장을 서는 윤희와 윤구는 비가 쏟아질까봐 무척 불안한 듯 억지로 내 뒤를 따르고 있었다.

이런 날씨이니 높은 곳까지 올라갈 수는 없었다. 아카데미 하우스 뒤쪽 미끈둥한 바위가 있는 계곡까지만 가리라 마음먹고 숲속 길을 걸어 올라가는데, 어느덧 이슬비가 젖어내리고 있었다.

처음 빗방울이 몇 개씩 떨어질 때는 곧 빗줄기가 되어 쏟아질 것 같더니, 옷이 젖을 둥 말 둥 한 이슬비여서 천만 다행이었다.

준비해온 우산 두 개와 우의를 꺼냈다. 우의는 윤구 것이었다.

륙색을 메고서 우산을 받쳐 들고 산길을 걷는 것도 색다른 정취가 있었다.

예정대로 미끈둥한 바위가 있는 계곡까지 갔을 때는 이슬비는 어느덧 가랑비로 바뀌었다. 그리고 계곡 위쪽에는 자욱이 안개가 서려 있었다.

'한때 비'라고 했으니 곧 걷히려니 하고 하늘을 쳐다보곤 했으나, 쉬 멎을 것 같지가 않았다. 오히려 빗줄기는 조금씩 더 뻣뻣해지는 느낌이었다. 도저히 자리를 잡고 앉아 버너를 꺼내어 불을 붙일 엄두가 나지 않았다.

"아이 차워. 아버지, 모가지에 빗물이 들어와요."

우의를 입은 윤구가 짜증을 낸다.

윤희도 처음에는 계곡 위쪽에 서린 안개를 보고 좋아서 가벼운 탄성을 지르더니, 곧 시들해져버리고,

"아버지, 어떻게 해요? 여기서 밥을 지을 거예요? 비가 점점 더 오는 것 같애요."

찌푸린 표정이다.

나는 도리가 없어,

"그래, 비 때문에 안 되겠다. 내려가기로 하자. 내려가다가 적당한 데 들어가서 오늘 점심은 사 먹기다."

이렇게 말했다.

그러자 윤희와 윤구는 좋아서 야아 하면서 얼른 앞장을 선다.

아카데미 하우스 옆을 지나 아스팔트가 깔린 길에 나서자 비는 이제 본격적으로 쏟아지기 시작했다. 아무데나 얼른 들어갈 수밖에 없었다.

빗속을 잠시 내려가니 길가 높은 담 옆에 조그마한 판잣집으로 된 간

이 음식점이 있었다. 마치 우리를 기다리고 있는 듯한 인상의 집이었다. 얼른 보아도 어딘지 좀 아담한 느낌이 드는 음식점이었다.

"여기 들어가자."

나는 얼른 그 음식점으로 앞장 서 들어갔다.

비를 피해 들어온 사람으로 조그마한 홀 안은 만원이었다. 그러나 마침 탁자 하나가 비어 있어서 자리를 잡고 앉을 수가 있었다.

주로 빈대떡에 소주를 파는 집이었다. 빈대떡 외에도 튀김이랑 삶은 달걀, 마른 오징어 같은 간단한 안주가 있었고 도넛이랑, 찹쌀떡, 빵 같은 것도 있었다. 사이다와 콜라도 있었다. 술도 소주 외에 맥주도 있었고, 조그마한 국산 위스키 한 병도 두어 개 진열되어 있었나.

그리고 카운터 한쪽에는 낡은 축음기도 놓여 있었다.

그러니까 오늘 같은 날 잠시 앉아서 비를 피하기에는 안성맞춤인 셈이었다.

빈대떡이랑 도넛, 찹쌀떡 같은 것과 맥주 한 병을 시켰다. 그리고 나는 륙색을 끌러 집에서 가지고 온 달걀 나부랭이와 반찬을 꺼냈다.

곧 주인 남자가 빈대떡 접시와 도넛 같은 것을 담은 접시를 한 손에 하나씩 들고 왔다. 그리고 맥주와 컵을 가지고 와서 탁자 위에 놓고 병마개를 따면서,

"아이들 데리고 등산 오셨군요."

웃으며 말했다.

"예, 그런데 비가 와서……."

"곧 그칠 겁니다."

주인 남자는 그저 인사로 그렇게 말하고는 힐끗 바깥쪽을 본다.

비는 여전히 주룩주룩 내리고 있었다.

그런데 나는 그때 그 주인 남자가 어디서 많이 본 듯한 사람이라는 생각이 문득 들었다. 어딘지 많이많이 낯익은 얼굴이었다. 특히 그 짙은 눈썹이 낯익었다.

빈대떡에 맥주를 마시면서 나는 곧장 그 주인 남자를 눈여겨보곤 했다. 그러나 알 수가 없었다. 어디서 본 사람인지 도무지 아리송하기만 했

다.

　어쩌면 전혀 면식(面識)이 없는 사람인데 그렇게 여겨지는지도 몰랐
다. 간혹 그런 사람이 있는 법이다. 전혀 초면인데, 어디선지 많이 본 듯
하고, 옛날에 사귄 적이 있었는 듯 친밀감이 느껴지는 그런 사람 말이다.

　주인 남자는 오십쯤 되어 보였다. 내외가 함께 장사를 하고 있었다.
그런데 내외가 다 어딘지 모르게 그런 장사를 할 사람 같지가 않았다. 그
런 장사를 할 사람이 따로 있을까마는, 그러나 대개 보면 직업에 사람이
어울리는 법인데, 이 내외는 어쩐지 그렇지가 못해 보였다. 아직 빈대떡
냄새나 튀김 냄새에 찌들지 않아서 그런지는 모르지만. 다시 말하면 마
지못해 그런 장사를 시작한 사람들 같았다.

　카운터 한쪽에 놓여 있는 축음기를 나는 바라보았다. 그것은 분명히
축음기였다.

　나는 속으로 재미있는데……싶었다. 라디오나 전축, 혹은 조그마한
텔레비전이었다면 재미있을 게 하나도 없다. 요즘 세상에 축음기라니 재
미있을 수밖에.

　어쩐지 그 낡은 축음기는 그 내외에게 잘 어울리는 듯했다.

　맥주지만 두어 컵 마시니 조금 속이 혼혼해왔다. 나는 약간 웃음을 띠
며,

　"축음기가 있군요."
하고 주인 남자에게 말했다.

　"예, 허허허……."

　주인 남자는 좀 멋쩍은 듯이 웃었다.

　"한번 틀어보시죠."

　"마침 바늘이 떨어져서……."

　그리고 주인 남자는,

　"다음에 오시면 틀어드리죠. 바늘을 준비했다가……."
하고 또 허허허 웃는다.

　그 웃는 모습도 어딘지 모르게 많이 낯익어 보여 나는 참 이상한 일이
라고 생각했다.

그러나 그 주인 남자는 나를 보고 조금도 그런 기색이 없었다.

서로 과거에 면식이 있는 사이라면 그쪽에서도 조금은 그런 눈치가 보일 텐데 전혀 그렇지가 않았다.

그 집을 나선 것은 약 한 시간 가량 뒤였다. 아직 비가 그치진 않았으나, 현저히 빗발이 가늘어져 있었다.

셈을 치르고 밖으로 나서자, 주인 남자는 일부러 바깥을 내다보며,

"다음에 또 오세요. 그땐 틀림없이 축음기를 틀어드릴 테니까요."

하고 친절히 웃었다.

밖으로 나오자, 나는 곧 그 주인 남자를 잊어버렸다.

그러나 집으로 돌아가는 버스 속에서 문득 또 그 남자의 짙은 눈썹과 웃는 얼굴이 떠올랐다. 아무래도 전혀 면식이 없는 사람은 아닌 듯했다. 틀림없이 어디선지 많이 낯이 익은 사람인 것 같았다. 그러나 아무리 생각해봐도 그게 누군지 알 수가 없었다.

어느 날 오후, 나는 누워서 뒹굴뒹굴 문예지를 뒤적거리다가 '문학에 눈 뜬 최초의 순간'이라는 앙케이트 특집이 있어서 그것을 읽어보기 시작했다. 열대여섯 사람이 설문(設問)에 답해서 쓴 짤막짤막한 잡문이었다.

심심할 때는 이런 글을 마음내키는 대로 건성건성 주워 읽고 있으면 피로하지도 않고 괜찮다. 그러다가 하품이라도 나오면 낮잠을 한숨 자면 된다.

대개가 국민학교 5, 6학년 때, 아니면 중학교 1, 2학년 무렵 작문이나 동시 같은 것을 지어 칭찬을 받았다거나, 세계 명작 같은 것을 읽고 감동을 했다거나 하는 그런 얘기들이었다.

그런 것을 건성건성 읽어 내려가다가 나는 별안간,

"아하! 그렇구나!"

깜짝 놀란 것처럼 소리를 질렀다.

뜻밖에 우이동 그 간이 음식점의 주인 남자가 떠올랐고, 그게 누구라는 것이 순간적으로 밝혀졌던 것이다.

나는 마치 오랫동안 못 풀어서 애를 써오던 수수께끼가 활짝 풀리기라
도 한 것처럼,

"맞어, 맞어. 아하하, 으흠……."

하고 곧장 희한해하였다.

문학에 눈 뜬 소년 시절을 얘기하는 글들을 읽노라니 절로 나의 그 무
렵도 회상이 되었는데, 문득 그 회상 속에 떠오른 한 소년이 있었던 것이
다. 눈썹이 짙은 소년이었다. 그리고 그 소년은 곧 얼마 전 우이동에서
본 그 눈썹이 짙은 주인 남자로 이어졌던 것이다.

"틀림없어, 틀림없어."

나는 혼자서 맥없이 좋아했다.

그러니까 어느덧 삼십사오 년 전의 일이 된다. 해방되기 두어 해 전,
국민학교 5학년인가 6학년 때였다.

그 무렵 나는 벌써 소설책에 맛을 들이고 있었다. 물론 소년 소녀들이
었고, 일제 시대니까 일본 소설들이었다. 시골에 살고 있었으나, 학교 선
생이었던 아버지가 그 방면에 관심이 많았던 모양으로 곧잘 그런 책을
사주었었다.

처음으로 소설책을 읽었을 때의 야릇한 흥분을 나는 지금도 선명하게
기억하고 있다.

초여름이었다. 어느 날 오후, 퇴근해온 아버지가 두 권의 책을 던져
주었다. 《기리가 쿠레사이소(霧隱才藏)》라는 책과 《로빈슨 크루소》라는
책이었다. 동경에 주문을 했더니 오늘 왔다는 것이었다.

나는 먼저 《기리가쿠레사이소》부터 읽기 시작했다. 사무라이(일본 무
사) 소설이었다.

그런데 그게 어찌나 재미있는지 도무지 손에서 책을 뗄 수가 없었다.
마당 그늘에 등의자를 내다 놓고 앉아 읽기 시작했는데, 마루에 저녁상
이 차려지고, 가족들이 둘러앉아 저녁을 먹기 시작했으나, 나는 저녁 같
은 건 도무지 아랑곳이 없었다.

어머니는,

"어서 와서 밥 묵고 봐라. 밥 다 식는다."

하고 독촉이었다.

"어서!"

그래도 아랑곳이 없자, 어머니는 아버지에게 말했다.

"밥 묵고 보라 카이소. 밥 다 식느마는…….."

나는 책에서 눈을 떼고 힐끗 아버지의 표정을 보았다.

그러나 아버지는 기분이 좋은 듯 말없이 웃고만 있었다. 밥 먹는 것도 잊고, 자기가 사다 준 책을 읽고 있는 아들이 대견하기만 한 듯이.

그날 밤, 자정이 훨씬 넘어 닭이 울 때까지 나는 책상머리에 앉아 끝내 그 책을 다 읽고야 말았었다.

소설책이라는 것이 그렇게 재미있나는 것을 알게 된 나는 그후 닥치는 대로 소설을 읽었다. 아버지가 이따금 몇 권씩 사다 주는 책만으로는 도저히 성이 차지가 않아, 혹시 누가 그런 책을 가지고 있지 않나 하고 늘 궁금해하였고, 그런 책이 눈에 띄면 기어이 빌려다가 읽었다.

그러나 시골이라 그런 책이 흔할 턱이 없었다. 나는 무엇을 못다 채운 아이처럼 안타까운 상태에 있었다.

그런데 우연히 엄청나게 많은 책을 발견하게 되었다. 정말 놀랍도록 많은 분량의 책이었다. 그 많은 책을 발견했을 때의 놀라움은 이루 말할 수가 없었다. 조그마한 가슴이 걷잡을 수 없이 뛰었다. 그때의 그 가슴 두근거림을 생각하면 지금도 절로 미소가 지어진다.

어느 일요일 오후, 나는 친구와 둘이 남국민학교에 발을 들여놓았다.

남국민학교는 일본 아이들이 다니는 학교였다. 우리가 다니는 학교는 동국민학교였다. 면소재지의 동쪽에 위치하고 있다고 해서 동국민학교라 했고, 일본 아이들의 학교는 남쪽에 있다고 해서 남국민학교라고 이름지었다.

남국민학교는 교실이 두 개, 교무실이 하나, 달랑 세 칸짜리 학교였다. 꼭 네모진 성냥갑을 옆으로 세워놓은 것 같았다. 우리 동국민학교는 교실이 열 개도 넘는데 말이다. 그러니까 운동장도 남국민학교는 마치 부잣집 마당 정도밖에 되지 않았다. 생도수도 마찬가지였다. 불과 30여 명이었다. 우리 동국민학교는 7, 8백 명이나 되는데.

겉으로 보면 어느 모로나 우리 동국민학교와 비길 바가 아니었다. 한마디로 장난감 같은 학교였다.

그러나 그 학교 교실에 내가 그토록 읽고 싶어하던 책들이 무진장으로 눈부시게 진열되어 있었던 것이다.

일요일이면 남국민학교의 교문은 으레 굳게 닫혀 있게 마련이었다. 일요일뿐 아니라, 여느 날도 해질 녘이 되면 교문은 닫혀졌다. 마을의 아이들이 들어와 노는 것을 막기 위해서였다. 마을의 아이들이란 말할 것도 없이 우리 조선 아이들이었다.

일본 아이들의 보금자리에 조선 아이들이 들어가 놀면 무슨 일이라도 나는 모양이었다.

그런데 그 날은 어찌 된 셈인지 교문이 발름하게 열려져 있었다. 그래서 나는 친구와 둘이 살그머니 안으로 들어가보았던 것이다.

일요일이라 학교 안은 호젓하기만 했다. 처음 들어와보는 일본 아이들 학교라 어쩐지 좀 기분이 이상했다. 교무실이나 교장 관사 쪽에서 '코노 야로다치(이놈의 새끼들아)!' 하고 고함 지르는 소리가 곧 날아올 것만 같아 슬그머니 켕기기도 했다. 그러나 빈 집처럼 아무 일도 없었다. 운동장가에서 서너 마리의 닭이 한가롭게 모이를 찾고 있었을 뿐이었다.

우리는 시소를 타고 한참 놀았다. 시소는 우리 학교에는 없는 놀이 시설이어서 여간 신기하고 재미가 좋은 게 아니었다.

그리고 철봉에도 한번 매달려보았다. 철봉은 뭐 우리 학교 것이나 다를 바가 없었다.

그런 것에 싫증이 나자 나는 교실 쪽으로 걸음을 떼놓았다. 일본 아이들 공부하는 교실은 어떻게 생겼는가 좀 구경하고 싶었던 것이다. 친구도 내 뒤를 따랐다. 운동장 쪽 창 밖에 발돋움을 하고 물론 안을 들여다본 나는 나도 모르게 그만,

"햐아, 저 책 좀 봐!"

냅다 소리를 지르고 말았다.

정말 뜻밖에도 교실 뒷벽이 온통 책이었던 것이다. 커다란 책장이 놓여 있는데, 그 안에 책이 빽빽이 들어차 있는 것이 아닌가. 온통 뒷벽 전

부가 책인 것처럼 내 눈에는 보였다. 눈이 부실 지경이었다.

"야아, 많다!"

친구도 눈이 휘둥그래지고 있었다.

"햐아, 햐아."

나는 감탄사를 연발했다. 가슴은 걷잡을 수 없이 뛰었다. 정말 그렇게 많은 책을 나는 처음 보았던 것이다.

그러자 드르렁 교무실 창문이 열리고, 불쑥 눈썹이 시꺼먼 얼굴이 나타났다. 우리는 교장인가 싶어 깜짝 놀랐다. 그러나 다행히 교장은 아니었다.

이 남국민학교의 일인 교장은 고약하기로 이름이 나 있었다. 특히 우리 조선 아이들에 대해서는 사정없이 굴었다. 해질 녘이 되면 어김없이 교문을 닫아 걸고, 일요일이면 종일 폐문을 하는 것은 바로 이 교장의 소행인 것이었다. 조선 아이들이라고 하면 마치 무슨 부정을 타기라도 하는 것처럼 이맛살을 찌푸리는 그런 위인이었다. 교장이래야 뭐 부하 직원을 여러 명 거느린 처지도 아니고, 여선생 하나와 자기와 달랑 둘 뿐인 그런 알량한 교장이면서도 말이다.

아무튼 창문을 열고 내다본 것이 교장이 아니어서 우리는 조금 마음이 놓였다.

"너거 뭐 하노?"

"……."

"응? 와 교실을 들여다보지?"

이렇게 말하며 시꺼먼 눈썹은 우리를 날카롭게 쏘아보았다.

그러나 나는 힉 웃음이 나왔다. 낯선 얼굴이 아니었던 것이다.

"책이 억시기 많은데……."

내가 웃으면서 말하자, 그제야 그도 나를 알아본 듯,

"오, 가와무라(河村)구나. 놀러왔나?"

하고 부드러운 표정을 지었다.

하야시(林)였다. 그는 나보다 두세 학년 위였다. 그러니까 벌써 졸업을 한 지 2, 3년이 되는 것이다.

그가 5학년 때 아버지가 담임을 했는데, 그는 급장이었다. 그래서 몇 번 우리 집에 심부름을 온 일도 있었고, 학교에서 나를 보면 자기 담임 선생 아들이라고 남달리 귀여워해주기도 했다. 그래서 서로 낯이 잘 익은 터였다.

나는 그래서보다도 그가 6학년 때 놀라운 상을 받은 일이 있어서 그를 인상 깊게 기억하고 있었다. 〈쇼고쿠밍심붕(小國民新聞)〉이라는, 경성(京城)에서 발행하는 소년 신문이 있었는데, 그 신문의 창간 몇 주년인가의 기념 작품 모집에 그가 지은 작품이 최우수작으로 뽑혔던 것이다.

상장과 부상이 우송되어 와서 그것을 어느 날 아침 조회 시간에 전교생 앞에서 교장선생이 자랑스럽게 시상을 했다. 상장과 부상을 받는 그를 우리들 전교생은 우레 같은 박수로 축하했는데, 그때 3학년인가 4학년이던 나는 정말 그가 무척이나 놀랍고, 부럽고, 우러러 보였었다.

그때 교장 선생은 이런 말을 했었다.

"하야시 군이 이번에 최우수상을 받은 것은 정말 기적 같은 일이고 장한 일이다. 이 영광은 비단 우리 학교의 명예일 뿐 아니라 우리 면, 우리 군, 나아가서는 우리 도시의 자랑인 것이다. 하야시 군은 오늘의 이 기쁨과 영광을 잊지 말고, 계속 노력해서 나중에 훌륭한 문학가가 되어 천황 폐하께 충성을 다하기 바란다. 그리고 다른 생도들도 하야시 군을 본받아서 더욱 열심히 공부하여 학교와 우리 고장을 빛내주기 바란다."

그 말에 하야시는 말할 것도 없고, 우리들도 덩달아 감격을 금치 못했다.

부상은 《고지링(廣辭林)》이라는 두툼한 국어 사전이었다. 그러니까 그때는 일본어다.

그 두툼한 사전은 한동안 우리들의 호기심과 선망의 대상이 되어 곧잘 입에 오르내렸다. 그처럼 두꺼운 책을 처음 보았다느니, 그 책 속에는 이 세상의 온갖 지식이 다 들어 있을 것이라느니……하고 말이다.

그리고 우리를 더욱 감격케 한 것은 하야시의 작문이 발표된 신문이었다. 작문과 함께 그의 사진이 실려 있었던 것이다.

비록 동전만한 크기의 사진이긴 했으나, 신문에 사진이 다 실리다니 정말 놀라운 일이었고, 희한했다. 신문에는 아주 훌륭하고 높은 사람의 사진만 실리는 줄 알았는데, 우리 학교의 하야시 사진이 실렸으니 신기하고 감격스러울 수밖에 없었다.

"꼭 하야시 같다, 그제?"

"하야시 사진이니까 하야시 같지."

"우짜면 이렇게 신문에 똑같이 찍혀 나오지? 하야시는 좋겠다."

"니 사진도 한번 실렸으면 좋겠제?"

"히히히……."

이렇게 우리들은 그 신문이 게시된 게시판 앞에서 웅성거렸다.

남인 우리가 이처럼 신기하고 감격스러웠는데, 당자인 하야시는 얼마나 기쁘고 가슴이 부풀어올랐겠는가.

그 일은 교내에만 회오리를 일으킨 게 아니라, 학부형들 사이에도 한동안 화젯거리가 되었다. 이 시골 학교에서 열두 도(그 무렵은 열두 도였음)의 수재들을 물리치고 당당히 최우수상을 차지하다니. 개교 이래 처음 있는 경사라는 것이었고, 우리 고장에서 장차 문학가 한 사람이 나오게 됐다는 이야기들이었다.

그 소식은 면내에만 국한되지 않고, 군내의 모든 학교, 도내의 여러 학교, 나아가서는 열두 도의 학교에까지 전파되었다. 신문을 통해서 말이다. 그러니까 말하자면 하야시는 열두 도의 국민학교 생도들 위에 군림을 한 셈이다.

그처럼 한때 화제의 주인공이었던 하야시도 집안 형편이 어려워 중학교 진학을 못 하고, 졸업을 하자 그대로 시골에 묻히고 말았다.

그런데 그 하야시가 뜻밖에 남국민학교의 교무실에서 불쑥 얼굴을 나타낸 것이 아닌가.

나를 알아본 하야시는,

"이리 들어온나."

나에게 교무실로 들어오라고 했다.

들어가도 괜찮은 것인지, 나는 좀 얼떨떨한 기분으로 교무실로 들어섰다.

"쟈도 들어와도 괜찮어?"

친구도 들어와도 괜찮으냐고 묻자,

"그래, 들어와. 괜찮어. 아무도 없어."

하야시는 빙글빙글 웃었다.

그는 혼자서 책을 읽고 있는 중이었다.

나는 그가 이 남국민 학교의 교무실에서 혼자 책을 읽고 있는 것이 이상해서,

"이 학교 선생님 됐어?"

하고 물었다.

"뭐? 내가?"

"응."

"하하하……내가 무슨 선생님…….."

"그럼?"

"고스카이(소사) 앙이가. 고스카이."

하야시는 서슴없이 이렇게 내뱉었다. 이번 신학기부터 이 학교의 소사로 들어왔다는 것이다.

책상이라곤 하야시 것까지 달랑 세 개가 놓여 있는 교무실 안을 잠시 두리번거리고 나서 나는 입을 열었다.

"교실에 무슨 책이 그렇게 많어?"

그러자 자기 자리에 앉아 계속 책을 읽고 있던 하야시는 고개를 들고,

"학급 문고 앙이가."

하였다.

"학급 문고?"

나는 학급 문고가 뭔지 잘 알 수가 없었다.

"학급 아이들이 읽으라고 준비해놓은 책이란 말이다."

"……."

"많제?"

하야시는 시꺼먼 양쪽 눈썹을 치켜 올리며 자랑스러운 듯이 빙글 웃었다.

"억시기 많은데……. 누구든지 읽고 싶으면 꺼내서 읽어?"

"그렇지. 누구든지 많이 읽을수록 좋지."

나는 '일본 아이들은 좋겠다.'는 말이 곧 입에서 나오려고 했으나 삼켜 버렸다.

내 얼굴에 그런 빛이 내비쳤던지 하야시는,

"책 읽는 거 좋아하나?"

하고 물었다.

"응."

나는 고개를 끄덕였다.

"어떤 책을 좋아하지?"

"소설책."

"뭐, 소설책?"

하야시는 약간 놀라는 듯한 표정을 지었다.

그러나 곧 빙그레 웃으며,

"소년 소설책이겠지. 그지?"

하였다.

"응."

"무슨 책 읽어봤노?"

"기리가쿠레사이소하고, 로빈송 구루소하고 또…….."

나는 읽은 책을 생각나는 대로 몇 가지 대답했다.

"아, 그래? 그럼 이리 와봐."

하야시는 자리에서 일어났다. 교실 쪽으로 가는 것이었다.

나는 얼른 뒤를 따랐다. 물론 친구도 따랐다.

복도로 나가 첫번째 교실은 1,2,3학년 교실이었고 다음은 4,5,6학년 교실이었다. 하야시는 상급 학년 교실로 들어갔다. 아까 우리가 창으로 들여다보았던 교실이었다.

교실에는 책상이 두 줄로 놓였는데, 전부 여덟 개였다.

"하하하……."

나는 절로 웃음이 나왔다.

우리 학교 교실에 비하면 꼭 무슨 장난 같았다. 우리 학교 교실에는 다섯 줄로 한 줄에 일곱 개씩, 그러니까 서른다섯 개의 책상이 놓여 있는데 말이다.

걸상도 우리 학교 것은 두 사람씩 앉도록 되어 있는 것인데, 이 학교 것은 하나에 한 사람이 앉는 조그마한 것이 아닌가. 그러니까 책상 하나에 조그마한 걸상이 두 개씩 놓여 있었다. 어쩐지 그것도 좀 우습게 느껴졌다.

그러나 그런 느낌은 잠깐이고, 책장 앞에 선 나는 또 그만,

"하아."

입이 벌어졌다. 눈이 휘둥그래질 지경이었다. 책장에는 번들번들한 유리문이 달려 있고, 그 속에 빽빽이 책이 꽂혀 있어서 더욱 눈부시게 보였다.

"어떻노? 많제?"

내가 감탄하고 있는 줄을 알면서도 하야시는 새삼스럽게 이렇게 묻고는 기분이 좋은 듯 하하하 웃었다. 그리고 손으로 위에서 첫번째와 두 번째 꽂혀 있는 책들을 가리키며,

"봐라. 이기 다 소년 소설 앙이가."

하였다.

나는 그저 황홀하기만 했다.

"어때? 한 권 읽어볼래?"

"응."

나는 얼른 대답했다.

"어떤 것을 읽어볼래?"

그러면서 하야시는 호주머니에서 열쇠 꾸러미를 꺼내어 열쇠 하나를 골라가지고 책장의 유리문을 열었다.

나는 어떤 것이 좋을지 책이 하도 많아 그저 얼떨떨하기만 했다.

그러자 하야시는 자기가 보고 적당한 책 하나를 뽑았다.

"이거 읽어봐. 재미있어."

나는 얼른 그 책을 받았다. 《다이토노 데스징(大東의 鐵人)》이라는 책

이었다. 표지에 그려진 그림부터가 벌써 가슴을 울렁거리게 했다.

"너도 한 권 읽어볼래?"

하야시는 내 친구를 돌아보았다.

그러나 친구는 얼굴을 붉히며 고개를 가로저었다.

"야는 아직 소설이 뭔지 몰라."

내가 말했다.

그러자 하야시는 히죽 웃으며,

"소설이 뭔지 모르다니 바보로구나. 소설이 얼마나 재미있고 좋은 것이라고."

하였다.

그렇게 말하는 하야시가 나는 무척 친밀감이 느껴지고 좋기만 했다.

그 소설책을 가지고 교무실로 와서 해가 질 무렵까지 읽었다. 그러나 삼분의 일 정도밖에 못 읽어서 나는 그냥 놓고 집으로 돌아가기가 몹시 안타까웠다. 그래서 하야시의 눈치를 한 번 보고 조심스레,

"이거 집에 갖고 가서 읽어도 돼?"

하고 물었다.

하야시는 잠시 입장이 곤란한 듯한 표정이었다.

"재미있지?"

하고 웃었다.

"응, 정말 재미있어?"

"그래, 가지고 가. 찢으면 안 돼. 깨끗이 읽고……. 언제 가져올 끼고?"

"내일 가져올게."

"내일까지 다 읽겠나!"

"오늘밤에 다 읽어버리고 잘 끼다."

"그러지 말고, 담 일요일까지 읽고 가지고 와. 그럼 또 다른 책 줄 끼니까."

"아이 좋아라!"

나는 절로 환성이 나왔다.

하야시는 기분이 좋은 얼굴로, 그러나 단단히 명심이라는 듯이,

"그 대신 다른 사람한테 빌려주면 안 돼. 니만 깨끗이 읽고 가져와. 교장 선생이 알면 큰일난다. 나 이거다."

손으로 목이 잘리는 시늉을 해 보였다.

그날 밤 나는 그 책을 끝까지 다 읽고 말았다. 어찌나 재미가 나는지 도저히 중간에 접어두고 잠자리에 들 수가 없었다. 그리고 이튿날부터 다음 일요일을 손꼽아 기다렸다.

그렇게 해서 일요일이면 나는 남국민학교를 찾아가 읽은 책을 돌려주고, 새 책을 얻어오곤 했다. 교문이 발름히 열려 있을 때는 문제가 없었지만, 닫혀 있을 때는 학교 주위를 돌며 개구멍을 찾기도 했고, 교무실 가까운 울타리 밖에서 목청을 뽑아 하야시를 부르기도 했다. 아무튼 남국민학교의 그 학급 문고는 나에게 커다란 즐거움이 되었다.

그러나 그것도 오래 가지는 못했다. 그만 재수 더럽게 교장한테 들키고 말았던 것이다.

어느 일요일 오후, 새 책을 빌려가지고 운동장을 걸어 나오는데, 마침 외출을 하고 돌아오는 듯 교장이 교문을 들어섰다.

교장을 보자, 나는 깜짝 놀라 주춤 멈추어 섰다. 그리고 얼른 손에 든 책을 뒤로 감추고 꾸벅 인사를 했다.

교장은 이게 웬 녀석인가 싶은 듯 무뚝뚝한 표정으로 나를 바라보았다. 나는 절로 고개가 숙어졌다. 마치 무슨 죄라도 지은 것처럼.

그러자 교장은,

"기미 나니 못도룬다(너 뭘 가지고 있나)?"

하고 툭 내뱉었다.

나는 가슴이 철렁 내려앉았다.

"어디 봐!"

"……."

"뭐야?"

교장은 나를 매섭게 쏘아보았다. 나는 불알이 얼어붙은 듯한 느낌이었다. 별수 없이 뒤에 감추었던 책을 슬그머니 내밀었다. 그것을 받아보더

니,

"이거 우리 학교 책 아니야?"

교장은 그만 얼굴에 서슬이 퍼렇게 돋았다.

나는 달달 떨며 교장의 눈치를 힐끗힐끗 보기만 했다.

"이놈의 새끼, 도둑놈이구나. 훔쳐가는 거지?"

"아닙니더."

나는 나도 모르게 반발하듯 대답했다.

"그럼?"

"……."

"왜 대답을 못 해?"

그러나 나는 차마 하야시가 빌려주었다는 말이 입에서 나오지가 않았다. "교장이 알면 큰일난다. 나 이거다." 하면서 속으로 목이 잘리는 시늉을 하던 일이 생각나는 것이었다.

"이놈의 새끼, 훔쳤어. 틀림없어."

"아닙니더."

"뭐가 아니야. 그럼 이 책 어디서 났어?"

"……."

"응?"

나는 하는 수 없이,

"빌렸심더."

해버렸다.

"빌려? 누구한테?"

"……."

"응? 왜 말을 못 해? 누구한테 빌렸어?"

나는 정말 난처했다. '하야시한테 빌렸심더.' 하는 소리가 곧 혀 끝에서 맴돌았으나, 나는 고개를 떨구고만 있었다.

그러자 교장은 벌컥 화를 내면서,

"이놈의 새끼, 거짓말쟁이구나. 훔치고서는……. 가자, 이놈의 새끼!"

덥석 내 뒷덜미를 거머쥐는 것이 아닌가. 교무실 쪽으로 끌고 갈 모양

168

이었다.

　나는 그만 엉겁결에,

　"하야시한테 빌렸심더. 하야시한테⋯⋯."

하는 소리가 튀어 나와버렸다.

　"뭐 하야시한테? 정말이야?"

　"예."

　나는 기어들어가는 듯한 목소리로 대답하고는 그만 훌쩍훌쩍 울기 시작했다.

　그러자 교장은 내 뒷덜미를 슬그머니 놓으며,

　"울긴 왜 울어. 병신같이⋯⋯."

하고는 책을 가지고 내 정수리를 쾅 한 대 내리쳤다. 그리고,

　"꺼져!"

하였다.

　나는 곧장 훌쩍거리면서 교문을 나섰다.

　교문 밖으로 나오자, 웬일인지 왈칵 더 서러운 생각이 들어 주르륵 눈물이 흘러내렸다. 책으로 정수리를 얻어맞은 것이 분해서 그런 것은 결코 아니었다. 하야시와의 약속을 어기고 교장에게 하야시한테 빌렸다는 말을 했기 때문에 자책이 되어 그런 것도 아니었고, 읽고 싶은 책을 뺏겨버려서 그런 것만도 아닌 듯했다. 물론 그런 것이 다 함께 가슴을 건드리긴 했지만, 그것보다도 어쩐지 내가 처량한 아이 같은 생각이 드는 것이었다.

　왜 우리 학교에는 학급 문고 같은 것이 없는가 싶었다. 이 일본 아이들 학교는 생도수도 불과 서른 명 남짓밖에 안 되고, 교실도 두 개뿐인데도 그처럼 많은 책이 갖추어져 있는데, 우리 학교는 생도 수가 7,8백 명이나 되고, 교실도 열 개가 넘는데, 왜 우리가 읽을 책은 한 권도 마련되어 있지 않은가 말이다. 정말 원망스러운 생각이 왈칵 들었다.

　그 뒤로 물론 나는 남국민학교에 발걸음을 안 했다. 어쩐지 이제 입맛이 뚝 떨어져버린 것이었다. 그리고 하야시가 교장한테 정말로 목이 잘려버렸는지 어쨌는지, 생각하면 두렵기도 하고 미안하기도 했다. 어떻게

되었는지 궁금해서 한번 찾아가볼까 싶었으나, 두려운 생각이 앞서서 그만두어버렸다.

그런 일이 있은 후로는 남국민학교는 알맹이가 잘 차 있는 학교같이 느껴졌고, 우리 학교는 반대로 껍질만 덜렁하게 클 뿐 속은 텅텅 빈 학교처럼 생각되었다. 그런 속이 텅 빈 학교에 다니는 것이 몹시 서글프고 허전했다. 그리고 슬그머니 일본 아이들이 부러웠고, 한편 그들이 공연히 밉기도 했다.

그러나 그런 생각도 한동안이었을 뿐, 나는 종전과 다름없이 명랑하게 학교에 다녔고, 소설책이 눈에 띄면 즐겨 읽었다. 남국민학교의 그 학급 문고를 깨끗하게 잊어버릴 수는 없지만.

몇 달이 지났을까. 토요일 오후쯤이 아니었나 기억된다.

혼자 마루에서 도화(圖畫) 숙제를 하고 있는데,

"가와무라, 집에 있었구나."

하면서 뜻밖에 하야시가 찾아왔다.

한쪽 손에 검정색 책보를 들고 있었는데, 무슨 책들인지 부피가 커서 꽤 무거워 보였다.

하야시는 그것을 마루에 털썩 놓으며,

"뭐 하노? 그림 그리나?"

하고 벙글벙글 웃었다.

몇 달 전 그런 일이 있은 뒤로 처음 만나는 터이라, 나는 무척 반가우면서도 한편 약간 미안하기도 하고, 조금 두렵기도 하고, 묘했다. 더구나 근무 시간일 터인데 덜렁 찾아오다니, 부피가 큰 책보를 들고서. 얼떨떨하기도 했다.

하야시는 묻지도 않는데,

"나 그만뒀다. 남국민학교……."

내뱉듯이 말했다.

"언제?"

나는 눈이 휘둥그래지지 않을 수 없었다. 혹 나 때문이 아니었는가 싶어서 조금 켕기기도 했다.

"메칠 전에."

"와?"

"그놈의 교장 새끼, 어찌 지랄 같은지⋯⋯더럽어서 그만 안 때리챠 버렸나."

나는 가만히 안도의 숨을 내쉬었다. 나 때문에 그렇게 된 것은 아니니 말이다.

마루에 올라와 앉더니 하야시는 대뜸,

"가와무라, 우리 '붕가쿠구라부(文學俱樂部)' 만들자. 어떻노?"

하고 물었다. 그게 그가 찾아온 용건인 모양이었다.

"그러나 나는 '붕가쿠구라부'가 뭔지 알 수 없어 멀뚱멀뚱 그의 얼굴을 바라보기만 했다.

"붕가쿠구라불 만들어서 한 달에 한 번이나 두 번 일요일에 모여서 발표회도 가지고⋯⋯."

"붕가쿠구라부가 뭔데?"

"붕가쿠구라부라는 것은 문학 동인회 앙이가. 동인회."

"동인회?"

나는 '동인회'라는 것도 도무지 처음 듣는 말이었다.

"뜻이 같은 사람끼리 모여서 공부도 하고, 친목도 도모하는 걸 동인회라 안 카나."

"⋯⋯."

"그러니까 붕가쿠구라부는 문학을 좋아하는 사람끼리 모여서 글도 짓고, 친목도 도모하고 하는 거 앙이가."

나는 그저 얼떨떨해서 뭐라고 말이 나오지 않았다.

"가와무라, 너는 '하이쿠(俳句)'부에 들면 돼."

하야시는 책보를 끌러서 맨 위에 얹힌 학습장을 꺼내 펼쳤다.

"무슨 부가 있는가 하면 소설부, 시부, 하이쿠부, 이렇게 세 부가 있어. 다른 것도 있지만, 우선 처음이니까 세 부만 두기로 했어."

"⋯⋯."

"너는 소설이나 시는 아직 못 지을 것이고, 하이쿠는 질 줄 알지? 학교에서 배웠으니까."

나는 고개를 끄덕이며 씩 웃었다.

"됐어. 너는 하이쿠부다. 알겠제?"

"응."

나는 조그마한 소리로 대답했다. 그리고 그가 펼쳐 든 학습장을 들여다보았다. 이미 거기에 내 이름이 적혀 있었다. 물론 하이쿠부에.

"나는 소설부하고 시부하고 두 군데 들었어."

하야시는 정색을 하고 말했다.

소설부에는 하야시 자기 이름만 적혀 있었고, 시부에는 하야시와 딴 두 사람의 생소한 이름이 적혀 있다. 그리고 하이쿠부에는 내 이름과 또 한 사람의, 역시 나는 모르는 이름이 적혀 있었다. 그러니까 말하자면 동인은 다섯 명인 셈이었다.

"소설부는 뭐 하는 기고? 소설 읽는 부가?"

소설을 읽는 부가 소설부라면 나도 그 부에 들고 싶은 생각이 슬그머니 들었던 것이다.

하야시는 힉 웃고는,

"소설을 짓는 부 앙이가. 물론 많이 읽기도 하지만, 짓는 기 목적인 기라."

하였다.

소설을 짓는 부가 소설부라는 말에 나는 약간 어리벙벙했다. 그렇다면 하야시가 소설을 짓는다는 말이 아닌가. 소설이라면 아주 유식하고 훌륭한 사람이나 짓는 것으로 알았는데, 하야시 같은 사람이 소설을 짓다니……. 아무나 소설을 지어도 되는 것인지……. 알 수 없는 노릇이었다.

하기야 학교 다닐 때, 〈쇼고쿠밍심붕〉에 최우수작으로 뽑혀 작문과 함께 사진까지 실리긴 했지만, 그러나 감히 제가 소설을 짓다니……. 어쩐지 우습게 여겨지기도 했다.

그런 나의 표정을 보고 하야시는,

"와? 내가 소설 못 지을 것 같으나? 지금 짓고 있는 중이다. 거짓말 앙이다. 다음 모일 때 보여주꾸마."

약간 열을 올려 말하는 것이었다. 내 표정이 도로 수굿해지자 어조를 낮추었다.

"소설에는 장편 소설이 있고, 단편 소설이 있는 기라. 장편 소설은 책 한 권이 되는 긴 기고, 단편 소설은 그보다 훨씬 짧은 기지. 장편 소설은 너무 길어서 아직 못 짓지만, 단편 소설은 지을 수가 있어. 벌써 원고지 열여덟 장이나 지었는데……. 소설은 읽는 것도 재미있지만, 짓는 기 더 재미있어."

그리고 하야시는 서슴없이,

"나 나중에 소설가가 될 끼다, 보래."

하고 말했다.

그 말에 웬지 나는 그만 힉 웃음이 나왔다. 그러나 그는 웃지 않았다.

"지금은 웃지만, 보래. 되는강 못 되는강. 기어이 소설가가 되고 말 끼니까. 가와무라, 초지 일관(初志一貫)이라는 말 아나?"

"응."

"초지 일관인 기라, 초지 일관. 기어이 소설가가 되고야 말 테니까."

너무나 진지한 표정으로 그렇게 말하는 하야시 앞에 나는 그만 압도가 되어 약간 두려운 눈길로 그를 바라보고만 있었다.

그의 눈썹은 유난히 시꺼멓게 번들거렸고, 또 코 밑이 어쩐지 검실검실해 보였다. 나보다 서너 살 위였는데, 그때만은 월등히 나이가 많은 어른처럼 느껴졌다.

그때의 하야시의 그 결의에 찬 진지한 표정을 나는 지금도 선명하게 기억하고 있다. 그가 열띤 어조로 "초지 일관인 기라, 초지 일관. 기어이 소설가가 되고야 말 테니까."

하고 힘주어 말하던 그 '초지 일관'이라는 말도 인상 깊게 머리에 떠오른다.

그가 돌아가고 난 다음 나도 묘한 흥분에 젖어 있었다. 정말 나중에 소설가가 될지도 모른다고 생각하니 이상스럽게 가슴이 울렁거리고, 그가 벌써부터 보통 사람이 아닌 것처럼 조금 두렵게 느껴지기까지 했다. 그리고 나 자신도 별안간 오늘부터 무엇이라도 된 듯한 야릇한 기분이었다. 하기야 그때부터 붕가쿠구라부의 하이쿠부원이 된 셈이긴 하지만.

아무튼 문학이라는 야릇한 무지개가 나의 눈에 처음으로 들어온 것이 그때가 아니었던가 싶다. 말하자면 하야시는 나에게 그 무지개를 살짝 갖다 보여준 최초의 사람인 셈이다.

물론 그 전에 아버지가 소년 소설의 세계로 이끌어주기는 한 셈이지만, 그러나 그것은 어디까지나 독서에 취미를 붙이도록 하기 위한 부모로서의 교육적인 의도에서였지, 결코 문학의 세계에 발을 들여놓도록 유도한 것은 아니었을 것이다.

그러나 하야시는 분명히 붕가쿠구라부라는 것을 들고 나와서 하이쿠부이긴 하지만 나를 그 동인의 한 사람으로 끌어들였고, 또 자기는 나중에 소설가가 되고야 만다는 식으로 묘하게 나의 가슴까지 부풀어오르게 했던 것이다.

그리고 돌아갈 때는,

"요담 일요일에 첫 모임을 가질 생각이니까, 그때까지 하이쿠 열 개만 지어봐. 알겠제? 또 내가 연락할게."

이렇게 말했었다.

요다음 일요일까지 하이쿠 열 개를 지어보라니, 나는 무슨 거창하고 황홀한 과제를 부과받기라도 한 듯 약간 얼떨떨하면서도 가슴이 벅찼다. 학교에서 하이쿠를 배울 때, 두어 개 지어본 일이 있긴 했으나, 한꺼번에 열 개를 지으라니, 내가 별안간 '하이징(俳人, 하이쿠를 짓는 사람)' 취급이라도 받는 듯 좀 부끄럽기도 하면서 감격스럽기까지 했다. 말하자면 갑자기 내가 매우 격상(格上)이 된 것 같은 느낌이었다.

나는 가볍게 들떠서 곧장 휘파람을 불었다. 그 무렵 겨우 휘파람 부는 재주를 터득한 터이라 그렇잖아도 휘휘 호르르르호르……심심하면 곧잘 휘파람을 불어대는 판이었는데, 기분이 들뜨니 계속 그것이 입술을 들추고 흘러나왔다.

그리고 그 날부터 나는 하이쿠를 짓는답시고 내딴은 꽤나 심각해져가지고 책상 앞에 턱을 괴고 앉아 있기도 했고, 마루에 서서 먼 산을 하염없이 바라보고 있기도 했다. 제법 시상(詩想)에라도 잠기듯이 말이다.

　말할 것도 없이 하이쿠도 일종의 시인 것이다. 5, 7, 5조(調)로 된 일본 특유의 정형시다.

　내가 그렇게 제법 심각한 상태가 되어가지고 좀 넋이 나간 것처럼 묘하게 하고 있는 것을 보고 어머니가,

　"야, 니 와 그라고 있지? 어디 아프나? 아니면 무슨 걱정이라도 생겼나?"

　이렇게 묻기도 했다.

　제대로 하이쿠가 됐는지 어쩐지 알 수가 없었지만, 좌우간 나는 다섯 자, 일곱 자, 또 다섯 자, 모두 열일곱 자로 끝나는 짤막한 노래를 지어가지고 새 학습장에다가 하나씩 하나씩 정성껏 추가해 나갔다.

　그러면서 다음 일요일을 가슴 두근거리며 기다렸다. 모이는 장소가 어딘지, 모여서 뭘 어떻게 하는 것인지, 호기심과 기대에 부풀면서 하야시의 연락이 있기를 기다렸다.

　그러나 하야시는 오지 않았다. 어찌 된 영문인지 일요일이 되어도 소식이 없었다.

　나는 초조하고 안타깝기 짝이 없었다. 혹시 나를 동인회에서 빼버리고, 저희끼리만 모여서 재미 좋게 붕가쿠구라부라는 것을 만들고 있는 것이나 아닌가 하는 생각이 들기도 했다. 그럴 까닭이 없는데, 참 알 수 없는 일이었다.

　그날 나는 종일 집 밖에 나가지 않고 가슴 조이며 하야시를 기다렸다. 그러나 끝내 허사였다. 해가 서산에 기울어도 하야시는 찾아오지 않았다. 하야시네 집을 알면 당장 뛰어가보고 싶은 심정이었으나, 집도 몰랐다. 혹시 무슨 피치 못할 사정이 있어서 다음 일요일로 미룬 모양이구나 하고 마음을 가라앉히는 도리밖에 없었다. 정말 초조하고 안타까운 하루였다.

　며칠 뒤, 나는 아버지와 어머니가 주고받는 이상한 이야기를 들었다. 밤 잠자리 속에서였다.

　그날 밤, 나는 여느때보다 좀 일찍 잠이 들었다. 자정쯤 되었을까, 소변이 마려워서 잠이 깼더니, 웬일로 아직 방 안에 불이 켜져 있었다.

심지를 아주 낮춘 듯 희미한 불빛이 방 안을 어렴풋이 비추고 있었다. 그런 어렴풋한 불빛 속에 누워서 아버지와 어머니가 도란도란 이야기를 주고받고 있었다.

그런데 얼핏 들어도 내 이야기를 하고 있는 것 같았다. 나는 가만히 귀를 귀울였다.

"하이쿠가 뭔교?"

어머니의 목소리였다.

"일본 사람들이 짤막하게 짓는 노랜 셈이지."

"아버지의 대답하는 소리였다.

"찬이가 그것을 짓는단 말인교?"

"학교 교과서에도 나오니까 지을 수야 있겠지."

대화는 잠시 끊겼다.

나는 가만히 숨을 죽이고 있었다. 분명히 내 이야기를 하고 있는 것이 아닌가. '찬이'란 내 이름 밑의 자만 따서 부르는 호칭이었다. 아버지 어머니는 나를 늘 그렇게 불렀다.

곧 또 어머니가 입을 열었다.

"그런데 와 주재소에서 그런 일을 상관하능교?"

"그놈들이사 상관 안 하는 기 있나. 조금만 수상하면 잡아다가 족쳐 보는 기지. 무슨 꼬투리라도 나오는가 싶어서……."

"……."

"이번 일은 애들이 한 일이라 괜찮았지, 그렇지 않고 중학생이나 대학생 같은 청년들이 한 일 같으면 그냥 안 놓아주지."

"글 짓는 공부 할라고 모임을 만드는 것도 무슨 죄가 되는교?"

"문학 공부 하는 기사 죄가 안 되지. 더구나 하이쿠 같은 것도 짓고 하는데. 그렇지만 모이면 문학 얘기만 하게 되나. 자연히 여러 가지 얘기가 나올 끼 앙이가. 시국 얘기도 나오고. 그래서 안 된다는 기라. 그런 것을 만들어서 자꾸 모이다 보면 저절로 '후테이센징(不逞鮮人))'이 된다는 기라."

"후테이센징이 뭔교?"

"일본을 반대하는 조선 사람을 후테이센징이라 안 카나."

그러자 어머니는 가만히 한숨을 쉬었다. 조금 떨리는 듯한 숨이었다. 기분이 안 좋기도 하고 두렵기도 한 모양이었다.

아버지와 어머니의 이런 뜻밖의 대화에 나는 어리둥절해 있었다. 소변이 마려워서 잠을 깼는데, 자리에서 일어날 수도 없었다. 마치 들어서는 안 될 이야기를 훔쳐 들은 것 같은 기분이었다. 그리고 그 이야기는 놀라운 것이기도 했고, 겁나는 것이기도 했고, 나로서는 얼른 이해가 안 되는 것이기도 했다.

이야기를 들어보니 하야시가 분명히 주재소에 붙들려갔던 모양이다. 곧 놓여 나오기는 한 모양이지만, 좌우간 하야시가 주재소에 붙들려갔었다니, 너무나도 뜻밖의 일이 아닐 수 없었다. 붕가쿠구라부라는 것 때문에 붙들려가다니, 정말 알 수 없는 노릇이었다. 슬그머니 겁이 나기도 했고, 붕가쿠구라부라는 것이 두렵게 여겨지기도 했다.

그리고 또 한 가지 놀라운 사실은 아버지의 입에서 그놈들이니, 일본을 반대하는 조선 사람이니, 하는 말이 서슴없이 튀어나온 일이다. 주재소 순사들을 그놈들이라고 부르며 일본을 좋지 않게 말하는 투가 분명하지 않은가. 나로서는 정말 의외의 놀라운 사실이었다. 일본이라고 하면 그게 바로 우리 나라고, '덴노헤이카(天皇陛下)'에게 충의(忠義)를 다해야 된다는 것을 매일같이 듣고 배우고 있는 터인데 그놈들이니, 일본을 반대하는 조선 사람이니 하는 말이 아버지의 입에서 나오다니……. 더구나 매일같이 그렇게 가르치고 있는 학교 선생인 아버지의 입에서 말이다.

나는 마려운 오줌을 애써 참으며, 이렇게 깊은 밤, 희미한 남폿불 밑에서는 아버지의 속마음이 은밀히 나오는 것이로구나, 학교에서 가르치는 말은 겉으로 하는 말이고 속마음은 따로 있구나, 어른들은 겉과 속이 다른 모양이구나 싶으며, 입 안에 괸 침을 조심스레 삼켰다.

"그만 자지."

아버지가 말하고는, 희미한 남폿불을 훅 꺼버렸다.

나는 잠시 후, 부스스 일어나 소변을 보러 밖으로 나갔다.

이튿날 학교에 갔다 돌아오자, 부엌에서 김치를 담그고 있던 어머니가 조금 굳어진 듯한 표정으로,

"찬아, 이리 와보래."

나를 불렀다.

마루에 책보를 던져놓고 부엌으로 가자 어머니는,

"찬아, 니 글 짓는 공부 할라 카나?"

하고 물었다.

나는 어머니의 입에서 왜 그런 질문이 나오는지 대뜸 알 수가 있었다. 어쩐지 좀 반발심 같은 것을 느끼며 말없이 어머니의 얼굴을 바라보고만 있었디.

"그런 거 하지 마래이. 잘못하면 큰일난대이."

"와예?"

나는 시치미를 뚝 떼고 반문하였다.

"니 하야시라는 아 알제?"

"예."

"가가 뭐 문학을 좋아한다메? 글 짓는 공부 하는 단체를 만들었다메?"

"……."

"그래서 가 주재소에 붙들려가서 혼났단다."

그러면서 어머니는 나를 빤히 쳐다보았다. 어떤 반응이 내 얼굴에 나타나는가 보려는 듯이.

그러나 내가 말똥말똥한 표정으로 눈을 깜작거리고만 있자, 어머니는 타이르듯이 말했다.

"니도 그 단체에 들었다메? 큰일난다. 그런 거 하지 마래이. 학교 공부만 열심히 해래이."

그 말에 나는 그만 후딱 돌아섰다. 그리고 냅다 부엌 밖으로 내달았다. 그런 말 듣기 싫다는 듯이.

그러나 실은 나도 내심 조금 켕기는 바였다. 슬그머니 하야시가 두려운 존재처럼 여겨지기도 했다.

그리고 틀림없이 아버지한테서도 무슨 말이 있으리라 싶었다. 학교 공부나 열심히 안 하고, 그런 데 들었다고 꾸지람을 들을 것만 같았다. 그러나 아버지는 아무 말도 없었다. 여느때와 조금도 다름없이 나를 대해 주었다.

그런 아버지가 오히려 조금 두렵기도 하면서, 그러나 믿음직하고 좋기만 했다. 역시 소년 소설 같은 것을 읽으라고 사다 준 아버지가 다르구나 싶었다.

지금 생각해도 그때의 아버지의 그런 태도는 보통이 넘는다고 여겨진다. 여느 아버지 같았으면 반드시 뭐라고 말이 있었을 것이다. 그게 잘못한 짓이 아니라 하더라도 걱정이 되어서도 앞으로는 그런데는 어울리지 말라고 주의를 주었을 것이다. 그러나 아버지는 그게 아니었던 것이다. 모르는 체했던 것이다. 말하자면 꽤나 마음이 넓은 데가 있고, 든든한 데가 있는 아버지였던 것 같다.

그 후 하야시는 영영 찾아오지 않았고, 이듬해 아버지가 딴 학교로 전근이 되는 바람에 나도 전학을 가고 말았다. 그러니까 하야시는 나에게 문학이라는 황홀한 무지개 같은 것을 갖다가 살짝 보여주고는 어이없이 사라져버린 그림자 같은 사람이었다.

물론 나는 그 뒤 그를 잊어버렸다. 그러나 소위 문단이라는 곳에 나와 글이랍시고 발표하기 시작한 초기, 나는 이따금 하야시 생각이 떠올랐다. 어쩌면 그가 이미 기성 문인이 되어 있을 것만 같았다. 하야시였으니까 임(林)씨에 틀림없다. 그래서 나는 문인 가운데 몇 사람 안 되는 임씨 성을 가진 분을 두고 혹시 그가 아닌가 싶어서 그 연령과 출생지 같은 것을 뒤져보았다. 그러나 그라고 생각될 만한 분이 없었다. 아직 문단에 나오지 않았다는 결론이었다. 그리고 자연히 또 나는 그를 잊어버렸다.

그런데 뜻밖에 등산길에 간이 음식점에서 본 그 주인이 그에 틀림없는 것 같지 않은가. 나는 묘하게 가슴이 약간 설레기까지 했다.

다음 일요일, 나는 혼자서 륙색을 메고 집을 나섰다. 물론 우이동 쪽이었다.

여느 등산 때와는 달리 나는 조금 들뜬 듯한 기분이었다. 산을 찾는 즐거움 외에, 서른 몇 해 전의 인상 깊었던 옛 친구를 찾아가는 셈이니 그럴 수밖에. 그게 그 사람인지 아닌지는 아직 확실하지 않지만 말이다.

먼저 도선사 쪽으로 올라가 밥을 지어 먹고, 귀로에 능선을 타고 아카데미 하우스 쪽으로 내려오면서 그 간이 음식점에 들렀다.

문을 열고 들어서는 나는 약간 가슴이 두근거리기까지 했다.

두 젊은 남녀가 한쪽 탁자에 마주 앉아 소주를 마시고 있을 뿐 호젓했다. 그 주인 남자는 보이지 않았다. 부인 혼자서 빈대떡을 부치고 있었다.

"어서 오세요."

부인은 들릴듯말듯 말하고는 계속 일손을 놀렸다.

나는 륙색을 벗어 걸상에 놓았다. 그리고 등산모를 벗고 자리에 앉으며 이마에 내밴 땀을 닦았다.

"뭐 드릴까요?"

하면서 부인이 자리에서 일어났다.

"맥주 한 병 주세요."

"마침 맥주가 떨어졌네요. 잠깐 기다리시겠어요?"

그러면서 밖으로 나가려 했다. 가게로 가지러 가려는 모양이다.

"그럼 그만두시고, 소줄 주세요."

"예."

"반 병도 주지요?"

"예."

"반 병하고, 빈대떡 두어 장하고……."

자작 자음으로 뜨끈뜨끈한 빈대떡을 안주삼아 소주 두 잔을 비우고 나니 제법 뱃속이 혼혼해왔다. 잔에 다시 소주를 채우며 나는 부인에게,

"아주머니, 주인 양반은 어디 가셨나요?"

물어보았다.

그러자 부인은 왜 묻는가 싶은지 힐끗 나를 바라보며,

"예."

하고 대답한다.

"곧 오십니까?"

"시내에 볼일이 있어서 나가셨어요. 곧 오지 싶습니다만……. 왜 그러세요?"

"저……."

나는 잠시 망설이다가 입을 열었다.

"주인 양반 성씨가 뭡니까?"

"임씬데요……."

"임씨 맞지요?"

순간 나는 소주가 들어간 뱃속이 더욱 후끈해지는 것 같았다. 부인은 좀 이상한 듯이,

"왜 그러세요?"

묻는다.

"저……주인 양반 고향이 죽촌이지요? 경북…….?"

"예, 맞아요."

"아, 그럼 맞구나. 맞아. 하하…….?"

나는 나도 모르게 감탄사를 발하며 몇 번 고개를 끄덕거렸다.

"어떻게 잘 아시는 사인가요?"

"예, 어릴 적에……."

그리고 나는 소주 한 잔을 또 쭉 들이켰다. 주기와 함께 묘하게 가슴이 설레기까지 했다.

부인의 얼굴에는 반가운 듯한 표정이 떠오른다.

정말 우연한 일이 아닐 수 없다. 등산길에 비 때문에 들어섰던 간이음식점의 주인 남자가 바로 서른 몇 해 전 국민학교 시절의 선배이며, 또 친구인 셈이기도 한 그 인상 깊은 하야시라니. 세상은 과연 넓으면서도 좁은가 보다. 살아 있으면 언젠가는 만나게 된다는 말이 결코 빈말이 아닌 모양이다.

소주 반 병을 다 비운 나는 혼혼한 주기에 젖으며 약간 망설이듯이 앉아 있었다. 좀 더 기다려볼 것인가 어쩔 것인가 하고.

"이 양반이 돌아올 때가 됐는데……."

부인은 안타까운 표정을 짓는다.

잠시 후, 나는 륙색을 메고 일어났다. 언제 돌아올지 모르는 사람을 언제까지나 멀뚱히 앉아서 기다리고 있을 수는 없는 노릇이다.

"가실라고요?"

좀 미안한 듯이 부인이 말했다.

"예, 다음 일요일에 또 오죠."

그러면서 나는 셈을 치렀다.

"누구시라고 그럴까요? 궁금하게 생각할 텐데……."

"저……."

나는 조금 머뭇거리다가,

"그냥 옛날 어릴 때 친구라고만 해주세요."

하였다.

이쪽이 누군가를 미리 밝혀놓는 것보다는 누군지 궁금하게 여기도록 해두는 편이 다음에 만나는 장면이 훨씬 극적일 것 같았던 것이다.

집으로 돌아오는 버스에서도 나는 공연히 즐거웠다. 이제 우이동 쪽의 등산은 산을 찾는 즐거움에다가 옛 친구를 만나는 기쁨이 한 가지 더 보태어진 셈이어서 그런지 몰랐다.

다음 일요일엔 집에 일이 생겨서 등산을 못 하고, 그 다음 일요일, 비가 내렸다 그쳤다 하는 궂은 날씨인데도 집을 나섰다. 그 날은 등산 그자체보다도 옛 친구를 찾는 것이 목적인 셈이어서 궂은 날씨인데도 한결 유쾌하고 걸음이 가벼웠다.

이번에는 정릉 쪽으로 해서 산을 넘어 우이동 아카데미 하우스 쪽으로 내려가는 코스를 택했다. 정릉 골짜기를 올라갈 무렵에는 제법 구름이 갈라지고 햇빛까지 쏟아지더니 점심을 해먹고 나니까 또 하늘이 찌뿌듯이 무거워지며 바람까지 약간 일기 시작했다. 우비를 준비해가지고 있으니까 비는 상관이 없지만, 바람은 좀 곤란했다. 산에서 비와 바람을 함께 만단다는 것은 괴로운 일일뿐 아니라, 자칫 위험하기도 한 것이다.

나는 서둘러 걸음을 재촉했다. 산등성이를 넘어 우이동 쪽으로 골짜기를 내려갈 무렵에는 제법 비바람이 몰아치고 있었다. 산 전체가 으스스 떨고 있는 듯한 느낌이었다.

아카데미 하우스가 저만큼 내려다보이자 나는 안도의 숨이 내쉬어졌다. 몇 차례 미끄러지기도 했고, 아랫도리는 물에 빠진 것처럼 되어 있었다.

그 간이 음식점 앞에 당도했을 때는 비바람은 한층 기세를 돋우고 있었다. 비와 바람에 온통 두들겨 맞고 있는 그 을씨년스러운 간이 건물은 곧 폭삭 주저앉을 것처럼 위태위태해 보였다.

나는 얼른 문을 열고 안으로 들어갔다.

"어서 오십쇼."

주인 남자였다. 눈썹이 짙은 주인 남자는 틀림없는 옛날 그 하야시였다. 지금은 오십정도 된 얼굴이지만, 그 얼굴에는 인상 깊은 옛날 하야시의 얼굴 모습이 분명히 깃들여 있었다.

그는 빙글 웃는 낯으로 나를 반겼다. 그러나 물론 내가 누구라는 것을 알고서 반기는 것은 아니었다. 이 비바람 속에 류색을 메고 뛰어들어온 손님을 반기는 셈이었다. 산을 좋아하는 것도 고생이로구나 하는 그런 웃음으로 말이다.

나도 절로 활짝 웃음이 나왔다. 그러나 나의 웃음은 전혀 그 의미가 달랐다. 바야흐로 극적인 장면이 시작되려는 그 직전의 묘하게 재미있는 웃음이라고나 할까.

"안녕하십니까."

나는 우선 이렇게 건성으로 인사말을 던지고는 물에 젖은 류색을 벗었다. 등산모도 벗었다. 그리고 옆구리에 찬 수건을 뽑아 얼굴이랑 목덜미께의 물을 대강 닦았다.

오늘은 어찌 된 셈인지 부인도 보이지 않고, 손님도 없었다. 빈 음식점을 임씨 혼자 지키고 있었던 것이다.

"가을비가 굉장하죠? 바람까지 이렇게 불고……."

임씨의 말에 나는

"글쎄 말입니다."

하고는 또 나오는 웃음을 참지 못해 싱글 웃었다.

"자, 앉으세요. 뭐 드릴까요?"

그러나 나는 자리에 앉질 않고 그대로 서서 싱글싱글 곧장 웃기만 했다. 어쩐지 조금 얼굴이 상기되는 듯한 느낌이었다.

그러자 임씨는 이 사람이 왜 자꾸 웃는가 싶은 듯 약간 어색한 표정으로 멀뚱히 나를 바라본다.

"나 누군지 모르겠어요?"

드디어 나는 입을 열었다.

"글쎄요……."

임씨의 표정이 조금 바뀌었다. 그러나 아직 나를 못 알아보는 것이었다.

"나 가와무랍니다."

"가와무라?"

임씨는 짙은 양 눈썹 사이를 조금 좁히며 두 눈을 깜작거린다. 아득한 옛 기억을 더듬는 모양이었으나, 얼른 떠오르지가 않는 듯했다.

"왜, 같이 붕가쿠구라부 하자고 그랬었잖아요."

"……."

"나는 하이쿠부에 들라 그랬고, 임 형은 소설부하고 시부에……핫핫하…….."

이번에는 그만 나도 모르게 웃음이 크게 터져 나와버렸다.

"아! 가와무라! 알겠어, 알겠어."

그제야 임씨는 깜짝 놀라며 곧장 고개를 끄덕거린다. 너무나 뜻밖의 일이라 얼떨떨하고 조금 쑥스럽기도 한 듯,

"야아, 이거 정말, 이거 정말…….."

어쩔 줄을 몰라했다. 얼굴까지 살짝 붉히고 있었다.

"정말 오래간만이군요."

"글쎄 말이오. 야, 이거 정말…….."

어느 새 나와 임씨는 서로 두 손을 마주 잡고 흔들고 있었다.

그리고 잠시 후, 말할 것도 없이 우리는 탁자에 마주 앉아 술을 마시

기 시작했다. 바깥에는 여전히 비바람이 치고 있었으나, 우리밖에 아무
도 없는 좁은 홀 안은 우중충하면서도 아늑한 느낌이었다. 마치 서른 몇
해 만에 만난 우리 두 사람을 위한 호젓한 분위기 같았다.

이런 날은 술도 더 당기는 법이다. 날씨도 그렇고 술 상대도 그렇고……
…….

"자, 오늘 실컷 좀 마십시다."

소주잔을 임씨에게 권하면서 내가 약간 들뜬 듯한 어조로 말했다.

"그럽시다. 허허허……."

임씨도 약간 들뜬 듯한 웃음을 웃는다.

"아주머니는 어디 가셨나요?"

"친정에 볼일이 좀 있어서……허허허……."

그리고 임씨는 소주잔을 쭉 비운 다음 나에게 권하며 난데없이,

"부끄럽소."

하였다. 정말 좀 부끄러운 듯한 표정을 지으면서,

나는 속으로 약간 당황했다. 그 말이 무슨 뜻인지 얼른 짐작이 가는
것이었다. 공연히 아주머니 말을 꺼냈구나 싶었다. 본의 아니게 그의 아
픈 데를 건드린 셈이 된 것이다. 그러나 나는 멀뚱히 그를 바라보는 수밖
에 없었다.

그러자 임씨는 나에게서 약간 시선을 비끼면서,

"산다는 것이 뭔지……. 이런 데서 이런 장사를 하게 될 줄이야……."

혼자 중얼거리듯이 말한다.

그제야 나는,

"아이, 별말씀을 다……. 왜 어떤데요?"

하였다. 그리고 소주잔을 되도록 천천히, 그러나 입에서 떼지 않고 단숨
에 쭉 비워버렸다.

임씨는 얼굴에 여전히 창피한 듯한 어색한 그늘 같은 것을 지우고서
중얼거린다.

"나도 과거에는 괜찮았었소. 교편 생활도 좀 해보았고, 군청 서기질도
했소, 나중에는 연초 경작 조합 과장 자리까지 앉아보았으니까."

"아, 그랬어요?"

나는 조심스럽게 임씨의 얼굴을 바라보고 있었다.

"그런데 관운이 없는 놈은 별수가 없더구먼. 좀 괜찮게 나간다 싶으면 무슨 일이 터지고 하니……. 나 참 더러워서……."

"……."

"재수 없는 놈은 뒤로 넘어져도 코를 깬다더니, 내가 꼭 그 짝이었다니까."

나는 뭐라고 말을 해야 좋을지 몰랐다. 섣불리 어설픈 말을 꺼냈다가는 도리어 또 아픈 데를 건드리는 결과가 될지도 모르니 말이다. 그래서 애써 담담한 표정으로 소주를 홀짝거리기만 했다.

"연초 경작 조합 과장 자리에서 물러난 뒤에는 사금융(私金融)에 손을 대기도 했었소. 퇴직금과 그 동안 좀 있던 부동산을 몽땅 팔아서 친구가 하는 무진(無盡)에 투자를 했는데, 아 글쎄, 그놈이 나중에 알고 보니 사기꾼이었지 뭐요. 어떻게 된 셈인지 처음에는 잘 나가다가 흔들흔들하더니 그만 와장창 무너지지 않겠소. 그 도적놈이 돈을 빼돌렸던 거요. 와장창 무너지니까 빚쟁이들만 아우성이고 그놈은 온데간데없더라니까. 아 글쎄, 친구 돈까지 몽땅 긁어가지고 튀는 놈이 세상에 어디 있겠소. 나참 기가 막혀서……."

"그래요? 하, 그것 참……."

"그래서 결국 지금은 이 모양 이 꼴이지 뭐요. 정말 세상에는 믿을 놈이라고는 한 놈도 없습니다. 한 놈도 없어……."

그리고 임씨는 허허허……웃는다. 이제 좀 위신이 선 듯한 얼굴이기도 했다.

불과 그 정도의 이야기만 가지고도 나는 임씨가 살아온 서른 몇 해의 지난날을 능히 짐작할 수가 있을 것 같았다. 한 가지 궁금한 것은 그가 교편 생활도 좀 했다는데, 어느 학교에서 했는가 하는 점이었다. 어쩐지 그게 알고 싶었다. 그래서,

"교편은 어느 학교에서 잡았나요?"

물어보았다.

임씨는 씩 웃으며,

"해방 직후에 임시로 조금……."

하고 어느 학교라는 것은 밝히지 않고 말꼬리를 흐린다.

"아, 예."

나도 더 알려고 하지 않았다.

어느덧 소주병이 바닥이 나 있었다.

임씨는 자리에서 일어나더니 가서 빈대떡이랑 튀김 같은 것을 한 접시하고 소주를 한 병 더 가지고 왔다. 그리고 잔을 나에게 권하며,

"보자, 가와무라였으니까, 성이 하씨구먼. 맞지요?"

한다.

"예, 하갑니다."

"하 형은 뭘 하고 있소? 아마 선생님인 것 같은데……. 맞죠?"

"아닙니다."

"그럼?"

"그저 집에서……."

"집에서 뭘?"

궁금한 모양이다.

"나도 옛날에 교편도 좀 잡았고, 잡지사 같은 데도 있어 보았어요. 다 신통찮아서 그만두고, 요즘은 집에서……."

"……."

"그저 글이나 쓰고 있어요."

"예? 글요?"

"예."

"무슨 글을?"

임씨는 약간 놀라듯 바짝 정색을 한다.

"소설 같은 것 끌적거리고 있습니다. 하하하……."

나는 웬지 웃음이 나왔다.

그러나 임씨는 웃지 않고,

"소설요?"

하면서 똑바로 나를 바라본다.

"예."

"그럼 소설가란 말이요? 하 형이⋯⋯."

"하하하⋯⋯."

나는 그저 웃기만 했다. 어쩐지 좀 어색했다.

그러자 임씨는 눈에 띄게 표정이 달라지며,

"아, 그래요? 하아, 하아⋯⋯."

곧장 감탄을 하다가,

"필명이 뭐요?"

하고 묻는다.

"필명이 따로 없어요. 본명을 그대로 쓰죠."

"본명이 뭐였더라?"

나는 하 아무개라고 내 성명을 정식으로 대 주었다.

"아, 그렇구먼. 하아, 하 형 소설을 나도 많이 읽었어요. 옛날 《사상계》에서도 읽었고, 보자 작년 몇 월호더라⋯⋯. 《신동아》에서도 읽었고 ⋯⋯하아, 그렇구먼. 그렇구먼."

임씨는 몇 번 고개를 끄덕거리고 나서 잔을 들어 단숨에 쭉 비워버린다. 그리고 잠시 아무 말이 없었다. 어쩐지 심정이 좀 착잡해지는 것 같았다. 주기가 꽤 있는 얼굴이 슬그머니 굳어지며 낯빛이 어두워지는 듯했다.

나도 술이 꽤 되어 있었으나, 임씨의 그 심정을 짐작할 수가 있었다. 말하자면 다시 임씨의 아픈 데가 건드려진 셈이다.

그래서 나는 얼른 화제를 바꾸었다. 되도록 가벼운 어조로 웃음을 담으며,

"임 형, 옛날 그때 얼마나 기다렸는지 압니까?"

이렇게 불쑥 내밀었다.

"언제요?"

어리벙벙한 모양이다.

"왜, 우리 집에 찾아와서 붕가쿠구라부를 만들자고 했었잖아요. 나는

하이쿠부에 들라고…….”

“아, 그때……허허허…….”

임씨는 좀 멋쩍은 표정으로 웃는다.

“일요일에는 첫 모임을 갖는다고, 하이쿠를 열 개 정도 지어가지고 기다리고 있으라고 해서 얼마나 열심히 하이쿠를 지었다고요. 그리고 아무리 기다려도 함흥차사지 뭡니까. 하하하.”

나도 웃음이 나왔다.

“그때 그럴 사정이 있었어요.”

“예, 압니다. 나중에 알았죠. 주재소에 붙들려갔더라면서요?”

“예, 아 글쎄, 그놈의 일본 순사 지금도 눈에 선하구면.”

그러면서 임씨는 지그시 한 번 눈을 감았다가 뜬다. 그리고 약간 감개가 무량한 듯한 어조로 늘어놓기 시작한다.

“그때가 아침 나절이었지, 아마. 하 형 집에 갈려고 책보를 들고 주재소 앞을 지나가는데 마침 일본 순사 하나가 정문으로 걸어 나오다가 나를 보더니 ‘고라(야, 임마)!’ 하고 불러 세우지 않겠소. 무슨 일인가 했더니, 그 책보에 뭐가 들었냐는 거요. 책이라고 했더니, 무슨 책을 그렇게 많이 싸가지고 어딜 가느냐고, 좀 들어가자는 거야.”

“그 검정 책보 말이죠?”

“허허허……. 기억력 좋은데요. 그 무렵 나는 어딜 가나 그 많은 책을 늘 싸들고 다녔지. 무슨 보물이나 되는 것처럼. 지금 생각하면……허허허…….”

“나도 그때 예사로 생각하지 않았어요. 무슨 책을 저렇게 많이 싸가지고 다니는가 싶었죠. 무겁지도 않았어요? 하하하…….”

“소설책하고 잡지책들이었어요. 그것 없으면 못 사는 줄 알았으니까. 허허허……그래서 주재소에 불려들어가 조사를 받았는데, 아 글쎄, 그놈의 순사 어찌나 고약한지, 사람을 처음부터 아주 도적놈 취급을 하더라니까. 어디서 훔쳐가지고 오는 게 아니냐는 거야. 나 참 기가 막혀서. 마침 학습장에 붕가쿠구라부 회원 명단이 적혀 있었기에 망정이지, 그렇지 않았더라면…….”

"하하하······하마터면 콩밥을 먹을 뻔했군요."

"글쎄 말이오. 그리고 그 놈의 순사 뭐라 하는가 하니, 이 비상 시국에 붕가쿠구라부가 다 뭐냐는 거야. 소설책이나 읽고, 시나 짓고 할 때가 아니라는 거야. '주고(銃後)'의 국민이 소설이나 읽고, 시나 짓고 해서 되겠느냐는 거지. 정신 상태가 틀려먹었다면서 따귀를 한 대 냅다 갈기지 않겠소. 그래서 그만 나도 한 마디 대거리를 했지. 문학 공부하는 것도 죄냐고. 그럼 학교에서 왜 시나 하이쿠 같은 것을 가르치느냐고 말이오. 아, 그랬더니 이놈의 새끼가 '난토? 코노야로! 항코수루카(뭣이 어째? 이놈의 새끼! 반항하는 거야)?' 하고 악을 쓰면서 냅다 발길로 차고 두들기고 지랄이잖아. 정신이 하나도 없더구먼. 주재소라는 데가 무서운 데라는 말은 들었지만, 그렇게 어거지로 마구 조져댈 줄은 몰랐어요. 손이 닳도록 빌었지 뭐요. 별수 있어요? 불쌍한 조선놈이. 허허허······."

임씨는 안 그렇냐는 듯이 웃었다.

나도 안면에 웃음을 떠올렸다. 그러나 어쩐지 그 웃음이 자꾸 이지러지는 듯했다. 조금 썰렁한 기분이 등골을 직 그으며 내려가기도 했다.

"결국 해질 녘에야 놓여 나왔는데, 잘 걸을 수가 없더라니까."

"······."

"놓아주면서도 그냥 놓아주는 게 아니라, 책은 모조리 압수하고, 책보자기만 던져주지 않겠소. 나 참 더러워서······."

"하하하······. 그래요? 그놈들 참······."

"그리고 앞으로는 절대로 붕가쿠구라부 같은 모임을 만들 생각을 해서는 안 된다고. 만일 그런 것을 만들어서 회합을 하면 뭐 치안 유지법이라든가, 그 법으로 옭아서 징역을 보내버린다나. 그러니까 아예 그 친구들하고 만나지도 말라면서 서약서를 쓰게 하고, 지장을 찍게 한 다음에야 무슨 큰 선심이나 쓰는 듯이 놓아주더라니까."

"그랬었군요."

"빈 책보자기만 들고 집에 돌아가는데 어찌 분하고 슬프던지 그만 논둑에 앉아서 엉엉 울어버렸지요. 정말 무슨 보물이라도 빼앗겨버린 것 같더라니까요. 실컷 울고나니까 좀 괜찮더라니까. 허허허······."

"음……."

나는 눈시울이 뜨끈해지며 절로 신음 소리 같은 것이 흘러 나왔다.

"그러니 친구들을 찾아갈 수가 있어야지. 겁이 나서……."

"……."

"그러다가 나중에 소식을 들으니 가와무라 선생이 전근을 가셨다더군. 그 후 한 번 만나지도 못하고 전학을 간 하 형에게 미안한 생각이 듭디다. 내가 마치 실없는 사람이 된 것 같아서……."

"……."

나는 목이 콱 메는 듯 뭐라고 말이 나오지가 않았다. 얼른 잔을 들어쪽 비웠다. 그리고 임씨에게 잔을 권하고 소주가 찰찰 넘치도록 따랐다.

임씨도 좀 기분이 야릇해진 듯 말없이 술잔을 기울이기만 했다.

바깥의 비바람은 이제 기세가 약간 수그러진 것 같았다.

잠시 두 사람 사이에 묘한 침묵이 흘렀다. 어쩐지 분위기가 침통하게 가라앉는 듯했다. 두 번째 소주병도 거의 바닥이 나고 있었다.

나는 좀 어색해진 분위기를 휘저야겠다고 생각하며 나오는 대로 입을 열었다.

"그런 일이 있은 뒤론 소설이고 뭐고 입맛이 뚝 떨어졌겠군요."

으레 그랬을 것 같아서 무심히 한 소리였다. 그러나 임씨는 뜻밖에도 열기를 머금은 어조로,

"천만의 말씀!"

하고 내뱉었다.

"그놈들이 그랬다고 내가 하고 싶은 공부를 포기할 것 같애요. 천만의 말씀이오. 물론 며칠 동안은 낙심이 되더구먼. 그러나 곧 나는 다시 기운은 차렸어요. 겁이 나서 친구들을 찾아가 기어이 붕가쿠구라부를 만들 생각은 안 했지만, 책을 구해서 다시 읽기 시작했단 말이오. 안 읽고는 못 견디겠는 걸 어떻게 해. 왜놈 순사가 옆에서 지키고 있는 것도 아니고……. 안 그래요? 그리고 쓰던 소설도 계속 썼지요."

"아, 그랬어요?"

그 무렵의 그의 열정으로 보아 능히 그럴 만했지만, 나는 약간 감동이

되지 않을 수 없었다. 묘하게 관자놀이께가 욱신거리는 것을 느끼며 곧장 고개를 끄덕거렸다.

임씨는 두 눈의 흰자위가 제법 붉어 보였고, 코 언저리도 축축해져 있었다. 축축해진 코 언저리를 손으로 쓱 한 번 닦고는,

"초지 일관이란 말 있지요?"

또 불쑥 내뱉듯이 말한다.

"물론 있지요."

"그게 바로 내 좌우명이란 말이오. 그때는 물론이고, 그 후도, 지금도 변함없는 내 좌우명이오."

"아, 그래요?"

나는 어쩐지 미소가 지어졌다. 서른 몇 해 전 그 무렵에도 그 초지 일관이란 말을 그가 힘주어 말하던 기억이 떠올랐던 것이다.

"초지 일관, 끝까지 해보는 게 인생이 아니겠소. 중도에 포기를 하면 인생을 포기하는 거나 마찬가지지. 안 그래요? 하 형, 안 그래요?"

어느덧 혀도 조금 굳어진 듯 어둔했다. 입 한쪽가로 지르르 타액이 흐른다.

"암, 그렇고말고요."

맞장구를 치면서도 웬지 나는 자꾸 웃음이 나오려는 것을 눌러 참았다.

"군청 서기질을 할 때도, 연초 경작 조합 과장 자리에 있을 때도, 그 후도 나는 한시도 문학을 잊지 않았소. 정말이오. 하 형, 정말이오."

누가 거짓말이라고나 하는 것처럼 그는 불그레해진 눈을 크게 뜨고 나를 똑바로 바라본다. 코 언저리께가 또 축축해져 있다.

나도 콧속이 조금씩 눅눅해져오고 있었다. 술기 탓이다. 손수건을 꺼내 코를 팽 풀었다.

그러나 임씨는 어떻게 생각했는지,

"정말이란 말이오. 하 형, 거짓말인 줄 알아?"

하더니 자리에서 벌떡 일어났다.

나는 약간 당황하지 않을 수 없었다.

저 쪽 구석에 닫혀져 있는 조그만 방문이 보였다. 자리에서 일어난 임씨는 조금 비틀거리며 그 방문을 가서 열고 안으로 들어가는 것이었다.

무슨 일인가 싶어 나는 멀뚱히 그쪽을 지켜보고 있었다.

잠시 후, 임씨는 두 손으로 무엇인가를 들고 역시 조금 비틀거리면서 방을 나왔다.

"거짓말이 아니오. 이걸 보시오."

하면서 불쑥 내미는데 보니, 그것은 두툼한 스크랩북 한 권과 얄팍한 댓 권의 책이었다.

"이것은 그 동안 내가 발표한 작품들이고, 이건 내가 편집한 동인지들이오. 허허허……."

"아, 그래요?"

나는 기분이 꽤 묘했다. 뜻밖이었던 것이다.

이 간이 음식점의 주인 남자가 옛날의 그 하야시라는 것을 알았을 때, 그저 반가운 생각과 지나간 서른 몇 해 동안 어떤 인생을 살아왔는가 하는 호기심 같은 것이 있었을 뿐이었는데, 뜻밖에도 그의 입에서 아직도 문학이니, 초지 일관이니 하는 말이 나오고, 그리고 불쑥 이렇게 자기의 작품 스크랩과 자기가 만들었다는 동인지까지 내밀 줄이야 정말 미처 짐작도 못 했던 것이다.

나는 좀 숙연한 느낌까지 들지 않을 수 없었다. 먼저 스크랩북부터 조심스레 펼쳐보았다.

그러자 임씨는 아까와는 현저히 열기가 풀린 어조로,

"기성 문인이 된 하 형이 보면 우습겠지만, 좌우간 나로서는 열심히 쓴 것이라오."

하고는 허허허……허탈한 듯이 웃는다.

첫 페이지에 붙여놓은 누르스름하게 빛이 바랜 신문 쪼가리를 본 나는 절로 미소가 지어졌다. 그것은 다름아닌 바로 임씨가 국민 학교 시절에 최우수작으로 뽑혀 온통 화제가 되었던 그 작문이었다. 동전짝만한 사진도 못 알아볼 만큼 변색이 되어 있었다.

아득히 흘러간 지난날에 학교 게시판 앞에서 부러운 눈길로 그 작문을 읽고 또 읽고 하던 일이 회상되어 나는 약간 감개가 무량하면서도 한편 실소(失笑) 같은 것이 나오려고도 했다.

"야, 이것이 지금까지 남아 있군요."

내가 말하자,

"허허허……, 기억나요?"

임씨는 기분이 좋은 얼굴이다.

그 작문 쪼가리 둘레를 빨간 그림 물감으로 리본처럼 테를 둘러놓았는데, 그 빛깔도 몹시 퇴색이 되었다. 그리고 빨간 테 한쪽 옆에 '初志一貫'이라는 넉 자가 큼직하게 정성껏 씌어 있었다.

나는 속으로 가볍게 웃으며 페이지를 넘겼다.

다음 페이지부터는 한글로 된 쪼가리들이었다. 그러니까 해방이 된 뒤부터 신문이나 잡지에 발표한 것들이었다. 주로 수필이었고, 간간이 시도 섞여 있었고, 더러 콩트 같은 것도 보였다. 그런데 얼른 보아도 그게 지방 신문의 독자 문예란 같은 데 실린 글들이라는 것을 알 수 있었다. 활자가 그렇고, 조판된 형태가 그러했다. 간혹 잡지 같은 데의 투고란에 실린 듯한 그런 것도 있었다. 전부 '林一路'라는 이름으로 되어 있었다.

"임일로가 필명인 모양이지요?"

"예, 허허허……."

좀 쑥스러운 듯이 웃는다.

대강대강 페이지를 넘겨 나가면서 나는 심정이 꽤 착잡해지는 것을 느꼈다. 놀라운 일이라는 생각과 함께 딱하다고 할까, 민망스럽다고 할까, 그런 생각이 자꾸 들었다.

독자란 같은 데에 싣는 것을 이렇게 오래도록 계속할 수가 있는 것인지, 그것도 초지일관의 일종이라고 생각하는 것인지……. 정말 따분하기까지 한 노릇이 아닐 수 없었다. 처음 얼마 동안은 자기 글이 활자화되는 재미로 그런다 치더라도, 현상 문예 같은 데에 응모해서 몇 차례 떨어지고 보면 대개는 단념을 하고 돌아서는 법인데, 이렇게 끝까지 그것을 버리지 못하다니……. 스크랩북의 거의 삼분의 이 가량이 그런 잡다한 글로 메워져 있는 것이 아닌가. 그리고 뒷부분의 쪼가리들은 아직 새 종이인 것을 보니 아마 작금(昨今)까지도 계속을 하고 있는 모양이었다.

아무튼 예삿일이 아니었다.

댓 권의 얄팍한 동인지 역시 제대로 편집이 되고, 인쇄가 된 것이 아니었다. 등사판으로 긁은 것이 대부분이었고, 인쇄로 된 것도 시골 인쇄소의 볼품 없는 활자였다. 이미 오래 전에 만든 것인 듯 다 고본(古本)들이 되어 있었다.

그러나 동인지 이름은 '四人文學'이니 '噴水'니 '江邊人'이니 하고 제법 그럴 듯했다.

동인지들을 대강 들추어보고 있는데, 임씨가 혼자 중얼거리듯이 말했다.

"지금 생각해보면 직장 생활에 실패한 것이 다 문학 때문이 아닌가 싶소. 직장의 일보다 글 쓰는 일과 동인들 하고 어울려 술 마시고 떠드는 일에 더 열심이었으니 말이오. 그러니 직장 생활이 순탄하게 나갈 게 뭐요. 안 그래요? 허허허…….."

서른 몇 해 전 그 무렵의 그의 열정으로 미루어보아 능히 그럴 것 같았다. 그런데 왜 지금까지 문단에 나타나지를 못하고 독자 문예란을 맴돌고 있는 것인지……. 딱하고 민망스러운 생각밖에 들지가 않았다. 문운(文運)이라는 것이 없어서 그런지, 그렇지 않으면 자기 능력의 한계를 모르고 끝까지 덤비는 그런 우직하고 딱한 사람인 것인지 알 수가 없었다. 술기만 아니면 동인지에 실린 소설을 한 편 읽어보았으면 싶었으나, 눈에 살짝 아지랑이가 낀 듯해서 도저히 읽을 엄두를 낼 수가 없었다.

좌우간 스크랩북이랑 동인지를 대충 훑어본 인상으로는 문운이 없어서 그런 것이 아닌 듯했다. 미안하지만 우직한 쪽인 듯했다.

그런데 임씨는 계속 이렇게 중얼거렸다.

"기왕에 그것 때문에 생활은 실패한 셈이니, 그것이나마 끝까지 해봐야겠소. 하 형, 언젠가 어느 문예지에 보니까, 회갑이 넘은 분이 추천을 받아 신인으로 등장했던데……. 보았소?"

"예, 보았어요."

"그런 분도 있는데, 나는 아직 젊어요. 회갑이 되려면 아직 십 년은 남

왔단 말이오. 안 그래요? 하 형."

"예, 하하하⋯⋯."

나는 웃을 수밖에 없었다.

"허허허⋯⋯, 정말이오. 하 형, 두고 보시오. 이 임일로가 기어이 해내고야 말 테니까. 초지 일관 기어이 문인이 되어 우리 고향 죽촌에서도 문학가가 한 사람 났다는 소리를 듣고야 말 테니까."

나를 바라보는 임씨의 한쪽 눈가에는 누우런 눈곱이 비어져 나와 있었다.

나는 이제 웃을 수도 없는 그런 기분이었다. 가슴이 뭉클한 느낌이기노 했다. 동인지를 덮어누고 술잔을 들었다.

비는 이제 그친 듯했고, 바람만 조금씩 불고 있었다.

가게문이 열리며,

"라면 있어요?"

두 아가씨가 들어선다.

그러자 임씨는 손을 들어 냅다 내저으며,

"없어! 없어! 오늘 장사 시마이했어."

하고 소리를 지른다.

아가씨들은 뭐 저런 주인이 다 있느냐는 듯이 후딱 돌아서 나가더니, 쾅! 하고 요란하게 문을 닫았다.

임씨는 자리에서 일어나 조금 비틀거리는 걸음으로 가서 가게문을 안으로 걸어버린다. 그리고 소주병을 한 개 더 가지고 와서 탁자에 놓으며,

"하 형, 우리 흘러간 노래나 들을까?"

한다.

나는 카운터 위에 여전히 놓여 있는 축음기 쪽으로 눈을 주며,

"바늘 있어요?"

하고 웃었다.

"준비해놓았소. 참, 그때 축음기를 한번 틀어보라고 한 손님이 바로 하 형이었구먼. 아, 그랬었구먼. 그런데 몰라봤구먼⋯⋯."

"실은 그땐 나도 임 형을 몰라봤어요. 어디선지 많이 낯익은 얼굴이

긴 한데……. 집에 가서 나중에 문득 생각이 나더군요.”

“그랬었소. 허허허……, 우리 정말 오래간만이오. 삼십 몇 년 만에 이렇게 만나다니…….”

임씨는 새삼스럽게 감개가 무량한 듯 짙은 양쪽 눈썹을 조금 꿈틀거리면서 축음기 쪽으로 갔다.

잠시 후, 좁은 홀 안에 흘러간 유행가 가락이 넘치기 시작했다. 〈목포의 눈물〉이었다. 이난영의 떨리는 듯 애수를 머금은 노래가 가슴으로 짜릿하게 배어드는 듯했다. 전축에서 흘러 나오는 것과는 또 다른 정취가 있었다. 진짜 흘러간 노래는 측음기라야 되겠구나 싶었다.

“옛날 유행가는 정말 좋다니까요.”

내가 술잔을 입으로 가져가며 말하자,

“그건 바로 시지, 시.”

한다.

잠시 후, 임씨는 젓가락으로 장단을 맞추며 노래를 따라 부르기 시작했다. 그러자 나도 절로 입에서 노래가 흘러 나왔고, 한 손은 젓가락을 모아쥐었다.

좁은 홀 안에 이난영의 노랫소리와 함께 우리의 가락도 제법 구성지게 어울려 넘실거렸다.

그 후, 등산길에 두어 차례 더 들렀으나, 공교롭게도 임씨는 부재 중이었다. 그리고 겨울이 되어 산 쪽으로의 걸음이 끊어졌다.

이듬해 봄, 첫 등산길에 오래간만에 찾아갔더니, 뜻밖에도 임씨의 그간이 음식점은 온데간데없지 않은가. 틀림없이 그 장소인데, 언제 그런 것이 있었더냐는 듯이 그 곳에 높다락 담벼락이 축조되어 있었다. 담벼락 위로 바야흐로 목련이 화사하게 꽃잎들을 벌리고 있었다. 처음에는 좀 주의해서 살펴보니 임씨네 간이 음식점 옆에 있던 이층집의 정원이 넓혀진 것이었다. 그러니까 임씨네 음식점이 있던 자리가 몽땅 정원으로 흡수되어버린 것이다.

나는 허전하고 입맛이 씁쓰름했으나, 비식 웃는 도리밖에 없었다. 임씨는 어디로 갔을까……. 그날 술과 노래에 너무 취하고 들떠서 내 주소를 일러주는 것을 잊고 헤어진 것이 못내 후회되었다. 자주 만날 수 있을 줄 알았지, 일이 이렇게 될 줄이야 누가 알았는가 말이다.

임씨의 소식을 모르는 채 봄이 가고, 여름이 갔다.

가을 어느 날, 아침 나절이었다. 누워서 조간 신문을 보고 있던 나는 눈이 번쩍 띄었다. 광고란에 무슨 관광 협회에서 현상 모집한, 관광에 관한 문예 작품 심사 결과가 발표되었는데, 보니 거기 '林一路'라는 석 자가 눈에 띄질 않는가. 수필 부문에 가작 3석이었다.

수필, 콩트, 두 부문으로 되어 있었고, 각 당선작 한 편, 가작 1, 2, 3석 세 편씩이었다. 당선작은 상금이 20만 원이었고, 가작 1석은 7만 원, 2석은 5만 원, 3석은 3만 원이었다.

그 3석의 하나를 임씨가 차지하고 있었던 것이다.

그 광고를 본 나는 웬일인지 반갑다는 생각은 잠깐뿐이었고, 곧 쓰디쓴 웃음이 나오며, 코허리가 시큰해졌다. 가작 3석이어서 그런 것만도 아니었고, 상금이 3만 원밖에 안 되어서 그런 것만도 아니었다. 뭐라고 꼭 집어서 말할 수 없는 그런 착잡한 것이 가슴을 멍멍하게 휘감아오는 듯했다.

나는 가만히 일어나 책상으로 가서 펜을 들었다. 임씨의 주소가 나와 있어서 그것을 베끼는데, 자꾸 눈앞에 부우옇게 흐려지려고 해서 애를 먹었다. 임씨의 주소는 성남시(城南市)였고, 아무개 방(方)으로 되어 있었다.

—— 1978년

화가 남궁씨의 수염

오후 세시가 조금 지나서였다. 그날 써야 할 원고를 마치고 누워서 쉬고 있는데, 따르르……전화벨이 울렸다.

"계시는군요. 지금 뭐하세요? 방해가 되지 않아요?"

낮고 부드러우면서도 어딘지 모르게 소녀 티가 풍기는 그런 음성이 수화기를 통해 흘러왔다. 진수정(陣水靜) 여사였다.

"괜찮아요. 일을 끝내고 누워 쉬고 있는 중이에요."

반가웠다.

"오래간만이죠? 한 달이 넘은 것 같네요. 그 동안 별일 없으셨어요?"

"예."

"왜 통 안 들르시죠?"

"글쎄, 그렇게 됐네요. 재미가 어떠세요?"

"불경기예요. 파리를 날리고 있죠."

"겨울에 무슨 파리가 있나요?"

"호호호……."

필요 이상 간드러지고 나서,

"같이 놀러 안 가실래요?"

약간 애교를 띤 듯한 어조로 말했다.

"추운데 어디로요?"

"남궁(南宮) 화백이 화실을 옮겼어요. 한번 안 가보실래요?"

"어디로 옮겼는데요?"

"말죽거리 쪽이래요. 자세히 위치를 가르쳐주더군요. 쉽게 찾을 수 있을 것 같애요."

"가볼까요."

진수정 여사는 인사동에서 '水靜'이라는 화랑을 경영하고 있는, 오십대 중반의 여자다. 수정은 자기 이름이다. 그러나 본명은 수정(秀貞)이다. 음을 그대로 살려서 평소에 수정(水靜)이라고도 쓰고 있다. 간혹 수필도 써서 여성 잡지 같은 데에 발표한다. 말하자면 멋쟁이다.

그림을 좋아하는 나는 화가인 친구를 통해서 그녀를 알게 되어 벌써 칠팔 년 가까이 사귀고 있다. 심심하면 그 화랑에 들러 그림을 구경하고, 그녀와 차를 나누며 한담도 즐긴다. 때로는 일요일에 몇몇 친구와 함께 그녀도 불러내어 야외로 바람을 쏘이러 나가기도 하고, 등산을 가기도 한다.

그녀는 술도 홀짝홀짝 제법 마신다. 화가들의 술자리, 혹은 글쓰는 사람들의 주석에 섞여 앉아서 우스갯소리도 잘하고, 좀 야한 농담도 스스럼없이 받아넘겨준다. 술기운이 오르면 발그레 물든 얼굴에 웃음을 띠며 곧잘 자칭 기생이 되기도 한다.

"자, 기생이 한 잔 따르죠. 늙은 기생도 기생은 기생이죠?"

이런 식이다. 그래서 그녀가 끼는 술자리는 언제나 유쾌하고 떠들썩하며, 웃음으로 넘친다.

특히 남궁 화백과 그녀와 나, 세 사람이 만나면 재미있다. 어떤 연유인지는 알 수가 없으나, 세 사람은 남달리 친숙한 관계를 이룩해온 것 같다. 이상하게도 세 사람이 어울리면 분위기가 한결 부드러워지고, 무슨 말을 지껄여도 신경이 쓰이지 않고 편안하다. 마치 어린 시절의 소꿉장난 친구들 사이였던 것 같다. 남궁은 충청도고, 그녀는 전라도, 나는 경상도, 이렇게 각기 고향도 다른데 말이다. 묘한 일이다.

진 여사를 신사동에 있는 다방에서 만났다. 꽤 추운 날씨였다. 그녀는 까만 외투에 하얀 여우 목도리를 감고 있었다. 그런 차림새 때문인지 마치 옛날 만주의 하얼빈 같은 데서 온 여인 같았다. 김이 오르는 유자차를 한 잔씩 마시고 일어났다. 택시를 타고 말죽거리 쪽을 향해가면서 그녀는 말했다.

"맨손으로 갈 수는 없죠?"

"술이나 한 병 사가지고 가죠 뭐."

"화실을 옮긴 것도 이사는 이사는데, 술만 사가지고 가서 되겠어요?"

"그럼, 술은 내가 살 테니, 진 여사는 성냥이나 뭐 그런 걸 사세요."

"요즘은 성냥보다도 하이타이나 화장지 같은 걸 사가지고 가더군요."

"그러세요. 화실에 하이타이는 필요없을 것이고, 화장지 쪽이……."

"그게 낫겠죠?"

말죽거리에 이르자, 어떤 가게 앞에서 택시를 내렸다. 나는 정종을 사홉들이로 한 병 샀고, 그녀는 화장지를 한 꾸러미 사들었다. 목덜미에 와 닿는 바람결이 제법 싸늘해서 나는 코트 깃을 세우고 그녀와 나란히 걸었다. 그녀는 곧장 사방을 두리번거리면서,

"맞아요. 이 길이에요. 이쪽으로 가는 것 같애요."

하고 혼자 중얼거리며 걸음을 옮겼다.

어렵지 않게 화실을 찾을 수가 있었다. 어떤 아파트 근처의 길가에 기다랗게 세워진 상가 비슷한 건물의 이층에 있었다. 그 일대는 아직 집들이 차곡차곡 다 들어서지가 않고, 공지로 남아 있는 터가 많았다. 길 건너 저편에는 밭도 눈에 띄었고, 그 밭 너머는 야트막한 산이었다. 겨울이라 그런지 야산의 풍경도 을씨년스럽기만 했다. 화실이 들어 있는 이층짜리 건물 역시 제대로 어울린 상가라기보다 억지로 가게랍시고들 꾸미기는 했으나, 장사가 되지 않아 반휴업 상태에 있는 것처럼 보였다. 위치부터가 한쪽 구석진 곳이어서 겨울 바람 속에 버려져 있는 듯한 인상이었다.

이층으로 올라가는 계단도 겨울 들어서는 한 번도 소제를 안 한듯 불결했고, 계단의 중간 꺾어지는 곳의 벽 쪽에는 헌 볼박스 같은 것이 지저분하게 쌓여 있기도 했다.

계단을 다 올라가 화실 문 앞에 이르자, 안으로부터 불경 외는 소리가 은은하게 흘러나오고 있었다. 노크를 하고 문을 열자, 독경 소리가 별안간 쏟아져나오듯 크게 들렸다. 카세트에서 흘러나오는 소리였다. 불경을

틀어놓고 들으면서 남궁은 그림에 열중하고 있었다.

우리가 들어서자, 그는 뜻밖이라는 듯이 붓을 든 채 자리에서 일어나며,

"오우, 어서 오시오. 이 추운데……."

활짝 반가운 표정을 지었다. 그런데 꽤 오래 수염을 밀지 않은 듯 코밑과 턱주가리가 검실검실한 얼굴이었다.

"진 여사가 자꾸 꼬셔서 나왔지."

내가 말하자, 진 여사는 공연히 기분이 좋은 듯 호들갑스럽게 웃고 나서,

"야, 화실 한번 넓다."

하고 놀란 듯이 입을 딱 벌렸다.

과연 넓은 화실이었다. 국민학교 교실 두 칸을 터놓은 것만한 넓이가 되지 않을까 싶었다. 넓어서 나쁠 것은 없을 것이다. 그러나 알맞게 넓어서 잘 짜여져야지, 이건 마치 휑한 창고 속에 화구들을 갖다 차려놓은 것 같은 느낌이었다. 바닥부터가 시멘트 그대로였고, 천장이나 벽 역시 마찬가지였다. 덜렁하게 크기만 해서 건물을 지은 뒤로 임대가 되지 않아 그대로 방치해두었던 것 같았다.

"댄스 파티를 열어도 되겠군요."

진 여사의 말에,

"날짜를 잡아 한번 그래 볼까요? 연말도 가까워 오는데……허허허……."

남궁은 기분이 좋은 듯 너털웃음을 터뜨렸다.

실내 한가운데에 난로가 놓여 있고, 그 곁에 화구들이 차려져 있으며, 소파와 탁자도 갖추어져 있었다. 그리고 한쪽 벽에 완성된 그림이랑 액자, 캔버스 같은 것이 세워져 있었다.

진 여사와 나는 난로 가에 세워진 이젤 앞으로 가서 멈추어 섰다. 남궁은 붓을 씻고, 늘어놓은 화구를 대충 치우기 시작했다.

남궁이 지금 그리고 있는 그림도 여전히 시골 홍시가 익어가는 마을 풍경이었다. 그는 근년에 와서 줄곧 시골 홍싯골을 소재로 택하고 있었

다. 그전에는 주로 연등을 그렸었다. 그러니까 불교적인 것으로부터 토속적인 것으로 옮겨 앉게 된 셈이다. 그의 그런 작품동향과 화풍을 잘 알고 있기 때문에 대뜸 한눈에 지금 캔버스에 어렴풋이 떠오르고 있는 것이 홍시가 익어가는 마을이라는 것을 알 수가 있었지만, 그의 작품 세계를 모르는 사람은 지금 무엇을 그리고 있는 것인지 잘 알아차릴 수가 없을 것이다. 아직 완성이 되지 않아서 그렇기도 하지만, 그의 화법은 특이한 데가 있어서 더욱 그렇다. 그림이 선으로 이루어지는 것이 아니라, 점으로 형성되고 있는 것이다. 점묘(點描)인 셈이다. 수없이 많은 비슷한 색의 입자가 한데 뒤엉겨 하나의 면을 형성하고, 그 면과 면의 접촉 부분이 자연히 선으로 표현되는 그런 기법이다. 그래서 완성되기 전에는 캔버스에 수없이 많은 점이 난무하고 있다고 할까, 채색된 굵은 입자의 안개를 보는 듯한 느낌이다. 그 안개가 차츰 하나하나의 형체로 고정되어 산이 되고, 집이 되고, 나무가 되고, 홍시로 떠오르는 것이다.

"이번에는 처녀인 모양이죠? 처녀가 물동이를 이고 감나무 밑을 지나가는 것 같은데요."

'처녀'라는 말에 묘하게 악센트를 넣으며 진 여사가 말했다. 내 눈에도 그렇게 비쳤다.

"처녀라서 샘이 나는 모양이죠?"

하려다가 남의 그림을 가지고 농담을 하는 게 어쩐지 실례되는 일 같아 나는 그저 웃음을 머금으며 고개를 끄덕였다.

진 여사와 나는 들고 온 술병과 화장지를 난로에서 조금 떨어진 곳에 있는 조그마한 책상 위에 갖다 놓았다. 그리고 소파에 허리를 묻었다.

"너무 소리가 크잖아요?"

나의 말에 그녀는 얼른 탁자 위에 놓인 카세트의 볼륨을 좀 낮추었다. 은은한 독경 소리가 실내에 잔잔하게 넘치고, 난로가 알맞게 열을 내뿜고 있어서 기분이 썩 괜찮았다.

"난로 멋있는데……."

내가 말하자,

"글쎄요. 고전적인데요."

그녀도 고개를 끄덕였다.

"괜찮지? 톱밥 난로야."

화구를 대강 치운 남궁은 대야의 물에 손을 씻고 수건으로 닦으며 소파에 와서 마주앉았다.

난로가 마치 옛날 기차를 발명했을 무렵의 기관차 비슷한 모양이었다. 위로 커다랗게 벌리고 있는 아가리에 톱밥을 가득 부어놓으면 그것이 서서히 밑으로 떨어지면서 탄다는 것이다. 진 여사 말마따나 고전적인, 옛날에나 볼 수 있었던 그런 난로가 놓여 있는 게 신기하고 멋있었다.

"이런 난로를 어디서 구했지?"

나는 곧장 난로의 이모저모를 훑어보면서 물었다.

"어떤 친구가 구해주더군. 여기서 별로 멀지 않은 데서 제재소를 하는 고향 친군데, 톱밥도 그 집에서 대주지."

그리고 남궁은 진 여사를 정면으로 새삼스럽게 바라보더니 약간 어조를 높였다.

"야, 그 목도리 멋있는데……여우 아니오? 백여우."

"멋있어요? 신난다."

"요즘은 밍크 시댄데, 어디서 그런 백여우 목도릴 구했죠? 밍크보다 훨씬 나은데……."

그 말에 나도 한 마디 거들었다.

"옛날 만주의 하얼빈에서 온 여자 같잖아?"

"고전적이라 그 말이죠?"

진 여사는 기분이 매우 좋은 듯, 그러면서도 조금 수줍기도 한 것처럼 얼른 목도리를 풀어 한쪽에 놓았다.

"자, 한 잔 해야지."

남궁이 곁에 놓인 전화기의 다이얼을 돌리기 시작했다.

"술을 사가지고 왔잖아."

"안주가 있어야지. 뭐가 좋을까? 탕수육? 팔보채? 진 여사, 뭘 좋아해요?"

"잡채나 한 그릇 시켜요."

204

"그럴까……."

중국 음식점에 잡채를 주문하고 나서 남궁은 책상 위에 놓인 정종병을 가서 집어들고,

"술을 다 사가지고 오느라고……내가 살 텐데……."

중얼거리며 주위를 두리번거렸다.

눈치가 빠른 진 여사가 얼른 소파에서 몸을 일으키며,

"여기다 뎁히면 되겠네요."

하고 시멘트 바닥에 내려놓은 두 되들이쯤 되어 보이는 주전자를 집어들었다.

잠시 후, 따끈한 정종에 배달해온 잡채를 안주삼아 술자리가 벌어졌다. 잔은 물을 따라마시는 컵이었다. 정종에는 어울리지 않았으나, 그런 대로 조금씩 따라서 주거니 받거니 했다.

남궁은 화실을 옮기게 된 까닭을 누가 묻지도 않는데 마치 무슨 변명이라도 하듯 얘기했다. 어설프게 넓기만 한 이런 곳으로 옮기게 된 게 조금은 창피하게 느껴지는 모양이었다. 남궁은 나와 마찬가지로 아파트에 살고 있었다. 자기 집이 있는 그 아파트의 같은 층에 전세로 하나를 더 얻어 그곳을 화실로 사용하고 있었는데, 기한이 되어 주인이 비워달라고 해서 급히 이곳으로 옮겨오게 되었다는 것이다.

"그래서 경황이 없어 그 동안 면도도 못 한 모양이죠?"

진 여사가 약간 발그레해진 눈자위에 살짝 미소를 띠며 말했다.

"그게 아니라, 수염을 길러볼까 해서……."

남궁은 조금 멋쩍은 듯 한손으로 턱에 돋아난 검실검실한 수염을 슬슬 어루만졌다.

"아, 그래?"

나 역시 진 여사와 마찬가지로 화실을 옮기느라고 분망해서 얼마 동안 면도를 안 한 줄로 알았는데, 뜻밖이었다. 수염을 기르다니, 재미있는 일이 아닐 수 없었다.

"아주 길게 기른단 말이에요?"

진 여사가 호기심 어린 표정으로 물었다.

"예, 자라는 대로 내버려둬 볼까 해요."

"수염을 기르면 멋있을 거예요. 남궁 화백 얼굴에 썩 잘 어울릴걸요."

그렇게 말하면서도 그녀는 재미있다는 듯이 곧장 생글생글 미소를 지었다.

"왜 그런 생각을 하게 됐지? 동기가 뭐야?"

내가 물었다.

남궁은 정종을 쭉 들이켜고 나서 잡채를 크게 한 젓가락 집어 입에 갖다 넣었다. 우무적우무적 씹어 한 번 꿀컥 넘기고 나서,

"수염을 길러보려고 생각한 건 벌써 오래 전부터지. 노인은 얼굴에 수염이 있어야 된다고 생각해. 수염이 하나도 없는 맨숭맨숭하게 밀어버린 노인의 얼굴은 정말 삭막하거든."

하고 말했다.

나는 가만히 남궁의 얼굴을 새삼스럽게 바라보았다. 연등을 그리고, 시골 고향의 홍시가 익어가는 마을을 즐겨 소재로 택하며, 또 그림을 그릴 때 곧잘 카세트를 틀어 불경 외는 소리가 실내에 가득 넘치도록 해놓는 터이고 보면 능히 그런 말이 그의 입에서 나올 법한 일이지만, 흔히 아무에게서나 들을 수 없는 얘기여서 나는 속으로 홈——하면서 고개를 끄덕였다.

"좋은 말이에요. 정말 수염이 너불너불한 노인을 보면 의젓해 뵈고, 넉넉하고 편안하게 느껴져요. 옛날에는 그런 노인들이 많았는데, 요즘은 거의 다 빡빡 밀어버리더군요. 하지만 그런 뜻에서 수염을 기른다면 벌써 스스로 노인이 됐다고 생각하는 거 아니겠어요? 젊게 살아야죠."

진 여사는 이렇게 말했다.

"젊게 사는 것도 좋지만, 의젓하고 넉넉하게 사는 것이 더 좋지 않을까요? 어차피 오십 중반인데……."

남궁의 말에 어쩐지 나는 동의를 하고 싶었다. 평소에는 나도 젊게 살려고 노력하는 편이지만, 남궁의 수염론이라 할까, 그 얘기는 묘하게 나를 그쪽으로 끌어당기는 듯한 느낌이었다.

"맞어. 오십 중반이면 별수없이 노인 축에 들지 뭐. 아등바등해봐야

청춘이 돌아오는 것도 아니고……."

나는 힐끗 진 여사에게 시선을 주며 일부러 '청춘'이라는 말에 좀 악센트를 넣어 말했다. 그러자 그녀는,

"두 늙은이하곤 말이 안 통한다니까. 아이 재미없어."

재미없다면서도 실은 몹시 재미있는 듯 묘한 웃음까지 머금었다.

"노인들의 수염이 좋아보인 건 어릴 때부터지. 우리 할아버지가 아주 너불너불한 허연 수염을 기르고 계셨거든."

남궁은 약간 주기가 오른 듯 여느때보다 조금 억양이 높은 목소리로 자기 조부의 수염 이야기를 늘어놓았다.

남궁의 조부는 시골에서 농사를 지었지만, 손에 흙을 묻히는 일은 없고, 감농(監農)이나 하는 그런 꽤 괜찮은 처지였다고 한다. 종가이기도 해서 선영을 지키고, 고향 마을을 돌보며 한평생을 보냈다.

남궁의 아버지는 장남이었다. 종가의 맏이면 대를 이어 고향에 살면서 가문의 법도를 좇아야 마땅하다. 그러나 남궁의 조부는 보는 눈이 열린 편이었던 모양으로 맏이에게 신학문의 길을 허용했고, 그 뒷바라지를 해 주었다. 그래서 남궁의 아버지는 보통학교를 마치자 대처로 나가 농림학교(農林學校)를 다녔고, 졸업을 하고는 전매서에 취직이 되어 줄곧 이곳 저곳 옮겨다니며 객지 생활을 했다. 남궁이 태어난 곳도 물론 객지였다.

객지이긴 했지만 같은 도내여서 남궁의 아버지는 비교적 자주 고향에 다니러 가는 편이었다. 설날과 추석 같은 명절 때는 고향 마을의 사당에서 제향이 올려지기 때문에 빠지는 일이 거의 없었고, 그 밖에 부모의 생신이나 집안의 제사 때도 직장의 사정이 허락하는 한 고향을 찾았다. 내외가 함께 가기도 했고, 혼자 가기도 했다. 자기가 못 갈 형편이면 안사람, 즉 남궁의 어머니를 대신 보내기도 했다.

남궁의 아버지는 고향에 갈 때 곧잘 어린 남궁을 데리고 갔었다. 내외가 함께 갈 때는 물론이고, 혼자 갈 때도 남궁의 손을 잡고 같이 갔다. 남궁이 학교에 다니게 된 뒤로는 방학이 되면 으레 고향에 데려다 놓고, 그곳 할아버지 할머니 밑에서 지내도록 했다. 남궁 역시 맏이었다. 그래서 어쩌면 남궁의 아버지는 객지에서 태어나 객지에서 자라는 아들에게

시골 고향이라는 곳이 얼마나 좋고 소중한 곳인가를 알게 하고, 고향에 대한 그리움이 절로 몸에 배도록 하기 위해서 그랬는지도 모른다.

남궁의 기억에 떠오르는 최초의 고향행은 네 살인가 다섯 살 때가 아닌가 싶다. 물론 그전에도 여러 번 고향에 갔을 터이지만, 어머니의 손을 잡고 제발로 걸어서 갔던 네 살인가 다섯 살 때의 일이 맨 처음의 기억으로 떠오르는 것이다.

고향집을 그때 남궁의 아버지는 '할아버지 집'이라고 했다. 할아버지 집은 오래된 기와집으로 안채와 사랑채가 뚝 떨어져 있고, 사랑채 앞에도 별도로 뜰이 있어서 마치 한 담 안에 두 개의 살림집이 있는 듯한 느낌이었다. 아닌게 아니라 안채에는 할머니가 바느질을 하고 다듬이질을 하며 살고 있었고, 사랑채에는 할아버지가 긴 담뱃대를 물고 뻐끔뻐끔 담배를 피우며 살고 있었다. 그래서 어린 남궁은 사랑채만 할아버지 집이고, 안채는 할머니 집이라고 생각했다.

그런데 아버지는 전부 할아버지 집인 것처럼 말했으니, 아버지는 바보라고 속으로 생각했다.

할아버지 집인 사랑채 앞뜰에는 화단이 있고, 그 한쪽 가에 대추나무가 한 그루 서 있었다. 물론 어린 남궁은 그것이 무슨 나문지 알 수가 없었지만, 잎사귀가 곱슬머리처럼 온통 곱슬곱슬하고, 빨간 열매가 수없이 주렁주렁 열린 게 신기하기만 했다. 그러니까 아마 추석에 차례를 지내러 갔을 때였던 모양이다.

그러나 그런 것보다 어린 남궁의 눈에 훨씬 신기하고 희한하게 비쳤던 것은 할아버지의 수염이었다. 남궁의 아버지는 고향집에 들어서자, 남궁을 데리고 먼저 사랑채로 갔다. 부친에게 인사를 하기 위해서였다. 방문을 열고 들어가니 방 안에 노인 한 사람이 누워 있다가 일어나 앉았다. 남궁은 그 노인이 할아버지라는 것을 대뜸 알 수가 있었다. 그런데 할아버지의 얼굴은 온통 허연 수염에 뒤덮여 있는 듯했다. 양쪽 귀 밑으로부터 시작해서 코 밑이랑 턱에 수염이 너불너불한데, 그 허옇고 푸짐한 수염이 앞가슴께까지 시원스레 흘러내리고 있었다. 어린 남궁의 눈에 그 수염은 신기하고 놀랍기만 했다. 그래서 남궁은 두 눈을 반짝거리며 가만히 할아버지의 수염만을 바라보고 있었다.

먼저 아버지가 방바닥에 두 손을 짚고 너붓이 할아버지에게 절을 했다. 그리고 남궁을 돌아보며,

"할아버지시다. 인사드려라."

하고 일렀다.

남궁은 아버지가 한 대로 얼른 조그마한 두 손을 방바닥에 짚고 납작 엎드렸다 일어났다. 그러자 할아버지가,

"아이고 이 녀석 절도 잘하는구나. 어디 이리 와봐라."

하면서 두 손을 앞으로 내밀었다.

남궁은 스스럼없이 할아버지에게 가서 안겼다. 할아버지는 어린 손자 녀석이 귀엽기만 한 듯 조그마한 궁둥이를 토닥토닥 두들겨주며 주름이 접힌 얼굴에 은은한 미소를 지었다. 남궁은 할아버지에게 안긴 채 그 너불너불한 수염을 빤히 바라보다가,

"할아버지 수염 참 좋다."

불쑥 말하고는 얼른 두 손으로 수염을 만지작거렸다.

"할아버지 수염을 그러면 안 돼."

아버지가 살짝 눈을 흘겼다. 그러나 할아버지는,

"좋으냐? 그 녀석. 허허허……."

기분이 좋은 듯 너털웃음을 웃었다.

남궁은 아버지의 눈치를 한번 보고는 할아버지의 수염에다가 제 볼때기를 갖다 대보며,

"참 좋다, 간질간질하다. 히히히……."

재미가 좋은 듯 킬킬거렸다.

마을의 사당에서 제향을 올릴 때에 본 할아버지의 수염은 어린 남궁의 눈에 더욱 경이롭게 위엄있는 것으로 비쳤다.

사당은 마을 안쪽 호젓한 곳에 깊숙이 자리잡고 있었다. 많은 일가 친척들이 모여 푸짐하게 차려진 다례상(茶禮床) 앞에서 제향을 올리는데, 그 한 가지 한 절차를 시종 할아버지가 이끌어 나갔다. 할아버지는 하얀 모시 두루마기에 갓을 쓰고 있었다. 그런 차림에는 그 허옇고 너불너불

한 수염이 한결 잘 어울리는 것 같았다. 아버지 역시 두루마기를 입고 있
었는데, 두루마기를 입은 아버지의 모습을 처음 보는 남궁은 기분이 이
상하기만 했다. 할아버지는 그런 모습이 잘 어울리는데, 아버지는 어쩐
지 좀 얄궂어 보였다. 아버지는 역시 양복을 입어야 되는 모양이라고 속
으로 생각했다. 다른 제관들도 모두 한복 차림이었고, 갓을 쓴 노인도 몇
사람 있었다. 그러나 그런 가운데서도 어린 남궁의 눈엔 할아버지가 유
난히 돋보였다. 의젓하고 늠름했고, 훤하기까지 했다. 제향의 절차를 이
끌어 나가는 제주(祭主)여서 그렇기도 했지만, 그래서보다도 그 너불너
불하게 흘러내린 허옇고 푸짐한 수염 때문이었다. 만일 할아버지의 얼굴
에 수염이 없었다면, 있어도 좀스럽게 쪼뼛하거나 곱슬곱슬해서 보잘것
이 없었다면 결코 그런 위엄이 우러나 보이지는 않았을 것이다.

  제향이 어지간히 진행되어 음복(飮福)하는 차례가 왔다. 제주를 제관
들이 차례차례 나누어 마시고, 밤이나 대추를 한 개씩 집어먹는 절차였
다. 할아버지가 맨 먼저 잔을 들어 한 모금 마시고, 제기(祭器)에 수북이
담긴 대추를 한 개 집어 입으로 가져갔다. 그리고 잔을 다음 제관에게 넘
겼다. 잔은 친족의 항렬과 촌수에 따라서 차례차례 돌아갔다. 잔을 받아
한 모금씩 마시고 대추를 집는 사람도 있었고, 밤을 집는 사람도 있었다.
대체로 늙은네들은 대추를 집었고, 젊은 축들은 밤을 집었다. 음복 때 대
추를 집어먹으면 대추처럼 쪼글쪼글해질 때까지 살고, 밤을 집어먹으면
깎아놓은 하얀 알밤 같은 아들을 낳는다고 해서 그러는 것이다.

  잔이 제관들 하나하나를 다 거치고 나자, 할아버지는 어린 남궁을 가
까이 오도록 불러서,

  "자, 너도 음복을 해야지. 종손인데…….”

하고 잔을 건네주었다.

  남궁은 약간 어리둥절했으나, 서슴없이 잔을 받았다. 놋쇠로 된 술잔
을 두 손으로 들고 그 속에 절반 가량 담긴 뿌우연 술을 들여다 보다가
그만 꼴칵꼴칵 다 마셔버렸다. 그리고 약간 콧등을 찡그리며,

  "야, 맛 좋다. 좀 시그럽다.”

하고 킥 웃었다.

210

그러자 제관들은,

"야, 이거 과연 우리 종손일세."

"남자는 그래야지. 암, 그래야 대장부지."

"나중에 큰 인물 되겠는데……."

"술 잘 마신다고 큰 인물 되나."

"하하하……."

"허허허……."

떠들썩하게 웃어댔다.

"대추를 먹든지 밤을 먹든지, 한 개 집어먹어."

하고 할아버지도 기분이 좋은 듯 허연 수염을 쓰다듬어 내렸다.

남궁은 먹음직스럽게 깎아놓은 하얀 알밤을 한 개 집어 뽀도독 깨물었다.

제청(祭廳) 밖에서 제삿일을 거들며 구경을 하고 있던 아낙네들도 대견하고 재미있고 귀엽기도 해서 서로 수근수근 웃음들을 나누었다.

말하자면 그때 마신 술이 남궁으로서는 최초의 음주인 셈이었다. 별로 크지 않은 잔에 절반 가량 담긴 술이었으나, 집에서 빚은 것이어서 취기가 대단했었다. 온통 얼굴이 발그레 물들어가지고 비실거렸으나, 묘하게 가슴이 두근거리며 눈앞이 아른아른한 것이 결코 기분이 나쁘지는 않았었다.

"술을 마실 소질은 타고났던 것 같애. 그 후부터는 제사 때면 으레 음복을 하는 것으로 알고, 혹시 나를 빠뜨릴 눈치면 나도……하고 손을 내밀어 사람들을 웃기기도 했다니까. 제사라면 곧 술이 머리에 떠올랐지 뭐야."

남궁의 말에 진 여사는,

"말하자면 그때부터 중독이 된 셈이군요."

하고 히힉 웃었다.

"남자들은 누구나 어릴 때 제사를 지내며 음복을 한 게 술을 배우게 된 시초라고 할 수 있지. 나도 그랬거든. 보자……나는 처음으로 음복을 한 게 일곱 살인가 여덟 살 때로 기억되는군."

내가 말하자, 그녀가 다시 익살스럽게 받았다.

"남궁 화백보다 삼사 년 늦게 술꾼이 된 셈이네요."

"진 여사 정말 말재주가 비상해. 알아줘야 된다니까."

남궁은 무척 유쾌한 듯 정종 컵을 쭉 비우고, 그것을 그녀에게 건넸다.

그리고 다시 수염 이야기를 계속했다.

"할아버지는 그렇게 수염이 대단했는데, 아버지는 별로 신통치가 않았어. 아버지 역시 말년에는 고향에 돌아가 사시며 수염을 길렀는데……."

이번에는 아버지의 수염에 관한 얘기였다.

남궁의 부친은 해방이 되자, 전매서의 책임자 자리에 앉게 되었다 한다. 전매서장으로 이 고장 저 고장을 전전하다가 정년 퇴직이 되자, 객지 생활을 청산하고 고향 마을로 돌아갔다. 그때는 아직 남궁의 조부가 생존해 있었는데, 몇 해 후 팔십의 장수를 누리고 돌아가시자, 그 뒤를 이어 남궁의 부친이 가문의 종손으로서 선영을 지키고, 사당에서 제향을 주재(主宰)하고, 마을을 돌보게 되었다. 그렇게 되자, 남궁의 부친 역시 선고(先考)처럼 수염을 길렀다.

그런데 남궁의 부친의 수염은 할아버지의 수염처럼 푸짐하지도 않았고, 너불너불하게 앞가슴까지 흘러내리지도 않았으며, 또 말년이 되어도 허연 빛깔로 곱게 바뀌지도 않았다. 한 마디로 할아버지의 수염에 비하면 어림도 없었다. 그렇다고 아주 볼품없는 그런 것은 아니었다. 할아버지처럼 귀 밑에서부터 볼을 덮으며 더부룩하게 자라나는 구레나룻은 아니었지만, 코 밑이랑 턱에 그런 대로 짙게 돋아났다. 그러나 턱에 돋아난 수염도 시원하게 아래로 흘러내리질 않고, 중도에 시들어져버린 듯한 꼴이었다. 그리고 수염이 어딘지 모르게 부드러운 느낌이 없고, 건조해 보였다. 할아버지의 수염은 부드러우면서도 윤기까지 느껴졌었는데 말이다. 빛깔 역시 말년이 되어도 허옇게 바뀌지가 않고, 검은 것과 흰 것이 뒤섞여 마치 회색의 수염인 것만 같았다.

남궁은 미술대학을 나와 고등학교에서 그림 선생 노릇을 하다가 삼십

대 중반부터는 화단에 두각을 나타내게 되어 직장을 그만두고 그림만을 그리는 직업 화가가 되었는데, 고향에 다니러 가면 화가이기 때문에 그런지 부친의 수염을 예사롭게 보아넘기지 않았다. 회색의 수염이라는 생각이 든 것도 말하자면 화가의 눈이기 때문일 것이다.

남궁은 부친의 수염을 볼 때마다 절로 할아버지의 수염이 떠오르곤 했다. 할아버지의 수염은 그처럼 아주 훌륭했는데, 부친의 수염은 왜 훨씬 미치지 못하는 것일까 하는 안타까운 생각이 들기도 했고, 두 분의 수염이 나란히 머릿속에 그려지면서 할아버지는 매우 큰 사람으로 떠오르고, 부친은 상대적으로 그보다 작은 사람으로 떠오르기도 했다. 단순히 두 수염의 비교에서 오는 연상인지, 다른 어떤 의미가 가미되어서의 일인지는 잘 알 수가 없었으나, 아무튼 그런 생각이 들어 부친에 대해 조금 미안스럽기도 했고, 부친의 수염을 보는 게 약간 민망스럽기도 했다.

남궁이 그처럼 고향에 다니러 가서 부친의 수염을 보고 할아버지의 수염을 떠올리며 고인이 된 할아버지에 대한 은근한 흠모감에 젖곤 했던 것은 말하자면 어린 시절에 대한 그리움이기도 했고, 옛 고향에 대한 아련한 향수 같은 것이라고도 할 수 있었다.

"나도 수염을 길러볼까 하는 생각이 든 것은 이삼 년 전의 일이지. 선물로 큼직한 앨범이 한 개 들어와서 묵은 사진들을 정리하다가……."

남궁은 술이 꽤 된 듯 약간 혀가 매끄럽게 돌아가지 않는 것 같은 그런 목소리로 얘기를 이어나갔다. 진 여사도 눈자위가 조금 게슴츠레해가지고 여전히 교태를 풍기는 듯한 표정으로 듣고 있었고, 나 역시 혼혼한 취기에 젖어 찔끔찔끔 정종으로 계속 입 안을 축이면서 색다르다면 색다른 남궁의 얘기에 귀를 기울였다.

고등학교에서 그림 선생 노릇을 할 때의 어떤 제자로부터 이삼 년 전에 큼직한 고급 앨범을 하나 선물로 받은 남궁은 묵은 사진들을 하나하나 정리해서 연대순으로 차례차례 그 앨범에 붙여나갔다 한다. 그 앨범의 맨 첫장에 붙인 사진이 다름 아닌 할아버지의 회갑연 때 사진이었다. 남궁이 지니고 있는 사진들 가운데서 가장 오래된 것으로 꽤나 누렇게 퇴색되어 있었다. 차일 밑에 교자상이 차려지고, 그 정면 한가운데에 할아버지와 할머니가 앉고, 둘레에 가족과 친척들이 앉거나 서거나 해서 찍은 사진이었다. 남궁은 어머니의 품에 안겨 있었다. 두어 살 되어보였다. 그 회갑연 때의 사진 속에서도 할아버지의 수염은 벌써 너불너불하게 흘러내리고 있었다.

할아버지의 사진은 두어 장 더 있었다. 어느 사진에서나 다 수염이 그 위용을 자랑하고 있었다. 그리고 부친이 수염을 기른 모습으로 등장하는 사진도 몇 장 앨범에 붙여졌다.

그렇게 사진들을 정리해서 앨범에 붙여나가며 남궁은 문득 내가 수염을 기르면 어떻게 될까, 나도 수염을 한번 길러봐야지 하는 생각을 했다. 할아버지와 부친의 두 수염과 연관시켜서 자기의 수염은 어떤 위치에 놓이게 될까, 두 수염의 중간이 될까, 맨 아래가 될까, 아니면 할아버지의 수염과 동격이 될까, 혹은 그 이상이 될까, 하는 호기심이 작용했다고 할 수 있다.

이삼 년 전에 그런 생각을 했었지만, 실제로 이번에 수염을 기르기 시작한 데에는 그럴 만한 까닭이 있었다.

"호호호……."

남궁은 좀 쑥스러운 듯 묘하게 웃고 나서,

"요 얼마 전에 술을 마시고 귀가하다가 길에서 미끄러졌지 뭐야. 눈이 오는 밤이었어. 아침에 일어나 보니까 코 밑 한쪽에 상처가 생겼더라니까. 엎어졌을 때 방바닥에 부딪친 모양인데, 코는 아무렇지도 않고, 입술 위 여기에 상처가……."

하면서 남궁은 손가락으로 한쪽 코 밑을 가리켜 보였다.

"그래서 상처를 카무플라주하기 위해 수염을 기르기 시작했다 그 말이군요, 호호호……."

참 재미있다는 듯이 진 여사는 깔깔거렸다.

"그 계기가 술꾼답군."

나도 빙글빙글 웃지 않을 수 없었다.

벌써 면도를 안 한 지가 꽤 되는 듯 남궁의 수염은 제법 검실검실해서 손가락으로 가리키기까지 했으나, 이미 잘 가려져 그 자리에 상처 같은 것은 보이지가 않았다.

　이듬해 늦은 봄 어느 날 오후, 나는 볼일이 있어 인사동 쪽으로 나갔
다가 용무를 마치고 수정엘 들렀다. 오래간만이었다.
　화랑에는 젊은 화가들의 그룹전이 열리고 있었다. 그림들을 대충 둘러
보고 사무실로 갔다. 문을 열고 들어서니,
　"어머, 어서 오세요."
　진 여사가 약간 놀라듯이 반기며 자리에서 일어났다. 그녀는 벌써 하
늘하늘한 반팔 블라우스에다가 밝은 낙타색의 짧은 치마를 입고서 오십
중반인데도 제법 신선한 여름 맛을 풍기고 있었다.
　"오, 마침 잘 오는군."
　남궁도 거기 앉아 있었다.
　두 사람의 젊은 화가가 인사를 했다. 그룹전에 출품한 화가들인데, 그
이름은 얼른 떠오르지 않았으나, 안면은 있는 사람들이었다. 둘러앉아
깡맥주를 기울이고 있는 중이었다.
　"먹을 복이 많으시군요. 자, 이리 앉으세요."
　진 여사가 깡맥주 하나를 푹 따서 내게 건넸다.
　"먹을 복이 아니라, 마실 복이지."
　웃으면서 나는 그것을 받았다. 그리고 자리에 앉았다.
　진 여사는 그 동안 두어 차례 만났으나, 남궁은 그의 화실에 찾아갔던
그 이후로 처음이었다. 그러니까 어느덧 다섯 달 만이었다.
　남궁의 얼굴 모습은 다섯 달 전과 매우 달라져 있었다. 물론 수염 때
문이었다. 수염이 꽤나 더부룩하게 자라 있었다. 귀 밑으로부터 시작되
는 구레나룻은 아니었으나, 코 밑과 입 언저리 그리고 턱이 제법 검은 수
염으로 덮여 있었다. 그러나 수염이 길지가 않고, 곱슬곱슬하게 뒤엉긴
듯이 보였다. 어쩐지 제대로 쑥쑥 뻗어나질 못하고, 박토에 돋아난 풀처
럼 영양실조에 걸려 오그라들고 있는 느낌이었다.
　그러나 나는,
　"자네 수염 꽤 볼 만하군."

이렇게 말했다. 마치 그 말을 기다리고 있기라도 했다는 듯이 진 여사가 입을 열었다.

"그렇잖아도 지금 그 얘기를 하고 있던 중이에요. 어때요. 괜찮죠? 그런데 자꾸 남궁 화백은 틀렸다는 거예요."

"틀렸어. 아무래도 시원찮아."

남궁은 멋쩍은 듯 턱주가리에 돋아난 수염을 두어 번 쓱쓱 쓰다듬었다.

"괜찮은데 그래……."

나는 일부러 정색을 하고 말했다. 솔직하게 말하면 나 역시 신통찮다고 생각하고 있었다. 그러나 그 정도면 틀렸다고까지는 할 수 없을 것 같았다. 그런 대로 더부룩하게 얼굴의 아랫부분을 덮고 있으니 말이다. 멋있고 의젓한 것은 못 되지만, 결코 남 보기에 을씨년스러운 수염은 아닌 것이다.

"반년이 다 되어 가는데도 이 모양이니 어디……."

남궁의 말과 표정에서 어쩐지 그가 자기의 조부와 부친, 두 분의 수염과 견주어서 하는 말인 것 같은 느낌이 문득 들어서 나는,

"자네 할아버지의 수염보다는 못한 것 같고……어떤가? 부친의 수염과 비교하면……."

이렇게 물어보았다. 전번에 그에게서 들은 얘기로 미루어보아 그의 부친의 수염과는 어느 정도 비슷한 수준이 아닐까 하는 생각이 드는 것이었다.

"못 해."

남궁은 한 마디로 잘라 말했다.

"그래? 들은 얘기로 짐작컨대 자네 부친의 수염과는 비슷하지 않을까 싶었는데……."

"아냐, 우리 아버지의 수염도 괜찮았어. 이것보다는 훨씬 수염다웠지."

그러면서 남궁은 이번에는 약간 자조적으로 코 밑을 덮고 있는 수염을 손가락 끝으로 아무렇게나 쓱쓱 비비듯이 옆으로 문질러 보았다.

"그럼 뭐 이제 판정이 난 셈이군요. 삼등으로……."

진 여사가 말하자,

"맞아요. 삼등이야, 삼등. 꼴찌지, 꼴찌."

하고 남궁은 꿀꺽꿀꺽 크게 두어 모금, 깡맥주를 기울였다. 그러나 할아버지와 아버지에게 못 미친 셈이니 뭐 별로 창피하거나 서운할 것은 없다는 그런 표정이었다.

두 젊은 화가는 무슨 얘긴지 자세히는 알 수가 없으나, 대충 짐작은 가는 듯 흥미있게 듣고 있다가 그 중 한 사람이 불쑥 입을 열었다.

"말하자면 삼대의 수염 품평(品評)인 셈이군요."

'품평'이라는 말에 나는 어쩐지 실소를 금치 못했다. 직계 삼대의 수염을 비교해서 삼등이니 꼴찌니 하는 터이니, 말하자면 품평임엔 틀림없다. 그러나 선배 화가의 면전에서 그 집의 수염 얘기를 두고 서슴없이 품평이라는 좀 실례되는 말을 내뱉다니, 그 젊은 화가의 당돌함이라 할까 무례함이라 할까 그런 점에 나는 속으로 약간 놀라지 않을 수 없었다. 그러면서도 충분히 재치는 있는 표현이라고 생각했다. 요즘 젊은 사람들의 어떤 전형적인 면을 보는 듯했다. 나는 남궁의 표정을 힐끗 보았다.

"품평이라……."

남궁은 고개를 두어 번 끄덕이며 비시그레 코 언저리에 웃음을 떠올렸다. 좀 곤혹스러운 듯한 기색이 엿보였다.

"그런데 말이야……."

남궁은 목소리를 약간 높여,

"내 수염이 왜 할아버지와 아버지보다 못한지 모르겠어."

하고 말했다. 어떻게 들으면 마치 바보가 지껄이는 말 같았다.

"그 이유를 모르겠단 말이야……."

그러자 진 여사가 두 화가에게 남궁의 조부와 부친의 수염에 대해서 들은 대로 대충 얘기해주었다. 그리고 남궁이 수염을 기르게 된 것도 말하자면 두 선대(先代)와 비교해보고 싶은 호기심이 그 동기인 것 같다고 덧붙였다.

"아, 그렇군요. 그럼 뭐 순리대로 된 셈이네요. 할아버지가 일등이고,

아버지가 이등, 남궁 선생이 삼등……하하하…….”

품평이라는 말을 꺼낸 그 젊은 화가였다. 이번에도 역시 품평이라는 말을 지껄였을 때와 마찬가지로 어딘지 모르게 약간은 무례함이 내비치는 그런 어투였다. 아마 본래 그런 성품인 듯 그 얼굴에서 어떤 짓궂음이나 고의 같은 것은 전혀 느낄 수가 없었다. 그래서 나는 되도록 자연스럽게,

“순리대로는 된 셈이지만, 왜 그렇게 차례차례 수염이 못 해가는지, 그 까닭이 궁금하다는 거 아니오.”

하고 말했다.

“거기 무슨 이유가 있겠습니까? 자연히 그렇게 된 거지.”

그러자 남궁이 좀 굳어진 듯한 표정으로 입을 열었다.

“자연히 왜 그렇게 되느냐 그 말이야. 자연히 그렇게 되는 게 순리라면 말하자면 자꾸 퇴화하는 게 순리가 된다는 얘기 아닌가. 안 그래?”

“퇴화가 순리라……글쎄요…….”

그 젊은 화가도 얘기가 그렇게 되니 무엇에 부딪친 듯한 느낌인 듯 좀 수긋해졌다.

“얘기가 재미있게 되는데요.”

진 여사가 흥미 진진하다는 듯이 눈에 반짝 미소를 띠며 깡맥주를 한 모금 꼴깍 마셨다. 남궁이 별안간 젊은 사람들에게서 흔히 볼 수 있는 철학적인 치기라 할까, 그런 것을 내풍긴다는 생각은 들었으나, 나 역시 화제가 재미있게 돌아간다 싶어,

“그렇지, 퇴화가 순리라면 진화론을 수정해야 될 판이군.”

하고 약간 농담조로 남궁의 편을 들듯 말했다.

그 젊은 화가는 한 대 먹은 기분인 듯 묘한 냉소와 함께 얼굴이 이지러지더니, 곧 반격을 가하듯 내뱉었다.

“그럼 수염이 자꾸 길어지는 게 진화론이겠군요. 우린 고등학교 시절에 그렇게 배우질 않았는데요.”

“핫핫하…….”

크게 웃음을 터뜨린 것은 그의 동인인 또 한 사람의 젊은 화가였다.

냅다 박수를 치는 듯한 그런 웃음이었다. 이번에는 내가 한 대 먹은 느낌이었다.

"호호호……."

진 여사도 웃었다.

그러니까 말하자면 좌중이 세 갈래로 갈렸다고 할 수 있었다. 두 젊은 화가가 한패고, 남궁과 내가 같은 패이며, 진 여사는 이쪽도 저쪽도 아닌 중간자 비슷한 위치라고 할까.

"미스터 배, 이제 보니 재치가 대단하군요. 어떻게 그렇게 척척 말을 잘 받아넘기죠?"

그러니까 그 약간 당돌하고, 무례하기도 한 것 같은 젊은 화가의 성이 배씨였다. 진 여사의 그 말에 미스터 배는,

"뭐 그저 보통이죠."

하고 마치 무슨 토론에서 승리를 거두기라도 한 듯 득의연한 표정을 지었다. 그러나 나와 남궁을 의식해서 얼굴에 떠오르려는 웃음을 애써 뭉개버리는 것 같았다.

그러자 진 여사는 어쩐지 자신이 두 젊은 화가의 편에 선 것 같았는지 재빨리 자기 의견을 내놓았다.

"나는 유전이라고 생각해요. 차례차례 수염이 못 해가는 게 남궁 화백 집안의 유전이지 뭐겠어요. 안 그래요?"

"유전이라……그렇게 말하면 할 말이 없지."

남궁은 그 말에 두 손을 드는 듯하다가 다시 이의를 달았다.

"유전의 법칙이 꼭 그렇게 아래로 내려갈수록 못 해지는 건가요? 그럼 퇴화가 곧 유전의 법칙이라는 말 아니오."

"유전의 법칙이 반드시 그런 건 아니겠지만, 좌우간 남궁 화백네 가계의 유전이지, 그럼 뭐겠어요? 수염에다가 비료를 덜 주어서 그런 것도 아니고……."

"헛헛허……."

이번에는 나부터 폭소를 터뜨렸다. 두 젊은 화가는 말할 것도 없고, 남궁도 자신도 냅다 웃어젖뜨렸다.

웃음판이 가라앉자, 내가 말했다.

"후천적인 요인도 무시할 수가 없을 거예요."

'비료를 덜 주어서'라는 말에서 나는 문득 후천적인 요인이 작용할 수도 있지 않을까 하는 생각이 들었던 것이다. 유전은 순전히 선천적인 것을 의미하는데, 선천적인 것과 함께 어쩌면 후천적인 요인도 작용해서 수염이 선대 때보다 못 해질 수도 있는 게 아닌가 말이다.

"후천적인 요인이라뇨? 구체적으로 어떤 것……?"

진 여사의 표정이 진지해졌다. 다른 사람들도 모두 나에게 시선을 집중시켰다.

"가령 예를 들면 장질부사 같은 열병을 앓고 나면 머리카락까지 다 빠지지 않아요? 어릴 때 그런 큰 병을 앓았다든지, 혹은 폐결핵 같은 병에 오래 시달렸다든지 하면 그 영향으로 노년에 수염 자라는 것도 시원찮을 수가 있지 않을까 그런 얘기죠. 그런 큰 병은 유전인자에게 어떤 작용을 할 수도 있지 않겠는가……물론 실제로 그런지 과학적인 것은 알 수가 없지만……말하자면 그런 게 후천적인 요인이죠."

"과학으로도 그런 것까지는 밝히지 못할 거예요."

"병과 유전인자와의 상관 관계인 셈인데, 글쎄요……요즘 유전공학이라는 게 놀랄 정도로 발달했다고 하니 실제로 어떤지 알 수가 없지만, 아마 아직 거기까지는 미치지 못했겠죠. 어릴 때, 가령 다섯 살 때 장질부사를 앓았다면 그 영향이 오십 년 후인 오십오 세 때 수염 기른 일에 작용을 하는지 어떤지……장차는 그런 것까지 밝힐 수 있을지 모르지만, 아직은 불가능할 거예요."

두 젊은 화가 중에 지금까지 아무 말이 없던 쪽이 입을 열었다. 그는 다른 한 친구와는 달리 조용한 성품인 듯 말투도 차분했다.

"후천적인 요인이라면 물론 병도 큰 요인이겠지만, 환경도 중요한 요인이 되지 않을까요?"

"환경?"

진 여사의 반짝이는 시선이 그쪽으로 갔다.

"생활 환경 말입니다. 무엇보다 우선 공해 같은 거 말이죠."

220

"공해라……흠——."

이번에는 내가 매우 재미있는 의견이다 싶어 고개를 끄덕였다.

"자나 깨나 마시고 있는 공기부터가 옛날에 비해서 월등히 오염이 되어 있지 않습니까. 시골은 그렇지도 않겠지만……그리고 물도 약품으로 정화시킨 물이고, 또 소음은 어떻습니까? 온통 소음 속에서 살아간다고 해도 과언이 아니잖아요. 그런 것도 병에 못지 않게 영향이 있을 것 같애요."

"음식도 그렇다고 볼 수가 있죠. 요즘의 인스턴트 음식에는 거의 다 방부제가 들어 있잖아요. 농작물에는 농약이 묻어 있고……."

진 여사가 동감이라는 듯이 말했다. 나도 동의를 표하듯 덧붙였다.

"공해뿐 아니라, 사람이 너무 밀집해 사는 것도 한 가지 요인이 될지도 몰라요. 아파트 생활을 생각해보세요. 그게 제대로 사람 사는 주거 형태라고 할 수 있어요? 토끼장 속에 토끼가 사는 꼴이지. 남궁도 아파트에 살고, 나도 아파트에 사는데……정말 어떤 때는 답답해서 숨이 막힐 것 같기도 하단 말이야. 남궁은 어때? 안 그래?"

"정말이야. 때로는 여간 신경이 피로하지가 않아. 그림을 그리고 있을 때 이웃집에서 냅다 피아노를 쳐대기라도 하면 질색이지. 화실을 옮긴 뒤론 그런 일이 없어서 좀 낫더군."

"아파트는 특히 예술하는 사람들에겐 안 맞을 거예요. 좀 넓은 정원도 있고 해서 화초도 심고, 정원수도 가꾸고 해야……."

진 여사의 말에 이어 미스터 배가 불쑥 입을 열었다.

"아파트뿐인가요. 어딜 가나 사람 때문에 진절머리가 나요. 긴장, 초조, 불안, 공포, 우울, 고독……이런 현대인의 정신 장애가 말하자면 다 사람들이 너무 많이 밀집해 사는 도시라는 괴물 때문에 생긴 거죠. 그런 건강하지 못한 정신 상태가 어쩌면 유전인자에게 영향을 주는 결정적인 요인일지도 몰라요. 정신이 육체를 지배한다고 해도 과언이 아니니까요."

"그렇다면 현대인은 누구나 다 수염이 잘 자라기는 글렀군요."

진 여사가 웃으며 말하자,

"보세요. 바로 남궁 선생 수염이 실증을 하고 있잖아요. 그래서 현대인들은 아예 수염을 기르질 않고, 싹싹 밀어버리는 거죠. 볼품없는 수염은 없는 것보다 못 하거든요. 노인들의 턱에서 수염이 사라진 게 다 까닭이 있는 거예요."

미스터 배는 이렇게 받아넘기고서 힐끗 남궁의 표정을 살피듯 바라보았다. 수염을 기르고 있는 선배 화가 앞에서 좀 말이 노골적이 아니었는가……이번에는 그런 생각이 드는 모양이었다.

그러나 남궁은 별로 언짢은 기색이 없이 오히려 두어 번 고개를 끄덕이고서,

"충분히 일리가 있는 얘기야. 현대인과 수염은 잘 어울리시도 않는 것 같애. 양복을 입고 아파트에 살면서 수염을 길게 기른다는 게 어쩌면 난센스인지도 몰라."

그리고 진 여사 쪽으로 시선을 돌리며 말을 이었다.

"나는 말이지, 내 수염이 할아버지나 아버지보다 못한 게 아무래도 고향을 등졌기 때문이 아닌가 하는 생각이 들어요. 일부러 내가 고향을 등지려고 한 건 아니지만, 처음부터 객지에서 태어났고, 객지에서 자랐으며, 성인이 되어서는 줄곧 서울에 살아서 이제 말하자면 서울에 뿌리를 내린 셈이니, 결과적으로 고향을 등진 격이 됐거든. 평생을 고향을 지키며 사신 할아버지가 제일 수염이 훌륭했고, 객지 생활을 하다가 말년에 고향으로 돌아가신 아버지의 수염이 그 다음이며, 내가 꼴찌인 걸 보면 그런 생각이 들기도 하거든. 어때요? 허허허……."

"그럴 듯한 생각이군요."

진 여사의 말에 이어 미스터 배도,

"고향을 등졌다는 건 곧 도시인이 됐다는 뜻이니까 결국 현대인과 수염의 관계와 비슷한 얘기죠."

이렇게 동의하는 쪽으로 말했다. 남궁이 다시 덧붙였다.

"더구나 나는 종손이거든요. 고향을 지킬 의무가 있는 종손이 고향을 등졌으니……."

"벌을 받아 수염이 잘 자라지 않는다 그 말인가요?"

조용한 성품의 젊은 화가가 몹시 재미있는 모양이었다. 나 역시 실소를 금치 못하면서도,

"말하자면 후천적인 요인 중에도 윤리적인 측면인 셈이군."

하고 고개를 크게 끄덕였다.

그때, 따르르……전화벨이 울렸다. 진 여사가 얼른 일어나 전화기 쪽으로 가서 수화기를 들었다.

"……응, 그래 그래, 곧 나가지. 알았어."

그러나 남궁이,

"자, 깡맥주도 떨어졌고……일어서 볼까. 시시한 얘기 많이 했네."

하면서 자리에서 몸을 일으켰다. 나도 자리에서 일어나며 말했다.

"시시하다니, 자네 수염 덕분에 재미있고 유익한 얘기 많이 했어. 근래에 이런 좋은 얘기 나눠본 일이 없다니까."

"허허허……이 친구 왜 이래?"

"정말이라니까."

정말 나는 재미있는 얘기라는 생각이 들었다. 좀 허황하기도 하고, 치기 같은 것이 느껴지기도 하지만, 그러나 이색적인 화제가 아닐 수 없었다.

두 젊은 화가도 일어섰다.

"자, 이차로 갑시다. 사천집에 가서 한 잔 더 합시다."

미스터 배가 기분이 좋은 듯 뇌까리며 앞장을 서 사무실을 나섰다.

"사천집에들 가 계세요. 친굴 잠깐 다방에 가서 만나고, 그리고 갈게요."

진 여사의 말에 남궁이,

"예쁜 친구 같으면 친구도 데리고 와요."

하면서 히죽 웃었다.

남궁의 개인전이 열린 것은 그 해 늦은 가을이었다. 그의 개인전 소식을 나는 신문 문화면에서 보았다. 물론 집으로 초대장이 보내와 있을 터였지만, 나는 그 무렵 시골 고향 쪽에 내려가 있었다. 시골에서 처남이

과수원을 경영하면서 젖소도 여러 마리 키우고 있는데, 그 처남의 주선
으로 밭을 삼천 평 가량 구입해서 거기에 포도나무를 심느라고 처남 집
에 가 있었던 것이다. 그 무렵뿐 아니라, 그 해는 그런 일 저런 일로 나
는 서울로 떠나 있는 일이 많았다. 그래서인지 수정 화랑에서 깡맥주를
마시며 수염 이야기를 나눈 뒤론 한 번도 남궁을 만나질 못했었다.

　신문에서 그의 개인전 소식을 안 나는 전람회가 열리고 있는 동안에
한번 서울에 다녀오기로 마음먹었다. 포도밭 만드는 일을 내 손으로 직
접 하는 것은 아니었으나, 일이 여간 많고 번거로운 게 아니어서 처남에
게만 내맡길 수가 없어서 나도 그 일에 매달려 있었던 것이다.

　전람회 기간이 일주일이었는데, 닷새쨋가 되는 날이 마침 토요일이어
서 그날 나는 시골을 떠나 서울로 향했다. 서울에 도착한 것은 오후 세
시경이었다. 나는 곧바로 전람회장으로 갔다. 동숭동에 있는 미술회관에
서 열리고 있었다.

　회장에 들어서니, 입구 쪽에 놓인 소파에 남궁이 미술대학 학생인 듯
한 아가씨 두 사람과 앉아서 얘기를 나누고 있었다. 프로그램을 한 장 받
아쥐고 다가가니,

　"오우, 오래간만이야."

　남궁이 일어나 손을 내밀었다. 보니까 그의 얼굴에서 수염이 사라지고
없었다.

　"축하하네."

　악수를 나누고서 나는 대뜸,

　"아니, 수염을 단념한 모양이지?"

하고 말했다.

　"벌써 언제 깎아버렸다고. 보자……그러고 보니 자네 만난 지가 퍽 오
래 됐군."

　"그때 왜 수정 화랑에서 만나 깡맥주를 마시며 자네 수염 얘길 했었잖
아. 그리고 사천집엘 갔었지. 늦은 봄이었던가. 그 후 처음이지."

　"맞어. 그 뒤 한 달 가량 더 길러봤는데 역시 안 되겠더군. 그래서 깎
아버렸지."

224

"그랬군, 앉아 얘기하라구. 그림 좀 구경하고…….."

"그래, 곧 진 여사도 올 거야. 오픈 때 왔었는데, 또 놀러온다고 조금 전에 전화가 왔어."

"잘 됐군. 오래간만에 한 잔 해야지."

그리고 나는 그림 쪽으로 걸음을 옮겨갔다.

넓은 전시장을 큼직큼직한 그림이 온통 메우다시피 하고 있어서 장관이었다. 프로그램을 보니 세 번째 개인전으로 되어 있었다. 칠년 만이라고 한다. 그러니까 칠 년 동안의 남궁의 그림이 대부분 전시되어 있는 셈이었다. 그리고 제작 연대에 따라서 차례차례 걸어놓은 것 같았다.

먼저 연등을 소재로 한 그림들을 볼 수가 있었다. 그 앞을 지나자, 다음은 홍시가 익어가는 시골 마을의 풍경이었다. 황토색 짙은 구상적(具象的) 추상화라고 할까. 남궁의 독특한 화법인 무수한 점이 뒤엉겨서 어렴풋이 형체를 이루며 떠오르는 풍경과 인물은 언제 보아도 좋았다. 물동이를 인 아낙네가 발그레 익어가는 감나무 밑을 지나가는 그런 그림 앞에서는 한참 나는 아련한 향수 같은 것에 젖기도 했다.

감나뭇골을 소재로 한 그림이 끝나자, 이번에는 매우 특이한 그림들이 전시장의 마지막 벽면을 장식하고 있었다. 연등에서 볼 수 있는 종교적인 것도 아니고, 홍시를 소재로 한 토속적인 것도 아닌 새로운 세계였다. 얼른 보기에 추상화 같았다. 그러나 흔히 볼 수 있는 현대적 감각의 추상화가 아니라, 어딘지 모르게 고풍스럽고, 서구적이라기보다는 동양적인 그런 분위기를 지니고 있는 추상화처럼 보였다. 지금까지의 그림들은 반추상(半抽象)이어서 내용이 무엇인가를 알 수가 있었는데, 이번에는 그게 무엇을 그린 것인지 쉬 알 수가 없었다.

나는 그 새로운 그림의 첫번째 작품 앞에 한참 멍하게 서 있었다. 기법은 여전히 전과 다름없이 점을 바탕으로 하고 있었다. 무수한 점이 뒤엉겨서 마치 무슨 가랑비가 내리는 것 같은 가느다란 선의 세계를 이루고 있었다. 흰색의 점과 회색의 점으로 이루어져서 화면이 회백색의 격조 높은 분위기를 풍겼다. 그러면서도 어딘지 모르게 고풍스러운 맛을 느끼게 했다. 처음에 나는 그게 가랑빈지, 아니면 눈이 내리는 광경을 표

현한 것인지……싶었다. 눈으로 보기에는 너무 선을 이루고 있었고, 가
랑비로 보기에는 그 선들이 은은히 흔들리고 있는 듯 유연한 곡선미를
띠고 있었다.

"하하, 그렇구나."

번쩍 머리에 와닿는 것이 있어서 나는,

"흠──과연……."

하면서 고개를 천천히 크게 끄덕였다. 그리고 그 자리에 가만히 선 채 다
음 그림 쪽으로 시선을 보냈다. 역시 마찬가지로 회백색의 은은한 선들
이 흘러내리고 있는데, 그것이 이번에는 다발을 이루듯 아래로 내려올수
록 그 폭이 좁아지고 있었다. 그 그림에는 윗부분에 느껴질 듯 말 듯하게
희미한 청록색의 산봉우리 같은 것도 어른거리고 있었다.

"틀림없어. 틀림없다니까."

속으로 중얼거리며 나는 첫번째 그림 앞으로 바싹 다가갔다. 그림의
제목을 보기 위해서였다. 작품들의 크기에 비해서 제목을 적은 종이는
너무 작았다. 명함 한 장만한 종이에 타이프로 찍은 듯한 필체로 제목이
적혀 있는데 보니 '회귀(回歸) 1'이었다. 다음 그림은 '회귀 2'로 되어 있
었다. 나는 말없이 가만가만 고개를 끄덕이며 차례차례 그림들을 보아나
갔다. 순서대로 '회귀 7'까지 있었다. 물론 전부가 회백색을 주조로 한 선
들로 이루어진 작품인데, 하나하나가 그 선의 질감도 다르고, 색채도 조
금씩 달랐다. 그리고 산을 비롯해서 나무랄지, 정자랄지, 혹은 냇물이나
구름 같은 느낌의 형체가 엷은 청록색으로, 흑갈색으로, 또는 등황색으
로 작품마다 보일 듯 말 듯 먼 배경처럼 어른거리고 있었다. 그런데 그런
형체들도 묘하게 고풍스럽게 느껴졌다. 동양적인 고전미라고 할까, 한적
하면서도 유현(幽玄)한 맛을 풍겼다.

그런 그림들을 보며 나는 문득 노자와 장자가 머리에 떠올랐다. 어쩌
면 노자의 세계, 장자의 세계가 저런 것이 아닐까 하는 생각이 들었다.
노장(老莊)의 경지를 그림으로 표현한다면 아마 저런 것이 될 듯 싶었
다. 남궁의 새로운 그림 세계가 매우 놀랍다고 생각하면서 흐뭇해 하고
있는데 누군가가,

"오래간만이군요."

하면서 옆으로 다가왔다. 진 여사였다. 그녀는 짙은 남색 바바리에 흰 털실로 짠 모자를 쓰고 있었다.

"시골에 내려가 계신다더니 언제 올라왔어요?"

"조금 전에 도착해서 곧바로 이리 왔죠."

"나한텐 전활 안 하시고……."

그녀는 살짝 곱게, 그러나 장난스럽게 눈을 흘겼다.

"그림 좋은데요."

내가 말하자,

"뭔지 알겠어요?"

하고 물으면서 공연히 재미있는 듯 미소를 머금었다.

나는 일부러 대답을 안 하고 빙긋이 웃기만 했다.

"수염이에요, 수염. 그럴 듯하죠?"

내 말에 그녀는,

"수염이라도 노자나 장자의 수염 같잖아요?"

"노자나 장자……? 어머, 그렇게 말하니 그런 느낌이 드는군요. 그런 세계 같아요, 정말……."

가볍게 두어 번 고개를 끄덕이고는 새삼스럽게 가만히 그림을 바라보았다.

―― 1985년

공예가 심씨의 집

근래에 와서는 주로 장도(粧刀)를 만든다는 공예가 심씨는 코 밑이며 턱에 수염을 기르고 있었다. 은빛으로 곱게 센 수염인데, 풍성하지는 못하고, 염소 수염 같았다.

바지 저고리에 옥색 조끼를 입고 있었다.

"오, 어서 오시오."

지 형(池兄)을 반가이 맞이하며, 그 뒤에 서 있는 나를 힐끗 보았다.

"자, 올라와요."

지 형이 먼저 구두를 벗었고, 나도 뒤따랐다.

장판에 기름이 자르르 흐르는 듯한 널찍한 방에 안내되어 형의 소개로 나는 심씨와 인사를 나누었다. 심씨는 머리도 백발이었다. 그러나 얼굴에 주름이 거의 없고, 피부에 윤기가 있을 뿐 아니라, 혈색도 연한 도화(桃花)빛 같아서 마치 하얀 가발과 가수(假鬚)를 달고 있는 듯한 인상이었다. 아마 회갑을 조금 넘지 않았을까 싶었다. 모발이 일찍 세는 형인 모양이었다.

지상을 통해서 잘 알고 있다면서 심씨는 적어도 대여섯 살은 아래인 나를 정중한 표정으로 반겼다. 그리고 문갑 속에서 명함을 한 장 꺼내어 주었는데, 어쩐지 좀 격에 어울리지 않는다 싶었다.

"저는 명함을 갖고 있지 않아서……."

나는 약간 미안해 하며 받아쥔 명함을 들여다보았다.

공예가협회 이사, 청인사(靑刃社) 대표라는 두 직함과 '沈龍'이라는 성

명이 눈에 들어왔다. 한쪽 가의 집 주소에 틀림없는 자잘한 글씨와 전화
번호는 돋보기를 안 끼고는 알아볼 수가 없었다. 이름이 매우 독특하다
는 생각이 들었다. 용 자는 흔히 이름에 쓰이는 터이지만, '沈'자 성 밑에
외자로 '龍'자가 붙으니 어쩐지 좀 거창하다 할까, 요란하다 할까, 그러
면서도 어딘지모르게 중국적인 냄새도 풍기는 듯했다. 염소 수염을 달고
있는 심씨의 용모에는 어울리지 않는 이름이라는 느낌이었다. 글자 그대
로 속에는 용 같은 것이 가라앉아 있는지는 알 수 없지만 말이다.

나는 심용이라는 그 성명이 처음이었다. 공예가협회 이사라면 그 방면
에 꽤 관록이 있는 모양인데, 그런 공예가가 있는지를 몰랐다. 본래 글
쓰는 사람과는 달리 공예가란 신문이나 잡지에 자주 이름이 오래내리질
않는 터이니 그럴 수밖에 없다.

청인사 대표라는 직함도 눈길을 끌었다. 대표라는 직함보다 '靑刃社'라
는 사호(社號)가 눈길을 끌었다는 게 옳겠다. 푸른 칼날을 뜻하는 '靑刃'
이라는 두 글자를 사호에 갖다 붙였다면……나는 대뜸 이 양반이 장도
를 파는 가게를 가지고 있거나, 아니면 장도를 만드는 조그마한 공장 같
은 것을 소유하고 있는 모양이라고 생각했다.

이 심씨가 근래에 와서는 주로 장도를 만드는 공예가라는 사실은 이
집을 찾아오기 조금 전에 지 형한테 들어서 알고 있었다. 지 형은 지방에
서 대학에 나가고 있는 친군데, 서울에 볼일이 있어 올라오면 꼭 나에게
전화를 한다. 중학교 시절의 학우인 것이다. 이번에도 전화가 와서 내가
종로 쪽으로 나와 점심을 같이 했다. 점심 먹는 자리에서 지 형은,

"오후에 별일 없으면 같이 세검정 쪽으로 안 가보겠나? 그쪽에 칼 만
드는 사람이 있는데, 그 집에 볼일이 있거든."
하고 말했다.

"칼 만드는 사람이라니, 대장장이 말인가?"

"대장장이가 아니라, 공예가지. 한 고향 사람인데, 요즘은 주로 장도
를 만들고 있지. 이번에 우리 학교에 박물관이 새로 문을 열게 됐어. 주
로 민속 관계 자료를 전시하는 박물관인데, 내가 책임을 맡았어. 그래서
거기 진열할 장도를 종류별로 몇 가지 그 사람한테 주문을 했어. 그걸 찾

으러 가는 걸세."

"응, 좋아. 같이 가세."

장도라는 말에 나는 묘하게 구미가 당겼다. 장도를 만드는 공예가의 집이라면 글장이의 직업의식에서랄까, 일부러라도 한 번 가볼 만한 곳인데, 좋은 기회가 아닌가. 어쩌면 재미있는 소재가 생길지도 모른다는 생각이 들었다. 그래서 점심을 마치고, 택시로 세검정 쪽으로 향했던 것이다.

심씨의 집은 자하문이 있는 세검정 고개 너머 산비탈에 있었다. 큰길에서 조금 올라가는 위치였는데, 대문 앞에서 바라보는 전망이 그만이었다. 북한산의 봉우리들이 한눈에 들어오는 것이었다.

"햐——."

"좋은데……."

지 형과 나는 고개를 끄덕이며 잠시 그 수려하고 장엄하기도 한 산세에 넋을 잃었다. 겨울이어서 흰 눈에 뒤덮인 봉우리며 산줄기들이 햇빛을 받아 산뜻하고 눈부시게 빛나고 있었다. 그대로 한 폭의 거대한 동양화였다.

"이런 곳에 살면 좋겠는데……."

지 형의 말에,

"글쎄 말이야."

나도 전적으로 동감이었다.

심씨와 지 형은 잠시 서로 문안 비슷한 얘기를 나누었다. 나는 방 안을 둘러보았다. 글씨 두 폭과 동양화 한 폭이 벽에 걸려 있고, 탈도 한 개 눈에 띄었다. 입술이 붉고, 안면은 흰빛인 상좌(上座)탈이었다. 그리고 한쪽에 그다지 크지 않은 사절 병풍이 펼쳐져 있었다. 춘하추동 네 계절을 수묵(水墨)으로 그리고, 글씨를 곁들인 문인화(文人畫) 병풍이었다. 그런 것은 흔히 볼 수 있는 것이어서 그저 심상했으나, 한 가지 눈길을 끄는 게 있었다.

액자에 담긴 칼이었다. 물론 장도인데, 짙은 꽃자주색의 공단인 듯 한 천을 배면(背面)에 깔고, 칼집을 뽑은 칼을 세워놓은 것이었다. 칼집도

230

함께 나란히 세워져 있었다. 그러나 장도에 으레 달려 있게 마련인 능주 끈은 보이지가 않았다.

장도를 장식해놓은 액자를 처음 보는 것은 결코 아니었다. 그런 전시 회에도 가본 적이 있었다. 그러나 지금까지 내가 본 것은 전부 칼집에 꽂혀 있는 장도였지, 저렇게 칼집에서 뽑아 칼날을 드러내어 장식을 한 액자는 처음이었다.

얼른 보기에도 오래된 장도라는 것을 알 수 있었다. 그 자루며 칼집에는 별다른 장식이 없었다. 그저 나무의 결이 그대로 문양(文樣)을 이루고 있는데, 오랜 세월에 퇴색되어 흐릿하게 가라앉아 보였다. 그러면서도 어딘지 모르게 고풍스러운 무게 같은 것이 느껴졌다. 칼날 역시 그 모양이랄지 빛깔이 옛것이라는 걸 느끼게 했다. 칼의 모양이 근래의 것처럼 직선이 아니라, 약간은 휘어지지 않았나 싶은 선을 이루고 있어서 조금 투박하다 할까, 촌스럽다 할까, 그런 느낌을 주었다. 빛깔 역시 오랜 세월에 둔탁하게 가라앉아 있었다. 그런데도 어디서 이는 기운인지는 몰라도 묘하게 섬뜩하면서도 외경스럽다 할까, 그런 가벼운 전율 같은 것을 자아냈다.

액자의 한쪽 위에 '金剛不壞一片心刀'라는 글자가 세필(細筆)로 씌어 있었다. 그 종이의 빛깔 역시 꽤 오래된 듯 바래어 보였다. 그 붓글씨는 심용 씨가 쓴 것 같았다. 그리고 장도의 명칭도 어쩌면 심씨가 지은 게 아닌가 하는 생각이 들었다.

어쨌든 무슨 내력이 있는, 값진 물건인 것만은 틀림없는 것 같았으나, 초면에 인사를 나누고서 바로 그런 질문부터 꺼내는 게 좀 뭣해서 나는 그저 속으로 궁금해하며 그 액자에서 시선을 거두었다.

문안 비슷한 얘기가 끝나자 지 형이,

"주문한 것 만드시느라 수고가 많으셨죠? 몇 가지나 만드셨는지…… 어디 좀 볼까요."

하고 용건을 꺼냈다.

심씨는 말없이 일어나 방문을 열고 나가더니, 곧 두 손으로 길쭉하고 납작한 나무 상자 몇 개를 포개어 들고 들어왔다. 그리고 그 상자들의 뚜껑을 하나하나 열어서 방바닥에 늘어놓았다. 모두 여섯 개였다.

물론 장도였다. 상자 하나에 각기 모양이 다른 장도 한 개 씩이 담겨 있었다. 상자는 오동나무인 듯한 목재로 얇게 만든 것이고, 상자의 바닥에는 주홍색의 부드러운 천이 깔려 있으며 장도의 허리에는 하나하나 빛깔이 다른 누운 능주끈이 달려 있었다. 그리고 한쪽 위에 조그맣게 장도의 명칭이 종이에 세필로 적혀 있었다.

백동 매화문 을자도(白銅 梅花紋 乙字刀), 우각 국화문 사각도(牛角 菊花紋 四角刀), 대모 연화문 팔각도(玳瑁 蓮花紋 八角刀), 비룡문 을자 은장도(飛龍紋 乙字 銀粧刀), 봉황문 사각 은장도(鳳凰紋 四角 銀粧刀), 원앙문 팔각 은장도(鴛鴦紋 八角 銀粧刀).

이렇게 먼저 한글로 쓰고, 괄호 안에 한자를 넣었다. 대학의 박물관에 소장할 것이라 하니, 학생들이 쉬 읽고 알 수 있도록 했으며, 달리 손볼 것 없이 뚜껑을 열어 그대로 진열장 안에 갖다 놓으면 되도록 유념을 했다.

잘 살펴보면 장도의 모양과 무늬, 그리고 무늬를 새긴 장식의 재료를 가지고 명칭을 삼았다는 것을 알 수가 있다. 을자도는 자루와 칼집의 끝부분이 서로 반대편으로 약간 휘어져 있어서 마치 '乙'자 같은 모양이고, 사각도는 몸집이 네모를 이루고 있으며, 팔각도는 팔각을 이루고 있다. 그러니까 장도의 형태에 따라 붙여진 명칭이다. 백동 매화문이란 글자 그대로 백동에 매화 무늬가 새겨져 있고, 우각 국화문은 쇠뿔에 국화 무늬가 새겨져 있는 것이다.

대모 연화문의 '玳瑁'가 뭔지 알 수가 없어서,

"이 대모라는 건 뭘 말하는 겁니까?"

나는 그 두 글자를 가리키며 심씨에게 물어보았다.

"대모란 거북이 등껍데기를 말하는 거죠. 대모갑(玳瑁甲)이라고도 해요."

"아, 그래요?"

고개를 끄덕이며 나는 장도의 허리에 박혀 있는, 연화 무늬가 새겨진 그 대모라는 것을 눈여겨 바라보았다.

"거북이 등껍데기 같으면 아주 귀한 것 아닙니까?"

지 형도 약간 놀라는 표정을 지었다.

"귀한 거죠."

심씨는 기분이 좋은 듯 싱그레 웃으며 무의식중에 한손을 턱에 돋아난 수염으로 가져가 가만가만 쓰다듬어 내렸다.

세 개의 은장도 역시 을자, 사각, 팔각의 형태였고, 명칭 그대로 용과 봉황과 한 쌍의 원앙이 각각 은장식에 새겨져 있었다. 그런데 은장도는 다른 세 개에 비해서 능주끈도 한결 화사한 빛깔이었다.

"이 정도면 대학의 박물관에 적당할 것 같아서……이 밖에도 몇 가지 종류가 더 있긴 하지만……."

심씨의 말에 지 형이,

"원형도(圓形刀)도 있죠?"

하고 말했다.

"있죠. 갖은 을자도라는 것도 있고, 을자맞배기, 평맞배기라는 것도 있어요. 대학 박물관에 그렇게까지 골고루 다 갖출건 없고……비용도 많이 들 테니까……이 정도면 괜찮지 싶어요."

"예, 좋습니다."

그러면서 지 형은 은장도 하나를 집어 들고 칼집을 뽑아보았다. 반듯하고 끝이 예리한 칼날이 차갑게 반질거렸다. 칼의 한가운데에 '一片心'이라는 세 글자가 조그맣게 새겨져 있었다.

그런데 묘하게 나는 그 반질거리는 은장도의 칼날에서는 액자에 장식되어 있는 칼에서 느낄 수 있었던 그런 섬뜩하면서도 외경스러운 기운은 전혀 감지(感知)할 수가 없었다. 그저 산뜻하고 아담하다는 느낌뿐이었다.

칼의 이모저모를 살펴보고서 지 형이 칼집에 꽂으며 물었다.

"은장도는 크기가 다른 것보다 좀 작네요?"

"그건 여자용이라 그런 거예요."

"아, 그렇습니까."

"예부터 여자용은 좀 작고, 남자용은 좀 크죠."

그러고 보니 은장도는 몸집이 약간 작으면서도 장식이나 새겨진 무늬가 어딘지모르게 더 섬세하고 우아하게 느껴져 나도,

"그렇군요. 흠——."

곧장 고개를 끄덕였다.

방문이 열리고, 가정부인 듯한 아가씨가 차를 날라왔다. 유자차였다. 아가씨가 돌아서 나가려 하자 심씨가,

"술상도 차려와."

하고 일렀다.

따끈따끈한 유자차를 마시며 지 형이 다시 사무적인 말을 꺼냈다.

"청구서를 써주시면 좋겠는데요. 결재를 맡아야 대금이 나오기 때문에……."

"그러죠."

심씨는 마시던 찻잔을 놓고 문갑을 열었다. 그 안에 그런 용지와 도장, 인주 같은 사무용품이 비치되어 있었다.

심씨가 청구서를 쓰는 동안 지 형은 장도가 담긴 상자들의 뚜껑을 하나하나 닫아 가지런히 포개였다. 청구서를 써서 형에게 건네주고, 심씨는 일어나 밖으로 나가더니 곧 포장용 종이와 비닐봉지를 들고 들어왔다. 그리고 여섯 개의 상자를 포장지에 한꺼번에 싸서 비닐봉지에 넣어 가지고 지 형 곁에 놓았다. '靑刃社'라는 세 글자가 비닐봉지에 찍혀 있었다. 그리고 그 밑에 좀 작은 글씨로 '한양 아케이드 27호'라는 소재와 전화번호 두 개가 표시되어 있었다. 그러니까 '靑刃社'는 사호라기보다는 상호(商號)였다.

내가 그 상호에 관심을 가지는 듯하자 심씨는,

"한양 아케이드에 직매점이 있죠. 집에서 장도를 만들어서 그곳에 내다 파는 거죠. 그러니까 그곳도 청인사고, 우리 집도 청인사인 셈이에요. 허허허……."

웃었다.

국번(局番)이 다른 전화번호가 두 개 적혀 있는 게 그래서이구나 싶으며 나는,

"장도를 사가는 사람들이 많습니까?"

물어보았다.

"주로 외국사람들이 사가죠. 관광 여행을 와서 기념품으로……."

"그렇겠죠."

그러자 지 형이 말했다.

"요즘은 관광객들이 늘어서 재미가 괜찮겠는데요?"

"괜찮은 셈이죠. 금년에는 지방에도 두어 군데 직매점을 낼까 해요."

"그럼 단단히 수지가 맞는 모양이군요."

"하루에 몇 개만 팔아도 장사는 되니까요."

"수출도 가능하지 않을까요?"

"글쎄요……일용품이 아니니까 대량으로야 안 되겠지만, 불가능한 것도 아니겠죠."

"칼이니까 일용품이 될 수도 있잖아요. 수출도 해서 큰 기업으로 키워 보세요."

"허허허……."

큰 기업이라는 말에 심씨는 기분이 좋은 듯 껄껄거렸다.

술상이 왔다. 공예가의 집답게 상도 정교하게 만든 호족반(虎足盤)이었고, 상 위에 얹힌 술병과 잔도 예스러운 자기(磁器)였다. 술병은 순백자(純白磁)로 된 거위병이고, 잔은 백자에 갈색의 매화 무늬가 은은히 비치는, 크지도 작지도 않은 그런 것이었다.

"자, 한 잔 합시다. 매실준데 어떨는지……."

하면서 심씨는 잔에 술을 따랐다.

"아, 좋지요."

"집에서 담근 것인 모양이죠?"

지 형과 나는 상 앞으로 다가앉았다.

"우리 집 가용주는 매실줍니다. 해마다 봄에 큰 독으로 한 독 가득 담그지요."

우리는 세 개의 잔을 살짝 부딪치고 입으로 가져갔다. 안주는 족발이었다.

"지 선생이 족발을 좋아해서……."

심씨의 말에 내가,

"저도 족발을 좋아합니다."

하고 웃었다.

지 형이 온다는 연락을 받고 일부러 족발 안주를 준비해놓은 모양이었
다.

주거니 받거니 몇 잔 마시자, 곧 주기가 눈언저리를 화끈거리게 했다.
매실주라 그런지 술기운이 빠른 것 같았다. 나는 눈앞이 약간 아른해지
는 것을 느끼며 불쑥 입을 열었다.

"저 액자에 담긴 장도는 옛날 것이죠?"

"예, 꽤 오래된 것입니다."

"보기에 예사로운 칼이 아닌 것 같은데……무슨 내력이라도 있는 건
지요?"

"잘 보셨어요. 저 장도는 보통 칼이 아니지요. 우리 증조부께서 만드
신 건데……그 내력을 한번 들어보시겠어요?"

심씨는 무슨 대단히 소중한 이야기라도 꺼내는 듯 얼굴에 약간 근엄한
표정까지 떠올렸다.

심만술(沈萬述)은 경기도 여주 관아(官衙)에서 대장장이 열여섯을 거
느렸던 이름난 야장(冶匠)이었다.

그가 서른을 조금 넘었을 때의 일이다. 그 무렵까지는 아직 시골 장터
에다가 조그마한 대장간을 내고 있던 보잘것없는 대장장이였는데, 하루
는 그의 가게 앞에 관원의 행차가 멎었다.

"야, 이 사람아, 날세. 나 모르겠는가?"

남여(藍輿)에 앉은 채 관원은 심만술을 향해 훤하게 웃음 띤 얼굴로
말했다.

심만술은 당황했다. 뜻밖에도 예조정랑(禮曹正郞) 박광윤(朴光允)이
었던 것이다.

박광윤은 심만술의 죽마고우(竹馬故友)였다. 그는 과거에 급제하여

서른에 이미 예조정랑이라는 높은 벼슬아치가 되어 있었다. 시골 장터의 대장장이인 심만술과는 그 지체가 현저히 달랐다. 그러나 박광윤은 고향에 내려온 길에 옛 어린시절의 친구를 찾았던 것이다.

심만술은 박광윤을 집으로 모셨다. 그리고 황급히 주안상을 차리게 하여 대접했다. 박광윤은 심만술의 허름한 초가삼간 툇마루에 앉아 술잔을 기울이며 옛정을 나누었다. 그리고 일어서면서 한 가지 청을 했다. 장도를 하나 잘 만들어달라는 것이었다.

"자네가 만들어준 장도를 언제나 곁에 두고 쓸 생각이네. 칼이 되거든 한번 한양 구경 겸 올라오게나."

그 말은 심만술의 가슴속 깊은 곳에 울렸다. 옛 친구의 그 정을 깊이 간직하고서 심만술은 한 달이나 걸려 좋은 쇠붙이를 구했고, 일 년 동안 심혈을 기울여 장도 한 개를 만들었다.

일 년 내내 심만술은 그 일을 새벽에 했다. 일찍 일어나 맑은 샘물로 얼굴과 손발을 씻고, 해가 떠오를 때까지 밝아오는 동녘 하늘을 바라보면서 일을 했다. 쇠를 달구어 그것이 종이처럼 엷어질 때까지 망치질을 했다. 그 종이같은 쇠를 여러 겹으로 접어서 화덕에 넣어 풀무질을 해서 다시 달군다. 그리고 꺼내어 종이처럼 될 때까지 또 두들긴다. 그렇게 거듭할수록 쇠녹이 빠지고 시우쇠로 벼려지는 것이다. 낮으로는 생계를 위한 평소의 대장일을 하고, 새벽으로만 그렇게 수백 번을 거듭하며 심만술은 옛 친구에 대한 우의와 정성을 그 쇠붙이 속에 쏟아넣었던 것이다.

장도가 완성되자, 심만술은 그것을 소중히 싸들고 한양으로 올라갔다. 일 년이 지나서야 찾아온 심만술을 박광윤은,

"소식이 없길래 내 청을 잊어버렸는가 했지."

하고 반가이 맞았다. 진수성찬을 가운데 두고 마주앉아 술잔을 나누면서 심만술은 비단 보자기에 소중히 싸가지고 온 장도를 꺼냈다. 장도를 받아본 박광윤은,

"이건가? 허허허……."

너털웃음을 웃었다. 약간 어이가 없는 듯한 그런 웃음이었다. 얼른 그 눈치를 알아차린 심만술은 그럴 줄 짐작했다는 듯이 얼굴에 웃음을 떠올

리며,

"왜 그러시는가? 마음에 안 드시는 모양이지?"

하고 물었다.

"마음에 안 든다기보다도……너무 수수한 것 같아서……."

"겉에 장식이 없어서 하시는 말씀이구려. 장식은 일부러 안 했다네. 겉모양이 무슨 소용이 있겠나 싶어서……."

"흠, 그래?"

"칼을 한 번 뽑아보시게나."

박광윤은 칼집에서 칼을 뽑아 시퍼렇게 번쩍이는 칼날을 잠시 눈여겨 보다가 역시 또,

"허허허……."

큰소리로 웃었다. 이번 웃음은 조금 전의 너털웃음과는 약간 그 의미가 다른 듯했다. 표정도 조금 달라 보였다. 꽤 섬뜩하게 날이 섰네. 그러나 어쩐지 좀 칼날이 반듯하지 못한 것 같지 않은가……라는 말을 웃음으로 대신하고 있는 것 같았다.

그런 박광윤의 마음속을 꿰뚫어 보면서도 심만술은,

"왜 웃으시는가?"

시치미를 떼고 물었다.

"날을 세우느라 꽤 공을 들인 것 같네."

"그러신가? 허허허……."

이번에는 심만술이 웃었다. 자기가 일 년 동안 그 칼에 쏟아부은 정성에 비해서 박광윤의 대답은 너무나 대수롭잖은 것이어서 절로 웃음이 나왔던 것이다. 그리고 말했다.

"이 사람아, 꽤 공을 들인 정도가 아닐세. 내 있는 정성을 다 그 칼 속에 쏟아부었다네. 일 년 내내 새벽으로만 일을 했지. 동이 터오는 동녘 하늘을 바라보면서 말일세."

"아, 그랬는가? 흠——."

박광윤은 고개를 끄덕이며 손에 든 칼을 눈앞으로 조금 더 가까이 가져다가 새삼스럽게 눈여겨 살펴보더니,

"그런데 어찌 좀 빤듯하지가 못한 것 같아. 안 그런가?"
하고 말했다. 코 언저리에 비식 내비치려는 웃음을 애써 뭉개버리면서
말이다.

"그렇게 보이시는가? 그렇다면 할 수 없지. 그러나 그것도 말하자면
겉모양인 셈이지. 나는 이번 일에 있어서는 겉모양 같은 것은 크게 염두
에 두지 않기로 했었다네. 겉모양보다 나의 온 정성을 칼날 안에다가 몽
땅 쏟아붓는 데만 전심 전력했어. 그러니까……."

심만술은 잠시 뜸을 들이듯 잔을 들어 꿀컥꿀컥 술을 두어 모금 마시
고 나서 말을 이었다.

"말하자면 나의 혼을 칼 속에다가 불어 넣은 셈일세."

"뭐 혼을? 칼 속에?"

박광윤의 두 눈이 약간 휘둥그래지며 번쩍 빛을 띠었다.

"그렇네."

"그럼 이 칼 속에 자네 혼이 들어있단 말인가?"

"거짓말이 아닐세."

"흠——."

박광윤은 놀랍기도 하면서 얼른 믿어지지가 않는 듯한 그런 표정으로
다시 그 칼날을 가만히 바라보았다.

"내 말이 믿어지지 않는 모양인데……이리 줘보시게."

심만술은 칼을 받아 우선 상에 놓았다. 그리고 먼저 자기 앞의 숟가락
과 젓가락을 한데 모아쥐었고, 박광윤 앞에 놓은 숟가락과 젓가락도 거
두어 한데 합쳤다. 놋쇠로 된 제법 굵고 긴 수저들이었다. 그러니까 정확
히 숟가락 두 개와 젓가락 네 개, 모두 여섯 개의 놋쇠 가락이었다. 그것
을 거꾸로 가지런히 해서 왼손으로 불끈 쥐었다. 그리고 오른손으로 칼
을 쥐었다.

박광윤은 난데없이 이 사람이 남의 앞에 놓인 수저까지 전부 모아쥐고
뭘 어쩌려는 것인지, 약간 당돌하다 싶으면서도 호기심어린 눈으로 지켜
보았다. 심만술은 어금니를 지그시 무는 듯하더니, 칼로 왼손에 쥔 그 놋
쇠의 뭉텅이를 탁 내리쳤다. 싹뚝! 하고 여섯 개의 놋쇠 도막이 방바닥

에 떨어졌다. 그다지 힘을 주어 내리친 것 같지 않은데, 여섯 가락의 놋
쇠가 깨끗하게 잘려진 것이다.

박광윤은 다시 휘둥그래졌다.

다시 심만술은 칼을 내리쳤다. 싹뚝! 또 내리쳤다. 싹뚝! 또, 싹뚝! 싹
뚝! 싹뚝!……마치 무우를 베듯이 쌈빡쌈빡 부드럽게 놋쇠를 잘라나갔
고, 방바닥에 놋쇠 도막이 수없이 굴렀다.

박광윤은 그만 입까지 벌어지고 말았다.

"어떠신가?"

칼질을 멈추고, 키가 절반도 더 줄어들어 난쟁이처럼 되어버린 숟가락
과 젓가락 토막을 상 위에 놓으며 심만술은 싱긋 웃었다.

"놀랐네. 정말 칼 속에 자네 혼이 들어 있는 모양일세. 그렇지 않고서
야……."

박광윤은 더 뭐라고 말을 잇지 못했다. 얼굴엔 놀라움과 어떤 두려움
같은 것이 외경(畏敬)의 표정이 되어 떠올라 있었다.

그 놀라운 장도의 대가로 박광윤은 백 냥을 내놓았다. 백 냥이면 은장
도 열 개를 사고도 남을 대금이었다. 자기를 위해서 일 년 내내 새벽으로
만 일하며 칼날 속에 혼을 불어넣듯 정성을 다한 옛 고향 친구의 정의
(情誼)가 무척 고마워서 그 구차한 생활에 도움이 되도록 박광윤은 큰
선심을 쓰려고 했던 것이다.

그러나 심만술은 손을 내저었다.

"아닐세. 자네한테 돈을 받으려고 이 칼을 만든 게 아니네. 어린시절
의 친구를 잊지 않으시고, 예조정랑이라는 높은 벼슬에 오르신 자네가
미천한 이 대장장이를 찾아주시다니, 정말 감복하여 백분의 일이나마 그
옛정을 보답하고자 했을 따름이네."

"그렇지만 나로서는 얼마나 고맙고 또 미안한 일인가. 일 년 동안이나
새벽으로 온 정성을 쏟다니……그리고 많은 노자를 들여 그것을 가지고
한양까지 나를 찾아와주지 않았는가. 어찌 내가 가만히 있겠는가. 이 백
냥도 오히려 약소하지 않나 싶으네."

"무슨 그런 당치도 않은 말씀을……나는 그저 예조정랑이 되신 자네

집에 와서 이렇게 진수성찬에다가 좋은 약주까지 대접받은 것만으로도
흡족하고 또 분에 넘치네."

"이 사람아, 그런 소리 말고 어서 받아두게나. 돌아가는 데도 노자가
필요하지 않은가."

"돌아가는 노자까지 다 준비해가지고 왔으니 염려 마시게. 내가 만일
그 돈을 받는다면 일 년 내내 쏟은 정성이 아무 뜻이 없게 돼버리지 않는
가. 안 그런가?"

"음──."

박광윤은 그 말에 고개를 천천히 무겁게 끄덕이며 더는 돈 얘기를 하
지 않았다.

그 대신 박광윤은 그를 당분간 자기 집에 머물러 있도록 붙들었다. 그
리고 그의 그 놀라운 성품과 솜씨를 조정에 알려 관가의 야장으로 천거
했다. 곧 일이 이루어져, 박광윤은 심만술에게 돈 대신 흐뭇한 선물을 안
겨주었던 것이다. 그렇게 해서 관가의 야장이 된 심만술은 그 사람된 그
대로 성심껏 일해서 나중에는 경기도 여주 관아에서 부하대장장이 열여
섯을 거느리는 처지가 되었던 것이다.

그런데 박광윤은 천수(天壽)를 다하지 못하고 마흔일곱에 병사했다.
어쩌면 그것이 그의 천수인지도 모르지만. 자기는 이제 다시 일어날 가
망이 없다는 것을 안 박광윤은 자식들에게 그 장도의 내력에 관해서 자
세히 얘기했다. 그리고 끝으로, "내가 죽거든 이 칼을 심만술 그 사람에
게 돌려주도록 해라."
하고 말했다.

"아버님, 그이가 아버님을 위해서 정성을 다해 만들어 선사한 것인데,
도로 돌려주다니요?"

"물론 나에게 선사한 것이니 돌려준다는 것은 얼른 생각하면 실례가
되는 좀 이상한 일 같지만, 그러나 이 칼은 보통 칼과 달리 심만술 그 사
람의 혼이 깃들어 있어서 세상에 이것 말고 또 있을까 말까 한 그런 귀중
한 칼이지. 다시 말하면 대단히 무서운 칼이며, 대단히 값진 칼이지. 내
가 죽은 다음에 이 값진 칼을 너희들이 간직하는 것보다 그 사람에게 돌

려주어서 그 자손들이 대대로 가보(家寶)로 보관하는 편이 옳을 것 같
어. 그 사람의 혼이 깃들어 있는 물건이니 그 자손들이 소중히 보관하는
게 옳지 않겠어? 말하자면 그 사람의 혼을 그 사람의 자손들이 섬기는
셈이 되는 거지. 안 그래?"

"듣고보니 지당하신 말씀이네요."

그리하여 박광윤이 운명한 다음, 그 장도는 도로 심만술에게 돌아갔
고, 그 이후 대를 세 번 거쳐 지금은 심용 씨에게 가보로 전해져 내려와
있는 것이다.

"아, 그런 칼이군요."

"정말 귀중한 가보네요."

나와 지 형은 감탄어린 눈으로 벽에 걸려 있는 액자 속의 그 장도를
새삼스럽게 바라보았다. 칼의 유례를 알고서 보니 그 속에 심만술이라는
분의 혼이 정말 지금도 깃들어 있는 듯 더욱 섬뜩하면서도 외경스럽게
느껴졌다. 술기운 탓인지 나는 약간 으스스 소름이 끼치기까지 해서 가
볍게 몸을 떨었다.

"옛날이니까 있을 수 있는 일이지요."

심씨는 얘기를 늘어놓느라 목이 좀 마른 듯 술잔을 들어 단숨에 쭉 들
이켰다. 그리고 잔을 지 형에게 건넸다.

"옛날 사람들은 요즘 사람들과 달리 유장(悠長)한 데가 있었던 것 같
아요."

지형은 잔을 받으면서 말했다.

"유장한 데라……좋은 말이군요. 그런 것 같죠?"

"그렇지 않고서야 어디 칼 하나를 가지고 일 년 동안이나 정성을 쏟을
수가 있겠어요?"

그 말에 나도 끼어들었다.

"옛날 사람들은 정도 얄팍하지가 않고, 두터웠던 모양이죠? 물론 옛
날 사람이라고 다 그런 것은 아니었겠지만……."

"정뿐 아니라, 생각도 깊은 데가 있었어요. 박광윤이라는 그분이 임종

을 하면서 저 장도를 우리 증조부께 돌려주도록 유언을 한 그런 일은 생각이 깊지 않고서는 안 되는 거지요. 그분의 그런 깊은 생각이 없었더라면 저 장도가 우리 집안의 가보로 전해져서 저렇게 내 손에 들어올 수가 있었겠어요? 그런 점에서 나는 그 박광윤이라는 분을 존경하고, 또 그 대목이 가장 감명 깊기도 하다니까요. 허허허…….”

술이 꽤 거나하게 된 심씨가 농담반 진담반으로 말하고 웃자,

“옛날 분들과는 다른데요. 상당히 이기적이신데…….”

하고 지 형도 따라 웃었다. 물론 나도 웃었다.

그 장도에 관한 화제가 끝나자, 잠시 후 지 형은 문득 생각이 난 듯이 심씨에게 물었다.

“따님은 어떻게……잘 지냅니까?”

그런데 그 묻는 어조나 표정이 어쩐지 꺼내기 어려운 질문을 술기운에 힘입어 꺼낸 것 같은 느낌이어서 나는 무슨 사연인가 싶어 심씨를 가만히 바라보았다.

“예, 뭐 그저 그렇게…….”

술이 거나한데도 심씨는 곤혹스러운 듯한 표정을 살짝 떠올리며 우물우물 말끝을 흐렸다. 그리고 얼른,

“지 선생 큰딸은 대학을 졸업했지요?”

하고 말머리를 돌렸다.

“예, 작년에 졸업했어요.”

“그럼, 시집을 보냈나요?”

“아니요, 대학원에 다니고 있죠.”

“그렇군요. 세월 참 빠르다…….”

두 사람의 대화는 이렇게 흘러가고 있었으나, 나는 심씨의 딸에 관해서 짤막하게 주고받은 그 대목에 관심이 머물러 있었다. 무슨 사연이 있는 것 같아 궁금했다. 그렇다고 내가 그걸 굳이 물어볼 수는 없는 일이었다. 심씨의 얼굴에 떠올랐던 그 곤혹스러운 표정으로 보아서 말이다.

두 번째 가지고 온 술병마저 바닥이 나자, 우리는 자리에서 일어났다. 오후이긴 했지만, 낮술이라 그런지 나는 목덜미까지 화끈거렸다.

"작업실을 좀 구경할 수 없을까요?"

방을 나서면서 나는 술기운에 힘입어 불쑥 말했다.

내가 지 형과 함께 장도를 만드는 공예가인 이 심씨 집을 찾아온 것은 그 일차적인 목적이 작업실 구경에 있었다. 장도를 만드는 작업이 어떤 것인지, 바짝 호기심이 머리를 쳐들었던 것이다. 심씨의 방에서 가보라는 그 옛 장도를 보았고, 그에 얽힌 재미있는 이야기를 들어서 뜻밖의 소득이 있었으며, 또 취하도록 술을 대접받기도 했지만, 그러나 작업실 구경을 안 하고 그대로 물러날 수는 없었던 것이다.

"그러죠. 이리 오세요."

심씨는 순순히 앞장을 섰다.

현관 옆에 계단이 있었다. 그런데 이집 계단은 위로 올라가는 것이 아니라, 아래로 내려가게 되어 있었다. 그러니까 바깥에서 얼른 보면 단층집 같지만 실은 이층 집이었다. 위치가 산비탈이어서 아래층 뒷부분이 거의 땅 밑으로 묻혀들어가 마치 지하층처럼 되고, 이층 옆구리 쪽에 대문이 붙어 있는 그런 묘한 구조였다.

심씨의 뒤를 따라 지 형과 나는 계단을 조심조심 내려갔다. 취기 때문에 어쩐지 계단이 조금 흔들리는 것 같아 나는 중간쯤에서 잠시 난간을 짚고 가만히 멈추어 서기도 했다.

아래층은 그대로 온통 넓은 작업실이었다. 처음부터 그렇게 지었는지, 그런 식으로 개조를 했는지는 알 수 없었으나, 좌우간 널따란 한 개의 공간으로 되어 있었다.

작업실의 광경을 본 나는,

"허허……."

절로 웃음 같기도 하고, 헛바람 비슷하기도 한 그런 소리가 목에서 새어나왔다. 예상했던 것과 너무 달랐던 것이다.

장도를 만드는 작업실이란 우선 그다지 넓은 공간이 아닐 것이라고 나는 생각했었다. 조그마한 칼을 만드는 데 뭐 그리 넓은 장소가 필요할 것인가 싶었다. 그저 보통 좀 넓은 방에서 돗자리 같은 것을 깔아놓고, 주인과 도제(徒第) 한두 사람이 앉아서 오손도손 일을 하는 그런 장면을

나는 연상했다. 한쪽 벽에는 고풍스러운 낡은 병풍이 펼쳐져 있을 것도
같고, 어쩌면 가야금이나 거문고 같은 악기 하나쯤이 구석에 기대 세워
져 있을 것도 같았다. 장도를 만드는 일은 말하자면 일종의 민예(民藝)
인 셈이니, 자연히 그런 광경이 머리에 그려졌던 것이다.

그런데 눈앞에 펼쳐진 작업실의 광경은 예상과는 판이했다. 한 마디로
조그마한 공장 같았다. 일하는 사람의 수효가 열서너 명 되었고, 돗자리
같은 것을 깔아놓고 그 위에 앉아서 작업을 하는 것이 아니라, 큼직한 작
업대 세 개가 놓여 있고, 그 양쪽에 가지런히 걸상에 앉아서 일들을 하고
있었다. 거의가 여자들이었다. 그러니까 그들은 도제라기보다 그대로 직
공이었다.

실내에 병풍이나 가야금, 거문고 같은 것은 눈에 띄지가 않고, 대신
한쪽 벽에 선반이 줄줄이 마련되어서 거기에 장도를 만드는 가지가지 재
료가 수북수북 쌓여 있었다.

그리고 나는 작업실의 소음에도 약간 놀라지 않을 수 없었다. 주인과
한두 사람의 도제가 앉아서 깎고, 다듬고, 살짝살짝 두들기는 작업이라
면, 자그락자그락……싹싹싹……똑딱똑딱……그런 소리가 날 것으로
알았는데, 그게 아니라, 윙윙윙……찍찍찍……차르르차르르차르르……
뚝딱뚝딱뚝딱……꽤나 강도 높은 갖가지 소리가 뒤섞여 정신이 얼얼해
질 지경이었다. 술기운 탓에 그런 소음이 한결 멍멍하게 귓속에 울리는
것 같았다. 기계들이 작동하는 소리였다. 장도가 손으로 만들어지고 있
는 것이 아니라, 기계로 만들어지고 있는 셈이었다.

나는 장도의 칼날까지 요즘 세상에 직접 대장간 같은 것을 차려놓고
집에서 만들리라고는 물론 생각하지 않았다. 강철인 그 부품은 공장에서
주문해온다 하더라도, 그것을 다듬고 갈고 하는 일, 또 나무로 자루와 칼
집을 만드는 일, 그리고 갖가지 장식용 재료에 무늬를 새기는 작업 같은
것은 손으로 직접 하는 줄 예상했다. 그런데 그런 과정을 각자가 분담
해서 거의 다 기계로 해내고 있는 것이었다. 그러니까 이미 그것은 민예
라기보다 가내공업이었다.

"야——바로 공장일세그려."

주기가 올라 벌개진 얼굴로 지형은 서슴없이 내뱉었다. 그 역시 나처럼 예상 밖인 모양이었다. 지형은 심씨와 동향이고, 이번에 장도를 여러 개 주문하긴 했으나, 직접 심씨 집을 방문하기는 처음인 것 같았다.

"글쎄 말이야."

내가 곧장 고개를 끄덕이자,

"이 정도면 큰 기업인데⋯⋯중소기업에 들어가는 것 아닙니까?"

지 형은 심씨를 바라보며 말했다.

"허허허⋯⋯."

심씨는 중소기업이라는 말이 우스우면서도 매우 기분이 괜찮은 듯 하얀 염소 수염을 쳐들며 껄껄거렸다. 그리고 말하자면 공장장인 듯한 중년의 남자 쪽을 향해,

"경주로 내려보낼 것 내일은 다 되겠지?"

하고 억양이 높은 목소리로 외치듯 물었다.

"예, 모레 아침에는 발송할 수 있을 것 같습니다."

"모레 아침이면 늦어. 내일 오후에는 발송할 수 있어야 돼. 오늘 야근을 해서라도 내일은 늦게라도 좋으니 발송할 수 있도록 하라구."

"예. 그래보지요."

"부여 쪽에서도 삼백 개 주문이 들어왔잖아. 월말까지. 그러니까 부지런히 서둘러야 돼."

어쩐지 지 형과 나에게 들으라고 과시를 하는 것 같은 말투였다.

"경기가 좋은 모양인데요?"

지 형이 말하자,

"뭐, 그저 그래요. 나쁘진 않은 셈이죠. 허허허⋯⋯."

심씨는 겸손한 체하면서도 또 껄껄 기분좋게 웃었다.

"흠, 그렇구나⋯⋯."

나는 중얼거리며 곧장 고개를 끄덕였다. 그리고 귓속에서 윙윙 울리는 소음에 견디지 못해 이맛살을 찌푸리며,

"갑시다."

하고 계단 쪽으로 돌아섰다. 지 형과 심씨도 뒤따랐다.

계단을 오르며 나는,

"하루에 보통 몇 개나 만드나요?"

심씨를 뒤돌아보았다.

"대중없어요. 주문이 밀리면 야근까지 시켜서 오십 개까지 뽑아내고, 그렇지 않을 때는 보통 삼십 개 정도 만들고 있죠."

"하, 그럼 한 사람이 하루에 두세 개는 보통 만든다는 얘기군요. 급하면 너덧 개도 만들고……."

"그런 셈이죠. 혼자서 한 개를 완성시키는 것은 아니지만……."

"흠 — ."

나는 문득 심씨 방 벽에 걸렸던 그 옛 장도가 생각나서,

"옛날에는 한 자루를 만드는 데 일 년이 걸리기도 했는데……."

하고 혼자 중얼거리듯이 말했다. 그러나 취중에도 아차, 그런 말을 입 밖에 내는 것이 아닌데 싶어서,

"허허허……."

얼버무리듯이 웃었다. 그러자 지 형이 얼른 입을 열었다.

"그건 특이한 예가 아닌가. 옛날이라고 어디 다 그랬겠어."

"물론."

"요즘 세상에 그런 식으로 해서야 어디……."

"장사가 안 되지. 안 되고 말고. 많이 만들어서 많이 파는 게 옳아. 암, 옳지."

심씨에게 약간 무안을 준 것 같은 생각이 들어서 나는 일부러 취기가 대단한 것처럼 큰소리로 아무렇게나 지껄여댔다. 심씨는 아무 말도 하지 않았다.

계단을 다 올라가 현관으로 내려서려 하자,

"잠깐, 이리……."

심씨는 우리를 안쪽으로 안내했다. 아까 심씨의 방과는 반대 방향으로 꺾어지더니, 구석 쪽의 방문 앞에 멈추어 섰다. 그리고 나를 돌아보며,

"딸애 방이지요."

하고 말했다. 표정과 말투가 조금 전 아래층 작업실에서의 그 과시조(誇

示調)와는 달리 착 가라앉아서 오히려 싸늘하고 무겁게 느껴졌다.

방문을 열고 심씨가 먼저 들어가고, 뒤따라 지 형과 내가 발을 들여놓았다.

"하 — ."

약간 입이 벌어졌다.

"흠 — 그렇구나."

지 형도 곧장 고개를 끄덕였다.

말하자면 그곳도 작업실이었다. 그러나 아래층의 공장 같은 그런 광경과는 판이하게 달랐다. 내가 예상했던 민예의 작업실 같은 분위기였다. 머리에 그렸던 그대로는 물론 아니었다. 병풍이 쳐져 있시도 않있고, 가야금이나 거문고가 눈에 띄지도 않았다. 가야금이나 거문고 대신 기타가 한쪽 구석에 세워져 있었다. 그리고 벽에는 반추상(半抽象)으로 그린 유화가 한 점 걸려 있었고, 행글라이더로 사람이 마치 새처럼 하늘을 날고 있는 패널이 걸려 있기도 했다. 그런 것은 어쩐지 민예의 작업실에는 어울리지 않는 듯했다. 그러나 다른 쪽 벽에는 장방형(長方型)의 자수와 길고 현란한 매듭이 장식되어 있었고, 뜻밖에 커다란 연(鳶)이 눈길을 끌었다. 태극 무늬가 선연(鮮姸)하고, 기다랗게 두 가닥의 꼬리까지 달고 있는, 곧 날아오를 듯한 연이었다. 그리고 방 윗목에 완성된 여러 개의 공예 작품과 아직 미완성인 것이 놓여 있었고, 가지가지 연장이 흩어져 있기도 했다.

방바닥에는 화문석(花紋席)이 깔려 있었다. 화문석 위에 담요를 두 겹으로 접어서 깔고, 그 위에 심씨의 딸이 앉아서 일을 하고 있었다.

그런데 심씨의 딸은 우리가 들어서도 거의 무표정한 얼굴로 힐끗 한 번 바라보았을 뿐, 계속 작업에 열중이었다. 하 — 하고 내 입이 절로 벌어진 것은 방 안의 분위기도 분위기지만, 그것보다도 이 심씨의 딸 때문이라고 할 수 있었다. "흠 — 그렇구나." 하고 지 형이 중얼거린 것도 아마 틀림없이 그래서일 것이다.

심씨의 딸은 마치 백랍(白蠟)과도 같은 새하얀 얼굴을 하고 있었다. 맑기가 그지없고, 어딘지 모르게 우수의 그늘이라 할까, 병색 같은 것이

서려보였다. 그런 얼굴에 아무 표정이 없으니, 한 마디로 새하얀 은화식물(隱花植物) 같았다. 그런 느낌은 그녀의 발을 보았을 때 더욱 짙게 다가왔다.

그녀는 통이 헐렁헐렁한 치마를 입고 있었다. 짙은 자줏빛 치마였다. 그 치맛자락 밖으로 한쪽 발이 나와 있었다. 그런데 발바닥을 위로 드러내고 있는 그 발이 고들고들 시들어진 것처럼 힘없이 담요 위에 늘어져 있었다. 그 발 역시 거의 백랍에 가까운 빛깔이었다. 겨울인데도 방 안이 훈훈하고, 방바닥이 따스해서 그런지 양말을 신지 않고 있었다.

그 새하얗고 조그마한 발을 보았을 때 나는 가벼운 충격 같은 것을 느끼지 않을 수 없었다. 그리고 그제야 아까 술을 마시면서 지 형이 심씨에게 딸의 안부를 물었던 일이 생각났다. 심씨가 뭐 그저 그렇게……하고 대답을 얼버무린 까닭을 이제야 알겠는 것이었다.

여고생처럼 어깨에 닿을 듯 말 듯한 단발머리를 하고 있었으나, 얼른 보아도 서른이 다 되지 않았을까 싶었다. 결혼할 나이를 넘긴 노처녀인 셈이었다. 그녀의 앞에 놓인 밥상만한 작업 대 위에서 은인 듯한 납작한 쇠붙이에다가 무늬를 새기고 있는 중이었다. 아래층에서처럼 그 일을 기계로 하는 것이 아니라, 연장을 가지고 손으로 꼼꼼히 작업을 하고 있었다. 가만히 눈여겨보니 두 마리의 새를 음각(陰刻)하고 있는데, 아마 원앙새인 것 같았다. 암수 두 원앙이 부리를 맞대고 있고, 그 둘레에 꽃이 만발해 있는 그런 무늬인데, 그 선이 어쩌나 섬세하고 우아한지 나는 절로 고개가 끄덕거려졌다. 그러면서도 거의 무표정한 얼굴로 그런 무늬를 골똘히 새기고 있는 그녀의 처연한 모습에 나는 취중인데도 가볍게 몸을 떨었다. 등줄기를 어떤 짜릿한 아픔같은 것이 긁고 내려갔던 것이다.

작업대 옆에 별로 크지 않은 갸름한 나무상자 하나가 놓여 있었다. 그 상자에다가 붙일 장식을 만들고 있는 중인 듯했다.

"보석 상자인 모양이죠?"

나는 작은 목소리로 가만히 심씨에게 물었다.

"아닙니다. 반짇고리지요."

심씨도 낮은 목소리로 대답했다.

"하하, 반짇고립니까?"

지 형이 약간 놀란 듯이 얼른 입을 떼었다.

옛날 여자들이 시집을 갈 때 바늘과 실, 골무 그리고 헝겊 쪼가리 같은 것을 담아가지고 가서 평생을 곁에 두고 썼다는 반짇고리라는 말에 나는 더욱 어떤 짜릿한 것이 가슴에 와닿는 느낌이었다.

그러고 보니 윗목에 놓여 있는 완성된 공예품들도 전부가 여자들의 혼수용이라고 할 수 있었다. 경대 두 개와 상 세 개, 다섯 층으로 된 찬합이 한 개, 나무 쟁반이 여러 개, 그리고 촛대도 서너 개 완성되어 있었고, 반짇고리를 만들기 위한 나무 상자가 몇 개 포개어져 있었다. 전부가 나무에 장식을 붙여서 만든 공예품인데, 하나하나 그 형태가 나 달랐다. 대체로 전부가 일상 사용하는 실용품보다는 좀 작은 편이었고, 그 형태나 장식, 혹은 색채에서 현대적인 감각이 드러나면서도 어딘지 모르게 짙은 우리의 고전미(古典美)도 느껴지는 그런 작품들이었다. 나는 그 작품들이 공예품이라기보다는 어쩐지 민예품 쪽이라는 생각이 들었다.

그 아담하고 우아한, 귀물스러운 작품들은 물론 아까 심씨의 방에서 본 옛 장도처럼 섬뜩하고 외경스러운 느낌을 주지는 않았으나, 대신 어떤 짜릿한 아픔 같은 것이 짙게 풍기는 듯해서 나는 묘하게 숙연해졌다. 갖가지 장식들이 현란하게 반짝이는 그 작품들이 어쩌면 한 불행한 처녀의 비애의 결정(結晶)인 것처럼 느껴졌다. 벽에 걸려 있는 행글라이더의 패널과 곧 날아오를 듯 꼬리까지 달고 있는 연과 더불어 방 안을 온통 야릇한 슬픔으로 가득 채우고 있는 듯해서 나는 그녀의 치마 밖으로 흘러나와 힘없이 늘어져 있는 하얗고 조그만 발을 힐끗 보며 가볍게 몸을 떨었다.

지 형이 방 안의 그런 무거운 분위기를 의식했는지 일부러 더 취기가 어린 듯한 웃음 섞인 목소리로,

"그 상 참 이쁘게 만들었다. 야물상(夜物床)으로 쓰면 알맞겠는데……."

하고 말했다.

재래식 혼례 때 첫날밤에 신방에 들여놓는 주안상인 야물상이라는 말

이 지 형의 입에서 나오자, 나는 어쩐지 좀 얼굴이 화끈해지는 느낌이었다. 심씨 딸 앞에서 그런 말을 꺼내서는 안 되는데 싶었던 것이다. 힐끗 그녀의 표정을 보니 그 말을 들었는지 못 들었는지, 들어도 야물상이라는 말이 무슨 뜻인지 모르는지, 표정에 아무런 변화가 없었다.

말을 해놓고 보니 아차, 싶은 듯 지 형은,

"자, 그만 가세."

하고 방문 쪽으로 돌아섰다.

그녀의 표정으로 그 심중을 헤아려서인지, 일에 열중하고 있는데 방해가 되지 않기 위해선지, 아무튼 심씨는 끝내 딸을 우리에게 인사를 시키지 않았다. 어쩌면 딸의 작업실로 손님을 데리고 들어가는 일이 금기처럼 되어 있는지도 몰랐다.

방을 나와 현관으로 걸어가며 심씨가 묻지도 않는 말을 혼자 지껄이듯이,

"작품 하나를 가지고 반 년을 끌기도 해요. 여간 정성이 아니지요. 작품이 더 좀 완성되면 개인전을 열어줄까 하죠."

나직한 목소리로 말했다.

"아, 그렇습니까."

"좋은 일이죠."

지 형과 나는 곧장 고개를 끄덕였다.

심씨 집을 나와 약간 비탈진 길을 걸어내려가며,

"심씨 딸은 저희 고조부처럼 작품 속에 혼을 불어넣고 있는 것 같지?"

지 형이 먼저 입을 열었다.

"글쎄 말이야. 혼을 불어넣고 있다면 어두운 혼인 셈이지. 자기 고조부가 그 칼 속에 불어넣은 혼이 말하자면 밝은 혼이고⋯⋯친구를 위해서였으니까."

"그렇지."

잠시 걸어가다가 이번에는 내가,

"혼이라기보다는 한(恨)이라고 하는 편이 옳지 않을까? 사무치는 한을 불어넣고 있는 것 같잖어?"

하고 수정을 하듯 말했다.
　"한이 서린 혼이라고 해둘까?"
　지 형이 잘 받아넘겼다.

——— 1986년

여 제 자

어느 날 오후, 글을 쓰다가 졸음이 와서 낮잠을 자고 있는데, 때르르
…… 전화벨이 울렸다.

나는 부스스 일어나 수화기를 들었다.

"여보세요."

"저…… 거기가 소설가 강수하(姜水夏) 선생님 댁입니까?"

낯선 여자의 목소리였다.

"예, 그렇습니다."

"강 선생님 계세요?"

"전데요."

그러자 상대방 여인이 아마 곁에 친구나 누가 있는 듯 그들을 돌아보
며 말을 하는 모양이었다.

"야, 나왔다."

하는 소리가 수화기 속에서 희미하게 들렸다.

가물가물 들리기는 했지만, 그 어감으로 보아 기뻐서 들뜨고 있는 게
분명했다.

나는 누굴까 싶었다.

"누구십니까?"

그러자 여인은 약간 떨리는 것 같은, 그러면서도 무척 친밀감을 띤 그
런 목소리로 말했다.

"선생님, 옛날에 산리(山里)국민학교에서 교편을 잡으셨지요?"

"예."

"홍연(紅姸)이라고 기억하세요?"

"기억하고 말고요."

"제가 홍연이에요, 선생님."

"뭐? 홍연이?"

나는 깜짝 놀라 그만 나도 모르게 큰소리를 내뱉았다.

"선생님, 정말 오래간만이에요. 뭐라고 말을 했으면 좋을 지 모르겠네요."

"이거 정말 웬일이지?"

"정말 꿈 같애요, 선생님. 벌써 삼십 년이 됐어요."

"그렇지, 삼십 년이 흘렀지."

"선생님 댁이 어디예요?"

"강남이야. 한강 남쪽…… . 홍연이 지금 전화하고 있는 데는 어디지?"

"용두동이에요."

"집이 용두동인가?"

"예."

"같은 서울에 살면서도 몰랐군. 그런데 우리집 전화 번호를 어떻게 알았지?"

"오늘 아침 신문에 선생님 글하고 사진하고 났잖아요."

"응, 그걸 봤군."

"어찌나 반가운지 신문사에 전화를 해서 알았지요. 선생님, 강주(剛珠)랑 정은(貞恩)이 아시죠?"

"알지."

"지금 여기 와 있어요."

"그래?"

"남숙(南淑)이도 기억하시죠?"

"하고 말고. 남숙이가 급장이었잖아."

"그랬었지요. 남숙이도 서울에 살아요."

"아 그래. 모두 서울에 와 있군."

"선생님, 정말 무슨 얘기부터 했으면 좋을지 모르겠네요."

"정말이야. 너무 뜻밖인데……."

정말 나는 너무 뜻밖의 전화를 받아 좀 멍멍하고, 가슴이 두근거릴 지경이었다.

옛날, 6·25 전후에 나는 몇 해 동안 두 군데의 국민학교에서 교편을 잡았었다. 그래서 간혹 제자를 만나는 수도 있고, 잡지나 신문에 난 글을 보고 집에 전화를 걸어오는 제자도 있다.

제자를 만난다는 것은 반가운 일이고, 그들의 전화를 받는다는 것은 기쁘고 고마운 일이다.

그러나 이 홍연이의 전화는 기쁘고 고마운 데 그치는 것이 아니라, 아련한 그리움 같은 것을 몰고 오는 것이다. 단순히 반갑기만 한 그런 제자가 아닌 것이다.

"선생님, 몇 남매나 두셨어요?"

"셋이지. 아들 둘, 딸 하나."

"맨 위는 몇 살이나……?"

"지금 대학 졸업반이야."

"어머, 벌써 그렇게…… 아들이에요, 딸이에요?"

"아들이야. 홍연이는 아이가 몇이나 돼?"

"넷이에요. 아들 둘, 딸 둘, 맨 위가 딸인데, 금년에 대학에 들어갔어요."

"아, 그래. 남편은 뭘하시는 분이야?"

그러자 쑥스러운 듯,

"하하하……."

웃는 소리가 수화기에서 들렸다.

나는 얼른 화제를 돌렸다.

"참, 홍연이도 중년 부인일 텐데, 내가 이렇게 말을 놓아서 실례가 아닌지 모르겠어."

"아이, 선생님, 별 말씀을 다 하세요. 그럼 저한테 예를 하시겠어요?

그럼 전 싫어요. 옛날처럼 꼭 그렇게 대해주세요."

"허허허…… 그래, 홍연이 금년에 몇인가?"

이 물음에 대해서는 또 웃기만 하고는,

"선생님 금년에 쉰이에요, 쉰 하나예요?"

이렇게 묻는 것이었다.

"쉰이지."

"선생님이 그때 우리 담임하셨을 때 열 아홉이셨죠?"

"그랬던가…… 맞아. 열 아홉이었어. 내가 그 산리국민학교에 처음 부임한 것이 열 여덟 살 때였지. 그 이듬해 너희들을 담임했었으니까, 열 아홉 맞아."

나는 약간 속으로 놀랐다. 홍연이가 내 나이까지 정확하게 기억하고 있는 것이 아닌가.

"선생님 목소리도 옛날 그대로고, 하나도 안 늙으셨군요."

"안 늙었다니, 나이가 쉰인데 안 늙어. 늙었는지 안 늙었는지 전화로 어떻게 아나?"

"신문에 난 사진 보니까 하나도 안 늙으셨는데요, 뭐."

"그래? 허허허…… 홍연이는 보자…… 아마 지금 마흔 댓쯤 됐을걸."

"개띠예요."

"개띠라…… 그럼 보자…… 내가 양띠니까…… 마흔 일곱이구나. 그렇지?"

"예."

전화를 통해서도 수줍어하는 기색을 알 수 있었다.

"마흔 일곱이 된 홍연이를 한 번 보고 싶군."

"하하하…… 그 동안 고생을 많이 해서 할머니가 다 되어가요. 쉰이 되신 선생님도 한 번 보고 싶어요."

"그래, 이렇게 전화만 할 게 아니라 한 번 만나도록 하지."

"선생님 댁이 강남 어디예요?"

"아파트니까 찾기가 쉬워. 어디냐 하면……."

나는 우리 아파트의 위치와 몇 동 몇 호라는 것을 가르쳐주었다.

"그럼 선생님, 남숙이한테도 연락을 해서 곧 한 번 찾아갈게요."

"그래, 그래."

"선생님, 강주가 바꿔달래요."

"응, 그래."

수화기를 바꾼 듯 다른 목소리가 나왔다.

그렇게 해서 나는 강주와 정은이, 두 제자와도 한참 얘기를 주고받았다.

나는 근래에 이처럼 뜻밖이고 반갑고 가슴을 두근거리게까지 하는 전화를 받은 일이 없다. 근래뿐 아니라 지금까지 이런 감격적이라고 해도 과언이 아닐 전화를 받은 기억이 별로 없다.

옛날 제자들의 전화가 뭐 그리 감격적인 것이냐고 할지 모르지만, 제자라도 나로서는 결코 잊을 수 없는, 예사로운 제자가 아니기 때문이다.

홍연이는 나에게 짙은 인상과 함께 어떤 설레임까지를 던져주었던 그런 여제자였던 것이다. 그녀는 선생인 나에게 혈서까지 보냈던 것이다.

그날 저녁에 남숙이로부터도 전화가 걸려왔다. 홍연이가 방금 전화로 선생님 소식을 전해주었다는 것이다.

내가 담임했던 그 학급의 여학생 급장이었던 남숙이와도 많은 이야기를 나누었다.

남숙이는 이런 말을 하는 것이었다.

"선생님, 기억하세요? 너희들 이십 년 후에 나를 만나면 인사를 하겠느냐. 삼십 년 후에 만나도 나를 알아보겠느냐. 이런 말을 하셨잖아요."

"그랬던가……."

나도 어렴풋이 그런 말을 한 것 같은 기억이 났다.

여학생들은 다 쓸데없다고, 나중에 커서 시집을 가고 나면 옛날 스승을 만나도 인사도 잘 안 할 것이라고 내가 말하자,

"안 그래요!"

"선생님, 절대로 안 그래요!"

하고 여학생들이 일제히 소리를 지르던 기억이 난다.

그런 다음에 내가, 그럼 너희들 20년 후에도 인사를 하겠느냐, 30년 후에도 알아보겠느냐고 했던 것 같다.

"선생님, 꼭 삼십 년이 됐어요. 꿈만 같애요."

"글쎄 말이야. 나도 오늘 낮에 홍연이의 전화를 받고 어찌나 놀랐는지 ……."

"선생님, 뵙고 싶어요. 댁이 어디예요?"

나는 남숙이에게 우리집 위치를 자세히 일러주었다. 그리고 모두 연락을 해서 곧 한 번 놀러오라고 했다. 우리 집까지 찾아오기가 뭐하면 내가 시내로 나가겠다고 하고는 전화를 끊었다.

밤이 이슥토록 나는 잠을 이룰 수가 없었다.

혼자 술을 몇 잔 마시고 자리에 누웠으나, 30년 전 옛날의 일들이 머리 속에 아련한 수채화처럼 차례차례 떠올라 도무지 잠이 오지가 않았다. 짜릿한 그리움 같은 것이 가슴에 찰랑찰랑 괴어오르는 듯해서 나는 참으로 오래간만에 마치 사춘기의 소년으로 되돌아간 듯한 기분이었다.

내가 그 산리국민학교에 발령을 받고 부임을 한 것은 6·25가 나기 두 해 전의 가을이었다. 9월이었다고 기억된다.

내 나이 그때 열여덟이었다.

산리 국민학교는 기차에서 내려 8킬로미터 가량 걸어 들어가야 하는 산골에 있었다. 지금은 버스가 다니고 있겠지만, 그 무렵은 차라고는 이따금 지나가는 트럭뿐이었다.

학교 뒤에는 영소산이라는 봉우리가 솟아 있었고, 산줄기가 북쪽에서 남쪽으로 뻗어 내리고 있었다. 뻐꾸기 우는 소리가 곧잘 교실에서도 들리는 그런 곳이었다.

나는 부임을 한 처음에는 2학년을 맡았고 이듬해 봄, 새학년도에 5학년 남녀 혼합반을 맡았다.

5학년까지는 두 학급씩이고, 6학년은 한 학급이었다. 그러니까 전부 11학급이었다.

산골이기는 하지만, 면 소재지 학교였기 때문에 그 무렵으로서는 작은 학교라고는 할 수 없었다.

내가 맡게 된 5학년 2반은 남학생이 20명 가량이고, 여학생이 40명 가량이었다. 1반은 전부가 남학생이었다.

그 무렵은 지금과 달라서 5학년생인데도 벌써 열대여섯 살 된 아이들이 적지 않았다. 홍연이도 그런 여학생 중의 하나였던 것이다.

누구나 처음으로 교단에 서면 여간 재미가 나는 게 아니다. 더구나 열여덟에 첫 교단에 서서 이제 겨우 1년도 안 된 열아홉인 터이라, 그야말로 애송이 교사인 나는 있는 열을 다해서 아이들을 가르쳤다.

아침에 일어나 세수를 하면 대얏물에 코피가 뚝뚝 떨어진 일도 한두 번이 아니었다.

나는 학생 시절부터 문학에 뜻을 두고, 시니 소설이니 그런 것에 주로 몰두하고 있었다. 교단에 선 뒤에도 역시 마찬가지였다.

그래서 나는 내가 담임한 아이들에게도 그런 방면의 지도를 중점적으로 했다.

나는 우선 무엇보다도 아이들에게 매일 일기를 쓰도록 했다. 몇 번 검사를 하다가 흐지부지 그만두는 그런 식이 아니었다. 철저하게 시행해 나갔다.

국민학교를 졸업하고도 편지 한 장 제대로 쓸 줄 모르는 것이 그 무렵의 학교 교육의 실정이었다.

특히 산골 아이들은 거의 전부가 국민학교로써 배움을 마치는 것이다. 국민학교 6년 동안에 편지 한 장이라도 제대로 쓸 수 있는 그런 교육을 시키지 않으면 안 된다.

그렇게 생각한 나는 아이들에게 우선 글을 쓰는 일이 몸에 배게 하기 위해서 일기 지도를 시작했던 것이다.

토요일이면 아이들의 일기를 반드시 거두어서 그것을 토요일 오후와 일요일에 검사를 했다.

검사도 그냥 썼나 안 썼나 건성으로 펼쳐보기만 하는 그런 식이 아니었다. 하나하나 다 읽으면서 고칠 데는 고쳐주고, 끝에다가 검사 소감을 간단히 적어주었다.

그런 일이 조금도 지겹고 힘드는 일로 여겨지지가 않고, 오히려 재미가 났다. 말하자면 일요일을 나는 그런 재미로 보냈던 셈이다.

5학년생들의 일기라는 것이 처음에는 한심스럽기 짝이 없었다. 1, 2학년 정도의 실력밖에 안 되는 그런 일기가 거의 대부분이었다. 그러나 날이 가고 달이 바뀜에 따라 눈에 띄게 달라져갔다. 2, 3개월 후에는 제법 일기답게 쓰게 되었고, 어떤 것은 읽을 맛이 나기까지 했다.

그런데 여학생들의 일기 가운데서 차츰 나의 고개를 갸웃거리게 하는 그런 내용의 것이 나타났다. 홍연이의 일기였다.

다른 아이들의 것은 그날 자기가 한 일의 몇 가지를 적는 그런 단순한 생활 기록이었는데, 홍연이의 것은 그런 기록 속에 차츰 어떤 야릇한 문구가 섞이기 시작했다.

홍연이의 일기 가운데서 최초로 나의 고개를 갸웃거리게 한 대목은 다음과 같은 것이었다.

'나는 달밤이면 아무 까닭도 없이 울고 싶어진다. 오늘 밤도 나는 마루 끝에 앉아 밤이 이슥토록 달을 바라보다가 혼자 눈물을 흘렸다.'

이 대목을 읽은 나는 흐흠, 싶었다. 퍽 감상적인 아이로구나 싶었고, 또 틀림없이 사춘기에 들어선 모양이로구나 싶었다.

달을 보고 아무 생각없이 슬퍼져서 눈물이 흘렀다면 보통 감상적인 것이 아니고, 그런 감상은 흔히 사춘기에 나타나는 법이다.

나는 일기장 표지에 적힌 학생의 이름을 다시 보았다. '윤홍연'이었다.

담임을 한 지 3개월 가량 되었으나, 별로 머리에 들어 있는 아이가 아니었다. 성적도 그저 중간쯤 되는 것 같고, 별 활동도 없이 뒤편 한쪽에 있는 듯 없는 듯 앉아 있는 여학생이었다. 생김새도 뭐 그저 수수한 편으로 좀 특징이 있다면 눈이었다. 눈이 작은 편인데다가 눈두덩이 조금 도도록하게 살이 찐 듯해서 어딘지 모르게 좀 고집이 있어 보였다.

아무튼 평범한 아이로만 여겼던 그 여학생의 일기에서 그런 구절을 발견한 나는, 사람이란 역시 겉으로 보아서는 알 수 없는 존재로구나 싶어 곧장 고개를 끄덕거렸다.

그리고 계속 읽어 나갔다. 이틀인가 사흘 분을 지나자 나는 또 야 이

거 봐라 싶었다. 이번에는 절로 미소가 지어졌다.

다음과 같은 대목이 나타났던 것이다.

'오늘 선생님이 들려주신 옛날이야기는 정말 재미있었다. 어쩌면 우리 선생님은 이야기도 그렇게 잘하시는지 …… 우리 선생님은 못 하시는 게 없다. 그림도 잘 그리시고, 풍금도 잘 타시고, 공부도 재미있게 잘 가르치시고, 정말 최고다. 내일도 또 옛날이야기를 해주시면 얼마나 좋을까.'

물론 30년 전의 일이니, 일기의 문장이 정확하게 기억되는 것은 아니지만, 대체로 그런 내용이었다.

나에 대해서 늘어놓은 찬사를 읽으니 낯이 간지러웠다. 그러나 결코 기분이 나쁘지는 않았다. 나는 그 무렵, 학생들에게 곧잘 옛날이야기를 해주었다. 옛날이야기뿐 아니라 세계 명작 동화랄지, 탐정 이야기 모험 이야기 같은 것을 살을 붙여가며 들려주기를 좋아했다.

"자아, 이 시간에는 따분한데 이야기나 한 자리 해줄까?" 하면,

"야 —."

"와 —."

곧 교실이 떠나갈 듯 환성을 지르며 박수를 쳐대는 것이었다.

내 별명이 '이야기 선생'이기도 했다.

간혹 다른 학급의 선생이 무슨 일이 있어 대신 들어갈 것 같으면 학생들은 아예 교과서를 펼칠 생각은 안 하고,

"선생님, 이야기해주세요."

일제히 고함을 지르는 그런 형편이었다.

나는 아이들에게 꿈을 심어준다는 생각으로 곧잘 이야기를 해주었던 것이다.

홍연이의 일기에서 그런 대목을 읽은 뒤부터 나는 수업 시간에 종전과는 좀 다른 눈으로 그 애를 바라보게 되었다. 호기심이라 할까, 관심이라 할까, 아무튼 곧잘 시선이 그 애에게로 가는 것이었다.

수업 시간에 홍연이는 손을 드는 일이 드문 편이었다. 알아도 손을 안 드는지, 실제로 모르는지, 좌우간 가만히 앉아선 나를 바라보고만 있었

다.

여전히 평범한 아이로만 보였다. 저런 아이가 달밤에 달을 쳐다보며 혼자 울다니……. 수박을 겉으로 보아서는 알 수 없다더니 그런 격이로구나 싶었다.

어쩌다가 홍연이가 손을 들 것 같으면 나는 자연스럽게 지명했다. 그러면 그 애는 가만히 일어나서 해답을 말하고는 수줍은 듯 얼른 앉으며 살짝 고개를 떨구었다. 얼굴을 조금 붉히면서…….

그럴 때 보면 사춘기에 들어선 계집애임에 틀림없었다. 선생님 앞에 해답을 말하고서 얼굴을 붉히며 수줍어할 까닭이 무엇인가 말이다.

수수하게만 느껴지던 그 애의 얼굴이 별안간 묘한 매력을 발휘하는 것 같기도 했다. 복사꽃 봉오리가 살짝 붉게 물들면서 꽃잎을 벌리는 듯한 그런 매력이라고나 할까.

날씨가 차츰 여름다워져가는 어느 날 점심 시간이었다. 하숙집에 가서 점심을 먹고온 나는 긴 복도를 걸어 교무실로 건들건들 향하고 있었다. 공연히 기분이 좋았다.

점심상에 입에 맞는 반찬이라도 올라서 기분이 좋았는지 어쨌는지 확실한 기억은 없지만, 좌우간 나는 묘하게 휘파람이라도 불고 싶은 그런 기분으로 복도를 걸어가고 있는데, 우리 교실 창 밖으로 어떤 여학생의 팔꿈치 하나가 불쑥 나와 있었다. 창틀에 한 팔을 얹고 있었던 것이다. 물론 반소매를 입고 있는 터이라 맨살의 팔이었다.

그게 누구의 팔인지 알 수가 없었다. 창에 유리가 끼워져 있다면 교실 안이 보여서 누군지 얼른 알 수가 있겠지만, 그 무렵은 유리가 귀해서 교실 창문에 창호지를 발라놓았다. 그래서 창문을 닫으면 교실 안이 보이지가 않았다.

더워지는 철이라 창문이 열려 있었으나, 창호지에 가려서 여학생의 모습은 보이지가 않았다.

나는 장난기가 동했다. 공연히 기분이 좋은 터이라, 조금 까불고 싶은 것이었다. 선생이기는 하지만, 아직 열아홉 살인 터이니, 때로는 까불고 싶은 생각이 들기도 안 하겠는가. 조금 장난을 친다고 해서 뭐 크게 위신이 떨어지지도 않을 것이다.

나는 살금살금 발소리를 죽여가며 다가가서 그 팔의 맨살을 살짝 꼬집었다.

"어마야!"

깜짝 놀란 여학생은 얼른 창 밖으로 얼굴을 내밀었다.

몸을 숨기듯 후닥닥 창문에 딱 붙어 섰던 나는 그만 빙글 웃었다. 그런데 그 여학생이 다름 아닌 홍연이었다.

나와 시선이 마주치자, 홍연이는 놀란 듯 온통 얼굴이 홍당무처럼 빨개지며 히힉 부끄럽게 웃었다. 뜻밖의 일에 당황하면서도 무척 좋은 모양이었다.

나도 그게 홍연이의 팔인 줄을 전혀 예기치 않았기 때문에 약간 뒷덜미가 화끈한 느낌이었다. 일부러 그 애의 팔을 꼬집은 것 같아 멋쩍었다.

그러나 나는 아무렇지도 않은 멀쩡한 얼굴로 싱글 웃고는 점잖게 교무실을 향해 걸음을 옮겼다.

그런 일이 있은 뒤부터 홍연이는 수업 시간에도 어쩐지 나를 바라보는 눈길이 전과는 좀 다른 듯했다. 어딘지 모르게 수줍은 듯해 보였고, 앞자리에 앉은 아이의 등뒤에 곧잘 얼굴을 숨기곤 하는 것이었다.

다음 일기 검사 때, 나는 마침내 하하, 이것 봐라, 하고 절로 얼굴이 붉어지는 것을 어쩌지 못했다.

'오늘 선생님이 내 팔을 살짝 꼬집었다. 나는 너무나 뜻밖의 일에 얼굴이 홍당무처럼 붉어졌고, 부끄러워서 어쩔 줄을 몰랐다. 학교에서 집에 돌아오면서도 나는 기분이 이상하고 또 이상했다. 선생님이 왜 내 팔을 꼬집었을까. 그게 무슨 뜻일까. 나는 지금도 그 생각을 하며 잠을 이루지 못하고 있다.'

그날의 일기가 이렇게 되어 있는 것이 아닌가.

장난으로 누구의 팔인지도 모르고 그저 살짝 한 번 꼬집었던 것인데, 그게 무슨 뜻일까 하고 잠을 이루지 못했다니……. 실수라면 큰 실수가 아닐 수 없었다. 혹시 홍연이가 그 일로 해서 내 마음을 야릇하게 짐작한다면 선생으로서 입장 곤란한데 싶었다.

그러나 좌우간 기분이 언짢은 것은 아니었다. 오히려 묘하게 재미있었다.

그런데 그 다음날 일기는 숫제 나에 대한 질문이었다. 일기라기보다도 나에게 보내는 편지인 셈이었다.

'선생님, 어제 왜 제 팔을 살짝 꼬집었습니까? 오늘도 저는 어제 그 일을 잊을 수가 없습니다. 학교에서 공부를 할 때도, 집에 돌아올 때도 저는 그 생각을 했습니다. 선생님, 그 뜻이 무엇인지요? 왜 제 팔을 꼬집으셨는지 말씀해주세요. 아무리 생각해도 그 뜻을 확실히 알 수가 없습니다.'

아무리 생각해도 그 뜻을 알 수가 없다고 적혀 있었으나 그것은 내 마음을 확인해보려고 그렇게 쓴 것이지 실상은 혼자서 야릇한 방향으로 짐작을 하고서 얼굴을 붉히면서 그 일기를 쓴 게 틀림없었다.

나는 잠시 생각해보았다. 그 편지 형식의 질문에 대해서는 언급을 회피하고, 그저 여느때와 마찬가지로 일기지도의 입장에서 간단한 평을 해줄 것인지, 그렇지 않으면 그 질문에 대한 회답을 몇 자 적어줄 것인지 …… 생각 끝에 회답을 적어주기로 했다.

그냥 회피해버린다는 것은 어쩌면 그애의 야릇한 방향으로의 짐작을 말없이 수긍하는 결과가 될 지도 모르고, 또 교육적으로도 옳지 않다고 생각했던 것이다.

그러면 뭐라고 회답해줄 것인가. '네가 귀여워서.' 혹은 '너에게 장난을 치고 싶어서.' 이런 식으로 적어주어 볼까 하면서 킥 웃었다.

그러나 선생으로서 그런 장난 같은 짓을 아이의 일기장을 통해서까지 한다는 것은 있을 수 없는 일이었다. 만일 그렇게 적은 것이 다른 학생들에게 알려지는 날이면 무슨 오해를 불러일으킬 지 알 수가 없는 것이다.

그래서 나는 사실대로 몇 마디 적었다.

'누구 팔인 줄도 모르고 그저 장난으로 그랬을 뿐이다. 아무 뜻도 없다.'

검사를 마친 일기장을 나누어준 뒤부터 어쩐지 홍연이의 기색이 신통치가 않았다. 마치 무엇을 잘못 먹은 아이처럼 찌뿌드드한 얼굴을 하고,

공부에도 흥미가 없는 듯 나를 잘 바라보지도 않았다.

홍연이의 그런 변화는 다음 날도 그 다음 날도 계속되었다.

나는 속으로 하하 싶었다. 그래서 한 번은 수업 시간에 교실 행간을 걸어가다가 홍연이 옆에 멈추어 섰다. 모두 학습장에다가 문제를 풀고 있었다.

나는 가만히 입을 열었다.

"홍연이 너 요새 어디 아프니?"

홍연이는 아무 대답이 없었다.

"꼭 어디 아픈 사람 같다."

그러자 홍연이는 고개도 들지 않고, 학습장 위에 연필을 움직이면서,

"아무데도 안 아파요."

하고 말했다.

그런데 그 목소리는 어찌나 메마른지 마치 아프거나 말거나 무슨 상관이에요, 하는 것 같았다.

다음 일기 검사 때, 나는 맨 먼저 홍연이의 일기를 읽어보았다. 매우 호기심이 가는 것이었다.

그런데 홍연이의 이번 일기는 나를 당황하게 했다.

'어머니는 공연히 나만 보면 잔소리시다. 오늘도 학교에서 돌아와 방에 누워 있는데 잔소리를 퍼붓는 것이 아닌가. 어디가 아프지도 않으면서 왜 공부를 하거나 집안일을 돕지 않고 멀쩡한 년이 방에 반듯이 드러누워서 뭘하고 있는지 눈꼴이 시어서 못 보겠다고 마구 쏘아붙이는 것이었다. 남의 속도 모르고 덮어놓고 야단이다. 나도 엄마 꼴이 보기 싫다. 정말 보기 싫다.'

이런 대목이 있는가 하면, 다음과 같은 것도 있었다.

'나는 오늘 동생을 실컷 꼬집어주었다. 살짝 꼬집는 것이 아니라, 아파서 못 견디도록 힘껏 꼬집었다. 아홉 살이나 먹은 녀석이 마루에 서서 마당을 향해 오줌을 누는 것이 아닌가. 남자면 최곤가. 마루에 서서 오줌을 누어도 되는가. 남자들은 보기 싫다. 정말 보기 싫다. 실컷 꼬집어서 엉엉 울려놓고 나니 속이 좀 시원했다.'

'우리집 수탉은 꼴불견이다. 암탉이 알을 낳으면 제가 뭔데 유별나게 큰소리로 꼬꼬댁 꼭꼬 —— 활개를 치고 야단이다. 미워 죽겠다.'

그리고 다음과 같은 대목을 읽자, 나는 한 대 가볍게 얻어맞은 것 같은 느낌이었다.

'학교에 가도 아무 재미가 없다. 공부도 하기 싫고 친구들 얼굴도 지겹다. 학교는 다녀서 뭘하나. 졸업을 한다고 별 수 있나. 학교를 그만둘까 싶다. 어머니에게 그런 얘기를 할까 하다가 좀더 생각해보기로 했다.'

학교를 그만둘까 싶다니…… 야, 이 애 정말 보통 애가 아니로구나 싶었다. 홍연이의 그런 심리가 어디서 온 것인지 뻔하지 않은가. 나의 짤막한 몇 마디, 즉 '누구 팔인 줄도 모르고 그저 장난으로 그랬을 뿐이다. 아무 뜻도 없다.'는 말이 그렇게 충격을 주었던 것일까. 놀랄 일이 아닐 수 없었다.

그런 홍연이의 심리 상태를 바로잡을 좋은 지도 방법이 쉬 떠오르지가 않아 나는 궁리를 거듭했다. 섣불리 서투른 방법을 썼다가는 일이 우습게 될 것 같았다. 그애의 그 야릇한 감정에 부채질을 하는 결과가 되지 않겠는가 말이다.

그런데 어느 날, 홍연이가 결석을 했다. 왜 오늘 홍연이가 결석이냐고 물어보아도 아무도 아는 사람이 없었다. 한동네에 사는 학생이 둘 있었는데, 그들도 모른다고 했다.

결석을 하게 될 경우에는 한동네 사는 학생에게 무슨 사유로 학교에 못 간다는 것을 반드시 알리도록 나는 엄격히 지도를 해서, 모두가 그렇게 실행을 하고 있었다.

그런데 홍연이는 그 규칙을 어기고 무단 결석을 한 것이다.

다른 학생이라면 다음날 학교에 나오면 단단히 주의를 주면 되는 것이었으나, 홍연이는 그렇게 해서는 안 된다는 생각이 들었다. 뭐 특별히 그애라고 해서 다른 학생들과 차별을 두고 생각해서 그런 것이 아니라, 그애의 무단 결석의 원인이 단순한 것이 아니었기 때문이다.

물론 확실한 것은 알 수 없었지만, 십중 팔구는 학교를 그만둘까 싶다는 그 묘하게 비뚤어지게 된 심리 때문임이 틀림없었다. 그렇지 않으면 무단 결석을 할 애가 아닌 것이다. 성적도 중간쯤 되고, 평소에 별로 두드러지지 않는 평범한 학생들은 애를 먹이는 일이 거의 없는 것이다.

나는 가정 방문을 해야겠다고 생각했다. 그 애의 그 묘하게 비뚤어져 나간 심리를 바로잡는 데 어쩌면 좋은 기회일 것 같았다. 섣불리 그 애를 불러서 타이르는 그런 서투르고 우습기도 한 방법보다는 자연스럽게 그 애의 마음을 돌이킬 수 있을 것 같았다.

그러니까 가정 방문은 매우 교육적인 것이었다. 그러면서도 한편 나는 교육적이라고만 할 수 없는 그런 묘한 감정이 나의 내부에 엷은 안개처럼 서리는 것을 느꼈다. 홍연이가 정말 학교를 그만둬서는 안 된다는 생각이었다. 그 생각은 물론 교육적이기도 했다. 제자가 학교를 그만두기를 바라는 스승이 어디 있겠는가. 그런 단순한 스승으로서의 염려에서만이 아니라, 그 애의 자리가 교실에서 정말 없어진다면, 그 애의 이름이 출석부에서 정말로 삭제되어버린다면 매우 허전할 것 같고, 교단에서도 별 재미가 없을 것 같은 그런 생각이 드는 것이 아닌가.

말하자면 약간은 분홍빛을 띤 아리송한 안개가 나의 내부에 엷게 서린 셈이었다.

그러나 그날 방과 후 바로 가정 방문을 나서지는 않았다. 하루 더 기다려보기로 했다.

다른 학생이 무단 결석을 했을 것 같으면 한동네에 사는 아이에게 오늘 집에 가서 알아보라고 일렀을 것이다. 그러나 홍연이의 경우는 그렇게도 하지 않았다. 하루 더 가만히 내버려둬보자 싶었던 것이다.

이튿날 역시 홍연이는 모습을 나타내지 않았다.

출석을 부르면서,

"홍연이가 오늘도 결석이군."

하고 다음으로 넘어가려 하자, 한동네에 사는 순철이라는 남학생이 자리에 앉은 채,

"선생님, 홍연이 학교 안 다닌대요."

큰소리로 말했다.

그러자 교실 안이 수런수런해졌다. 모두 눈들이 휘둥그래져서 수군수

군 한 마디씩 해대는 것이었다.

나는 역시 그렇구나 싶었으나,

"왜 안 다닌대? 별안간……."

시치미를 떼고 물어보았다.

"몰라요. 그저 다니기 싫다던대요."

"집에서 뭘하고 있더냐?"

"마루에 엎드려 있었어요."

"배가 아프나 왜 엎드려 있지? 엎드려서 뭘하더냐?"

"아무것도 안 하고, 그냥 엎드려 있었어요. 배도 안 아파요."

교실 안에 와 —— 웃음이 터졌다. 나도 웃음이 나왔다.

그날 방과 후, 나는 순철이를 앞세우고 홍연이네 집을 찾아갔다.

학교에서 꽤 먼 거리였다. 거의 10리 가량 되지 않을까 싶었다.

홍연이네 마을은 밋밋한 야산 기슭에 자리잡고 있었는데, 스무 가호 남짓되었다. 얼른 보아 빈촌인 듯했다. 마을에 기와집이 한두 채 섞여 있기는 했으나, 전체적으로 윤기가 돌질 않고, 어설퍼 보였다. 집들도 모두 올망졸망 작아 보였다.

홍연이네 집은 작은 편이긴 했으나, 그렇다고 가난기가 흐르는 그런 집은 아니었다. 아담하고 깨끗한 초가 삼간에 사랑채가 있었다. 중농까지는 못 되더라도, 자작을 하는 소농으로 여겨졌다.

순철이가 사립문을 앞서 뛰어들어가며,

"선생님 오셨다!"

하고 소리쳤다.

약간 당황한 듯한 얼굴로 나를 맞이한 것은 홍연이 어머니였다.

홍연이의 어머니는 마흔 살쯤 되어 보이고, 매우 착실한 여자처럼 느껴졌다. 삼베 치마 저고리를 입고 있었는데, 치마는 까만 물을 들인 것이었다.

내가 찾아온 까닭을 설명하지 않아도 알겠다는 듯이,

"아이고, 선상님, 이렇게 먼 곳까지 찾아오시게 해서 정말 죄송합니다. 글쎄, 어찌 된 셈인지 홍연이가 아무리 꾸짖어도 말을 듣지 않지 뭡

268

니까. 왜 별안간 학교를 그만두겠다는 것인지 알 수가 없네요. 속이 상해 죽겠습니다, 선상님."

이렇게 말했다.

"홍연이 지금 어디 있습니까?"

"글쎄요, 조금 전까지 보이더니…… 야가 어디 갔지?"

아낙네는 집안을 두리번거렸다. 곧 입에서 홍연이에 대한 욕지거리가 튀어 나올 것 같은 그런 표정이었으나, 내 앞이라 삼가는 눈치였다.

그러자 곁에 섰던 순철이가 씩 웃으며,

"홍연이 뒤안으로 숨었어요."

하였다.

내가 찾아왔다는 것을 알자, 얼른 뒤안으로 뛰어가 숨어버린 모양이었다.

"망할년, 선상님이 오셨는데 숨긴 왜 숨어. 선상님, 학교에서 무슨 일이 있었나요?"

"아니요. 아무 일도 없었는데요."

"그럼 왜 학교를 안 다닐라 그러지요? 망할년이 공연이 어미 속 썩이려고 그러나 봐요. 좀 쾅쾅 두들겨주어요."

홍연이 어머니는 딸에 대한 미움과 분함을 참을 길이 없는 듯 내 앞이지만 결국 망할년 소리를 내뱉었다. 그리고 얼른 뒤안으로 돌아가며,

"이년아, 선상님 오셨다."

소리를 질렀다.

그러나 홍연이는 아무 반응이 없는 모양이었다.

"선상님 오셨다니까."

"……."

"아니, 너 왜 이러지? 선상님이 오셨는데 일어날 생각도 안 하고 …… 뭐 이런 게 다 있지."

홍연이 어머니의 노기에 찬 목소리가 앞마당까지 들려왔다.

나는 슬금슬금 걸음을 옮겨 뒤안으로 가보았다.

홍연이는 앵두나무 그늘에 쪼그리고 앉아 있었다. 빨갛게 익어가는 앵

두가 햇빛에 수없이 반짝거리고 있었다.

"홍연아, 뭘하고 있어?"

나는 싱글 웃으며 말했다.

그러나 홍연이는 고개를 푹 숙여버릴 뿐 일어날 생각을 하지 않았다.

"아이구, 뭐 이런 게 다 있지. 선생님이 오셨는데 인사도 안 하고……
망할년 같으니라구."

홍연이 어머니는 어이가 없고, 나에게 미안해서 못 견디겠다는 모양이
었다.

"홍연아, 왜 이틀이나 무단 결석을 했지?"

나는 선생님답게 약간 엄한 어조로 말했다. 그러나 홍연이는 여선히
아무 대답도 없이 웅크린 채 마치 굳어진 사람처럼 꼼짝도 하지 않았다.

"이년아, 대답을 해. 선상님이 묻는데 대답을 안 하다니 그런 버르장
머리가 도대체 어디 있어, 응?"

홍연이 어머니는 주먹으로 딸의 등짝을 한 대 쥐어박아주었으면 속이
시원하겠다는 모양이었다. 나를 돌아보며,

"선상님, 좀 쾅쾅 두들겨주라니까요."

하였다. 그저 입으로만 하는 소리가 아닌 것 같았다.

그러자 약간 긴장이 된 듯한 얼굴로 곁에 서서 보고 있던 순철이가 킥
하고 웃었다. 몇몇 같이 따라온 한마을 아이들도 킬킬 재미있다는 듯이
웃었다.

나는 이래서는 안 되겠다는 생각이 들었다. 조용히 홍연이와 둘이서
얘기를 해야 문제가 해결될 것 같았다.

그래서 순철이와 다른 아이들에게 말했다.

"너희들 때문에 홍연이가 부끄러워서 말을 못 하는 것 같다. 너희들은
이제 모두 집으로 돌아가거라. 돌아가서 숙제도 하고, 집안 심부름도 해
야지."

그리고 홍연이 어머니에게도,

"미안하지만 홍연이 어머님도 좀 자리를 비켜주세요. 둘이서 얘기를
해보는 게 좋을 것 같아요."

하고 부탁했다.

"예, 예."

홍연이 어머니는 아이들을 몰고 마당 쪽으로 돌아 나가며,

"그년, 말을 안 듣거든 쾅쾅 실컷 좀 두들겨주라니까요."

힐끗 홍연이를 돌아보며 눈을 흘겼다.

빨간 앵두알들이 반짝거리는 나무 그늘에 홍연이는 여전히 꼼짝도 안 하고, 고개를 푹 숙인 채 앉아 있었다.

"홍연아."

나는 좀 엄한 어조로 부르며 한 걸음 앞으로 다가섰다.

"왜 이틀 동안이나 무단 결석을 했지?"

"……"

"대답을 해봐."

"……"

"고개를 들어. 선생님이 일부러 자기 집까지 찾아왔는데 묻는 말에 대답도 안 하고 고개도 안 들다니, 그런 법이 어디 있어."

그러자 홍연이는 고개를 들고 살짝 나를 바라보았다. 약간 수줍고 어색한 듯한 기색이었다. 그러나 나를 바라보는 그 두 눈빛이 별로 윤기가 없고 건조했다.

"왜 무단 결석을 했지?"

나는 여전히 선생이라는 입장을 떠나지 않고, 잘못한 학생을 꾸짖는 그런 어투로 말했다.

"학교에 다니기 싫어서요."

홍연이는 조그마한 소리로 말하고는 다시 고개를 살짝 숙였다.

"왜 다니기 싫지?"

"몰라요."

고개를 숙인 채 대답했다.

"별안간 학교가 다니기 싫어졌다면 무슨 까닭이 있을 게 아니야. 그 까닭이 뭐지?"

"……"

"대답을 해봐."

"……."

"네 어머니가 말 안 듣거든 쾅쾅 두들겨주라 그랬어. 너도 들었지?"

홍연이는 얼른 고개를 들고 힐끗 내 표정을 살폈다. 정말로 때리려나 싶은 모양이었다. 약간 두 눈이 휘둥그래져 있었다.

나는 기회는 이때다 싶었다.

지금까지와는 판이하게 다른 부드럽고 정감이 넘기는 어조로,

"홍연아, 내가 너를 때릴 턱이 있나."

하면서 빙그레 미소를 지었다. 그리고 가만히 그 자리에 나도 쪼그리고 앉았다.

"홍연아."

"……."

"학교에 안 나오면 쓰나. 어제 오늘 내가 얼마나 걱정을 했다고……어디가 아픈가, 무슨 사고가 생겼는가 하고 말이다. 그래서 이렇게 찾아온 거야."

홍연이는 나를 얼른 쳐다보고는 고개를 푹 숙였다. 얼굴은 복사꽃처럼 발그레 물들어 있었고, 두 눈엔 윤기가 떠올랐다.

나는 홍연이를 한번 웃겨야겠다는 생각이 들었다. 그래서 농담조로,

"어제는 홍연이 너 마루에 엎드려 있었다면서? 왜 그랬어?"

하고 히들히들 웃었다.

"몰라요. 흐흐흐……."

홍연이도 그만 고개를 숙인 채 웃음을 터뜨렸다.

"학교를 그만두고, 만날 마루에 엎드려 있을 작정이었나?"

"흐흐흐……."

나는 이제 됐다 싶었다. 자리에서 일어서며,

"내일부터 무단 결석 말고 잘 나와. 홍연이가 안 나오면 어쩐지 재미가 없어."

이렇게 말했다.

그리고 앞마당 쪽으로 걸음을 옮기며 나는 끝의 말은 안 할 걸 그랬다

싶었다.

'홍연이가 안 나오면 어쩐지 재미가 없어.'

이 말은 그 애에게 무한한 기쁨을 주겠지만, 동시에 어떤 설레임도 줄 것 같았고, 또 선생으로서의 한계를 넘어선 말인 듯했다.

그러나 나도 모르게 흘러나와버렸으니 도리가 없었다. 나는 시치미를 뚝 떼고 홍연이를 돌아보았다.

"홍연아. 이제 일어나야지."

내가 마루에 가서 앉아 이제 됐다고 그녀의 어머니와 이야기를 나누고 있자, 홍연이가 멋쩍은 듯이 킥 웃으며 뒤안에서 돌아 나왔다.

그녀의 어머니가 굳이 붙드는 바람에 나는 받아 온 탁주를 몇 잔 마시고 홍연이의 집을 떠났다.

홍연이는 내가 마을 앞에 있는 야산의 언덕길을 넘어설 때까지 동구 밖의 콩밭머리에 서 있었다. 내가 뒤를 돌아보자, 얼른 그 자리에 숨듯이 앉아버리는 것이었다.

이튿날 물론 홍연이는 학교에 나왔다. 좀 쑥스러운 듯했으나, 여느때보다 한결 밝은 얼굴이었다.

출석을 부를 때 내가,

"윤홍연."

하자,

"예."

살짝 얼굴을 물들이면서 힐끗 나를 보고는 고개를 숙여버리는 것이었다.

힐끗 나를 보는 시선이 그저 여학생이 선생을 보는 시선이라기보다, 묘하게 이성을 느끼게 하는 그런 것이었다. 수줍어하는 처녀의 눈길이 분명했다.

그날 수업이 끝나고, 청소 시간이었다. 나는 교무실에서 담배를 한 대 피우고, 어쩐지 머리가 좀 띵한 것 같아서 우물로 나갔다. 얼굴을 씻으면 머리가 좀 개운해질까 해서였다.

교사 옆에 숙직실이 있는데, 숙질실 앞에 커다란 오동나무가 한 그루

서 있었다. 그 오동나무 밑에 우물이 있는데, 마침 홍연이가 혼자서 두레
박으로 물을 길어 올리고 있었다. 청소를 하다가 양동이를 들고 물을 길
러 나온 것이었다.

"홍연아, 물 긷니?"

내가 다가가자, 홍연이는 킥 하고 맥없이 수줍은 듯 웃고는, 좀 멋쩍
은 듯 어쩐지 부자연스럽게 물을 길어 올렸다.

"자, 나 세수하게 물 좀…….."

하면서 나는 우물가에 쪼그리고 앉으며 두 손을 내밀었다.

홍연이는 살짝 얼굴이 물든 것 같은 미소를 띠면서 내 손바닥에 물을
조금씩 붓기 시작했다.

나는 북북 세수를 했다.

세수를 하고 나니 머리가 좀 시원해진 것 같았다. 손수건으로 얼굴을
닦으면서 나는 문득 생각이 나,

"홍연이 너의 집 앵두 참 예쁘게 많이 열렸더구나."

하였다.

홍연이 아무 말이 없이 그저 힐끗 나를 한 번 바라보기만 했다. 그런
데 그 바라보는 눈빛이 그럴 수 없이 밝고 고왔다. 기쁨에 함빡 젖어서
반짝 하고 빛나는 것이었다.

홍연이가 양동이에 물을 가득 긷기를 기다려서 나는,

"자, 나하고 같이 들고 가자."

하면서 양동이 손잡이 한쪽을 쥐었다.

"놔두세요, 선생님. 저 혼자 들고 갈래요."

"내가 도와준다는데…… 혼자 들면 무겁잖아."

"괜찮아요."

"어서 들어."

그러자 홍연이는 매우 쑥스러운 듯 힐끗 주위를 한 번 둘러보고는 마
지못하는 듯 한쪽을 쥐었다.

둘이 함께 양동이를 들고 교실 승강구까지 가자 홍연이가,

"선생님, 인제 됐어요. 놓으세요. 애들이 봐요."

하고 속삭이듯 말했다.

"누가 보면 어때서?"

"싫어요. 부끄러워요."

"허허허……."

나는 나직이 웃고는 양동이를 놓았다.

그런 일이 있은 며칠 뒤의 일이었다. 퇴근을 해서 하숙집으로 돌아가니, 방에 웬 앵두가 한 보시기 놓여 있었다. 하얀 보시기에 빨갛게 익은 앵두가 소복이 담겨 있는 것이 아닌가. 문을 열자, 바로 거기 방바닥에 놓여 있었다. 나는,

"흠."

하고 미소를 지었다.

누가 갖다 놓았는지 대뜸 알 수 있었다.

그러나 혹시 모르니 주인 아주머니에게 물어보았다.

"아주머니, 이거 웬 겁니까?"

우물가에서 푸성귀를 씻고 있던 아주머니가 돌아보았다.

"앵두 말인가요?"

"예."

"어떤 여학생이 가지고 왔어요. 그릇을 하나 달라기에 주었더니, 앵두를 담아서 선생님 방에 놓아두고 가잖겠어요."

"……."

"이름이 뭐냐고 물어도 아무 대답을 안 해요. 몇 학년 몇 반이냐고 해도 웃기만 하고요."

"예, 알았어요."

"여학생이 꽤 크던데요."

"예."

나는 홍연이가 선물로 갖다 놓은 그 앵두를 책상 위에 얹어놓고 심심하면 조금씩 집어먹었다.

앵두는 맛보다 보기가 더 좋았다. 마치 무슨 생명이 담겨 있는 보석같이 신선하게 반질거렸다.

나는 홍연이에게, 앵두를 갖다 주어서 고맙다는 말을 하려고 했으나, 그럴 기회가 없었다. 교실에서 아이들 앞에서 그런 말을 한다는 것은 교육적으로 될 일이 아니었고, 또 일부러 교무실로 그애를 불러서 고맙다고 말한다는 것도 우스웠다.

며칠 전 우물에서 만났을 때처럼 둘이 자연스럽게 부딪치는 기회가 있어야 하는데, 그런 기회가 쉽사리 오질 않았다.

일기장 검사를 하면서 홍연이의 그날 치를 보니 다음과 같이 씌어 있었다.

'나는 오늘 앵두를 갖다 드리기 위해서 선생님 하숙집에 찾아가보았다.

앵두가 조금밖에 안 되어서 미안했다.

선생님께서 그 앵두를 보고 어떻게 생각하셨을까. 내가 갖다 놓았다는 것을 아실까? 우리 선생님은 머리가 좋으시니까 아실 것이다. 주인 아주머니한테 이름을 말하지 않았지만, 우리 선생님은 다 짐작하실 것이다.

선생님의 하숙방을 들여다보니 어쩐지 한 번 들어가보고 싶은 생각이 들었다.'

일기를 읽고 나자, 나는 절로 미소를 지어졌다. 내 방에 한 번 들어가보고 싶었다니…… 홍연이의 심리가 눈에 보이는 듯했다.

나는 일기 끝에다가 몇 마디 적어주는 게 좋겠구나 싶었다.

나는 뭐라고 적는 게 좋을까 생각해보았다. 간단한 몇 마디 말이지만, 그것이 문자로 남겨지는 판이니, 마음 내키는 대로 적어서는 안 되는 것이다. 어디까지나 선생이라는 체통을 지켜야 하는 것이다.

생각한 끝에 나는 다음과 같이 적었다.

'앵두 고맙게 받았다. 홍연이가 갖다 놓은 줄을 대뜸 알았다. 내 방에 한 번 들어가보고 싶었다 하니, 나중에 내가 있을 때 놀러오너라.'

일기장에다가 놀러오라는 말을 적어주었기 때문에 나는 다음 일요일 날, 혹시 홍연이가 찾아오지 않을까 싶어서 아무데도 나가질 않고 방에서 뒹굴뒹굴 책을 읽으면서 지냈다.

꼭 오리라고 기다린 것은 아니었지만, 해가 서쪽으로 기울어질 무렵이 되자, 나는 어쩐지 좀 서운하고 허전한 기분이었다.

나는 공연히 휘파람을 불면서 학교로 나가 교무실 한쪽 구석에 놓인 풍금을 북적북적 시루어댔다. 학교 바로 곁에 하숙집이 있었던 것이다.

다음 일기 검사 때, 홍연이의 일기를 본 나는 약간 놀라지 않을 수 없었다. 일요일의 일기가 다음과 같이 씌어 있었던 것이다.

'선생님의 하숙집에 놀러가려고 아침을 먹자 바로 집을 나섰다. 어머니는 일요일인데도 학교에 가느냐고 야단을 치셨다. 나는 선생님 하숙집에 놀러간다고 하지 않고, 학교에 볼일이 있어서 간다고 했던 것이다.

선생님 하숙집 사립 밖으로 들여다보니 선생님은 집에 계셨다. 그러나 나는 안으로 들어갈 수가 없었다. 선생님이 러닝 바람으로 방에 누워 계셨기 때문이다. 러닝도 소매가 없는 겨드랑이가 다 드러나는 러닝이었다. 아직 한여름도 아닌데 선생님은 그렇게 더우신지, 나는 안타까웠다.

선생님이 겨드랑이를 내놓고 누워 계시는데 부끄러워서 어떻게 선생님 하고 부르면서 안으로 들어간단 말인가. 선생님이 와이셔츠를 입고 계셔도 부끄러울 텐데 말이다.

나는 사립 밖에 붙어 서서 안을 들여다보며 선생님이 와이셔츠를 입으시길 기다렸다. 그러나 선생님은 언제까지나 그대로 계셨다. 나는 하는 수 없이 다음에 또 찾아가기로 하고 집으로 돌아왔다.

집으로 돌아오면서 나는 부아가 나서 혼났다. 선생님은 왜 벌써 그런 러닝을 입고 계시는지 모르겠다.'

일기를 읽고 난 나는 그만,

"허허허……"

웃음을 터뜨렸다.

몹시 내성적인 계집애로구나 싶었다. 일부러 일요일에 하숙집까지 찾아왔다가 소매 없는 러닝을 입고 있다고 해서 부끄러워 못 들어오고 그냥 되돌아갔다니…… 보통 수줍어하는 성미가 아니었다. 그리고 이제 성숙한 처녀임에 틀림없는 것이었다.

나는 왜 그날 소매없는 러닝을 입고 있었던가 하고 약간 후회가 되기도 했고, 미안한 생각이 들기도 했다. 10리 가량 되는 거리를 찾아왔다

가 그냥 돌아갔으니 말이다. 돌아가면서 부아가 나서 혼났다고 씌어 있
질 않은가. 거기까지는 전혀 생각질 못했던 것이다.

일기 끝에다가 나는,

"소매없는 러닝을 입고 있어서 미안하게 됐다."

라고 적어주었다.

학교에 연극이 들어온 것은 며칠 뒤의 일이었다. 밤에 학교 운동장에
서 연극 공연을 하게 된 것이었다.

확실한 기억은 없지만, 아마 무슨 선전을 목적으로 해서 산골을 순회
하는 그런 공적인 성격을 띤 극단이 아니었던가 싶다.

학교 운동장에서 오늘 밤에 연극을 한다는 소문은 학생들의 입을 통해
서 면내에 골고루 퍼졌다.

해가 지고 저녁이 되자, 학교 운동장에서 확성기 소리가 울리기 시작
했다. 유행가 소리가 제법 구성지게 산골의 호젓한 밤을 흔들어댔다.

지금은 흔해빠진 것이 마이크 소리지만, 그 무렵은 확성기 소리를 듣
는다는 것은 신기한 일에 속했다. 더구나 산골이었으니 말이다. 2, 3년에
한 번 확성기 소리를 들을까 말까였다.

그러니 확성기로 울려 퍼지는 유행가 소리는 산골 사람들의 가슴을 울
렁거리게 하기에 충분했다.

운동장으로 구경꾼들이 삼삼오오 떼를 지어서 모여들고 있을 게 뻔했
다.

그러나 나는 저녁을 먹고서 하숙방에 그대로 번듯이 드러누워 있었다.
가슴이 울렁거리기는커녕 오히려 비시그레 웃음이 나오는 것이었다.

'시시하다. 참 시시하구나.'

속으로 이렇게 뇌고 있었다.

그 무렵의 나는 유행가 나부랭이는 정말 시시한 걸로 생각하고 있었
다. 시니 소설이니 하고 열중하고 있는 터여서, 그런 따위는 경멸의 눈으
로 내려다보았다.

비록 나 자신이 산골의 국민학교에서 교편을 잡고는 있었지만, 그런
시시한 유행가 나부랭이나 확성기로 외쳐대면서, 보나마나 신파조의 것

을 연극이랍시고 떠벌리고 다니는 그런 극단패 따위는 싹 무시해버리는
것이었다.

　말하자면 약간 시건방지다고 할 수 있었다. 열아홉 살의 문학 청년이
니 그럴 수밖에.

　그러나 나는 확성기 소리가 멎고, 연극이 시작된 듯 이따금 웃음소리
와 함께 박수가 터지기도 하자, 그대로 가만히 누워 있을 수가 없었다.

　"시시하게 뭣들 하고 있는지, 한번 슬슬 나가볼까."
하면서 일어나 밖으로 나갔다. 달이 밝은 밤이었다.

　하숙집을 나와 골목길을 걸어서 학교로 들어섰다.

　운동장에 가설 무대를 만들어놓고, 환하게 전기를 켜고서 지금 한창
연극을 하고 있는 중이었다. 구경꾼들이 무대 앞에 새까맣게 모여 앉아
있었다. 얼른 보아도 어른들보다 아이들이 더 많은 듯했다.

　나는 곧장 코 언저리에 비시그레 웃음을 띠면서 다가가 보았다.

　예상했던 대로 신파조의 연극이었다.

　"아, 오늘 밤은 정말 달도 밝구나. 이렇게 달은 밝은데 내 가슴은 어이
이리 답답한가."

　"여보, 수남 씨, 용기를 가지세요. 저를 보아서라도 절망을 해서는 안
되지요. 안 그래요? 수남 씨 —— ."

　어쩌고…… 그런 식의 연극이었지만, 제법 구성지기는 했다.

　산골 사람들을 웃기고, 박수를 치게 하기엔 충분했다.

　나는 뒤에 서서 잠시 구경을 하다가 너무 오래 구경을 한다는 것은 위
신에 관한 문제다 싶어서 슬그머니 자리를 떴다.

　달빛이 하얗게 깔린 운동장은 낮에 볼 때보다 한결 넓고 후련해 보였
다.

　나는 천천히 걸어서 운동장 가를 한 바퀴 돌았다. 마치 무슨 일류 시
인이라도 된 듯이 팔짱을 끼고서 제법 명상에 잠기면서 말이다.

　그리고 하숙집으로 돌아가려고 학교를 나서려 할 때였다. 문득 교실
승강구 쪽에 누군가가 혼자 앉아 있는 게 눈에 띄었다. 하숙집으로 가는
길목으로 들어서려면 승강구 곁을 지나야 했던 것이다.

얼른 보아도 여학생인 듯했다.

"그 누구야?"

대답이 없었다. 승강구의 그늘에 정물처럼 가만히 앉아 있기만 했다.

나는 다가갔다.

"누구지? 아니, 홍연이 아냐."

뜻밖에 홍연이가 그렇게 혼자 앉아 있었다.

내가 다가가자, 정물처럼 앉아 있던 홍연이는 조용히 일어섰다.

"선생님, 안녕하세요."

들릴 듯 말 듯 인사를 하고는 수줍은 듯 고개를 살짝 떨구면서 도로 그 자리에 가만히 앉는 것이었다.

"아니, 여기서 뭘하고 있어?"

나는 정말 좀 이상하다 싶었다.

홍연이는 아무 대답이 없이 그저 고개를 살짝 숙인 채 앉아 있을 따름이었다.

"연극 구경을 안 하고…… 연극 구경하러 온 거 아니야?"

"……."

"이상한데……."

정말 알 수가 없었다. 분명히 연극을 구경하러 10리 가량이나 되는 밤길을 걸어왔을 터인데, 연극 구경은 젖혀두고, 이렇게 교실 승강구 그늘에 혼자 앉아 있다니……. 운동장에서는 곧잘 와 —— 웃음이 터지고, 요란한 박수 소리가 일어나기도 하는 판인데 말이다.

"무섭지도 않니? 혼자 여기 이렇게 앉아 있어도……."

"……."

"응? 홍연아."

그제야 홍연이는 들릴 듯 말 듯한 목소리로 말했다.

"안 무서워요. 선생님을 기다리고 있었어요."

나를 기다리고 있었다니…… 그 말에 나는 속으로 야 이것 봐라 싶었다. 얼른 뭐라고 말이 나오지가 않고, 약간 가슴이 멍하면서 뿌듯해지는 느낌이었다.

　재미있는 연극 구경을 젖혀두고, 승강구 그늘에 숨듯이 앉아서 나를 기다리고 있었다니…… 정말 이거 예삿일이 아니었다.

　나는 뿌듯해진 가슴을 진정시키며 지그시 아랫배에 힘을 주었다. 그리고 조금도 이상한 느낌이 풍기지 않는 그런 예사로운 어조로 말했다.

　"그랬어? 만일 내가 안 나오면 어쩔 뻔했지?"

　약간 웃음을 띠면서 나는 홍연이 곁에 앉고 말았다. 그러나 그녀 곁으로 바싹 다가앉은 것은 아니었다. 사이에 사람 하나가 앉을 수 있을 정도의 거리를 두고서였다.

　내가 곁에 앉자, 홍연이는 나를 힐끗 보더니 히힉 웃었다. 그리고 숨을 한 번 크게 쉬는 것이었다. 가슴이 벅찬 모양이었다.

　그늘 속이라 어두워서 얼굴이 잘 보이는 것은 아니었지만, 그녀가 무척 수줍어하면서도 좋아 어쩔 줄을 모르고 있다는 것을 나는 육감으로 쉽사리 알 수 있었다.

　와―― 운동장에서는 또 웃음소리가 터지고 있었다.

　"저렇게 모두 재미가 있어서 야단인데, 홍연이는 구경하고 싶지도 않아?"

　내 말에 홍연이는 아무 대답 없이 그저 힐끗 한 번 운동장의 가설 무대 쪽을 바라보았다.

　"집에서 나설 때는 연극 구경을 하려고 나섰을 텐데……."

　"연극 같은 건 구경하고 싶지 않아요."

　"그래?"

　나는 새삼 놀라며 홍연이를 돌아보았다.

　그녀는 가지런히 세운 무릎을 두 팔로 싸안고 다소곳이 머리를 숙인 채 앉아 있었다. 약간 긴 단발 머리가 앞으로 흘러내려 얼굴을 가리고 있었다.

　마치 좋아하는 머슴애 곁에 앉은 수줍은 처녀 같았다.

　모처럼 만에 이 산골을 찾아 들어와 저렇게 떠들썩하게 벌어지고 있는 연극을 외면하고 호젓한 어둠 속에 앉아 나를 기다리고 있었다면, 그건 틀림없이 나라는 총각을 사모하는 수줍은 처녀가 아니고 무엇인가.

담임 선생인 나를 제자인 홍연이가 기다리고 있었던 게 결코 아닌 것이다. 담임 선생을 제자가 호젓한 밤 어둠 속에 앉아서 기다리는 법도 있는가 말이다.

나는 기분이 야릇하고 묘했다. 나를 사모하는 수줍은 처녀 곁에 앉은 셈이니 그럴 수밖에…….

그러나 나는 엄연히 내가 그녀의 담임 선생이라는 사실을 애써 잊지 않으려 했다.

그래서 담담하고 예사로운 말투로,

"달이 몹시 밝아서 좋군."

혼자 중얼거리듯이 말했다.

홍연이는 아무 말 없이 가만히 앉아 있기만 했다.

잠시 침묵이 흘렀다. 어두운 그늘에 단둘이 앉아 아무 말이 없으니 어쩐지 어색하고 분위기가 묘했다. 그래서 나는 약간 장난기가 동한 그런 음성으로 어색한 분위기를 휘젓듯이,

"참, 홍연아, 나를 기다리고 있었다는데 무슨 일로?"

하고 물었다.

홍연이는 살짝 고개를 들어 나를 한 번 바라보고는 도로 숙여버렸다.

"무슨 볼일이 있는 거야?"

"……."

"응, 홍연아."

"……."

"왜 기다리고 있었지?"

그러자 홍연이는 또 고개를 들어 힐끗 나를 바라보았다. 어둠 속에서도 분명히 그녀가 곱게 나를 흘겨보는 것을 알 수 있었다. 극히 짧은 순간이었지만 곱게 흘겨보는 그 눈매는 화끈한 화살처럼 나의 가슴에 찌릿하게 와서 박히는 듯했다.

도로 고개를 숙인 홍연이는 큭큭큭 혼자서 묘하게 웃었다.

"아니, 왜 웃는 거야?"

나는 시치미를 뚝 떼고 물었다.

"호호호……."

앞으로 흘러내린 단발 머리 때문에 웃는 얼굴이 보이지는 않았으나, 그 웃음소리랑 가늘게 물결치는 어깨 같은 것이 몹시 귀엽기만 해서, 나는 그만 왈칵 껴안아버리고 싶은 충동을 느꼈다.

뜨끈한 기운이 좀 가라앉는 것을 기다려서 나는 여전히 시치미를 뚝 떼고 말했다.

"아무 볼일도 없는 모양인데, 왜 기다리고 있었지? 알 수 없는 일이군."

그러자 홍연이는 고개를 숙인 채,

"호호호, 호호호……."

참 재미있다는 듯이 웃어댔다.

"왜 웃지? 참 이상한데…… 아무 볼일도 없이 연극 구경을 안 하고, 나를 기다리고 있다니…… 알 수 없는 일이지 뭐야."

"호호호……. 선생님 정말 몰라서 그러시는 거예요?"

"내가 어떻게 알아? 홍연이가 말을 안 하는데, 내가 남의 마음속을 들여다보는 재주도 없고, 어떻게 알지? 안 그래?"

나는 매우 재미가 나서 속으로 웃으며, 그러나 겉으로는 더욱 시치미를 싹 떼고 있었다.

홍연이는 가만히 얼굴을 들고 나를 바라보았다. 정말로 그러나, 일부러 그러나 싶은 모양이었다.

나는 마치 명배우라도 된 듯이 정말 잘 알 수 없다는 그런 표정을 지으며 마주보았다. 그늘 속이었지만 달이 밝은 터이고, 이제 어둠에 익숙해진 시선이라 상대방의 표정을 읽을 수 있었다.

홍연이는 눈매에 야릇한 미소를 떠올리며,

"선생님 바보!"

내뱉듯이 말하고는 후닥닥 고개를 도로 숙여버렸다. 그런데 아까보다 훨씬 깊숙이 숙이더니 큭큭큭 또 웃기 시작했다. 나오는 웃음을 참으려고 애쓰는 그런 웃음이었다.

나는 홍연이를 가만히 지켜보고 있었다. 지켜본다기보다는 두 눈길로

그녀의 그 큭큭거리는 모습을 더듬듯 어루만지듯 지그시 감싸 안고 있었
다.

차츰 나의 숨결이 더워지며 가슴이 벌떡거리고, 두 눈에 열이 담기는
듯했다. 나는 어떤 기로에 선 느낌이었다. 가볍게 긴장이 되어 홍연이를
바라보고 있던 나는 그만 슬그머니 궁둥이를 들어 몸을 그 애 쪽으로 가
까이 가져갔다.

그리고 두 팔로 덥석 안을까 말까, 안을까 말까 초조하게 망설였다.

두 손의 손가락들이 가늘게 떨리고 있었다.

홍연이는 머리를 깊이 숙이고도 내가 자기 곁으로 다가간 것을 육감으
로 느끼고 있는 듯 바싹 굳어져서 가만히 웅크리고 있었다.

팽팽한 긴장감이 감돌았다.

그때였다. 나는 한쪽 볼이 화끈해지는 것을 느꼈다.

"아야!"

나도 모르게 냅다 비명을 지르며 한 손을 얼른 볼로 가져갔다.

마치 누가 따귀를 한 대 딱 때린 것 같았다. 그러나 누가 때릴 사람이
있겠는가.

모기였던 것이다. 모기라도 아주 왕모기였던 모양으로 쏜 자리가 어찌
나 아픈지 정신이 얼얼할 지경이었다.

"아니, 왜 그러세요?"

홍연이가 깜짝 놀라 나를 바라보았다.

"모기란 놈이……."

"아이 깜짝이야. 난 또…… 하하하……."

"벌써 모기가 있네. 그놈이 모기 하필 남의 볼때기를 콱 쏠 게 뭐람."

"모기한테 물리고서 그렇게 놀라세요?"

"모기라도 왕모기였던가봐. 허허허……."

"하하하……."

홍연이는 웃고 나서,

"고거 잘했어요."

하는 것이 아닌가.

"뭐? 잘했어?"

"그 모기 참 고맙지 뭐예요."

"아니, 뭐야?"

나는 속으로는 빙글빙글 웃으면서도 약간 눈을 크게 뜨고 뚱한 표정을 지었다. 콱 으스러지게 껴안고 싶도록 귀엽고 아리따운 계집애의 심리가 아닌가. 그러나 나는 일부러 시치미를 뚝 뗐던 것이다.

홍연이는 자기가 좀 지나쳤다 싶은 듯 곧장 나의 표정을 힐끗힐끗 살폈다. 진짜로 그러나 하고 약간 얼떨떨한 모양이었다.

나오려는 웃음을 참으려 내가 뚝뚝하고 섭섭한 표정을 풀지 않고 그대로 바라보고 있자, 홍연이는 두려운 듯이 고개를 떨구며 다소곳해지는 것이 아닌가.

나는 그만,

"허허허⋯⋯."

크게 웃음을 터뜨려버렸다.

그러자 홍연이도 그러면 그렇지 싶은 듯 다시 기분이 확 풀린 어조로,

"선생님, 순 공갈쟁이네요."

하고는 킬킬 웃어 제꼈다.

운동장에서 별안간 와 —— 웃음소리가 터져 오르고, 이어서 박수 소리가 요란하게 진동했다. 연극이 한창 재미있게 무르익고 있는 모양이었다.

운동장 쪽이 그렇게 떠들썩해지자, 어쩐지 나는 야릇하고 묘하던 기분이 확 풀려버리는 듯했다. 그 떠들썩한 소리가 홍연이와 나의 호젓하고 감미로운 분위기를 뒤흔들어버린 느낌이었다.

나는 불현듯 조금 불안하기까지 했다. 선생이 여학생과 이렇게 어둠 속에 단둘이 앉아 있다니⋯⋯ 만일 누가 보기라도 한다면⋯⋯ 그런 생각이 들자 나는 정신이 번쩍 돌아오는 듯했다.

홍연이도 좀 서먹하고 멋쩍은 듯이 앉아 있기만 했다.

나는 그만 일어서는 수밖에 없다고 생각했다. 이제 할 말도 없었고, 더 앉아 있을 기분도 나지가 않았다.

"나는 이제 가서 자야겠어. 잠이 오는군."

하면서 나는 부스스 자리에서 일어났다.

그러나 홍연이는 마치 정물인 듯 미동도 하지 않았다.

"홍연이는 잠 안 오니?"

"……."

"여기 혼자 앉아 있지 말고, 가서 연극이나 구경해. 자, 그럼 나는 간
다."

나는 건들건들 걸음을 떼놓았다.

잠시 걸어가다가 뒤를 돌아보니 홍연이는 여전히 꼼짝도 안 하고 그대
로 앉아 있었다. 살짝 고개를 숙인 채.

하숙방으로 돌아온 나는 잠시 홍연이 생각이 머리에서 떠나질 않았다.

오래간만에 산골에 확성기 소리가 울리며 재미있는 연극이 들어왔는
데도 그 연극에 들뜨지 않고, 오히려 그것을 젖혀놓고서 혼자 호젓한 승
강구 그늘에 앉아 나를 기다리고 있었다니……. 그리고 내가 자기 곁에
서 일어나 하숙으로 돌아오는데도 여전히 그대로 그 자리에 앉아 있다니
……. 정말 예삿일이 아니며, 보통 계집애가 아니라는 생각이 들었다.

그러나 그 애 곁에 앉아 있을 때의 꽤 묘하던 기분과는 달리, 나는 결
코 홍연이가 이성으로서 간절하게 느껴지는 것이 아니었다.

잠시 후, 홍연이 생각은 머리에서 사라지고, 벌렁 드러 누워 하품을
한 번 하고서 멀뚱멀뚱 천장을 바라보고 있는 나의 눈앞에 아른아른 떠
오른 것은 새로 부임해온 여선생이었다.

얼마 전에 양순정(梁順貞)이라는 여선생이 전근을 해왔던 것이다. 그
무렵은 어찌 된 셈인지 학기 중간에도 불쑥불쑥 수시로 교사들의 이동이
있었다.

그 여선생은 나이가 나보다 여섯 살이나 위인 스물 다섯이었다. 그러
니까 교단의 선배일 뿐 아니라, 누님이라고 치면 바로 위가 아닌 하나 더
위의 누님인 셈이었다.

그런데도 이상하게 그 양순정 선생의 모습이 아른아른 눈앞에 떠오르
는 것이었다. 별로 미인이라고 할 수도 없는 데 묘하게 끌어당기는 힘이

있는 그런 여자였다.

나는 그 양 선생을 한참 생각하다가 아으윽, 크게 하품을 하고서 스르르 잠이 들어버렸다.

며칠 뒤 일기 검사 때 보니 연극이 들어온 그날 밤의 일을 홍연이는 다음과 같이 적어놓고 있었다.

'나는 오늘 밤 정말 연극이 보고 싶었다. 그러나 참았다. 연극보다도 선생님이 더 만나고 싶었던 것이다. 고요한 밤에 선생님을 만나면 얼마나 좋을까, 생각하니 연극 같은 것은 오히려 시시했다.

선생님과 단둘이 앉아 있는 동안 나는 자꾸 웃음이 나오려고 해서 애를 먹었다. 이상하게 긴장이 되면서도 자꾸 웃고 싶기만 했다.

선생님은 연극이 끝날 때까지 왜 그대로 앉아 계시지 않고 중간에 가버리셨는지, 미워 죽겠다. 선생님이 가버리신 뒤에도 나는 연극 구경을 하러 일어서지 않고 그대로 그 자리에 가만히 앉아 있었다. 하숙집에 돌아가신 선생님은 쿨쿨 주무셨겠지.'

나는 절로 웃음이 나오는 것을 어쩌지 못하며 일기 끝에다가 뭐라고 한 마디 적어줄까 하는 충동을 느꼈으나 그만두었다. 적어준다면 '나도 하숙방에 돌아와서 홍연이 생각을 했지. 그냥 쿨쿨 자버리지는 않았어.' 이런 식으로 나올 것 같은데, 그렇게 한다면 아무래도 담임 선생으로서 지켜야 할 교육적인 선(線)을 넘어선 것같이 여겨졌던 것이다. 그래서 그저 틀린 글자 몇 개만 고쳐주고, 검사했다는 표시만 남겼다.

양순정 선생은 4학년을 담임했는데, 교실이 바로 우리 5학년 교실 옆이었다. 여름철이라 창문을 활짝활짝 열어놓고 수업을 하는 터여서 양 선생의 목소리가 곧잘 우리 교실까지 들려오기도 했다.

그렇다고 그녀가 걸핏하면 빽빽 고함을 질러대는 신경질적인 여잔가 하면 그건 아니었다. 오히려 그 반대라고 할 수 있었다. 부드럽고 너그러운 성격으로 보였다. 교무실에서도 곧잘 웃고, 남선생들과 이야기도 잘하는 서글서글한 맛이 있는 여자였다.

그러면서도 엄격하고 격한 면도 있는 듯 교실에서 학생들을 꾸짖는 목소리가 거침없기도 했다. 때로는 학생들과 함께 터뜨리는 웃음소리가 창 밖으로 요란하게 쏟아져 나오기도 했다.

그리고 음악 시간이면 그녀의 노랫소리가 곧잘 우리 교실까지 울렸다. 양 선생은 아마 특기가 음악인 모양으로, 다른 어느 수업 시간 때보다도 음악 시간이면 열을 올리고 신명을 내는 것이었다.

성량도 제법 풍부하고, 음색도 부드럽고 고운 편이었다. 풍금도 잘 탔다.

한 마디로 말해서 활달한 여선생이었다. 그러면서도 한편 조용하고 정숙한 구석을 간직하고 있는 그런 여선생이기도 했다.

그저 활달하기만 한 여자였다면 나는 별로 그녀에게 매력을 느끼지 못했을 것이다. 활달하면서도 한편 묘하게 조용하고 어딘지 모르게 쓸쓸해 보이기까지 하는 그런 분위기를 간직하고 있어서 은연중 교양미 같은 것이 풍기기도 했고, 누님 같은 친밀감이 느껴지기도 했다.

어느 날 방과 후였다.

학생들이 다 돌아가고 난 호젓한 교실 창가에 앉아 양 선생이 책을 읽고 있었다. 복도를 지나가다가 혼자서 독서를 하고 있는 양 선생을 본 나는 가만히 걸음을 멈추었다. 어쩐지 여느때보다 훨씬 더 그녀가 정답게 느껴지고, 매력이 있어 보였다.

내가 복도에서 걸음을 멈추고 열린 창으로 자기를 바라보고 있다는 것을 육감으로 느꼈는지 양 선생은 책에서 눈을 떼고 힐끗 이쪽을 바라보았다.

나와 시선이 마주치자 양 선생은 웃는 듯 마는 듯한 엷은 미소를 살짝 떠올려 보이고는 다시 책으로 시선을 가져갔다. 그런데 그 표정이 어쩐지 좀 멋쩍어 보이고, 수줍어 하는 것 같기도 해서 나는 불현듯 그녀 곁으로 다가가고 싶은 야릇한 충동 같은 것을 느꼈다. 무슨 책을 읽고 있는 것일까 하는 호기심도 동했고, 좀 방해를 놓아주고 싶은 짓궂은 장난기 같은 것도 머리를 쳐들었다.

나는 서슴없이 양 선생 교실로 들어섰다.

내가 자기네 교실로 들어선 줄을 뻔히 알면서도 양 선생은 시치미를 뚝 떼고 정물처럼 가만히 앉아서 책에 시선을 떨구고 있었다.

"무슨 책인데 그렇게 재미있게 읽으십니까?"

내가 가까이 다가가며 입을 열자, 그제야 양 선생은,

"아무 책도 아니에요."

하면서 얼굴을 들었다. 그리고 무의식중에 그 책을 책상 밑으로 살짝 감추어버리며 좀 멋쩍은 듯한 웃음을 엷게 떠올렸다.

"아무 책도 아니라뇨? 아무 책도 아닌 그런 책도 있나요?"

나는 재미있다는 듯이 빙글빙글 웃었다.

내가 봐서는 안 될 무슨 그런 책인 듯 양 선생은 꽤 쑥스러워하는 기색이 역력했다.

나는 열아홉 살 먹은 풋내기 총각 선생답게 거침없이 말했다.

"재미있는 연애 소설인 모양이죠?"

"하하하……."

스물 다섯 살 먹은 누님 같은 여선생은 웃으면서 고개를 가로저었다.

"그럼요? 무슨 책인데 그렇게 감추세요?"

"아무 책도 아니라니까요."

"아무 책도 아닌 게 어딨어요."

"하하하……."

"안 그래요? 어디 좀 봅시다. 무슨 책인지……."

내가 짓궂은 머슴애처럼 물러서질 않고 부득부득 떼를 쓰듯 하자 양 선생은,

"왜 이러실까, 이상하시네. 남이야 무슨 책을 읽든 무슨 상관이에요?"

하면서 살짝 눈을 흘겼다.

그런데 그 흘기는 눈이 어찌나 고운지 나는 양 선생이 결코 내심 싫어하지 않고 있다는 것을 알고 서슴없이 한 걸음 더 앞으로 다가서며,

"아마 무슨 수상한 책인 모양이죠?"

하고 히죽 웃었다.

내 입에서 그 말이 떨어지자 양 선생은 금세 표정이 달라졌다. 묘한 눈으로 나를 바라보는 것이었다.

나는 속으로 아차 싶었다. 말을 너무 경솔히 했구나 하는 생각이 들었

다. 수상한 책이라는 말이 잘못 전달된 게 틀림없었다.

나는 수상한 책이라는 말을 성(性)에 관계되는, 남 앞에 떳떳이 공개하기가 부끄러운 그런 책이라는 뜻으로 말한 것인데, 양 선생은 그 말을 아마 불온한 책이라는 뜻으로 받아들인 모양 같았다. 6·25가 나기 전의 일이어서 불온한 서적이 밝은 빛을 피해서 그늘에서 그늘로 슬금슬금 나돌고 있는 터였다.

"자, 보세요."

양 선생은 책상 밑으로 숨기고 있던 책을 약간 굳어진 듯한, 그러면서도 담담한 표정으로 내 앞으로 내밀었다.

나는 속으로 꽤 미안한 생각이 들었으나, 자연스럽게 그것을 받았다.

"하하하…… 역시 좀 수상한 책이군요."

나는 빙그레 미소를 지으며 말했다.

그러자 양 선생은 이 사람이 도대체 무슨 소리를 하고 있느냐는 듯이 좀 뚱한 표정으로,

"아니, 그게 무슨 수상한 책이란 말이에요?"

못마땅한 듯이 바라보았다.

"내가 생각하기에는 약간 수상한 책이 아닐 수 없군요. 하하하 하하하……."

나는 재미좋다는 듯이 크게 웃어댔다.

육아(育兒)에 관한 책이었다. 결혼을 해서 첫아기를 낳으면 어떻게 길러야 하는가, 그에 대한 안내서 같은 것이었다.

껄껄 웃어대는 내가 양 선생은 어이가 없고 밉고 싫은 그런 기색이었다.

나는 웃음을 거두고 여전히 장난기 어린 어투로 지껄여댔다.

"수상한 책이란 남 앞에 내놓기가 쑥스럽기도 하고 부끄럽기도 하고 좀 창피하기도 한 그런 책을 말하는 것이죠. 다른 뜻으로 말한 게 아니에요. 양 선생님, 오해는 마세요."

"……."

"그러니까 이 책도 남 앞에 내놓고 읽기가 좀 쑥스러울 것일까, 결국

좀 수상한 책이라고 할 수밖에 없죠. 안 그래요? 더구나 결혼도 안 한 처녀 선생님이 읽고 있으니 말입니다. 하하하…….”

나는 또 웃음을 터뜨렸다.

양 선생도 그제야 굳어진 표정을 풀고, 얼굴에 살짝 발그레한 미소를 떠올렸다.

“양 선생님.”

“왜요?”

“이 책 나도 좀 읽어보고 싶은데요. 읽어도 되겠죠?”

“호호호…….”

“왜 웃으세요? 나는 읽으면 안 되나요? 나도 나중에 결혼을 하면 아기 아빠가 될 게 아니에요. 아빠도 아기를 어떻게 키우는가 알아두는 게 좋을 것 같은데요. 안 그래요? 양 선생님.”

“호호호…… 재미있어.”

“아기를 건강하게 잘 키우려면 엄마 혼자 힘만으로는 부족할 거예요. 아빠도 협력을 해야 되리라고 생각해요. 나도 나중에 좋은 아빠가 되려고 하는걸요. 히히히…….”

“호호호…….”

“그러니까 양 선생님, 다 읽고 나면 나 빌려주세요.”

“정말이에요?”

“정말이죠.”

“빌려드리는 거야 뭐 문제 있나요. 호호호…… 참 재미있다, 강 선생. 꼭 어린애 같으셔. 열아홉 살이라죠?”

“예, 열아홉 살이에요. 히히히…….”

나는 즐거움에 들뜬 어린애처럼 순진난만하기만 했다.

“아이 참 좋을 때다.”

양 선생은 이렇게 말했다.

나는 웃긴다 싶었다.

“뭐요? 좋을 때라고요? 허허허……. 그런 양 선생은 좋을 때 아니고, 시들어져가고 있습니까?”

"하하하…… 시들어져가는 건 아니지만 벌써 스물다섯인걸요."

"스물다섯이면 바야흐로 한창 무르익을 때 아닙니까. 그야말로 좋을 때죠."

"하하하……."

"허허허……."

열아홉 살 먹은 풋내기 총각 선생과 스물다섯 살 먹은 처녀 선생은 정다운 오누이처럼 유쾌하게 웃었다.

말하자면 그것이 양순정 선생과의 첫번째의 즐거운 만남인 셈이었다. 매일같이 얼굴을 대해온 터이지만, 그처럼 단둘이 유쾌하게 웃으며 이야기를 나누기는 처음이었던 것이다.

그런 일이 있은 뒤로는 나는 곧잘 양 선생 교실로 가서 그녀와 담소를 했고, 그녀도 우리 교실로 자연스럽게 나를 찾아오곤 했다. 마치 누님이 여섯 살 아래의 남동생을 찾아오듯이 말이다.

양 선생은 그 육아에 관한 책도 물론 다 읽고 나서 빌려주었다. 그러나 나는 그것을 그저 건성으로 대충대충 넘겨가며 그림이나 좀 보았을 뿐 내용을 읽지는 않았다. 읽고 싶은 흥미도 없었을 뿐 아니라, 그런 책은 도무지 시시해서 내 안중에 비치지도 않았던 것이다.

시집이니 창작집이니 세계 문학 전집 같은 것에 열중하고 있는 터인데, 아새끼 낳아 키우는 그런 책이 눈에 들어올 턱이 있겠는가 말이다.

나중에 좋은 아빠가 될 생각이라느니, 아기를 건강하게 잘 키우려면 아빠도 협력을 아끼지 말아야 된다느니 하는 소리 따위도 말짱 그때 그 순간에 혓바닥에서 굴러 나온 헛소리에 불과했던 것이다. 사내새끼가 뭐 할 일이 없어서 열아홉 꿈이 부풀어 가슴에 가득한 시절에 그런 따위 시시한 생각이나 되씹고 있었겠는가.

그저 양 선생의 손때가 묻은 책이니까, 대충 그림이나마 훑어보아주었던 것이다.

아무튼 여섯 살 위의 누님 같은 양순정 선생은 나의 산골 학교 생활에 새로운 즐거움과 가슴 설레임을 가져다 준 셈이었다. 그저 하루하루가 밝고 즐겁기만 했다.

아침에 눈을 뜨면 오늘 학교에 갈 일이 즐거웠고, 해가 지고 밤이 오면 내일이라는 날이 멀지 않다는 사실이 또한 즐거웠다.

일요일에도 나는 가만히 하숙집 울타리 안에 갇혀 있을 수가 없었다. 공연히 기분이 좋아 어디로든 훨훨 나서고 싶었다. 그래서 곧잘 일요일에도 학교로 나가곤 했다.

어느 일요일 오후, 학교로 나가니 마침 양 선생이 혼자서 일직을 하고 있었다.

내가 교무실로 들어서자 양 선생은,

"어서와요, 강 선생."

하고 반겼다.

양 선생은 뜨개질을 하고 있었다. 여름 방학이 멀지 않은 때여서 활짝활짝 창문을 열어놓았는데도 교무실 안은 무더웠다.

흰 반소매 블라우스를 입고 앉아서 열심히 뜨개질을 하고 있는 양 선생곁으로 다가가며,

"이 더위에 무슨 뜨개질을 하시나요?"

하니까, 그녀는 나를 향해 살짝 미소를 지었다. 그러나 두 손은 여전히 뜨개바늘을 잽싸게 놀리고 있었다. 뜨개질 솜씨가 보통이 아니었다. 눈으로 보지 않아도 저절로 바늘이 기계처럼 가볍게 실을 얽어가는 것이었다.

하얀 실로 짜는 무슨 책상보 같은 것으로 보였다. 그러나 나는 일부러,

"나중에 아기 낳으시면 입힐 옷인 모양이죠?"

시치미를 뚝 떼고 말했다.

까르르…… 양 선생은 자지러진 웃음을 터뜨렸다. 그리고 말했다.

"이게 아기 옷으로 보여요? 남자의 눈은 참 재밌어. 어쩌면 그렇게 엉터릴까."

"왜요? 아기 옷 만들면 예쁘겠는데요. 얼룩덜룩한 무늬가 있고…… 국화꽃 무닌가요? 아니면 민들레꽃인가……."

나는 나오려는 웃음을 눌러 참으며 멀쩡한 얼굴로 지껄여댔다.

"아기가 무슨 물건인가요. 이런 보자기 같은 것으로 둘둘 쌌단 말이에요? 아무리 남자지만 좀 생각해봐요. 아기 옷 같으면 팔을 꿸 소매가 있어야 할 게 아니에요. 소매도 없는 아기 옷이 어딨단 말이에요."

"아, 그렇군요."

"상보예요, 상보."

"그러고 보니 상보 같네요."

비로소 나는 빙그레 웃었다.

"아기 옷은 무슨…… 결혼도 안 했는데 벌써 아기 옷을 짜겠어요? 자취 하는 집에 파리가 많아서 상보를 짜는 거란 말이에요. 알겠어요? 바보 같은 열아홉 살짜리 총각 선생님……."

"파리가 이 구멍으로 기어 들어가겠는데요."

나는 손가락 하나를 얼룩덜룩한 꽃무늬에 나 있는 구멍에다가 쏙 찔러넣었다.

"어머, 그러지 말아요. 구멍이 넓어져서 보기 싫어요."

"보기 싫은 게 아니라, 파리가 선생님 밥상의 반찬 핥아 먹을려고 이 구멍으로 기어 들어가겠단 말입니다."

"호호호…… 걱정도 많으셔. 그냥 이대로 상보를 하는 줄 알아요? 망사 같은 엷은 베를 안쪽에다 댄단 말이에요. 바보 선생님, 그런 걱정은 마시라니까."

"아, 그렇군요. 난 또……."

슬슬 나는 뒤통수를 긁었다.

양 선생은 계속 뜨개질을 했고, 나는 신문을 찾아들고 내 자리로 가 앉아 한참 동안 그것을 읽다가, 후덥지근하고 따분해서 풍금 있는 쪽으로 갔다.

풍금은 언제나 교무실 한쪽 가에 놓여 있었다. 음악 시간이면 학생들이 그것을 자기네 교실로 운반해가고 끝나면 도로 운반해다 놓고 하는 터였다.

가내가 풍금을 시루기 시작했으나, 양 선생은 여전히 제자리에 정물처럼 앉아 손끝만 가볍게 놀리고 있었다.

처음에는 국민 가요 같은 건전한 곡을 두어 곡 타다가 나는 슬그머니 양 선생의 기분을 뒤흔들어놓고 싶은 생각이 들어 대중 가요를 시루기 시작했다. 풍금 소리가 울려 퍼지는데도 아무 반응이 없이 앉아서 뜨개질에만 열중하고 있어서 속으로 히죽 웃으며 어디보자, 싶었던 것이다.

'아아 신라의 바암이이여, 불국사의 종소리이 들리어온다…….'

그 무렵 한창 유행하던 노래였다.

그 노래를 일부러 신을 내어 한결 멋지고 유창하게 시루어 넘기며, 나중에는 곡조에 맞추어 노래까지 부르기 시작했다.

"……고요오한 달빛 아래 그음옥산 기슭이에서 노오래애를 불러보자 아 시이일라의 밤 노오래애를……."

1절을 마치고 나서 나는 힐끗 양 선생 쪽을 돌아보았다.

나와 시선이 마주치자 양 선생은 조금 미소를 지었다. 그러나 여전히 손가락 끝은 가볍게 기계적으로 움직이고 있었다.

'신라의 달밤' 2절을 또 북적북적 신나게 시루어대며 한결 감정을 섞어 노래를 뽑고 나자 양 선생은 미소와 함께,

"유행가를 제법 잘하시네요."

하였다.

그러나 뜨개질을 멈출 기색은 없었다. 나는 그녀가 일손을 놓고 자리에서 일어나 풍금 쪽으로 오도록 할 속셈이었다.

이번에는 '신라의 달밤'보다 훨씬 감상적인 '비내리는 고모령'을 택했다.

"어머님의 소느을 놓고오 돌아설 때에 부어엉새도 울었다오, 나아도 울어었소……."

노래도 더욱 센티멘털하게 뽑았다. 그래도 역시 그녀를 움직이지는 못했다. 오냐, 그렇다면…… 나는 아랫배에 지그시 힘을 주고 대담하게 일본 대중가요를 시루기 시작했다.

"스키노 사바쿠오 하루바루토 다비노 라쿠다가 유키마시다(달 밝은 사막 길을 멀리 또 멀리 나그네 실은 낙타가 걸어갑니다)……."

곡에 맞추어 유창하게 노래까지 불러 나가자, 양 선생은 일손을 멈추

고 가만히 나를 바라보고 있었다. 노래가 끝나자, 드디어 뜨개질감을 책상 위에 놓고 자리에서 일어났다. 그리고 내 곁으로 다가오면서,

"강 선생이 어떻게 그런 노래를 다 아시지?"

약간 신기한 듯이 반말 조로 말했다.

나는 속으로 회심의 미소를 지으며,

"왜요, 나는 그런 노래 알면 못 쓴다는 법이라도 있나요?"

일부러 약간 퉁명스럽게 내뱉았다.

"아니, 그런 노래를 언제……?"

"이래 봬도 당당히 일제 시대에 사범 학교에 입학한 몸입니다. 아시겠어요?"

"그래도…… 퍽 조숙하셨던가봐."

"허허허……."

나는 웃음이 나와버렸다.

"그런 노래는 중학교 삼, 사 학년이 돼야 부르게 되는 건데……."

"천만에요. 나는 국민학교 때 벌써 그 노랠 알았는걸요."

"어머, 국민학교 때요? 육학년 때?"

"아니오. 오학년 때 알았어요."

"어머, 어쩌면……."

양 선생은 약간 놀랐다는 듯이 묘한 눈으로 나를 바라보았다.

나는 재미있었다. 5학년 때 그 노랠 알았다는 것은 거짓말이었다. 6학년도 다 갈 무렵에 배웠던 것이다.

우리집 바로 앞집에 나보다 나이가 댓 살 위인, 그러니까 열 여덟인가 아홉 된 처녀가 있었다. 국민학교를 졸업하고 집에서 가사를 거들며 말하자면 시집갈 준비를 하고 있던 처녀였는데, 나를 퍽 귀여워해주었다. 식구들이 모두 논밭일을 나가고 혼자서 집을 볼 때면 곧잘 나를 불러서 찐 감자랑 고구마 혹은 옥수수 같은 것, 하다못해 누룽지라도 내놓으며 옛날이야기도 해주고, 노래 같은 것도 가르쳐주곤 했다. 퍽 다정다감한 처녀였다. 나는 그녀가 마치 정다운 사촌 누나 같아서 내 발로 곧잘 그녀를 찾아가기도 했다.

그녀는 둥근 수틀을 안고 앉아서 수를 놓는 게 일이었다. 한 바늘 한 바늘 고운 색실로 수를 놓으며 나직이 노래를 흥얼거리곤 했다. 말하자면 그녀의 꿈이 곱게 수틀에 아로 새겨지면서 감미롭고 가슴 설레는 노래가 되어 절로 흘러 나오는 셈이었다.

한 번은 그녀의 노래가 어찌나 쓸쓸한지, 그러면서도 야릇한 감미를 머금고 있는지 나는,

"그게 무슨 노래야?"

하고 물었다.

그러자 그녀는 소리없이 생글생글 웃을 뿐이었다.

"참 좋다. 그 노래."

"좋아?"

"응."

"가르쳐줄까?"

"응."

"너는 아직 빠를 텐데……."

그녀는 묘한 미소를 지으며 그럼 따라 부르라면서 한 구절씩 먼저 부르기 시작했다. 그녀를 따라 나는 열심히 불렀다.

그게 바로 '스키노 사바쿠(달밤의 사막)'였다. 사춘기의 젊은이들이 즐겨 부르는 감미로우면서도 애수에 젖은 일본 대중 가요였다.

그녀는 그 노래를 마치 꿈꾸는 듯한 표정으로 불렀고, 나도 묘하게 짜릿한 기분으로 열심히 배웠다.

나는 그 노래의 야릇한 매력에 혹해서 틈만 있으면 그 노래를 흥얼거렸다. 그녀는 그 노래뿐 아니라, 그런 종류의 대중 가요를 여러 개 나에게 가르쳐주었다. 말하자면 그녀는 나의 어린 가슴속에 아직은 깊숙이 묻혀 있는 사춘의 싹을 일찍부터 긁어 일으켜준 셈이었다.

나는 그 '스키노 사바쿠' 2절을 풍금과 함께 노래 부르기 시작했다.

곁에 서서 가만히 듣고 있던 양 선생의 입에서도 곧 노래가 흘러 나왔다. 나는 매우 기분이 좋았고 신명이 나서 어깨까지 약간 우쭐거리며 풍금을 시루어댔다.

양 선생은 소프라노라고 할 수 있었고, 나는 바리톤쯤 된다고 볼 수 있었다. 높고 낮은 두 음정의 노래가 하모니를 잘 이루어 교무실 안은 감미로우면서도 애수에 젖은 꿈꾸는 듯한 야릇한 음률로 가득 넘쳤다. 무더위도 어디로 물러간 듯 그저 즐겁고 가슴 설레는 그런 분위기였다.

노래가 끝나자 나는 가만히 고개를 들어 양 선생을 쳐다보았다. 시선이 마주치자, 그녀는 조금 수줍은 듯한 그러면서도 묘하게 윤기가 흐르는 그런 눈으로 나긋이 웃었다.

나는 풍금 앞에서 일어났다.

"자아, 이제 양 선생님이 한 번……."

그러자 양 선생은,

"나는 강 선생처럼 그렇게 멋지게 치진 못해요."

하면서 서슴없이 걸상에 앉았다.

곧 양 선생의 풍금 소리가 교무실 안에 넘쳤다.

"야마노 사비시이 미스우미니(산중의 쓸쓸한 호숫가에)……." 어쩌고 하는 노래였다. 그 노래 역시 나도 고향의 그 처녀한테 배워서 잘 알고 있는 터였다.

양 선생은 그 노래를 풍금으로 시루기만 했다. 나는 곧 풍금에 맞추어 목청을 뽑았다. 1절이 끝나고 2절부터는 양 선생도 노래를 불렀다.

어쩌다가 그만 일요일 오후의 교무실이 일본 대중 가요판이 되고 말았다.

그 노래를 마치고서 양 선생은 좀 수줍고 멋쩍은 듯한 미소와 함께 자리에서 일어나려 했다. 나에게 풍금을 다시 양보하려는 것이었다.

"아닙니다. 양 선생님이 한 곡조 더……."

나는 그만 일어서려는 양 선생을 두 손으로 덥석 잡았다. 나는 양 선생의 등뒤에 약간 옆으로 서 있었다. 무의식중에 내가 잡은 것은 양 선생의 양쪽 어깨 조금 아래의 팔이었다.

그런데 참 묘했다. 그녀가 일어서는 것을 제지하기 위해서 거의 무의식중에 덥석 양쪽 팔을 잡았던 것인데, 잡고 나자 아뿔싸 싶었다. 이렇게 잡아도 되는 것인지 하는 생각이 번쩍 들었던 것이다.

그리고 기분이 야릇해졌다. 우선 그녀의 팔이 의외로 탱탱하고 미끈한 게 아닌가. 여자의 팔이니 부들부들할 줄 알았는데 그게 아니었다. 아주 탄력 있고 싱싱한 피부였다.

나는 손바닥을 통해 야릇한 기운이 짜릿하게 전신으로 퍼지는 것을 느끼며 가볍게 몸을 떨었다. 얼른 손을 놓아버릴까 싶었다. 그러나 어찌 된 셈인지 나는 그대로 덥석 잡은 채 손을 떼질 않고 오히려 손에 더 지그시 힘을 주고 있었다. 내 얼굴은 벌겋게 달아오르고 있었고, 가슴은 두근두근 뛰었다.

일어서려다가 양쪽 날갯죽지를 붙들린 격이 된 양 선생은 그대로 도로 주저앉았다. 그러나 나의 두 손이 자기의 팔에서 떨어질 줄을 모르고 오히려 더 묘하게 힘을 가하는 듯하자, 힐끗 나를 뒤돌아 쳐다보는 것이었다. 그녀의 얼굴도 약간 발그레 물들어 있었다.

나의 번들번들 타는 듯한 시선과 마주치자, 그녀의 얼굴을 물들였던 엷은 홍조가 별안간 눈에 띄게 짙은 빛으로 변했다. 당황하는 눈치였다.

잠시 야릇한 긴장감이 흘렀다.

그러나 양 선생은 곧 정신을 가다듬은 듯,

"강 선생, 이러면 못 써요."

차분하게 가라앉은 목소리로 말했다.

나는 좀 어색해졌으나, 여전히 가슴의 두근거림이 멎질 않고 숨결이 더웠다. 이렇게 두 팔을 잡고만 있을 게 아니라, 왈칵 냅다 뒤에서 껴안아버릴까 어쩔까…… 초조히 망설이며 뜨거운 침을 꿀꺽 삼켰다.

그때 킬킬킬 웃는 소리가 들렸다. 운동장 쪽 창문이었다.

힐끗 돌아보니 몇몇 학생들의 웃던 얼굴이 창문턱에서 얼른 사라졌다. 운동장에서 놀던 아이들이 풍금 소리와 노랫소리에 이끌려 모여들었던 모양이다.

나는 정신이 번쩍 들어 얼른 양 선생의 팔을 잡았던 손을 뗐다. 부끄러운 생각이 왈칵 들었다. 여선생의 팔을 잡고 있던 묘한 장면이 아이들에게 발각된 것도 부끄러웠고, 선생이라는 사람이 자기 교무실에서 일본 대중 가요를 풍금으로 북적북적 시루어대며 신명을 내어 노래까지 불러

댄 사실도 못 견디게 수치스러웠다. 말 많은 아이들의 입에서 어떤 말이 퍼질까, 슬그머니 걱정이 되기도 했다.

아니나 다를까 곧 야릇한 소문이 퍼졌다.

학생들 사이에 은밀히 퍼지는 잔잔한 물결 같은 소문을 선생이 얼른 알 턱이 없다.

며칠 동안은 아무 일도 없었다. 그러나 잔잔한 물결처럼 학생들의 입에서 입으로 소문은 은밀히 퍼져 나가고 있었다. 다만 내가 그것을 알아차리지 못하고 있을 따름이었다.

물론 그 은밀한 소문의 물결은 우리 학급에도 스며들어 삽시간에 온통 넘칠 듯이 출렁거리고 있었으나, 나는 며칠 동안 눈치를 채지 못했다. 내가 교실에 들어서면 여느때와 다름없이 학생들은 단정한 얼굴로 나를 맞이할 뿐 별다른 변화를 느낄 수가 없었다. 간혹 좀 묘한 표정으로 나를 힐끗힐끗 보는 학생이 없는 것은 아니었으나, 그런 일은 여느때도 흔히 있는 일이어서 나는 그저 예사로 여겼다.

그러나 며칠 뒤 마침내 나는 한대 얻어맞은 것처럼 되고 말았다.

방과 후였다. 나는 몸이 좀 나른해서 숙직실에 가서 누워 있었다. 숙직실 방문에 발이 내려져 있어서 밖에서는 안이 잘 보이지 않았으나, 안에서는 바깥이 훤히 내다보였다. 나는 목침을 베고 누워서 발을 통해 하염없이 바깥을 내다보고 있다가 커다랗게 기지개를 켰다. 몸살이 오려는지 팔 다리가 나른하고, 몸에 열도 약간 있는 듯했다. 나는 잠을 한숨 자는 수밖에 없다고 생각하며 지그시 눈을 감았다. 그러나 잠은 쉬 와주질 않았다.

그렇게 눈을 떴다 감았다 하며 잠을 청하고 있는데, 몽롱한 청각에 가물가물 여학생들의 주고받는 소리가 와 닿았다. 그 소리를 듣는 순간 내 얼굴에서 핏기가 싹 가시는 듯한 느낌이었다.

숙직실 앞에 있는 커다란 오동나무 그늘에 앉아서 공기 받기를 하며 놀고 있던 학생 서너 명이 이제 놀이에 싫증이 난 듯 이야기를 주고받기 시작했던 것이다.

한 아이가 난데없이 불쑥 말했다.

"강 선생하고 양 선생하고 연애하는 거 한 번 봤으면 좋겠다."

그러자 모두 킬킬 웃었다.

"일요일에 학교에 나와서 교무실을 지켜보려무나."

"그러면 연애하는 거 볼 수 있을까? 이번 일요일에도 교무실에서 불 끈 안을라나?"

"히히히…… 정말 불끈 안았대?"

"그랬대. 둘이 풍금을 치면서 노랠 하다가 강 선생이 양 선생을 뒤에 서 불끈 안더라는 거야."

"어머, 히히히…… 그런데 왜 뒤에서 안지? 안을라면 앞에서 안아야 진짜 연애가 되지. 그지?"

"맞아. 앞에서 안아야 입도 맞추고…….."

"하하하…….."

"호호호…….."

얼굴에서 핏기가 싹 가신 듯한 기분이 된 나는 가만히 그 여학생들을 발 밖으로 쏘아보고 있었다. 숨도 제대로 쉴 수가 없는 듯했고, 나른하던 팔 다리도, 온몸에 느껴지던 미열도 순식간에 어디로지 싹 사라져버린 그런 느낌이었다.

여학생들은 계속 지껄여나갔다.

"우리 이번 일요일에 정말 학교에 와볼까?"

"그럴까?"

"그러자."

"난 도시락을 싸올란다. 도시락을 싸가지고 와서 하루 종일 지켜볼란 다."

"나도 싸올게."

"히히히…… 나도…….."

"나도…….."

나는 가만히 듣고 있을 수가 없었다. 싹 가셨던 핏기가 얼굴로 다시 솟구치듯 후끈하게 돌아오는 것을 느꼈다. 벌떡 일어나 냅다 뛰어나가서 모조리 붙들어 꿇어앉혀놓고 따귀라도 한 대씩 갈겨주었으면 싶었다.

그러나 나는 꾹 눌러 참았다. 그럴 수는 없는 노릇이었다. 다른 일도
아니고 바로 나와 양 선생에 관한 소문을 호기심에 차서 숙덕거리고 있
는 터인데, 그렇게 덮어놓고 화를 내며 불쑥 나타난다는 것은 오히려 우
스꽝스러운 꼴이 될 것 같았다.

나는 우선 크게 숨을 들이쉬었다. 그리고 기지개를 쭉 켜고 나서 부스
스 자리에서 일어나 자연스럽게 발을 들추고 마루로 나갔다.

한숨 자고 난 사람처럼 마루에 서서.

"아으윽 ── ."

또 두 팔을 뻗어 올리면서 억지로 하품과 함께 기지개를 켰다. 이것들
아, 바로 내가 여기 있는 줄을 모르느냐는 듯이 말이다.

아니나 다를까 힐끗 나를 본 여학생 하나가 깜짝 놀라며,

"엄마야!"

질겁을 하듯 자리에서 벌떡 일어나자 다른 아이들도,

"아이고 마!"

"아이고!"

"어메!"

비명을 지르며 후닥닥 뛰어 일어나 정신없이 사방으로 흩어져 도망을
치는 것이었다.

내가 바로 곁에서 저희들의 숙덕거리는 소리를 듣고 있을 줄이야 정말
꿈에도 몰랐을 터이니, 혼비백산하는 것도 무리가 아니었다.

나는 흩어져 도망치는 여학생들을 착잡한 기분으로 가만히 지켜보았
다.

다행히도 우리 학급 아이는 한 명도 없었다. 3, 4학년 짜리들인 듯했
다. 그렇다고 크게 다행할 것도 없었고, 마음이 놓이는 것도 아니었다.
학생들 사이에 그런 소문이 퍼지고 있다는 사실을 알았으니, 이 일을 어
떻게 했으면 좋을지 입맛이 쓰기만 했다.

그 다음 날 둘째 시간이 끝나고서였다. 소변이 마려워 변소에 간 나는
또 한 번 이마를 한대 얻어맞은 것 같은 느낌이 되고 말았다.

이번에는 낙서였다. 변소 한쪽 벽에 어떤 녀석이 내갈겼는지 얼른 눈

에 들어오는 낙서가 있었다.

'안았네, 안았네, 뒤에서 안았네.'

이런 낙서였다.

그리고 그 곁에는 조금 작은 글씨로,

'강 선생＋양 선생＝어린애새끼'

이런 낙서가 곁들여져 있었다.

역시 또 얼굴에서 핏기가 가시는 듯한 가벼운 현기증 같은 것을 느끼면서도 나는 비식비식 자꾸 웃음이 흘러 나왔다.

어떤 녀석이 그런 낙서를 했는지 알 수가 없는 일이었지만, 좌우간 재치가 매우 뛰어난 낙서가 아닐 수 없었다.

'안았네, 안았네, 뒤에서 안았네'도 해학이 넘치는 표현이지만, '강 선생＋양 선생＝어린애새끼'라는 낙서도 여간 기지에 찬 게 아니었다. 나에게 양 선생을 더하면, 다시 말하면 나와 양 선생이 합쳐지면, 즉 결혼을 하면 어린애새끼가 생긴다는 그런 뜻이 아닌가.

아이들의 낙서는 대체로 이맛살이 찌푸려지는 그런 원색적이고 상스러운 게 많은데, 이건 썩 멋지다고 할 수 있는 낙서가 아닌가 말이다. 만일 그게 나에 관한 낙서가 아니고 대상이 다른 선생이었다면 나는 아주 기가 막히다는 듯이 고개를 끄덕이며 웃어댔을 것이다.

그러나 나는 착잡하기만 했다. 바로 나와 양 선생을 놀려대는 낙서인데, 그게 아무리 재치가 있은들 기분이 좋을 턱이 있겠는가 말이다.

나는 서서 줄줄줄 볼일을 보면서 저 낙서를 내 손으로 지울 것인가 어쩔 것인가 생각해보았다.

당장 눈앞에 그런 것이 나타났는데 그냥 못 본 체 방치해둘 수는 없을 것 같았다. 그러면서도 한편 내 손으로 그것을 썩썩 문질러 지운다는 것도 어쩐지 모양 같잖다는 생각이 들었다.

내가 내 손으로 나 자신에 관한 낙서를 지운다는 것은 얼마나 멋쩍고 창피하기도 한 노릇인가 말이다.

그리고 그것을 한 번 지워서 문제가 끝난다면 창피하든 어떻든 서슴지 않겠는데, 지우고 나면 이어서 또 그런 낙서가 등장하지 않는다는 보장이 어디 있는가. 어떤 근본적인 해결책을 강구해야지, 낙서를 지우는 그런 일시적인 방편으로는 도저히 일이 막아지지 않을 것 같아 나는 막막한 느낌이었다.

양 선생하고 상의를 해보는 게 좋겠다고 나는 생각했다. 양 선생인들 별 뾰족한 수가 있을까마는 그러나 앓는 것도 둘이 함께 앓으면 좀 나을 게 아닌가 싶었다.

"그래야겠군, 그래야겠어."

중얼거리면서 볼일을 마친 나는 그러나 변소를 나오며 거의 무의식적으로 그 낙서 쪽으로 다가갔다. 마침 변소에는 아무도 없었다.

나는 얼른 '강 선생＋양 선생……'이라는 그 낙서의 대가리 쪽, 즉 강 선생만을 손바닥으로 썩 문질러버렸다. 그리고 후닥닥 그 자리를 뜨며 시치미를 뚝 뗐다. 그러나 얼굴이 화끈 붉어지는 것을 어쩌지 못했다.

점심 시간에 나는 양 선생 교실을 찾아갔다.

양 선생은 혼자 교실 창가에 앉아 도시락을 먹고 나서 뜨개질을 하고 있었다. 아직 그 상보였다.

이제 그 상보가 마무리 단계에 들어가 있는 듯이 보였다.

학생들은 모두 운동장으로 나가고, 교실 안은 호젓했다.

"양 선생님, 아직 그 상보시군요."

"예."

양 선생은 무표정한 얼굴로 뜨개질을 계속하면서 대답했다.

일요일 오후에 교무실에서 그런 일이 있은 뒤로 그녀와 단둘이 만나기는 처음이었다. 나는 약간 기분이 쑥스럽고 이상했으나, 애써 담담한 어조로 말했다.

"이제 거의 완성이 되어가는 것 같군요."

"예."

"뜨개질 솜씨가 보통이 아니신데, 상보 하나 가지고 그렇게 오래 뜨세요?"

"예."

양 선생은 그저 기계적으로 대답을 했다.

나는 슬그머니 좀 기분이 언짢았다. 불쑥 본론으로 들어가는 수밖에 없다고 생각했다.

"양 선생님."

"예?"

내 어조가 좀 바뀐 듯하자, 양 선생은 힐끗 나를 쳐다보았다. 여전히 손은 뜨개바늘을 가볍게 놀리면서.

"아이들 사이에 이상한 소문이 돈다는 거 아시나요?"

"……."

"양 선생님과 내가 연애를 한다는 소문이 돌고 있어요."

"……."

"아세요, 모르세요?"

"……."

양 선생은 묵묵부답이었다. 그렇다고 부끄러운 듯한 어색한 기색이 얼굴에 떠오르는 것도 아니었다. 자기와는 상관이 없는 남의 이야기를 듣고 있는 것 같은 그런 표정이었다.

나는 이거 뭐 이래 싶었다.

"왜 아무 대답이 없어요? 예? 양 선생님."

"알고 있어요."

그제야 양 선생은 가만히 입을 열었다.

"어떻게 해야 되죠?"

"……."

"낙서까지 등장했단 말입니다. 변소에 어떤 녀석이 낙서를 해놓았는데, 글쎄 뭐 뒤에서 안았네, 안았네 했던가…… 그리고 양 선생하고 나하고 플러스하면 어린애새끼가 된다나요. 허허허…… 나 참."

"나도 봤어요."

"보셨어요? 이 일을 어떻게 하면 좋죠?"

내가 정말 걱정스러운 듯 말하자, 양 선생은 일손을 멈추고 나를 가만히 바라보며,

"어떻게 하긴 어떻게 해요. 내버려두는 거지. 그게 그렇게 걱정이 돼

요?"

히죽이 웃었다.

나는 아무 할 말이 없었다. 그녀가 그렇게 예사롭게 나올 줄은 미처 몰랐던 것이다.

"연애를 한다 해도 상관없고, 어린애새끼가 된다 해도 상관없어요. 아이들 지껄이는 소리에 뭐 그렇게 신경을 써요. 그런 사실이 없는데 무슨 걱정이냔 말이에요."

"……."

"그게 그렇게 걱정이 되면 요전 일요일에 왜 남의 팔을 그렇게 함부로 불끈 잡느냔 말이에요. 겁도 없이…… 학생들이 보고 있는 줄도 모르고 ……."

"……."

"하하하하……."

양 선생은 말문이 막혀 멀뚱히 서 있는 나의 표정이 매우 재미있다는 듯이 까르르 웃음을 터뜨렸다.

나도 그만 히히힉 웃었다. 벌겋게 얼굴이 물드는 것을 어쩌지 못했다. 이번에는 그녀에게 한대 화끈하게 얻어맞은 것 같은 느낌이었다.

콧대가 높은 편이고, 매사에 자신만만하기만 하던 내가 양순정 선생 그녀에 비해 형편없이 소심하고, 옹졸하기 까지 한 것 같아 나는 못 견디게 부끄럽고 수치스러워서 공연히 헛바람이 새는 것 같은 웃음을 터뜨렸던 것이다.

사실과는 거리가 먼 그와 같은 헛소문은 홍연이의 일기장에까지 반영되어 있었다. 그 주의 토요일에 일기장을 거두어서 검사를 하며 나는 홍연이의 일기를 보고 또 한 번 적지않이 당황했다.

다른 학생들의 일기에는 양 선생과 나와의 소문에 관한 것은 한 마디로 언급되어 있지가 않았다. 그런 말을 썼다가 검사 때 선생님의 눈에 띄면 야단맞을 게 뻔해서 그런 모양이었다.

그러나 홍연이는 그 주의 거의 대부분을 그 소문에 관해서 쓰고 있었다. 서슴없이 내갈긴 다음과 같은 대목을 읽었을 때 나는 야, 이것 봐라 하고 약간 입이 벌어지지 않을 수 없었다.

'선생님이 양순정 선생을 뒤에서 안았다는 게 정말일까. 그 소문이 정말이라면 선생님은 바보야. 바보. 바보. 정말 보기 싫고 밉기만 한 바보 멍텅구리야.'

그 다음 날 일기에도 그 바보론은 계속되고 있었다.

'아무리 생각해도 선생님은 바보 멍텅구린 것 같다. 양수정 선생이 자기보다 훨씬 나이가 많은 노처녀라는 것을 선생님은 모르시는 걸까. 양순정 선생은 스물다섯 살이라고 한다. 그러나 내가 보기에는 스물일곱 살이나 여덟 살은 틀림없이 된 것 같다. 호적상으로는 스물다섯 살인지 몰라도, 실제로는 틀림없이 스물일곱 살이나 여덟 살일 것이다. 선생님은 열아홉 살이니까 여덟 살이나 아홉 살 더 먹었다. 여덟 살이나 아홉 살 더 먹은 여자를 뒤에서 불끈 안다니, 그게 바보지 뭐야. 생각할수록 어처구니가 없고 속이 상해 죽겠다.'

어떤 날은 한결 짙게 자기 심정을 드러내놓기도 했다. 다음과 같은 일기를 읽고는 홍연이가 정말 이제 한 사람의 당당한 여자로구나 하는 생각이 들어 새삼 놀라지 않을 수 없었다.

'오늘 보니까 양순정 선생이 입술에 루즈를 꽤 짙게 칠하고 있었다. 다른 때보다 얼굴에 분도 더 바른 것 같았다. 서른 살이 다 되어가는 노처녀가 화장을 그렇게 짙게 할게 뭐람. 그렇게 짙게 한다고 더 젊어지나. 정말 꼴불견이었다. 선생님에게 더 예쁘게 보이려고 그러는 게 뻔하다. 자기보다 여덟 살이나 아홉 살 적게 먹은 남자에게 예쁘게 보이려고 하다니, 같잖고 아니꼽다. 설마 여덟 살이나 아홉 살 밑인 선생님하고 결혼을 할 생각은 아니겠지. 결혼은 자기보다 서너 살 위의 남자와 하는 것이 마땅하지, 열살 가까이나 아래의 남자와 하다니 말도 안 되지. 선생님도 그 점은 잘 아시고 계시겠지. 설마 여덟 살이나 아홉 살 더 먹은 양순정 선생과 결혼을 할 생각은 조금도 없으시겠지. 그런 바보는 정말 아니실 거야. 좌우간 양순정 선생의 화장을 짙게 한 얼굴을 보니 나는 오늘 하루 종일 기분이 나빴다. 양순정 선생이 왜 우리 학교로 전근을 와서 야단일까. 서른 살이 다 되도록 시집도 안 가서 말이다. 보기 싫게……'

나는 양 선생에게 홍연이의 이 일기를 보여 주고 싶은 야릇한 충동을 느꼈다. 그냥 혼자서만 읽고 덮어버리기가 어쩐지 아쉬운 듯한 그런 심정이었다. 국민학교 5학년생이 벌써 이렇게 애정에 관한 짙은 질투의 감정을 가지게 되다니, 더구나 다른 사람도 아닌 바로 자기 학교의 여 선생에 대해서 말이다. 정말 보통 일이 아니었다.

그러나 그것을 양 선생에게 보여줄 수는 없는 일이었다. 교육적으로 안 될 뿐 아니라, 교육이라는 것을 떠나서도 나 자신의 입장이 매우 우습게 될 게 아닌가 말이다.

나는 묘하고 아쉽고 조금 안타깝기도 했지만, 그저 혼자서 놀라움으로 고개를 끄덕거리며 일기장 끝에다가 아무 언급도 없이 검사했다는 '검' 자만을 커다랗게 동그라미 속에 적어넣어주었다.

아니 땐 굴뚝엔 연기가 나지 않는 법이다. 실제로 양 선생과 나 사이에 별로 땐 것이 없기 때문에 조금 나부껴 오르던 연기는 곧 희미하게 사라져버리고 말았다.

내가 양 선생의 팔뚝을 뒤에서 덥석 잡은 것이 학생들의 눈에 띄어 야릇한 연기가 되어 조금 나부껴 올랐을 뿐, 그 뒤 양 선생과 나 사이에 별다른 아무 일도 없었기 때문에 결국 검부러기 한 움큼이 타고는 저절로 연기는 꺼져버린 셈이었다.

학생들로서는 싱겁게 되었다. 계속 타는 것이 있어서 연기가 무럭무럭 피어 올랐더라면 재미가 좋았을 텐데 말이다. 그랬더라면 홍연이는 바짝바짝 더 약이 올랐을 것이고.

소문도 잠잠해지고 낙서도 사라졌을 뿐 아니라, 홍연이의 일기에서도 그런 질투의 감정이 자취를 감추고 말았지만, 그러나 나의 내부의 설레임이라 할까, 양 선생 그녀를 향한 야릇한 뜨거움은 결코 가라앉지가 않았다. 오히려 그 농도가 은밀히 더 짙어지는 듯했다.

나는 밤으로 하숙방에 누워서 뜨거움에 흔들리는 마음을 가눌 길이 없어 이리 뒤척 저리 뒤척 하며 때로는 열기를 머금은 감미로운 신음 소리를 토하기로 했다.

그러나 나는 소심한 사내임에 틀림없는 모양이었다. 그 짙은 마음의 설레임을 상대방 앞에 쏟아놓을 용기가 나질 않았다. 팔뚝을 뒤에서 덥석 잡고 지그시 힘을 주었던 것처럼 한 걸음 성큼 더 나아가 가슴이라도 불끈 안아버릴 그런 뜨거운 엄두가 좀처럼 나질 않는 것이었다.

잠시 동안이나마 학생들 사이에 퍼졌던 소문과 낙서 같은 것을 생각하면 절로 고개가 움츠러드는 느낌이었다. 심리적으로 은근히 큰 충격이었던 것이다. 재차 그런 소문이 고개를 쳐든다면, 다시 말하면 굴뚝에 연기가 또 피어 오른다면 이번에는 정말 감당할 수가 없을 것 같아 두려웠다.

말하자면 안으로는 발그레 열도를 더해가면서도 겉은 오히려 싸늘하고 딴딴한 껍질에 휩싸이는 그런 상태라고나 할까.

그러나 안으로 열도를 더해가는 그 발그레한 덩어리를 아무리 딴딴한 껍질이라 하더라도 언제까지나 휩싸고 있을 수는 없는 법이다. 언젠가는 껍질을 터뜨리고 뜨거운 덩어리가 분출하게 마련인 것이다.

나는 그 시기를 가을이라 생각했다.

가을 바람이 불어오면 나는 묘하게 기분이 흔들린다. 쓸쓸하고 허전하고, 야릇한 외로움이 가슴속으로 심란하게 젖어드는 것이다. 살짝 어떻게 된 것처럼 마음이 살랑살랑해지기까지 한다. 도저히 그 애수라 할까 짙은 고독감을 견딜 수가 없다. 그래서 공연히 휘파람을 불어대기도 하고, 쓸쓸한 노래를 뽑아내기도 하고, 냅다 술을 마셔대기도 한다.

가을은 남자의 마음을 흔드는 계절이고, 봄은 여자의 마음을 흔드는 계절이라고 한다. 맞는 말인 것 같다.

학생 시절, 내가 처음으로 러브 레터라는 것을 써본 것도 가을이었다. 한 학년 밑의 어떤 여학생에게(교육 대학의 전신인 사범 학교였기 때문에 남녀 공학이었다) 야릇한 그리움을 느껴오다가 가을 바람과 함께 마침내 행동으로 옮겼던 것이다.

'…… 나는 그대를 내 목숨보다도 더 사랑합니다. 진정입니다. 그대를 향한 그리움은 이미 지난 봄에 싹텄습니다만, 그 동안 내 이 그리움이 진실인지 아닌지를 두고두고 가늠해보았던 것입니다. 이제 추호도 거짓이 없는 진실이라는 것을 확인하고서 가을 밤하늘의 별에 맹세를 하며 이 글을 쓰오니, 사랑하는 그대여, 부디 나의 이 뜨거운 마음을 받아주소서

······.'

어쩌고 이런 식의 연서(戀書)를 밤이 이슥토록 하숙방 아랫목에 배를 깔고 엎드려서 코에서 단내가 솔솔 흘러 나오도록 열을 올려 길게 길게 썼다. 그것을 가슴에 품고 이튿날부터 사흘 동안을 이른 아침에 그녀의 집 근처에 가서 서성거린 끝에 그녀가 혼자서 등교하는 기회를 포착하여 그것을 전달했던 것이다.

말하자면 첫사랑이었다. 그러나 일이 잘 열매를 맺지 못하고 덧없이 망가뜨려지고 말았으니, 첫사랑이라기보다도 첫짝사랑이라고 하는 편이 옳을 것이다.

어쨌든 열일곱 살의 가을에 나는 그런 최초의 분홍빛 늪에 풍덩 빠졌던 일이 있는 터이라, 열아홉의 가을에도 다시 그런 두 번째의 뜨거움이 터져 나올 것만 같았다. 아무리 학생들의 입이 두렵고, 연상의 여자라는 남부끄러움이 있다고 하더라도 가슴속의 심장을 야릇하게 건드리는 듯한 가을 바람이 불어오면 나의 소심증은 절로 낙엽처럼 흩날려버리고, 화끈한 용기가 불끈 고개를 쳐들 것 같았다. 학생들의 입 따위, 남들의 눈 따위 아랑곳없이 뜨겁게 내닫는 한 마리 짐승처럼 될 것 같았다.

그러나 그 해 가을은 나에게 그런 가슴터지는 기쁨이 아니라, 끝없는 우수를 가져다 주었다. 나는 가을이 무르익기도 전에 온통 잎사귀 한 잎 남기지 않고 헐벗겨지고만 나목처럼 초라하고 처량한 꼴이 되고 말았다.

여름 방학이 끝나고 다시 학교가 시작되었을 때, 양순정 선생은 한결 화사하고 싱싱한 얼굴로 고향에서 돌아왔다. 여름 방학 동안 고향집에 가서 잘 쉬었기 때문인지, 아니면 더위가 가고 서서히 가을이 다가오고 있기 때문인지, 양 선생은 그전보다 훨씬 건강도 좋아진 것 같았고 표정도 밝아진 듯했다. 어쩐지 그 눈빛까지도 한결 맑고 빛나 보였다.

그런 양 선생을 대하는 나는 맥없이 즐겁기만 했다. 은밀히 혼자서 조금씩 가슴을 두근거리며 침을 꿀꺽 삼키기도 했다. 가을 바람은 아직 제대로 불어오고 있진 않았으나, 가슴속에 도사린 야릇한 덩어리가 서서히 꿈틀거리기 시작하는 것이었다.

나는 밤으로 혼자 하숙집 마루 끝에 나와 앉아 차츰 빛이 선명해지는 듯한 달을 바라보기도 하며, 양 선생에 대한 사랑의 고백을 어떤 식으로 하는 것이 좋을까 생각해보았다.

편지를 쓰는 방법이 있고, 만나서 직접 말로써 털어놓는 방법이 있다. 두 가지 가운데 어느 방법이 좋을까.

지난 여름에 그녀의 팔을 뒤에서 잡고 지그시 힘을 준 그런 일이 있었기 때문에 이미 어느 정도 나의 감정이 전달되엇다고 볼 수가 있다. 그녀에 대해 이성으로서 평범한 것 이상의 어떤 야릇한 것을 내가 느끼고 있다는 것을 그녀도 이미 알고 있는 터이다. 그렇다면 새삼스럽게 편지 같은 것을 쓸 게 아니라 직접 만나서,

'나는 양 선생님을 사랑하지 않고는 못 배기겠어요.'

이런 식으로 거침없이 쏟아놓는 게 남자다울 것 같았다.

그러나 아무래도 그 방법은 문제가 있을 듯했다. 그녀의 성격으로 보아 내가 그런 고백을 하면 대뜸 가볍게 웃어버리지, 결코 얼굴을 벌겋게 붉히지는 않을 것처럼 여겨졌다. 동생이라도 둘째나 셋째 동생 취급을 하며,

'누님이라도 큰누님 같은 사람에게 그런 말을 하다니, 못써요.'

하고 살짝 눈을 흘기며 타이르려들 것 같았다. 그렇게 되면 분위기가 팍 식어버리고, 우습게 될 게 아닌가 말이다.

그리고 내 성격으로 보아도 그런 식으로 나가는 것보다는 편지를 쓰는 편이 훨씬 적절할 것 같았다.

결국 편지를 쓰기로 작정했다. 두 번째 쓰는 러브 레터인 셈이었다.

러브 레터의 첫머리를 어떤 문구로 시작할 것인가 하고 나는 하숙집에서나 학교에서 한가할 때면 곧잘 그 생각에 잠기곤 했다.

'양 선생님. 저는 당신을 너무너무 사랑하고 있어요. 정말이에요.'

이런 식으로 대뜸 불쑥 내밀 듯이 시작할 것인가 아니면

'낙엽이 지는 계절이 다가왔습니다. 제가 마음 설레는 계절이지요. 이 가을에 저는 한 가지 커다란 기쁨을 성취하려고 생각하고 있어요. 양 선생님, 그게 무언지 아시겠어요?'

이런 식으로 서서히 부드럽게 본론으로 들어갈 것인지 혹은 시적인 문

장으로,

'가을. 저는 이 가을에 한 잎 낙엽이 되려고 해요. 낙엽이 되어 양 선생님 그대의 마음속 그윽한 호수 위에 나부껴 떨어질까 하지요. 그러면 그대의 호수에는 파문이 일겠지요. 그 파문은 아름다운 분홍빛일 거예요.'

이렇게 가슴속으로 스며들어가듯 하는 게 좋을지……. 갖가지 문장을 종이에 낙서하듯 적고 또 적어보았다.

그처럼 서서히 연정을 무르익혀가고 있는 어느 날이었다. 둘째 시간을 마치고 교무실로 돌아가니, 교장 책상 앞에 양 선생이 다소곳이 앉아서 무슨 이야기를 나누고 있었다.

얼른 보아서 그냥 사무적인 이야기는 아닌 듯해서 나는 곁에 있는 동료 교사에게 물어 보았다.

"무슨 일이야?"

"글쎄…… 무슨 일이 있는 것 같은데……."

동료 교사도 잘 모르고 있었다.

자리에 앉아서도 나는 곧장 양 선생의 뒷모습과 교장 선생의 표정을 힐끗힐끗 살폈다.

잠시 후, 양 선생은 의자에서 일어나더니 조용하고 담담한 얼굴로 교무실을 나갔다. 자기네 교실로 가는 모양이었다. 그런데 어쩐지 교무실을 걸어 나가는 그 모습이 여느때와는 달리 조금 어색한 것 같고, 수줍어하는 듯한 기색이 느껴졌다.

나는 무슨 일인가 하고 교장 선생을 바라보고 있었다.

교장 선생은 자리에 가만히 앉은 채 얼굴에 은은한 미소를 떠올리며 입을 열었다.

"양 선생이 결혼을 한다는군."

혼자 중얼거리듯 지껄인 그 말에 나는 그만 핑하고 현기증이 느껴지며 눈앞이 노오랗게 흔들렸다.

양순정 선생이 결혼을 하게 되다니, 정말 예기치 않은 일이어서 나는 어이가 없기만 했다.

그렇다면 방학 동안 고향에 갔을 때 이미 그런 결정이 내려져 날짜까지 정해진 모양인데, 그런 줄도 모르고 러브 레터의 첫머리를 어떤 식으로 시작할 것인가, 그런 달착지근한 생각에 도취되어온 나 자신이 우습고 모양 같잖기만 했다. 헛다리를 긁어도 분수가 있지, 상대방은 이쪽에 대해서는 전혀 관심도 없이 딴 남자의 아내가 되려고 정혼을 하고, 그 준비에 가슴 설레고 있는 판인데, 혼자서 백일몽을 꾼 셈이 아닌가 말이다.

나는 허——웃음이 나오는 것을 어쩌지 못했다. 마치 발그레하고 팽팽하게 부풀어올랐던 가슴에서 김이 푸우 소리를 내며 빠져버리는 듯한 그런 느낌이었다.

아직 러브 레터를 쓰지 않길 잘했지, 전달하지 않길 잘했지 하는 생각이 들기도 했다. 이미 결혼을 하기로 결정한 여자에게 만일 러브 레터를 내밀었더라면 어쩔 뻔했는가 말이다.

'강 선생, 이런 것 나한테 주면 못 써요. 누님도 바로 위가 아닌 그 위의 누님 같은 사람에게 연애 편질 쓰다니…… 될 말이에요? 그리고 미안하지만 강 선생, 난 곧 결혼한단 말이에요. 알겠어요?'

그녀의 성격으로 보아서 틀림없이 이런 투의 말이 나오고 재미있다는 듯이 호호호…… 웃음을 터뜨렸을지도 모를 일이 아닌가.

생각만 해도 절로 얼굴이 빨개질 노릇이었다. 말하자면 나는 나의 체면부터 앞세워 생각하는 것이었다.

그리고 보면 그녀에 대한 애정이 그다지 농도 짙은 게 아닌 모양이었다. 아주 짙은 사랑이라면 체면 같은 것이 문제겠는가 말이다. 그럴수록 오히려 못 견뎌서 체면 같은 것 내던져버리고, 마지막 단판이라도 하듯 불같이 덤벼들어야 할 게 아닌가.

'안 됩니다. 양 선생님, 절대로 나는 당신을 딴 남자에게 빼앗길 수 없습니다. 정말입니다. 당신은 내 것입니다. 벌써부터 나는 당신을 내 사람으로 결정하고 있었단 말입니다. 알겠어요? 누님 같으면 어때요? 사랑에 나이가 무슨 상관이란 말이에요. 사랑에는 국경도 없다는데, 나이 몇 살 여자가 많다고 그게 무슨 상관이냔 말입니까. 안 그래요? 양 선생님, 대답해보세요.'

이런 식으로 마구 뜨겁게 내뱉으면서 말이다.

그러나 나는 오히려 그와 정반대 되는 말을 그녀에게 했던 것이다.

양 선생이 휴가원을 내고, 결혼식을 올리려 고향으로 돌아간다는 그 전날 퇴근 때였다. 나는 혼자서 터벅터벅 운동장의 정문 쪽으로 걸어 나가고 있었다. 곧바로 하숙으로 돌아가는 게 아니라, 면 소재지 쪽에 있는 술집에 가서 오늘은 혼자서 술을 좀 마셔야겠다 싶었던 것이다.

나는 술을 꽤 마시는 편이었다. 그러나 동료 교사들과의 술자리에서나 마시지, 결코 혼자서 마시는 일은 없었다. 그런데 그날은 혼자서 터벅터벅 술집을 찾아가는 것이었다. 다른 선생과 어울리고 싶지도 않았다. 기분이 뒤숭숭하고 쓸쓸하고 이상하기만 해서 혼자서 실컷 취하고 싶었던 것이다.

술집이 있는 면 소재지 마을은 학교에서 조금 떨어진 곳에 있었다.

혼자서 터벅터벅 걸어 교문을 나서는데, 누군가 잰걸음으로 뒤따라오는 기색이 느껴졌다. 힐끗 돌아보니 양 선생이었다.

"어딜 가시느라 이쪽으로……?"

양 선생은 미소를 띠며 얼른 가까이 다가왔다.

나는 술집으로요! 하고 불쑥 내뱉아주고 싶었으나, 어찌 된 셈인지 그 말은 나오지 않고,

"좀 볼일이 있어서요."

하였다.

혼자서 술을 마시러 가는 것도 볼일임에는 틀림없었다.

양 선생 자취하는 집은 면 소재지 마을에 있었다.

그녀와 나는 교문을 나서 나란히 걸었다. 잠시 두 사람 사이엔 아무 말도 없었다.

나는 아무래도 내가 뭐라고 한 마디 해야 될 것 같은 생각이 들었다. 그녀가 결혼을 하기 위해 내일 귀향한다는 것을 알고 있으면서 아무 말도 안 한다는 것은 좀 이상한 것 같았다.

그러나 나는 무슨 말을 해야 할지 망설여지기만 했다.

양 선생은 결혼을 하게 된 여자로서의 수줍음이라 할까, 정숙함이라 할까, 그런 것 때문에 먼저 입을 열지 않는 듯 했다.

그러나 그녀는 두 사람 사이의 침묵이 어색했던 모양으로 혼자 중얼거리듯,

"이제 가을이군요."

하였다.

그 말에 나는 웬지 피식 웃음이 나왔다. 그리고 나도 모르게 불쑥 말했다.

"양 선생은 좋겠군요."

"……."

그녀는 힐끗 나를 바라보았다. 아무리 바로 위가 아닌 그 위의 누님 같은 나이라고 하지만 역시 여자는 여자인지라, 살짝 수줍은 미소가 눈언저리에 매혹적으로 떠올랐다.

"결혼하신다지요?"

나는 뚱딴지같이 내뱉었다.

"호호호……."

이제야 불쑥 그런 소릴 하는 내가 재미있는 모양이었다.

잠시 또 말이 끊겼다가 그녀가 담담한 어조로 남의 애기하듯 늘어놓았다.

"금년 가을에 결혼할 생각은 전혀 없었어요. 이삼 년 더 있다가 하려고 했는데, 방학에 집에 갔더니 좋은 자리가 나섰다면서 기어이 선을 보라지 않겠어요."

"……."

나는 가만히 듣고 있는 수밖에 없었다.

"어머니가 어찌나 성환지, 그 등쌀에 못 이겨서 하는 수없이 맞선을 봤지요. 어차피 해야 할 결혼이니까, 까짓 것 어머니 맘대로 결정하시라고 맡겨버렸더니 글쎄, 좋다구나 하고 결혼 날짜까지 받아버리지 않았겠어요. 호호호……."

그 말에 나는 강한 반발을 느꼈다. 결혼을 그런 식으로 간단히 처리해버리다니……

'안 됩니다. 지금이라도 늦지 않으니 취소를 하세요. 일생 일대의 중대

사를 그렇게 장난처럼 아무렇게나 결정해버리다니 될 말입니까?'

이렇게 내뱉고 싶은 충동이 꿈틀거렸다. 그러나 어찌 된 셈인지 목구멍이 콱 막힌 듯 가슴이 울렁거리기만 할 뿐 그 말이 나오지 않았다.

양 선생은 조금 걸어가다가 다시 말을 이었다.

"결혼을 하기는 하지만 기쁜 줄도 모르겠고. 그저 그래요. 결혼을 하면 여자는 고생길로 들어서는 거죠. 별수 있겠어요. 처녀 시절이 좋지……."

마치 결혼 생활을 할 대로 해본, 인생에 통달한 사람처럼 말하는 것이 나는 좀 같잖다 싶어 픽 웃었다. 그리고 불쑥 말했다.

"그럼 뭐하러 결혼을 해요. 처녀로 혼자 살지……."

"처녀로 언제까지나 혼자 살 수도 없는 일이고…… 결국 고생길이라는 것을 알면서도 그 길로 발을 들여놓지 않을 수 없는 게 인생 아니겠어요."

아닌게 아니라 제법 인생을 아는 사람 같은 말투여서 나는 힐끗 그녀를 바라보았다.

그녀의 표정은 부드럽고 담담했다. 그러나 어딘지 모르게 정말 무슨 체념을 한 사람 같은 그런 쓸쓸한 것이 흐르고 있는 듯했다.

그 표정에서 나는 문득 이 여자가 실연을 한 일이 있는 여자로구나 하는 생각이 들었다. 지극하게 어떤 한 남자를 사랑하다가, 그 사랑을 이루지 못한 슬픈 경험이 있는 여자인 것만 같았다. 아마 틀림없을 것 같았다.

그녀가 한 말로 미루어보아서도 그렇지 않은가. 맞선을 보고서 아무렇게나 어머니에게 그 결정을 일임했다든지, 결혼을 하기는 하지만 기쁜 줄도 모르겠다든지, 결혼을 하면 여자는 고생길로 들어서는 것이지 별수 있겠느냐고 한 말이 다 그래서 나온 것이 아니겠는가.

나는 어쩐지 목구멍이 카아 해지는 듯했다. 그녀를 그만 불끈 안고서 울어버리고 싶은 그런 심정이었다.

그러나 어느덧 우리는 면 소재지 마을에 당도해 있었고, 그녀가 자취하는 집 골목이 다가오고 있었다.

그녀는 골목으로 들어서며,

"그럼, 강 선생……."

말 끝을 흐리면서 묘하게 웃었다.

나는 그만 핑 두 눈에 눈물이 어리는 것을 어쩌지 못하며,

"잘 다녀오세요. 행복을 빕니다."

하고 억지로 웃음을 지어 보였다. 마치 목이 메이는 듯한 목소리였고, 눈앞은 뿌우옇게 흐려지고 있었다.

나는 그날 정신이 가물가물해질 지경으로 술을 마셨다.

고향에 가서 결혼식을 올리고 돌아온 양 선생은 곧 사표를 내고 영영 학교를 떠나가버리고 말았다. 신랑을 따라 살림을 하러 가야 된다는 것이었다. 신랑이 도청 무슨 과에 근무하고 있다는 것이었다.

부임한 지 반 년도 못 되어 결혼을 하고서 그렇게 훌쩍 떠나가버리자, 선생들은 싱거운 여자라고 빈정거리기도 했다.

나 역시 그런 생각이 조금 들었다. 그러나 나는 그녀가 결혼을 해버렸는데도 여전히 쓸쓸했고, 가슴이 허전하기만 했다. 결혼을 했어도 좋으니, 다시 말하면 남의 사람이 되어버렸어도 상관없으니, 학교를 떠나지 말고 그대로 있어주었으면 싶었다.

나의 그런 안타깝고 허망한 생각과는 정반대로, 양 선생이 짐을 싸가지고 훌쩍 떠나가버린 것을 몹시 기뻐하는 사람이 하나 있었다. 물론 그것은 홍연이었다.

홍연이는 일기에 다음과 같이 적고 있었다.

'양 선생님이 사표를 내셨다는 말을 듣고 나는 어찌나 기쁜지 야! 하고 손뼉을 치고 싶었다. 그러나 아이들이 이상하게 생각할 것 같아 손뼉은 치지 않고 싱글벙글 웃기만 했다. 양 선생은 참 잘 생각하셨다. 결혼을 하면 여자는 남편을 따라가서 살림을 하는 게 옳은 일이다. 나는 기분이 좋아서 오늘 청소 시간에 혼자서 물을 세 양동이나 길어다가 열심히 교실을 닦고 또 닦고 했다. 남숙이가,

"너 오늘 왜 이렇게 부지런을 떠니? 별일이야."

하면서 웃었다. 나는 이 일기를 쓰는 지금도 기분이 좋기만 하다.'

'오늘 조회 때 양 선생님이 우리들에게 작별 인사를 하셨다. 다른 아이들은 좀 섭섭한 모양이었으나, 나는 기쁘기만 했다. 선생님의 표정을 보니 좀 화가 나신 것 같았다. 양 선생님이 결혼을 해서 떠나가시는데 선생님이 그런 표정을 지으실 게 뭐람. 나는 속으로 우습기만 했다. 양 선생님은 참 좋으신 분이다. 남편과 함께 살림도 잘하실 것이다. 양 선생님의 행복을 빈다.'

이런 대목을 읽고 나는 피식 웃지 않을 수 없었다. 홍연이의 심리가 눈에 보이는 듯했다.

그런데 그 심리가 어쩐지 약간 얄밉게 생각되는 게 아닌가. 아직 복숭아털도 덜 가신 한낱 여학생이 무르익는 수밀도(水蜜桃) 같은 여 선생과 겨루려 들다니, 그래서 마치 제가 무슨 승리자라도 된 듯이 양 선생을 칭찬까지 하며 행복을 빌다니…… 같잖다 싶었다.

여느때 같으면 홍연이에 대해서 결코 그런 생각이 들턱이 만무한데, 그때는 이상하게도 심사가 그렇게 슬그머니 비뚤어지는 것이었다. 그만큼 나는 양 선생이 떠나간 데 대해 상심해 있었던 것이다.

그 해 가을 내내 나는그런 안타깝고 허망하고 쓸쓸한 기분에서 벗어날 수가 없었다. 말하자면 나는 두 번째의 실연을 한 셈이었다. 상대방에게 사랑의 고백을 한 게 아니니 실연이랄 것도 없지만, 좌우간 이루지 못한 짝사랑임에는 틀림없었다.

학생 시절의 첫번째 사랑도 러브 레터를 전달하기는 했었으나 결국 짝사랑으로 끝난 셈이었는데, 이번에도 그렇게 되니…… 어쩐지 나는 짝사랑만 하게 마련인 머저리 같은 녀석인 듯해서 입맛이 쓰고, 창피한 생각이 들기도 했다.

어쨌든 나는 그해 가을, 흩날리는 낙엽을 바라보며 아 —— 오 —— 하는 식의 많은 비련의 시를 썼다. 그리고 겨울 방학에는 한 편의 단편 소설을 써보았다. 내가 처음으로 써본 소설이었다. 물론 양순정 선생과 나 자신을 모델로 해서였다.

열렬한 사랑을 하다가 실연을 한 과거가 있는 여 선생이 자기를 내심 사랑하고 있는 연하의 남 선생의 그 애정을 잘 알면서도 일부러 모르는

318

체 동생처럼만 대하다가 결혼을 하고, 마침내 떠나가버리는데, 그녀가 산모퉁이를 돌아 사라져갈 때 어디선지 뻐꾸기 우는 소리가 구슬픈 메아리를 이루며 들려온다는 그런 내용이었다. 그러니까 사실과 거의 비슷한 소설이었다.

마지막 뻐꾸기 우는 소리가 들려오는 대목을 쓰면서 나는 원고지 위에 엎드려 남몰래 눈시울을 적시기도 했었다.

작품으로서는 연약하고 미숙한 것이었으나, 나로서는 아끼고 싶은 습작이었다. 제목은 '메아리'라고 붙였다.

그런데 신기한 것은 아 ── 오 ── 하고 슬픔을 토해놓듯 비련의 시를 쓸 때는 오히려 우수가 더 짙어지는 것 같았는데, 한 편의 소설을 완결시키고 나니 마치 가슴속의 비애를 온통 내쏟아버린 듯한 개운함과 후련함이 느껴지는 게 아닌가.

그래서 그런지 좌우간 길고 추운 겨울 방학이 끝나고, 다시 교단에 섰을 때 나는 싱싱한 기분으로 되돌아가 있었다. 이제 한 살 더 먹어 스무살이 된 싱싱한 교사로 말이다.

졸업식 날이 다가오고 있었다.

아직 먼 산에는 눈이 희끗희끗 묻어 있고, 바람결도 쌀쌀했으나, 어딘지 모르게 봄 기운이 어리고 있는 듯이 느껴졌다. 그런 느낌은 햇볕에서 오는 듯했다. 햇볕이 어쩐지 하루하루 더 화사해지는 듯했고, 조금씩 두꺼워지는 것도 같았다. 그리고 한낮이면 저만큼 산모퉁이나 둔덕 같은 양지바른 곳에는 아른아른 아지랑이가 어리는 듯이 보이기도 했다.

"아, 이제 곧 봄이로구나."

나는 교실 창 밖으로 봄 기운이 어리는 듯한 풍경을 내다보며 가슴이 뿌듯하게 부풀어오르는 듯해서 커다랗게 기지개를 켜곤 했다.

그런 부풀어 오르는 듯한 기분을 더욱 흔들어대는 것은 졸업식 노래였다. 이 교실 저 교실에서 곧잘 졸업식 노래가 울려 퍼졌다. 음악 시간이면 다투어 연습들을 해대는 것이었다.

어느 날 오후, 음악 시간에 우리 학급도 졸업식 노래를 연습했다. 이미 모두 입에 익어 있는 노래기는 했지만, 음정이나 발성에 바로잡아야 할 점이 더러 있어 그 시간은 졸업식 노래로써 수업을 일관했다.

졸업식 노래는 곡이 부드럽고 유창하면서도 어딘지 모르게 쓸쓸하고 구슬프기까지 한 그런 감정을 불러일으키게 마련이다. 학교를 떠나는 졸업생과 그들을 보내는 재학생 사이의 이별의 노래이니 그럴 수밖에……

'물려받은 책으로 공부를 하며,
우리는 언니 뒤를 따르렵니다.'
'잘 있거라 아우들아 정든 교실아,
선생님 저희들은 물러갑니다.'
'냇물이 바다에서 서로 만나듯,
우리들도 이 다음에 다시 만나세.'

이런 대목은 특히 가슴이 뭉클하게 젖어드는 듯한 느낌인 것이다.

그 시간은 교실 안이 온통 그런 뭉클하면서도 쓸쓸한 묘한 분위기에 휩싸여 있었다.

수업이 끝나자 풍금 앞에서 일어서며 나는 약간 정감 어린 어조로,

"자, 너희들도 일 년 후면 학교를 떠나게 되는구나."

하고 입을 열었다.

학생들은 모두 말없이 나를 바라보고 있었다.

그러나 그들의 눈빛은 어딘지 모르게 조금 축축한 열기를 머금고 있는 듯이 느껴졌다.

나는 천천히 교단 위로 올라섰다. 그리고 말을 이었다.

"졸업을 한 뒤에도 너희들 나를 만나면 반가이 인사를 하겠느냐?"

학생들은 무슨 그런 질문이 다 있느냐는 듯한 표정으로,

"예."

일제히 대답했다.

"졸업을 하고 나면 선생님을 봐도 못 본 척 슬슬 피해버리거나, 얼른 숨어버리는 그런 사람이 없지 않거든. 너희들 중에도 그런 사람이 있을지 누가 알아?"

나는 약간 농담 조로 말하며 웃었다.

"없어요."

"그러지 않아요."

"말도 안 돼요."

학생들은 떠들썩하게 항의를 하듯 소리를 질렀다.

"지금은 모두 그렇게 큰소리를 치지만, 어디 두고 보자구. 특히 여학생들은 믿을 수가 없거든. 선생님을 보면 부끄러워서도 숨어버리는 사람이 많을 거야."

이번에는 여학생들만 또,

"안 그래요."

"안 부끄러워요."

하고 떠들어댔다.

나는 어쩐지 재미있다는 생각이 들어 여학생들에게만 다시 질문을 던졌다.

"그럼 너희들 시집을 간 뒤에도 선생님을 만나면 인사를 하겠어?"

"예."

그리고 여학생들은 더러 킬킬킬 웃기도 했다. 시집을 간 뒤라는 말이 공연히 부끄럽고 재미있는 모양이었다.

"십 년, 이십 년이 지난 뒤에도……?"

"예."

"삼십 년이 지난 뒤에 만나도 선생님을 알아볼 수 있을까? 그때는 선생님이 희끗희끗 노인이 되어가고 있을 텐데……."

"알아볼 수 있어요."

"그때는 너희들도 서서히 할머니가 되어가고 있을 게 아니야. 허허허…… 그래도 인사를 하겠어?"

"해요."

여학생들은 대답을 하고서, 서서히 할머니가 되어가고라는 말이 우습고 재미있는 듯 서로 수군거리며 킬킬 웃어댔다.

모두가 그렇게 웃는 얼굴이었으나 오직 한 사람, 가만히 고개를 숙이고 앉아 있는 여학생이 있었다. 그것은 홍연이었다.

무슨 생각에 골똘히 잠겨 있는 듯한 그애의 고개 숙인 모습이 눈에 들어오자 나는 속으로 흠 —— 싶었다. 다른 학생들처럼 나의 말이 그저 재미있기만 한 것이 아닌 게 틀림없어 보였다. 어쩌면 어떤 슬픔에 젖어 있는 것인지도 알 수 없었다. 어쩐지 그애의 착 가라앉은 듯한 고개 숙인 모습이 그렇게 느끼게 했다.

그러나 나는 모르는 체하고 큰소리로 말했다.

"그래, 좋아. 이십 년 후에 만나도 인사를 하고, 삼십 년 후에 만나도 알아보는지 어디 한번 두고 보자구. 자, 그럼 이 시간은 이것으로 그만."

다음 시간은 그날 마지막 수업이었다.

수업 시작 종이 울려 교실로 들어가자, 어쩐지 분위기가 좀 수런거리는 듯한 느낌이었다. 여느때 같으면 교실 문을 열고 내가 들어서면 떠들썩하다가도 곧 물을 끼얹은 듯 조용해지는데 말이다.

내가 교단 위에 올라서자 급장인 남숙이가,

"조용히들 해!"

하고는,

"차렷! 경례."

구령을 질렀다.

경례를 하고 난 다음에도 웬일인지 분위기가 조용히 가라앉질 않는 듯했다. 서로 힐끗힐끗 바라보며 수군거리기도 하고, 호기심 어린 시선으로 나를 쳐다보기도 하는 것이었다.

"무슨 일이야? 왜들 조용히 하질 못하지?"

나는 무뚝뚝하게 내뱉았다.

그러자 남숙이가 자리에서 일어서더니 좀 난처한 표정으로,

"선생님, 저…… 홍연이가 울고 있습니다. 교실에 들어오질 않고……."

하는 것이 아닌가.

"울고 있다니, 왜?"

힐끗 홍연이의 좌석을 보니 비어 있었다.

"모르겠습니다. 농구(農具) 창고 뒤에 앉아서 울고 있는데, 왜 우느냐

고 물어도 대답을 안 해요."

"어디 아픈 모양인가?"

"아프진 않은 것 같애요."

"그럼 왜 울고 있지?"

"교실에 들어가자고 해도 듣질 않고 울기만 해요."

"무슨 일이지?"

나는 홍연이가 울고 있다는 숙질실 옆에 있는 농기구 창고 뒤로 가볼까 했다. 그러나 선생이 그런 일로 수업을 젖혀두고 달려 나간다는 게 좀 뭐해서 우선 남숙이에게,

"가서 얼른 들어오라고 해! 수업 시작 종이 울렸는데 교실에 들어오질 않고 울고 있다니…… 선생님이 화를 내더라고 그래!"

좀 엄한 어조로 일렀다.

남숙이가 나가자 나는 수업을 시작했다.

잠시 후 남숙이가 앞서고 홍연이가 뒤따라 교실로 들어왔다. 홍연이는 얼른 보아도 두 눈이 약간 부은 것 같았고 아직도 언저리가 눈물에 젖어 있는 듯이 보였다. 마치 무슨 큰 잘못이라도 저지른 것처럼 고개를 푹 숙이고 몹시 쑥스러운 듯한 몸짓을 하며 얼른 자기 자리로 들어가는 것이었다.

"홍연이, 왜 울었어?"

나는 불쑥 물었다.

그러나 그애는 아무 대답 없이 자리에 가서 앉더니 깊숙이 고개를 떨구고만 있었다.

"시작 종이 치면 교실로 들어와야지. 일이 학년생도 아니면서 울고 있다니…… 도대체 왜 울었지?"

"……"

"누구한테 맞았나?"

그러자 모두 재미있다는 듯이 히들히들 킬킬 웃었다.

나도 약간 어이가 없다는 듯이 허 웃어버렸다. 그리고 그 일은 그것으로 매듭을 짓고 수업을 계속했다.

홍연이가 왜 그렇게 창고 뒤에 앉아서 울었는지 그 까닭을 그 애의 일기에서 알고, 나는 얼굴이 화끈 붉어지는 듯한 느낌이었다. 그녀의 일기에 다음과 같이 씌어 있었던 것이다.

'음악 시간에 졸업식 노래를 부르는데 나는 자꾸 눈물이 나오려고 해서 애를 먹었다. 육학년 언니들이 곧 학교를 떠나기 때문에 그래서 슬픈 것이 아니었다. 명년이면 우리도 졸업을 해서 학교를 떠나야 되는구나 하는 생각이 들어서였다.

그런데 선생님께서도 수업이 끝나자 좀 슬픈 목소리로,

"너희들도 일 년 후면 학교를 떠나게 되는구나."

그런 말씀을 하시는 게 아닌가. 그리고 졸업을 한 뒤에도 만나면 반가운 인사를 하겠느냐고 하시는 바람에 그만 나는 울음이 쏟아져 나오려 해서 애를 먹었다. 명년에 졸업을 해서 선생님과 헤어질 일을 생각하니 견딜 수가 없어서 나는 창고 뒤로 가서 실컷 울어버렸다. 시집을 간 뒤에도, 이십 년 후에 만나도 인사를 하겠느냐, 삼십 년 후에 만나도 알아보겠느냐고 하신 선생님의 목소리가 일기를 쓰고 있는 지금도 귀에 들리는 것 같아 또 눈물이 나오려 한다. 나는 나중에 시집을 안 갈 거야. 절대로 안 갈 거야.'

이렇게 시집 안 간다는 말로 그날의 일기를 끝맺어놓았는데, 시집을 안 간다는 말은 곧 나를 염두에 두고 한 말임에 틀림없었다. 다시 말하면 내가 아닌 다른 남자에게는 시집을 안 가겠다는 그런 생각이 은연중 밑마닥에 깔려 있는 말이었다.

나는 얼굴이 화끈해지는 것을 느끼며 비식비식 웃었다. 어쩐지 낯간지럽고 쑥스러우며, 약간 창피한 것도 같은 그런 묘한 기분이었다.

봄이 오고, 신학년도가 되자, 새로 담임 발표가 있었다. 나는 6학년 2반 담임이었다. 그러니까 5학년 2반 그 학급을 그대로 데리고 올라가게 된 것이다.

학생들은 무척 기뻐했다. 남학생들보다 여학생들이 더 기뻐하는 것 같았다. 홍연이는 겉으로는 별로 나타내지 않았지만 누구보다도 진정으로 좋아했다. 일기에 온통 그런 심정을 쏟아놓고 있었다.

나도 기뻤다. 같은 값이면 5학년 때 정이 든 그 학생들을 그대로 6학년 때도 맡아서 잘 졸업을 시켜야지 싶으니 가슴이 뿌듯해오기도 했다. 교단 생활에서는 6학년을 맡아서 잘 가르쳐 진학도 시키고, 졸업을 시키는 일이 가장 큰 보람일 것 같았다.

그러나 그런 나의 바람은 그 해 여름 보기 좋게 깨어지고 말았다. 6·25가 일어난 것이다.

전쟁은 모든 것을 엉망진창으로 뒤흔들었다. 학교가 폐교 상태가 되어버린 것은 말할 필요도 없다. 낙동강까지 밀렸다가, 압록강까지 몰아붙였다가, 다시 후퇴했다가, 전진했다가, 숨을 들이키고 교육계도 서서히 다시 움직이기 시작했다.

1951년 봄, 나는 딴 학교로 전근 발령을 받았다.

새로 부임한 학교 역시 면 소재지 학교였는데, 밋밋한 언덕 위의 널찍한 터에 자리잡고 있어서 그전의 학교보다 한결 후련한 느낌이었다. 어쩐지 운동장도 훨씬 넓은 것 같았다. 운동장 가에는 벚나무가 빙 둘러 심어져 있었다.

마침 봄이어서 벚꽃이 만개해 있었는데, 벚꽃의 구름 속에 학교가 담겨 있는 듯했다. 정말 화사하고 푸짐한 벚꽃이었다.

그러나 학교는 어설펐다. 전쟁이 할퀴고 지나간 자국이 어수선하게 눈에 띄었다.

무엇보다도 전쟁의 자취는 학생들의 수효에 나타나 있었다. 한 학급에 학생이 불과 20명 남짓밖에 되지 않았다.

나는 6학년을 담임했는데, 우리 학급은 20명도 채 못 되는 15명이 학교에 나오고 있었다. 60명이 넘는 재적 인원 가운데 4분의 3은 무단 결석을 하고 있는 셈이었다.

그러니 선생인들 의욕이 생길 턱이 없었다. 가뜩이나 악몽 같은 전쟁의 소용돌이를 겪느라 정신이 황폐해진 터인데 학생들 수효마저 이 지경이니……

그저 건들건들 건성으로 수업을 마치면 부락으로 출석 독려를 하러 나가는 것이 일과처럼 되어 있었다. 몇몇 교사가 어울려 부락에 나가 출석 독려를 좀 하고는 귀로에 막걸리나 마시는 것이 낙이었다.

어느 토요일 해질 무렵이었다.

부락으로 출석 독려를 나갔다가 돌아오는 길에 주막 마루에 걸터앉아 나는 동료 교사 두 사람과 막걸리 잔을 주고받고 있었다.

그날따라 고향 생각도 나고, 전에 근무하던 학교의 여학생들도 그리워지면서 어쩐지 쓸쓸하고, 조금 들뜨는 것도 같은 묘한 기분이었다. 홍연이는 학교에 잘 다니고 있는지…… 그녀도 이곳 학생들처럼 학교에 나가질 않고 집에서 일이나 거들고 있는 것인지…… 궁금하고, 야릇하게 그 애가 보고 싶기까지 했다.

그런 기분이어서 나는 막걸리 잔을 사양하지 않고 거푸 비워댔다.

"강 선생, 오늘은 유독 술맛이 나는 모양인데……자, 한 잔 더……."

신을 벗고 마루에 올라앉은 교사가 불그레해진 얼굴에 웃음을 띠며 또 나에게 잔을 내밀었다.

"이제 봄도 다 가니 총각 선생 심사가 쓸쓸한 모양이지?"

마루에 나와 마주 걸터앉은 교사가 싱겁게 이죽거렸다. 그들 두 사람은 다 기혼이었다.

나는 그저 히죽히죽 웃으며 꿀컥꿀컥 잔을 기울이기만 했다.

"강 선생, 그럼 내가 중신을 할까?"

마루에 올라앉은 교사가 말했다.

"중신이 뭐하는 건데요?"

나는 능청스럽게 받아넘겼다.

"아니, 아직 중신이 뭔지도 모르다니…… 이거 교단에 설 자격이 없는데……."

그러자 마루에 걸터앉은 교사도,

"허허허…… 없지. 중신이 뭔지도 모르는 사람이 어떻게 아이들을 가르쳐. 교사 자격증 헛받았군그려."

재미있다는 듯이 맞장구를 쳐댔다.

"중신하고 교사 자격증하고 아주 밀접한 관계가 있는 모양이죠?"

나의 말에 그만 폭소가 터졌다.

그렇게 술잔을 주고받으며 시시한 농담을 노닥거리고 있는데, 자전거를 타고 주막 앞을 지나가던 학부형 한 사람이,

"선생님들 안녕하시오?"

하면서 자전거에서 내려 다가왔다.

학교 바로 앞에서 잡화상을 하고 있는 사람이었다.

"어서 오시오. 같이 한 잔 합시다."

마루에 올라앉은 교사가 말했다.

"아니올시다. 난 벌써 한 잔했어요. 더하면 자전걸 타고 갈 수 없는걸요. 이거 학교 편지 드리려고……."

잡화상 주인은 윗도리 호주머니에서 편지 서너 통을 꺼내 내밀었다.

내가 그것을 받았다.

물건을 떼러 읍내에 갔다가 우체부를 만난 모양이었다. 그 무렵은 우체부가 일일이 이 마을 저 마을, 이 집 저 집을 찾아 다니며 편지를 전하는 것이 아니라, 중도에 그 부락 사람을 만나면 그 사람에게 우편물을 주어버리기 일쑤였다. 학교로 오는 우편물도 예외는 아니었다. 학교 근처에 사는 사람이나, 때로는 학생들에게 맡겨버리고 돌아서 가는 일이 허다했다. 그래서 우편물이 며칠씩 엉뚱한 집에서 묵었다가 전달되어오는 수도 있었다.

편지를 전하자, 잡화상 주인은 자전거를 타고 가버렸고, 나는 꽤 주기가 오른 상태였으나, 하나하나 편지를 살폈다. 모두 네 통이었다.

네 통 가운데 나한테 온 편지가 하나 있었다. 주소와 강수하 선생님이라는 글씨가 연필로 씌어 있었다.

나는 얼른 봉투의 뒷면을 보았다. 보낸 사람은 다름 아닌 홍연이었다.

뜻밖에 홍연이의 편지를 받은 나는 취중이면서도 얼굴이 조금 화끈해지는 것 같은 기분이었다. 흐흠, 오늘 홍연이의 편지를 받으려고 그렇게 여느 날과는 달리 묘하게 들뜨는 것 같고, 기분이 이상했구나 싶었다.

봉투가 다른 편지들보다 두 배 정도 두꺼워 보였다. 많은 사연을 적어놓은 것 같아 나는 반가우면서도 어쩐지 좀 쑥스러워 얼른 가운데를 접어서 상의 안 포켓 속에 집어 넣어버렸다.

"아니, 무슨 편진데 뜯어보지도 않고 얼른 집어 넣어버리지?"

마루에 올라앉은 교사가 또 농담 조로 불쑥 말하자,

"보나마나 좋은 사람한테서 온 거겠지 뭐. 그러니까 안 포켓에 넣지. 그렇지 않음 뭐하려고 안 포켓에 넣겠어. 안 그래? 허허허……."

걸터앉은 교사는 껄껄 웃었다.

"내가 중신을 할까 했더니, 그랬더라면 강 선생 애인한테 매를 맞을 뻔했군."

"매 정도가 아니라 몽둥이를 맞을 뻔했지."

두 교사의 히들거리는 말에 나는 능청스럽게 또,

'애인이라는 게 무언지 모르지만, 몽둥이질을 하는 모양이죠.'

이런 식으로 받아넘기려 했으나, 어찌 된 셈인지 도무지 목 안이 굳어진 듯 그런 말이 자연스럽게 나와주지가 않았다. 안 포켓에 든 홍연이의 두툼한 편지가 자꾸 가슴의 맨살에 닿는 듯 그쪽으로 신경이 쓰이는 것이었다.

그것이 비록 애인한테서 온 것이 아니라, 제자한테서 온 편지지만, 여느 평범한 제자와는 다른, 나를 이성으로서 사모하고 있는 그런 제자한테서 온 것이어서 도둑이 지레 발이 저리다는 격으로 두 동료 교사 앞에 공연히 말문이 막히는 모양이었다.

술이 꽤 되어서 약간 비틀거리기도 하며 하숙집에 돌아간 나는 저녁을 조금 뜨는 둥 마는 둥 하고 상을 물렸다. 그리고 취중에도 성냥을 찾아 초에 불을 붙였다.

전기가 없는 것은 아니었으나, 그 무렵의 전기라는 것은 호롱불 정도의 밝기도 채 되지 않는 경우가 허다했다. 그냥 전구 속의 필라멘트가 빨갛게 달아 있기만 할 때도 많았다.

그러니까 밤에 책을 읽거나 무엇을 쓰거나 하려면 따로 더 불을 켜야만 했다.

촛불을 밝히고서 나는 방 윗목에 아무렇게나 벗어 던져놓은 상의 안 포켓에서 홍연이의 편지를 꺼냈다. 그리고 북 봉투를 뜯었다.

취중이어서 촛불이 온통 눈앞에서 흔들흔들 일렁일렁 움직이면서 타오르고 있는 듯이 느껴졌다. 아가리를 뜯은 봉투 속에서 알맹이를 꺼내는데도 곧장 손끝이 헛움직이는 것 같았다.

편지를 펼쳐 든 순간, 나는 그만 두 눈이 휘둥그래지고 말았다. 훨훨 타오르는 촛불의 훤한 불빛 속에 떠오른 것은 연필 글씨가 아니라 시뻘건 피 글씨였다.

'선생님, 그립고 그리운 선생님, 선생님, 선생님…….'

이렇게 선생님만 수없이 써 내려가다가 끝에 가서 약간 희미해진 피로,

'저는 지금 울고 있어요.'

라고 쓰고는 그만이었다.

연필 글씨와는 달리 손가락으로 쓴 혈서여서 불과 두 장인데도 피가 말라붙어 있어서 그렇게 봉투가 두꺼웠던 것이다.

나는 잠시 그저 얼떨떨하고 멍하기만 해서, 훨훨 타오르는 불빛을 받아 약간 괴이하게 번들거리는 그 시뻘건 피 글씨를 넋잃은 사람처럼 바라보고 있었다.

그러나 나는 잠시 후 편지를 손에서 떨어뜨리고,

"흐흐흐흐……."

웃으며 비실 쓰러지듯 방바닥에 드러누워버렸다. 취중의 긴장이 풀리자, 절로 그렇게 몸이 무너지며 허파의 바람이 새어 나오듯 히들히들 웃음이 흘러 나오는 것이었다.

이튿날 나는 10시가 넘어서야 일어났다. 일요일이기도 했고, 어제의 술이 좀 과했던 탓으로 실컷 늦잠을 자버렸던 것이다.

방바닥 한쪽에 홍연이의 편지 봉투가 아무렇게나 던져져 있었다. 간밤에 취중에도 도로 그 혈서 편지를 접어서 봉투 속에 넣고 잠이 들었던 모양이었다.

실컷 자고 일어나기는 했으나, 아직 머리가 맑질 않고 약간 흐릿하고 멍했다. 밖에 나가 세수를 하고, 팔 다리를 건들건들 흔들어 체조 비슷한 것을 조금 하고 들어오니 정신이 꽤 산뜻해지는 느낌이었다.

그러나 나는 방바닥에 떨어져 있는 홍연이의 그 편지 봉투를 힐끗힐끗

보기만 할 뿐 손을 가져가진 않았다. 마치 무슨 매우 중대하고도 심각한 그런 사연이 담긴 편지처럼 여겨져 쉽사리 손이 가질 않는 것이었다.

아침 밥상을 물리고 나서야 나는 그 봉투를 집어 들었다. 그리고 알맹이를 꺼냈다.

간밤에 본 그대로 피로 쓴 간단한 몇 마디였으나, 그것을 보는 느낌은 어젯밤과는 매우 달랐다. 어젯밤에는 너무나 의외의 일이어서 우선 얼떨떨하고 멍하도록 놀랐고, 그리고 히들히들 웃음이 나왔다. 그러나 이제는 어이가 없는 그런 놀라움이 아니라, 진정 가슴에서 솟아 나오는 듯한 놀라움이었고, 그리고 웃음 같은 것은 전혀 떠오르지가 않았다.

'선생님, 그립고 그리운 선생님, 선생님, 선생님 ……. 저는 지금 울고 있어요.'

정말 간절하고 아프게 다가오는 홍연이의 피맺힌 그리움의 몇 마디가 아닌가.

"흠— ."

나는 고개를 대고 끄덕거렸다. 기분이 이상하기만 했다.

바깥에서 사람 소리가 나는 바람에 나는 얼른 그 혈서를 봉투 속에 집어 넣었다. 누가 보아서는 절대 안 될 그런 비밀인 것만 같고, 어쩐지 몹시 쑥스럽기도 했다.

봉투의 뒷면에 적힌 주소를 눈여겨보니 학교로 되어 있는 것이 아니라, 집 주소였다.

그렇다면 홍연이도 이곳 학생들과 마찬가지로 학교에 나가질 않고, 집안일을 거들고 있는 것인지…… 학교에 다니고 있으면서도 집 주소를 적어놓은 것인지 잘 알 수가 없었다.

홍연이의 그 피로 쓴 편지에 대해서 나는 며칠을 두고 생각해보았다. 답장을 해야 옳을지, 그만두는 것이 좋을지…… 결국 나는 답장을 그만두기로 하고 말았다.

그만두기로 했다기보다도 몇 차례나 답장을 쓰려고 펜을 들었으나, 도무지 뭐라고 써야 좋을지 펜이 잘 나가주질 않았던 것이다. 그럴 수밖에 없는 것이. 피로써 그처럼 간절한 그리움을 쏟아놓은 편지에 대해 펜으로 잉크를 찍어서 도대체 뭐라고 쓴단 말인가.

그리고 답장을 쓴다면 그것은 이미 스승과 제자 사이의 사연을 넘어선 것이 될 게 뻔했다. 상대편은 피 글씨로 그리움을 호소하는데, 이쪽은 점잖은 스승의 목소리로 답장을 보낼 수는 없는 노릇이 아닌가.

그래서 결국 답장을 그만두는 편이 가장 현명한 일인 것 같았던 것이다. 그것이 만일 혈서가 아니었다면, 연필로 그저 선생님이 보고 싶고 그립다는 그런 사연을 적었더라면 나는 아마 답장을 썼을 것이다.

아무튼 그렇게 해서 나는 홍연이의 혈서 편지에 대해 답장을 쓰지 않고 말았는데, 그 뒤로는 홍연이로부터 더 편지가 오지도 않았다. 나의 답장이 없기 때문에 편지를 안 했는지, 혈서를 또 쓸 수도 없고, 그렇다고 싱겁게 연필로 무슨 말을 할 수도 없어서 그랬는지, 좌우간 그것으로 홍연이의 소식은 끊어지고 말았다.

이듬해 나는 징집 영장을 받고 입대를 했고, 몇 년 복무를 하고 제대를 한 뒤엔 영 교직을 떠나버리고 말았다. 그리고 결혼을 하여 가정이라는 것을 갖게 되었으며, 아들과 딸의 아버지가 되었다.

그러나 나는 결코 홍연이를 잊을 수가 없었다. 그녀도 이제 시집을 가서 남의 아내가 되고 어머니가 되었겠지, 어디서 살고 있는 것일까…… 고향의 그 산골에서 살고 있을까 …… 아니면 혹시 나처럼 상경을 해서 같은 서울 하늘 밑에 살고 있지나 않은지…… 이런 생각을 하며 아련한 향수처럼 첫 교단 시절을 회상하고, 그녀의 나에 대한 가지 가지 사모의 정과 혈서 편지를 떠올리며 좀 쑥스럽게 웃기도 했다.

그러나 그런 아련한 그리움도 세월의 흐름과 함께 차츰 엷어지고 희미해져서 어느덧 머리 속 깊숙한 곳으로 사라지듯 가라앉아버리고 말았다.

그런데 30년이라는 세월이 지나서 뜻밖에도 바로 홍연이 그녀로부터 전화가 걸려 온 게 아닌가. 정말 너무나도 의외의 일이 아닐 수 없었다.

그래서 그날 밤 나는 이슥토록 잠을 이루지 못하고, 30년 전 옛날의 일들을 차례차례 머리에 떠올리며 참으로 오래간만에 마치 사춘기의 소년으로 되돌아간 듯한 기분이 안 될 도리가 없었다.

　홍연이로부터 두 번째 전화가 온 것은 이틀인가 사흘 뒤였다.

　점심을 먹고 소파에 기대앉아 있는데, 때르르 전화벨이 울려 수화기를 들었더니 그녀였다.

　"선생님, 오늘 선생님 댁에 찾아갈까 하는데 괜찮겠지요?"

　"응, 괜찮고 말고, 몇 시에 올 거야?"

　"지금 곧 갈까 해요. 남숙이와 강주랑 셋이 갈 거예요."

　"그래, 어서 와. 기다릴게. 우리 아파트 잘 찾겠어?"

　"강주가 그쪽 지리를 잘 아는군요."

　"그럼 됐군. 어서 오라구."

　"선생님, 정말 꿈 같애요."

　"정말이야."

　"그럼 선생님, 곧 뵙겠어요."

　"응, 그래."

　수화기를 놓자, 나는 가슴이 조금 설레는 듯해서 소파에 가만히 앉아 있을 수가 없었다. 벌떡 일어나 먼지떨이를 벗겨가지고 거실의 여기저기를 털기 시작했다. 별로 먼지도 없는데 말이다.

　딩동댕…… 부저 소리가 울린 것은 30분 가량 지나서였다.

　나는 피우고 있던 담배를 재떨이에 껐다. 그리고 천천히 소파에서 몸을 일으켰다. 매우 침착한 동작이었으나 마음속은 그렇지가 않았다. 슬그머니 긴장이 되면서 가슴이 조금 설레는 듯 두근거리기까지 했다.

　"누구세요?"

하면서 현관문을 열었다.

　"어머, 선생님."

　"선생님."

　수줍은 듯 그러면서도 나긋한 웃음을 띤 세 중년 여인이 제각기 손에 선물 꾸러미를 들고 현관 밖에 서 있었다.

　"어서 들어와요."

　그러면서 나는 세 여인을 번갈아 바라보았다.

　옛 여제자들이라는 것을 미리 알고 있었으니 말이지, 그렇지 않았더라면 도무지 누군지 짐작도 못 할 뻔했다. 길거리에서 스쳐 지나갔더라면 전혀 생소한 부인들로 여겼을 것 같았다.

그만큼 그녀들은 변모되어 있었다. 30년 전의 제자들이니 그럴 수밖에. 단발 머리의 소녀들이 어느덧 이제는 쉰을 바라보는 중년 부인들이 되었으니 말이다.

현관으로 들어선 세 여인을 거실로 안내해서 소파에 앉기를 권했다. 그러나 그녀들은 들고 온 선물 꾸러미를 한쪽에 놓고 나란히 서서,

"선생님, 절 받으세요."

하면서 나부시 머리를 숙여 인사를 했다. 30년 만에 만난 옛 스승에 대한 예의를 갖추는 셈이었다.

나도 감개가 무량한 그런 심정이 되어,

"정말 오래간만이군. 자, 어서들 앉아요."

하고는 내가 먼저 소파에 푹신 허리를 묻었다.

세 여인도 다소곳이 소파에 앉았다.

"선생님, 별로 늙지 않으셨네요. 대뜸 알아보겠는데요."

한 여인이 입을 열었다.

"늙지 않다니, 벌써 쉰인데……."

나는 그 여인을 가만히 바라보았다. 그것은 남숙이었다. 여학생 급장이었던 30년 전 남숙이의 얼굴이 지금의 그녀 얼굴 위에 어렴풋이 떠오르는 것이었다.

"남숙이로군. 알아보겠는데…… 여기는 강주고."

남숙이 옆에 앉은 여인은 강주였다.

현관을 들어설 때는 전혀 낯설게만 여겨졌는데, 마주 앉아 잘 보니 옛날 얼굴이 떠오르는 것이었다.

그러자 강주가 생글 웃으며,

"얘는 누군지 아세요? 홍연이에요."

하였다.

강주 옆에 앉은 홍연이는 살짝 웃음을 띠며 고개를 숙였다. 어쩐지 그녀의 얼굴에 연한 홍조가 어리는 듯했다.

홍연이는 전화로는 그렇게 별 스스럼 없이 얘길 하더니, 막상 집을 찾아와서는 한 마디 말도 없이 그저 나긋한 눈으로 수줍은 듯, 쑥스러운 듯 나를 힐끗힐끗 바라보기만 하는 것이었다.

나 역시 어쩐지 좀 기분이 묘해서 그녀에게는 똑바로 시선이 가지도 않고, 뭐라고 얼른 말이 나오지도 않았다. 그러나 말할 필요도 없이 나는 남숙이와 강주보다 내심 홍연이를 처음부터 눈여겨보고 있었다. 세 여인이 현관문 밖에 서 있을 때부터, 그리고 현관을 들어와 거실에 나란히 서서 절을 할 때 역시 나는 홍연이에게 온 신경이 쏠리고 있었다.

현관문 밖에 세 여인이 서 있을 때 얼른 보아서는 누가 홍연인지 그 얼굴을 식별할 수가 없었다. 그러나 느낌으로 대뜸 알 수가 있었다.

현관을 들어와 거실로 걸음을 옮기는 동작에서도 홍연이는 다른 두 여인과는 식별이 되었다. 나란히 서서 절을 할 때 역시 그녀가 던지는 느낌은 전혀 달랐다.

홍연이는 어느덧 중년의 그림자가 짙게 얼굴에 서려 있었다. 다른 두 여인보다도 어쩐지 훨씬 나이가 많아 보였다. 많아도 한두 살 많을 터인데 말이다. 나보다 세 살 밑인 마흔 일곱이라고 했는데, 쉰이 넘은 여인처럼 느껴졌다.

그동안 사는 데 고생이 많아서 늙어 보이는 것일까. 그러나 고생을 해서 찌든 그런 모습은 아니었다. 오히려 다른 두 여인보다 나이는 많아 보이지만, 어딘지 모르게 윤기 같은 것이 흐르고 있었다. 결코 지금 현재도 어렵게 살아가고 있는 그런 모습은 아니었다.

중로(中老)의 여인이 된 홍연이, 처음 얼른 보아서는 잘 알 수가 없을 정도로 변모를 한 홍연이의 모습……. 그러나 마주 앉아 자꾸 보니 옛날 단발 머리 때의 그 얼굴이 그대로 떠오르는 것이었다.

어느덧 30년…… 흘러간 세월이 눈에 보이는 듯, 피부에 와닿는 듯 나는 그저 감개가 무량해서 멍멍하고 벙벙한 기분이었다.

"보자…… 차를 한 잔 끓여야지."

나는 소파에서 몸을 일으켰다.

"사모님 안 계세요?"

남숙이가 물었다.

"집사람 어디 볼일보러 나갔어."

하면서 나는 주방으로 갔다.

그러자 남숙이가 자리에서 일어나 주방으로 따라오면서,

"선생님은 앉아 계세요. 제가 차 끓일게요."

하는 것이 아닌가.

"아냐, 아냐. 앉아 있어. 손님이 차를 끓이다니⋯⋯."

"손님은 무슨⋯⋯ 제자지요."

"삼십 년 만에 찾아온 정말 귀한 손님들이니, 내 손으로 직접 차를 끓여 대접하고 싶어."

"선생님은 나이가 드셔도 여전히 정이 많으시네요. 옛날과 다름없어요."

"그래? 옛날에 내가 정이 많았던가? 허허허⋯⋯."

나는 기분좋게 웃으며 커피포트에 물을 담고, 스위치를 꽂았다.

내가 끓인 차를 마시며 세 여인은 30년 전 단발 머리 시절의 기억을 생각나는 대로 끄집어내어 즐겁게 이야기를 해댔다. 처음에는 어색하고 수줍은 듯 말이 없던 홍연이도 차츰 분위기에 젖어 스스럼이 풀린 듯 자연스럽게 이야기에 어울렸다.

나는 주로 듣는 역할이었다.

"아, 그랬던가?"

"응, 그런 일도 있었던 것 같군."

하고 웃음과 함께 고개를 끄덕거리면서 말이다.

마치 30년 전 그 시절이 우리집 거실에 홀연히 다시 찾아온 듯한 그런 분위기였다.

한참 추억담이 계속된 다음 홍연이가 문득 생각이 난 듯,

"참, 선생님, 이 사진 가지고 계세요?"

하면서 핸드백을 열고 한 장의 사진을 꺼냈다.

약간 누렇게 변색이 된 옛 사진이었다. 스무 명 남짓한 여학생들과 담임인 내가 자운영인 듯한 꽃밭에서 찍은 것인데, 앉아 있는 내 바로 곁에

홍연이가 서 있었다.

"흠, 이 사진 찍은 기억이 나는데…….."

내가 사진을 들여다보며 말하자 홍연이는,

"그럼, 선생님은 안 가지고 계시군요. 저는 옛날 생각이 나면 그 사진을 꺼내보곤 했어요."

나긋한 시선으로 힐끗 나를 바라보고는 살짝 고개를 숙였다.

"어디, 무슨 사진이에요?"

남숙이가 그 사진을 받아서 강주와 함께 들여다보았다.

남숙이와 강주도 그 사진 속에 있었다. 그러나 그녀들은 나와 마찬가지로 그 사진을 갖고 있지 않은 모양이었다.

"어머, 이 사진 기억나네. 용케 지금까지 가지고 있었군그래."

강주가 말한.

그 말에 나는 남숙이의 표정을 힐끗 보지 않을 수 없었다. 어쩐지 무슨 의미가 담긴 듯한 말이었던 것이다. 혹시 홍연이가 나를 지극히 사모했다는 사실을 알고 있지나 않을까 싶었다. 그러나 그런 눈치는 아닌 듯 그저 무심히 한 말인 것 같았다.

"참 소중한 사진이다. 오래오래 보관해라."

남숙이가 사진을 홍연이 앞으로 내밀었다.

홍연이가 왼손으로 그것을 받아 핸드백 속에 도로 넣으려 했다.

"가만 있어. 저…….."

순간 나는 약간 당황했다. 그러나 겉으로는 침착하게,

"그 사진 내가 좀 복사를 했으면 싶은데…….."

하면서 도로 그것을 홍연이에게서 받았다.

내가 속으로 약간 당황한 것은 그 사진이 도로 홍연이의 핸드백 속으로 들어가려 했기 때문이 결코 아니었다. 그 사진을 왼손으로 받아 핸드백 속에 넣으려 했을 때, 홍연이의 왼손 새끼손가락이 눈에 띄었기 때문이었다. 새끼손가락 끝이 마치 무슨 쇠망치 같은 것으로 내리쳐서 짓뭉개버린 것처럼 되어 있었던 것이다.

그것을 보는 순간 번쩍 머리에 와닿는 것은 그녀의 혈서였다. 그녀가 어쩌면 저 손가락을 저렇게 짓뭉개가지고 그 피로 혈서를 썼던 게 아닌가 하는 생각이 들었다.

그렇다면 얼마나 미안하고 가슴 아픈 일인가. 손가락 하나를 짓뭉개 버릴 정도로 절절이 나를 사모했었다니…… 그렇게 해서 써보낸 혈서 편지에 대해 나는 아무 회답도 보내지 않았으니 말이다. 그런데도 30년 이라는 세월이 흐른 뒤까지 잊지 않고, 이렇게 친구들을 재촉해서 찾아 와 주다니…… 정말 가슴이 멍멍해도록 고마운 일이었다.

'그 새끼손가락이 왜 그렇지?'

하고 확실한 것을 물어보고 싶었으나, 다른 두 제자가 있는 앞에서 그런 질문을 할 수는 없었다.

나는 그저,

"흠——."

고개를 끄덕이며 그녀가 30년간 간직해오며 그 시절이 그리울 때마다 들여다보았다는 사진을 소중히 한쪽 장 서랍에 넣었다.

세 여인은 두어 시간 앉아 이야기를 나누다가 자리에서 일어났다. 일 어나면서 남숙이가 말했다.

"선생님, 여제자도 다 쓸데없지는 않죠? 선생님이 말씀 하셨잖아요. 여학생들은 다 쓸데없다고, 나중에 커서 시집을 가고 나면 옛날 선생을 만나도 인사도 잘 안 할 것이라고요."

"허허허……."

나는 그저 웃기만 했다.

"그리고 너희들 이십 년 후에 나를 만나도 인사를 하겠느냐, 삼십 년 후에 만나도 나를 알아보겠느냐, 그런 말씀을 하셨어요. 며칠 전에 전화 로도 말씀드렸지만……."

"글쎄…… 그런 말을 했던 것 같기도 해. 역시 급장이었던 남숙이가 기억력이 좋아."

"기억력이 좋아서가 아니라, 그 말이 어쩐지 머리에서 떠나질 않고 깊이 남아 있었어요."

그러자 강주가 생글 웃음을 띠며,

"여제자가 남자 제자들보다 낫지요? 삼십 년 후에 이렇게 셋이나 찾아왔으니 말이에요."

하였다.

"그래, 그래. 정말 너무 고맙고 반갑고…… 글쎄 난 며칠 전에 홍연이 전화를 받았을 때 깜짝 놀랐다니까. 너무 뜻밖이어서 꿈 같은 느낌이…… 허허허……."

그러지 홍연이가,

"정말 저도 신문에서 선생님의 사진을 보고 깜짝 놀랐어요."

하면서 나긋한 눈으로 나를 힐끗 보고는 수줍은 듯 살짝 얼굴을 돌렸다.

나는 세 여인을 버스 타는 곳까지 배웅했다.

그녀들이 버스에 오를 때 나는,

"홍연이, 또 전화해."

하고 말했다. 그리고 얼른,

"남숙이랑 강주도."

하였다.

버스가 멀어져가자, 나는 집을 향해 터벅터벅 걸음을 옮기며, 다음에 홍연이한테 전화가 오면 그 왼손 새끼손가락에 대해서 물어봐야지 싶었다. 그러면서도 한편 그런 말을 물어봐도 될까 하는 생각이 들기도 했다. 30년이 흘러서 이제 피차 중로의 저무는 길에 들어섰으나, 담담하게 그런 얘기를 나눌 수 있을 것 같기도 했고, 아무리 세월이 흘렀지만 여전히 옛 스승은 스승이요, 제자는 제자인데, 그런 말을 꺼낸다는 것은 좀 이상하지 않을까 싶기도 했다.

그런 생각에 젖으며 천천히 걸음을 옮기고 있는데, 문득 저만큼 길 모퉁이를 돌아 국민학교 학생들의 행렬이 나타나는 게 눈에 띄었다. 나는 가만히 걸음을 멈추었다.

소풍을 갔다가 돌아오는 길인 모양이었다. 백이랑 물통 같은 것을 어깨에 멘 아이들이 손을 잡고 지절거리면서 걸어오고 있었고, 그 곁을 담

임 선생들이 따라 걷고 있었다. 울긋불긋한 그 행렬 위로 가을 오후의 햇
살이 쫙 퍼져 내리고 있었다. 유난히 눈부신 듯한 햇살이었다.

　나는 그 햇살 속을 걸어오고 있는 울긋불긋한 꽃 무더기 같은 아이들
과 선생들을 하염없이 바라보고 있었다. 마치 30년 전 나의 그 시절을
바라보듯이……

—— 1981년

河瑾燦의 문학세계
— 단편 《수난이대》를 중심으로 —

— 文學評論家 — 申 東 漢

　작가 하근찬(河瑾燦)은 1931년 경북 영천(永川)에서 태어났다. 전주사범학교(全州師範學校)를 거쳐 수년간 국민학교 교원생활을 하다가 다시 동아대학(東亞大學)을 나왔다.

　그는 1957년 한국일보 신춘문예에 단편 《수난이대(受難二代)》가 당선되어 정식으로 문단에 데뷔하였다. 그 후 작품 활동을 계속해 단편 《낙뇌(落雷)》《산중고발(山中告發)》《왕릉(王陵)과 주둔군(駐屯軍)》《삼각(三角)의 집》《일본도(日本刀)》《노은사(老恩師)》등 여러 단편과 장편 《야호(夜壺)》《달섬 이야기》《월례소전(月禮小傳)》등 수많은 작품을 발표하고 한국문학상, 요산(樂山) 문학상 등을 수상하기도 했다.

　작가 하근찬은 초기에는 농촌을 소재로 한 작품을 많이 썼다. 농촌에서 농사를 짓는 사람뿐만 아니라 그곳에 발붙이고 여러 상업에 종사하는 사람들을 묘사했다. 또 그 작품에 나타나는 대부분의 인물들은 가난하고 힘없는 사람들이다.

　작품에 나타나는 시대상황도 일본의 침략전쟁이 기승을 부렸던 때와 해방 이후 6·25 동란이 몰고 왔던 전쟁의 비극이 크게 드러나 있다.

　그의 데뷔작이며 대표적인 단편이라고도 할 수 있는 《수난이대》는 그

가장 구체적인 본보기가 될 수 있는 작품이다. 일제시대에 징용에 끌려 간 아버지가 6·25 동란으로 군대에 갔다가 한쪽 다리를 잃고 상이군인 이 되어 돌아오는 아들을 맞아 비탄에 빠지면서도 아들을 업고 외나무다 리를 건너는 마지막 장면은 너무나 처절하고도 가슴 아픈 묘사가 아닐 수 없다.

그는 이 작품에서 전쟁의 비극성과 함께 일제침략이 약하고 무지한 농 촌 사람들에게 안겨준 뼈아픈 상처를 가장 상징적으로 그려놓았다.

작가는 단편 《수난이대》를 쓰게 된 동기가 6·25 전란이 멈춘 휴전 얼 마 후 열차여행을 하는 도중 정거장의 잡상인들 가운데 팔, 다리를 잃은 상이군인들이 물건을 강매하는 광경을 보며 전쟁의 상흔을 새삼스럽게 실감하고 또 어느 유명인사가 유럽 기행을 하며 그곳 신기료 장수를 통 해 부자의 2대에 걸친 전쟁의 비극을 적은 것을 읽고 그것을 작품화하게 되었다는 것이다.

그러면서 그 작품을 쓰게 된 경위를 수필을 통해 아래와 같이 적고 있다.

'2대에 걸친 수난이니 곧 《수난이대》── 이렇게 제목부터 먼저 왔 고, 아들이 6·25에 당하고, 아버지는 대동아 전쟁에 당하고── 그 렇다면 이건 능히 장편 소설감이다. 2대에 걸친 전쟁 피해담── 이 거창한 놈을 어떻게 6,70매라는 조그만 궤짝 속으로 집어넣을 것인지, 문제는 거기에 있었다. (신춘문예의 단편 매수는 60매에서 80매 내외 였다.) 묘(妙)를 기하는 수밖에 없었다. 약간 무리가 가더라도 말 이다.

그런데 나는 그런 경우 비교적 쉽게 해결을 보는 셈이다. 어쩌면 그 런 게 나의 무기가 아닌가 생각될 때가 있다. 큼직한 놈을 어떤 묘한 계기로 잡아서 조그마하게 집약시켜버리는 것이다.

이 2대에 걸친 수난을 조그만 궤짝 속에 집어넣을 수 있었던 계기는 '외나무다리'였다. 우리 고향의 냇물에 흔히 볼 수 있는 외나무다리에서 힌트를 얻었던 것이다. 외나무다리의 그 아슬아슬한 역할을 생각하자, 번쩍 머리에 떠오르는 것이 있었다. 수난의 두 부자로 하여금 그 외나무다리를 건너게 해보자는 생각이었다. 말하자면 그 아슬아슬한 외나무다리 위에 2대의 수난을 집약시키는 것이다.

이쯤 되니 문세는 이제 해결된 기나 마찬가지였다. 다리를 하나 잃고 상이군인이 되어 돌아오는 아들을 대동아 전쟁 때 징용에 끌려가서 팔을 하나 잃어버린 아버지가 마중을 나가게 된다. 그리고 외나무다리에 이르자, 아버지가 아들을 업고 다리 위에 오르도록 하는 것이다.'

이와같이 작가의 《수난이대》를 쓰게 된 경위를 밝힌 글에서도 알 수 있듯이 그는 언제나 농촌의 약한 사람의 편에 서며 또 현실에 대한 올바른 판단과 날카로운 관찰을 통해 작품의 붓을 들고 있는 것이다.

이와 같은 그의 작품 경향은 단편 《흰종이 수염》에서도 그대로 드러난다. 이 작품은 시골에서 국민학교를 다니는 어린이 동길이의 눈을 통해서 전쟁의 비극을 극명하게 보여준다.

목수인 동길이의 아버지는 전쟁에 노무자로 끌려가 팔 하나를 잃고 돌아온다. 목수 노릇을 못 하게 되는 아버지 때문에 생활은 더욱 어려워지고 학교에 사친회비를 못 냈다고 해서 집으로 쫓겨오는 동길이의 모습에서 전쟁에 희생된 약한 자의 설움은 더욱 극대화된다. 그리하여 그의 아버지가 종이로 흰 수염을 만들어 달고 극장 선전을 하는 샌드위치맨이 되는 마지막 모습은 처량하기만 하다.

전쟁의 아픈 상처를 절실하게 묘사하고 가난한 농촌 사람들의 고난을 구체적으로 작품화한 그의 데뷔작 《수난이대》와 뒤이어 발표한 《흰종이 수염》은 그의 문학적인 특징과 함께 뛰어난 소설적인 기교를 발휘한 대표적인 작품으로 꼽을 수 있다.

이와같이 그는 전쟁이 인간에게 끼치는 죄악과 그 비극성을 우리의 주변에서 찾아내어 구체적이면서도 뛰어난 표현을 통해 반전소설(反戰小說)의 하나의 전형을 꾸며내고 있다.

한편 그는 일본 식민지 치하에서 우리가 어떠한 아픔을 겪어왔는가를 그의 소년시절의 체험을 바탕으로 해서 여러 편의 소설에 써왔다.

그 구체적인 작품의 예로는 우선 단편 《일본도(日本刀)》를 들 수 있다.

일본도란 바꾸어 말하자면 일본 제국주의의 하나의 상징이라고도 할 수 있다. 그들의 침략성과 잔학성을 그대로 드러내주는 일본도라는 칼의 속성을 세 가지 에피소드로 모아 하나의 작품에 솜씨 있게 꾸며놓았다.

일본의 제국주의에 바탕을 둔 침략정책을 통해 우리가 얼마나 시달리고 학대받았는가 하는 것은 단편 《일본도》뿐만 아니라 그것에 이어지는 작품 《족제비》《조랑말》을 통해서 더욱 극명하고 심각하게 작품화되고 있다.

《족제비》에서는 어린이 학섭이를 통해 일제치하의 농촌에서 가난한 농민들이 일본지주와 또 공출을 통해서 얼마나 잔인하게 수탈을 당했는지를 그의 아버지 고 생원의 행동을 그리는 데서 너무나 선명하게 보여준다.

학섭이의 아버지 고 생원은 공출을 피해 볏가마니를 숨겨 묻어두었다가 발각되어 주재소에 붙들려가서 매를 맞고 고초를 겪은 끝에 풀려난다. 그는 아무도 모르도록 은밀하게 숨겨둔 볏가마니를 누가 밀고해서 알아내도록 했는지를 무척 궁금하게 여긴다. 그러면서 그것이 소문에 떠도는 족제비의 소행이 아닐까 하며 수상하게 여기기도 한다.

그러는 가운데 그 동네에 군림하던 일본의 대지주 하시모도 농장이 해방이 되어 무너져내리고 그 주인 노릇을 하던 일인이 초라하게 트럭을 타고 본국으로 돌아가는 모습이 마지막에 나타난다.

농촌이 얼마나 수탈을 당하고 가난에 시달렸는지를 작품 《족제비》에서는 작가 특유의 절제된 붓끝을 통해 너무나 절묘하게 묘사되고 있다.

단편 《조랑말》도 일본제국주의의 야만스러운 침략상을 상징적으로 보여주는 작품이다. 여기에서도 용식이라는 어린이가 등장한다. 그의 집에서 키우고 있는 조랑말은 힘을 못 쓰고 제 구실을 잘 하지 못해 '빌빌이'라는 별명까지 얻고 있다.

이것은 어찌 보면 일제치하에서 시달리던 가난하고 힘을 쓰지 못하던 백성들의 모습을 상징하고 있는 것과 같다.

한편 그 당시에도 일본의 힘에 기대어 앞잡이 노릇을 하던 조선 사람들도 있었다. 《조랑말》에는 그러한 인물로 친일파의 아들 다케오와 그의 삼촌인 일본 헌병을 등장시키고 있다. 학교의 운동회에 뜻하지 않게 조랑말이 뛰어들고 또 이어서 다케오의 삼촌인 친일파 일본 헌병이 제대로 조련된 군마(軍馬)를 타고 나타나는 모습에서 일본 제국주의와 침략에 시달리는 가난하고 약한 우리 백성의 대비를 보는 듯해서 너무나 처량하기도 하고 또 비통하기도 한 것이다.

작가는 이렇게 전쟁과 일본 제국주의에 대한 비판과 규탄을 서슴없이 빼어난 작품으로 형상화하여 읽는 사람의 가슴에 와닿게 한다.

한편 일본의 식민지 치하에서 겪었던 수모가 이제 어떻게 변모되고 현실화되고 있는가를 그의 단편 《노은사》를 통해서 더욱 절실하게 느끼게 한다.

이 작품의 주인공은 지난 날 시골에서 국민학교를 다니며 아직은 일제 치하에서도 명맥을 유지하던 조선어 시간에 우리 말과 글을 배웠으며 그것을 가르치던 조선어 교사는 열렬한 민족주의를 강조하고 겨레를 사랑하는 인물로 그려진다.

그러다가 일제의 강압으로 조선어 시간이 폐지되고 마지막 수업 시간에 그 교사가 눈물을 흘리며 비통해하는 모습은 너무나 절실하고 심각하다. 그러나 세월의 흐름은 모든 것을 변색시키고 퇴화하게 만드는 모양이다.

세월이 흘러 광복도 수십년이 지난 후 일어를 배우는 바람이 불어닥치는 가운데 주인공은 그 조선어 교사와 우연히 만나게 되고 그가 이제는 외국어학원의 일어강사가 된 것을 알게 된다. 너무나 격변한 우리의 현실과 그 속에서 지난 날의 열렬한 애국자였던 조선어 교사가 이제 와서는 일어강사로 뒤바뀐 모습은 우리에게 너무나 가슴 아프고 쓸쓸한 여운을 남긴다.

이 밖에도 작가 하근찬은 작품《간이주점주인(簡易酒店主人)》등에서 지난 날 문학의 길을 같이 걸으려 애썼던 인물의 기구한 변모를 정감 넘치게 그리고 있는가 하면, 단편《공예가 김씨의 집》을 통해서는 예술가의 무서운 집념을 아주 독특하게 형상화하고 있다.

또 중편《여제자(女弟子)》에서는 지난 날 교원의 체험이 바탕이 되었겠지만 낭만적이면서도 인정에 넘치는 작가 특유의 소설세계가 아름답게 펼쳐지고 있다.

이와같이 작가 하근찬은 어느 다른 소설가보다 절제된 언어를 구사하여 뛰어난 소설의 장인(匠人)으로 우리 문단에 크게 자리잡고 있는 것이다.

▨ 하근찬(河瑾燦) 연보 ▨

1931년(1세)　경북 영천 출생.

1945년(15세)　전주사범학교 입학.

1948년(18세)　전주사범대학교 재학 중 교원 시험에 합격. 학교를 그만두고 수년간 국민학교에서 교편을 잡음.

1954년(24세)　부산 동아대학 공학부 토목과 입학.

1955년(25세)　〈신태양〉지 주최 전국 학생 문예작품 모집에 소설 《혈육》 당선.

1956년(26세)　〈교육주보〉지 주최 교육소설 모집에 《메뚜기》 당선.

1957년(27세)　한국일보 신춘문예에 단편 《수난이대(受難二代)》 당선. 단편 《낙뢰(落雷)》 발표. 동아대학 중퇴. 군에 입대.

1958년(28세)　단편 《산중고발(山中告發)》 발표. 군에서 의병 제대.

1959년(29세)　단편 《나룻배 이야기》《흰 종이수염》 발표. 교육주보사 기자로 입사.

1960년(30세)　단편 《이지러진 입》《절규》《산(山) 까마귀》《위령제(慰靈祭)》《홍소(哄笑)》 발표.

1961년(31세)　단편 《분(糞)》 발표. 교육자료사 편집기자로 입사.

1962년(32세)　단편 《나무열매》《벽지행(僻地行)》 발표.

1963년(33세)　단편 《왕릉과 주둔군》《두 아낙네》 발표. 대한교육연합회 새교실 편집부 기자로 입사.

1964년(34세)　단편 《산울림》《승부(勝負)》《도적》《그 욕된 시절》《붉은 언덕》 발표.

1965년(35세)　단편 《낙도(落島)》 발표.

1966년(36세)　단편 《삼각의 집》《바람 속에서》《봄타령》 발표.

1969년(39세)　단편 《낙발(落髮)》 발표. 대한교련 새교실 편집부를 그만두고 집필생활을 시작함.

1970년(40세) 단편 《족제비》《너무나 짧은 봄》《그해의 삽화》 발표. 〈신동아〉지에 장편 《야호(夜壺)》 연재 시작. 단편 《족제비》로 제7회 한국문학상 수상.

1971년(41세) 단편 《일본도(日本刀)》《죽창을 버리던 날》 발표. 《야호(夜壺)》 연재 완료.

1972년(42세) 단편 《32매의 엽서》《모일소묘(某日素描)》 발표. 장편 《야호(夜壺)》와 단편집 《수난이대》 간행.

1973년(43세) 단편 《원 선생의 수업》《조랑말》《필례 이야기》《서울 개구리》 발표. 부산일보에 《안개는 풍선처럼》 연재 시작. 〈여성동아〉지에 장편 《월례소전(月禮小傳)》 연재 시작.

1974년(44세) 전작 장편 《달섬 이야기》 간행. 《안개는 풍선처럼》 연재 완료.

1975년(45세) 단편 《수양일기(修養日記)》 발표. 《월례소전》 연재 완료.

1976년(46세) 단편 《전차 구경》《임진강 오리떼》《남을 위한 땀》《탈춤 구경》《일야기(一夜記)》 발표. 단편집 《흰 종이수염》과 《일본도(日本刀)》 간행.

1977년(47세) 단편 《노은사(老恩師)》《준동화(準童話)》《후일담(後日譚)》《남행로(南行路)》《장사(葬事)》 발표.

1978년(48세) 단편 《간이주점 주인》《성묘행(省墓行)》《유령 이야기》《소년 유령》 발표. 장편 《월례소전(月禮小傳)》 간행.

1979년(49세) 단편 《산길을 달리는 오토바이》《두 축하연》 발표. 전작 장편 《남한산성》 간행. 단편집 《서울 개구리》 간행.

1980년(50세) 국제신문에 《산중 눈보라》를 연재하다가 신문 폐합으로 중단.

1981년(51세) 단편 《겨울 저녁놀》《고도행(古都行)》 발표. 〈현대문학〉지에 장편 《산에 들에》 연재 시작.

1982년(52세) 단편 《신비한 물결》 발표.

1983년(53세) 단편 《산의 동화》《바다 밖 이제(二題)》 발표. 《산에 들에》 연재 완료. 장편 《산에 들에》로 제2회 조연현 문학상 수상.

1984년(54세) 단편 《잉어 이야기》《화초 갈무리》《조상(祖上)의 문집》 발

　표. 장편 《산에 들에》 간행. 제1회 요산문학상(樂山文學賞) 수상.

1985년(55세)　단편 《이국(異國)의 신》《화가 남궁씨의 수염》 발표.

1986년(56세)　단편 《공예가 심씨의 집》 발표. 〈2000년〉지에 장편 《은장도 이야기》 연재 시작. 〈문학정신〉지에 장편 《작은 용(龍)》 연재 시작.

1987년(57세)　장편 《은장도 이야기》(제1부) 연재 완료.

1988년(58세)　장편 《검은 자화상》 연재 시작. 장편 《작은 용(龍)》 연재 완료. 〈전북도민신문〉에 《쇠붙이 속의 혼(魂)》 연재 시작. 단편집 《화가 남궁씨의 수염》 대표단편선 《산울림》 간행.

1989년(59세)　《검은 자화상》 연재 완료. 《쇠붙이 속의 혼(魂)》 연재 완료. 장편 《작은 용(龍)》 간행. 〈한국경제신문〉에 《금병매(金甁梅)》 연재 시작. 《작은 용(龍)》으로 제6회 유주현문학상 수상.

1990년(60세)　장편 《징깽맨이》 [《쇠붙이 속의 혼(魂)》 개제(改題)] 간행.

1991년(61세)　장편 《검은 자화상》 간행.

1992년(62세)　《금병매(金甁梅)》 연재 완료, 전5권으로 간행.

1993년(63세)　〈한국경제신문〉에 《제국(帝國)의 칼》 연재 시작.

1995년(65세)　《제국(帝國)의 칼》 연재 완료, 전3권으로 간행.

1996년(66세)　단편 《두 일본인(日本人)》 발표. 단편 《수난이대》가 고등학교 국어 교과서에 수록됨.

1997년(67세)　산문집 《내 안에 내가 있다》 간행.

1998년(68세)　보관 문화훈장 받음.

1999년(69세)　중편 《여제자》가 《내 마음의 풍금》이라는 제목으로 영화화됨.

2000년(70세)　단편 《슬픈 장난감》 발표.

2001년(71세)　단편 《나체 이러쿵저러쿵》 발표. 단편 《흰종이 수염》이 중학교 교과서에 수록됨.

2002년(72세)　단편집 《흰종이 수염》 간행.

한국 남북 문학 100선

🛡 일신서적출판사

1 2 1 - 8 5 5 서울시 마포구 신수동 177-3호
TEL (02)703-3001~5 / FAX (02)703-3009

東洋 古典 百選

U 일신서적출판사　121-855 서울시 마포구 신수동 177-3호
TEL (02)703-3001~5　/　FAX (02)703-3009

수난이대

중판 · 발행 2011년 10월 1일

■ 저 자 / 하 근 찬
■ 발행자 / 남 용
■ 발행소 / 一信書籍出版社

인지 생략

주 소 : ①②①-①①⓪ 서울 마포구 신수동 177-3
등 록 : 1969. 9. 12. No. 10-70
전 화 : 703-3001~6
FAX : 703-3009
대체구좌 / 012245-31-2133577

값 10,000원